STEPHEN KING

Die Augen des Drachen

Roman

*Aus dem Amerikanischen
von Joachim Körber*

PAVILLON VERLAG
MÜNCHEN

Pavillon Taschenbuch
Nr. 02/360

Titel der Originalausgabe
THE EYES OF THE DRAGON

Umwelthinweis:
Dieses Buch wurde auf
chlor- und säurefreiem Papier gedruckt.

Taschenbuchausgabe 01/2004
Copyright © 1987 by Stephen King
Copyright © dieser Ausgabe 2004 by
UllsteinHeyne List GmbH & Co.KG, München
Copyright © der deutschsprachigen Ausgabe 1987 by
Wilhelm Heyne Verlag GmbH & Co.KG, München
Der Pavillon Verlag ist ein Verlag der
Ullstein Heyne List GmbH & Co. KG
Printed in Germany 2004
Umschlagillustration: Corbis/Richard Cumming
Umschlaggestaltung: Nele Schütz Design, München
Druck und Bindung: GGP Media, Pößneck
http://www.heyne.de

ISBN: 3-453-87497-8

PAVILLON

*Diese Geschichte
ist für meinen guten Freund,
BEN STRAUB,
und für meine Tochter,
NAOMI KING.*

1

In einem Königreich namens Delain lebte einst ein König, der hatte zwei Söhne. Delain war ein sehr altes Königreich, und es hatten dort Hundert von Königen regiert, vielleicht sogar Tausende; wenn genügend Zeit verstrichen ist, können nicht einmal Historiker sich an alles erinnern. Roland, der Gütige, war weder der beste noch der schlechteste König, der das Land bisher regiert hatte. Er gab sich große Mühe, keinem Unrecht zu tun, was ihm meistens auch gelang. Er versuchte außerdem, große Taten zu vollbringen, aber unglücklicherweise gelang ihm das nicht immer. Das Ergebnis war ein recht mittelmäßiger König, und er bezweifelte, daß man seiner nach seinem Tode noch lange gedenken würde. Und der Tod konnte ihn in jedem Augenblick holen, denn er war alt geworden, und sein Herz war schwach. Er hatte vielleicht noch ein Jahr zu leben, vielleicht drei. Jeder, der ihn kannte, und alle, die sein graues Gesicht und die zitternden Hände gesehen hatten, wenn er Hof hielt, waren sich darin einig, daß in allerhöchstens fünf Jahren ein neuer König auf dem großen Platz am Fuße der Nadel gekrönt werden würde... und nur wenn Gott gnädig war, waren ihm noch fünf Jahre vergönnt. Daher sprach jeder im Königreich, vom reichsten Baron und prunkvoll gekleideten Höfling bis hin zum ärmsten Leibeigenen und seiner zerlumpten Frau, vom künftigen König, Rolands ältestem Sohn, Peter.

Nur ein Mann überlegte und plante und dachte über etwas anderes nach: Wie er es bewerkstelligen könnte, daß Rolands jüngerer Sohn, Thomas, statt seiner zum König gekrönt wurde. Dieser Mann war Flagg, der Hofzauberer des Königs.

2

Wenngleich Roland, der König, alt war — er selbst sprach von siebzig Jahren, aber er war ganz bestimmt älter —, so waren doch seine beiden Söhne noch jung. Er hatte erst spät geheiratet, weil er keine Frau gefunden hatte, die seinen Ansprüchen genügte, und weil seine Mutter, die große Königinwitwe von Delain, für Roland und alle anderen — einschließlich ihrer selbst — schier unsterblich zu sein schien. Sie hatte fast fünfzig Jahre lang über das Königreich geherrscht, als sie sich eines Tages ein Stück Zitrone in den Mund steckte, um einen schmerzenden Husten zu lindern, welcher sie schon seit mehr als einer Woche peinigte. Zu eben diesem Zeitpunkt führte ein Jongleur zur Erbauung der Königinwitwe und ihres Hofes seine Kunststücke vor. Er jonglierte mit fünf kunstvoll gefertigten Kristallkugeln. In dem Augenblick, als sich die Königin die Zitronenscheibe in den Mund schob, ließ der Jongleur eine der Glaskugeln fallen. Sie zerschellte mit lautem Geklirr auf dem Fliesenboden des großen östlichen Thronsaals. Die Königinwitwe sog, als sie es hörte, heftig die Luft ein. Und dabei verschluckte sie sich an der Zitronenscheibe und erstickte jämmerlich. Vier Tage später fand Rolands Krönung auf dem Platz der Nadel statt. Der Jongleur konnte sie nicht mehr miterleben; er war drei Tage zuvor an der Hinrichtungsstätte hinter der Nadel geköpft worden.

Ein König ohne Erben macht alle nervös, ganz besonders, wenn dieser König schon fünfzig und bereits kahlköpfig ist. Daher lag es in Rolands Interesse, schnellstmöglich zu heiraten und schnellstmöglich einen Sohn zu zeugen. Sein engster Ratgeber Flagg führte ihm dies immer wieder vor Augen. Er wies ihn auch darauf hin, daß er mit fünfzig nur noch auf wenige Jahre hoffen durfte, in denen er ein Kind im Leibe einer Frau erschaffen konnte. Flagg riet ihm, bald eine Frau zu ehelichen und besser nicht auf eine Dame von edlem Geblüt zu warten, welche seinen Ansprüchen genügte. Wenn eine solche Dame nicht aufgetaucht war, wenn ein Mann die Fünfzig erreicht hatte, so würde sie wahrscheinlich niemals kommen, führte Flagg aus.

Roland sah die Weisheit dessen ein und stimmte zu, ohne zu ahnen, daß Flagg mit seinem langen Haar und dem weißen Gesicht, das fast immer unter einer Kapuze verborgen war, sein innerstes Geheimnis kannte; daß er nur deswegen nie eine Frau kennengelernt hatte, die seinen Ansprüchen genügte, weil er sich eigentlich aus keiner Frau etwas machte. Frauen machten ihm Angst. Und er hatte auch den Vorgang nie gemocht, der Babys in die Leiber von Frauen bringt. Auch dieser Akt machte ihm Angst.

Aber er sah ein, wie klug der Rat des Hofzauberers war, und sechs Monate nach dem Begräbnis der Königinwitwe gab es im Königreich ein ungleich fröhlicheres Ereignis zu feiern – die Vermählung von König Roland mit Sasha, die die Mutter von Peter und Thomas werden sollte.

Roland wurde in Delain weder geliebt noch gehaßt. Sasha hingegen wurde von allen geliebt. Als sie bei der Geburt ihres zweiten Sohnes starb, legte sich auf das Königreich tiefste Trauer, die ein Jahr und einen Tag dauerte. Sie war eine von sechs Frauen, die Flagg als mögliche Bräute des Königs vorgeschlagen hatte. Roland kannte keine dieser Frauen, die alle von ähnlicher Geburt und Stellung waren. Sie waren alle von adliger, aber keine von königlichem Geblüt; alle waren schüchtern und freundlich und still. Flagg schlug wohlweislich keine vor, die ihm seine Stellung als engster Vertrauter des Königs streitig machen konnte. Roland entschied sich für Sasha, weil sie die stillste und schüchternste des halben Dutzends zu sein schien und damit am wenigsten geeignet, ihm Angst zu machen. Also heirateten sie. Sasha vom

9

Westlichen Baronat (wirklich einem sehr kleinen Baronat) war damals siebzehn Jahre alt, dreiunddreißig Jahre jünger als ihr Gemahl. Vor ihrer Hochzeitsnacht hatte sie noch niemals einen Mann ohne Hosen gesehen. Als sie in eben dieser Nacht seinen schlaffen Penis erblickte, fragte sie mit großem Interesse: »Was ist denn das, mein Gemahl?« Hätte sie etwas anderes gesagt, oder hätte sie es in einem etwas anderen Tonfall gesagt, so hätte die Nacht – und somit die ganze Geschichte – einen völlig anderen Verlauf nehmen können; trotz des speziellen Trunks, welchen Flagg ihm vor einer Stunde gegeben hatte, als das Hochzeitsfest sich dem Ende näherte, hätte Roland vor Angst buchstäblich zurückschrecken können. Aber so sah er genau das in ihr, was sie war – ein sehr junges Mädchen, das ebensowenig vom Akt des Kinderzeugens wußte wie er –; er merkte, daß ihre Worte freundlich gemeint waren, und er begann, sie zu lieben, wie bald alle in Delain sie lieben sollten.

»Das ist Königseisen«, sagte er.

»Sieht nicht wie Eisen aus«, meinte Sasha zweifelnd.

»Das ist, bevor es in der Schmiede war«, sagte er.

»Aha!« sagte sie. »Und wo ist die Schmiede?«

»Wenn du mir vertraust«, sagte er und stieg zu ihr ins Bett, »dann werde ich es dir zeigen, denn du selbst hast sie vom Westlichen Baronat mitgebracht, ohne es zu wissen.«

3

Das Volk von Delain liebte sie, weil sie freundlich und gütig war. Es war Königin Sasha, die das Große Hospital gründete, Königin Sasha, die so bitterlich über die Grausamkeit der Bärenhatz auf dem großen Platz weinte, daß Roland schließlich den Brauch verbot; es war Königin

Sasha, die den König um eine Senkung der Steuern anflehte, als die große Dürre hereinbrach und selbst die Blätter des Großen Alten Baums grau wurden. Man könnte sich fragen, ob Flagg gegen sie intrigierte. Anfangs nicht. In seinen Augen waren dies vergleichsweise unbedeutende Dinge, denn er war ein echter Magier und lebte schon seit Hunderten und Aberhunderten Jahren.

Sogar die Steuersenkung ließ er durchgehen, weil im Jahr zuvor die Flotte von Delain die Piraten von Anduan besiegt hatte, welche die Südküste des Königreichs mehr als hundert Jahre lang unsicher gemacht hatten. Der Schädel des Piratenkönigs von Anduan grinste von einem Pfahl vor den Palastmauern herab, und die Schatzkammern barsten schier, so reich war die Beute. In bedeutenden Fragen, Fragen der Staatsführung, hörte der König immer noch auf Flagg allein, und daher war Flagg vorerst zufrieden.

4

Wenngleich Roland begann, seine Frau zu lieben, lernte er doch nie, jene Tätigkeit zu lieben, welche die meisten Männer als überaus angenehm empfinden, den Akt, der sowohl den niedersten Küchenjungen wie auch den Erben des höchsten Throns hervorbringt. Er und Sasha schliefen in getrennten Gemächern, und er besuchte sie nicht oft. Diese Besuche erfolgten nicht häufiger als fünf- bis sechsmal pro Jahr, und manchmal konnte kein Königseisen geschmiedet werden, obschon Flagg immer stärkere Mixturen herstellte und Sasha stets liebevoll und zärtlich war.

Vier Jahre nach ihrer Hochzeit wurde Peter in ihrem Bett gezeugt. Und in dieser Nacht brauchte Roland Flaggs Trunk nicht, der grün war und schäumte und stets ein seltsames Gefühl in seinem Kopf hervorrief, als wäre sein Verstand benebelt. An diesem Tag hatte er mit zwölf seiner Männer in den Reservaten gejagt. Die Jagd hatte Roland stets am meisten geliebt – der Geruch des Waldes, die kühle, feuchte Luft, der Klang des Horns und das Gefühl des Bogens, wenn ein Pfeil losschnellte, um sein Ziel zu treffen. Schießpulver war zwar bekannt in Delain, aber selten, und die Jagd auf Wild mit einer Eisenröhre wurde zudem als unwürdig und verachtenswert betrachtet.

Sasha lag im Bett und las, als er zu ihr kam, sein derbes, bärtiges Gesicht strahlte, und sie legte ihr Buch auf die Brust und lauschte aufmerksam seiner Geschichte, die er heftig gestikulierend erzählte. Am Ende beugte er sich zurück und zeigte ihr, wie er den Bogen gespannt hatte und Feind-Hammer, den großen Pfeil seines Vaters, über die schmale Klamm hinweg fliegen ließ. Als er das tat, da lachte sie und klatschte und gewann dadurch sein Herz.

Die Reservate des Königs waren beinahe leergejagt. Es war schwer geworden, einen großen Hirsch darin zu finden, und einen Drachen hatte seit urdenklichen Zeiten niemand mehr gesehen. Die meisten Menschen hätten gelacht, hätte man angedeutet, daß in dem sorgsam gehegten Wald noch ein solches mythisches Wesen hausen sollte. Doch an eben diesem Tag, eine Stunde vor Sonnenuntergang, als Roland und seine Mannen gerade umkehren wollten, da fanden sie genau das – oder besser, es fand sie.

Der Drache kam trampelnd und krachend aus dem Unterholz hervor, seine Schuppen schimmerten wie Grünspan auf Kupfer, aus den rußverkrusteten Nasenlöchern stieg Rauch auf. Es war kein kleiner Drache, sondern ein Männchen kurz vor der ersten Häutung. Die meisten der Gruppe waren wie vom Donner gerührt, niemand konnte einen Pfeil anlegen oder sich nur bewegen.

Er starrte die Jagdgesellschaft an, seine gewöhnlich grünen Augen wurden gelb, und er spreizte die Flügel und flatterte. Es bestand keine Gefahr, daß er ihnen davonfliegen würde – die Flügel würden erst in etwa fünfzig Jahren, nach zwei weiteren Häutungen, so weit entwickelt sein, daß sie den Leib durch die Lüfte tragen konnten –, aber der Kokon, welcher die Flügel des Drachen bis zum zehnten oder zwölften Lebensjahr am Körper hält, war bereits abgefallen, und ein einziger Flügelschlag genügte, um den Anführer der Jagdgesellschaft aus dem Sattel zu werfen, so daß das Horn seinen Händen entglitt.

Roland war der einzige, den das Auftauchen der Bestie nicht starr vor Schrecken hatte werden lassen, und seine nun folgende Tat zeugte von wahrem Heldenmut – auch, wenn er zu bescheiden war, dies Sasha gegenüber zu erwähnen – und ebenso von der Begeisterung des Jägers. Der Drache hätte durchaus den größten Teil der Gesellschaft bei lebendigem Leibe rösten können, hätte Roland nicht so besonnen gehandelt. Er trieb das Pferd fünf Schritte näher heran und legte den großen Pfeil an. Er spannte den Bogen und schoß. Der Pfeil bohrte sich direkt in das Mal – die einzige weiche Stelle an der Kehle des Drachen, wo er Luft einsaugt, um Feuer zu erzeugen. Der Wurm fiel mit einem letzten Flammenspeien, welches alle Büsche in seiner Umgebung entzündete, tot zu Boden. Dies löschten die Edelmänner rasch, einige mit Wasser, einige mit Bier, und nicht wenige mit Pisse – da ich gerade darüber nachdenke, eigentlich bestand der größte Teil der Pisse auch aus Bier, denn wenn Roland auf die Jagd ging, dann nahm er stets einen großen Vorrat Bier mit, und er geizte nicht damit.

Das Feuer war binnen fünf Minuten gelöscht, der Drache binnen fünfzehn ausgeweidet. Über seinen rauchenden Nasenlöchern hätte man immer noch einen Kessel zum Kochen bringen können, als man die Kaldaunen herausnahm. Das bluttropfende Herz mit seinen neun Kammern wurde feierlich zu Roland gebracht. Er aß es roh, wie es Brauch war, und stellte fest, daß es köstlich war. Es stimmte ihn lediglich traurig, daß er mit großer Wahrscheinlichkeit Zeit seines Lebens kein zweites mehr bekommen würde.

Vielleicht war es das Herz des Drachen, welches ihn in dieser Nacht so stark machte. Vielleicht lag es nur an seiner Freude an der Jagd und dem Wissen, daß er nüchtern und überlegt gehandelt hatte, als alle anderen fassungslos in den Sätteln saßen (natürlich abgesehen vom Anführer der Jagdgesellschaft – der lag fassungslos auf dem Rücken). Aus welchen Gründen auch immer, als Sasha in die Hände klatschte und ausrief: »Gut gemacht, mein Gemahl!« sprang er förmlich in ihr Bett. Sasha empfing ihn mit strahlenden Augen und einem Lächeln, welches seinen eigenen Triumph wiederspiegelte. In dieser Nacht genoß Roland zum ersten und einzigen Mal ohne Hilfsmittel die Umarmung seiner Frau. Neun Monate später – ein Monat für jede Kammer des Drachenherzens – wurde Peter in demselben Bett geboren, und das Königreich jubelte – es hatte einen Thronerben.

5

Wahrscheinlich denkt ihr – wenn ihr euch überhaupt die Mühe gemacht habt, darüber nachzudenken –, daß Roland nach Peters Geburt aufgehört hat, Flaggs grünes Gebräu zu trinken. Keineswegs. Gelegentlich nahm er es immer noch ein. Nur deshalb, weil er Sasha liebte und sie glücklich machen wollte. Mancherorts glauben die Menschen, daß nur Männer Spaß am Sex haben und die Frauen lieber in Ruhe gelassen werden wollen. Aber das Volk von Delain kannte solche sonderbaren Vorstellungen nicht – man ging davon aus, daß auch eine Frau Vergnügen an dem Akt empfand, welcher die erfreulichsten Geschöpfe der Welt hervorbrachte. Roland wußte, daß er sich diesbezüglich nicht hinreichend um seine Frau kümmerte, aber er nahm sich vor, so aufmerksam wie möglich zu sein, auch wenn das bedeutete, daß er Flaggs Trunk einnehmen mußte. Nur Flagg wußte, wie selten der König das Bett der Königin besuchte.

Vier Jahre nach Peters Geburt suchte am Neujahrstag ein gewaltiger Schneesturm Delain heim. Abgesehen von einem einzigen anderen, von dem ich euch später noch berichten werde, war dies der schlimmste Sturm seit Menschengedenken.

Einem Impuls folgend, den er nicht einmal sich selbst erklären konnte, mischte Flagg dem König einen Trunk von doppelter Stärke – vielleicht trieb etwas im Wind ihn dazu, es zu tun. Normalerweise hätte Roland ob des ekligen Geschmacks das Gesicht verzogen und den Kelch wahrscheinlich beiseite gestellt, aber durch die Aufregung des Sturms war das Neujahrsfest besonders ausgelassen gewesen, und Roland war sehr betrunken. Das lodernde Feuer im Kamin gemahnte ihn an den letzten glühenden Atemzug des Drachen, und er hatte dem Kopf, welcher an der Wand befestigt war, häufig zugeprostet. Daher trank er die grüne Flüssigkeit in einem Zuge leer, und eine böse Wollust überkam ihn. Er verließ auf der Stelle das Eßzimmer und besuchte Sasha. Beim Versuch, sie zu lieben, verletzte er sie.

»Bitte, mein Gemahl«, schrie sie schluchzend.

»Es tut mir leid«, murmelte er. »Hmmmpf...« Er verfiel in einen tiefen Schlaf und war die nächsten zwanzig Stunden nicht wach zu kriegen. Sie vergaß niemals den üblen Atem, den er in dieser Nacht gehabt hatte. Ein Geruch wie verdorbenes Fleisch, wie der Tod. Was nur, fragte sie sich, hatte er gegessen... oder getrunken?

Roland rührte Flaggs Trank nie wieder an, aber Flagg

war dennoch zufrieden. Neun Monate später gebar Sasha Thomas, ihren zweiten Sohn. Sie selbst starb bei der Geburt. So etwas kann natürlich vorkommen, und so trauerte zwar jeder, aber niemand war überrascht. Sie glaubten zu wissen, was vorgefallen war. Aber die beiden einzigen Menschen im ganzen Königreich, die die wahren Umstände von Sashas Tod wirklich kannten, waren Anna Crookbrows, die Hebamme, und Flagg, der Hofzauberer des Königs. Flagg hatte endgültig die Geduld mit Sasha verloren.

6

Peter war erst fünf, als seine Mutter starb, aber er erinnerte sich ihrer voll Liebe. Für ihn war sie gütig, zärtlich, liebevoll und sanft gewesen. Aber fünf Jahre ist ein noch sehr junges Alter, und die meisten seiner Erinnerungen an sie waren nicht sehr genau. Eine deutliche Erinnerung jedoch besaß er, die er niemals vergaß – das war eine Rüge, die sie ihm einmal erteilt hatte. Viel, viel später wurde in ihm diese Erinnerung wieder wachgerufen. Sie hatte etwas mit seiner Serviette zu tun.

An jedem Ersten des Fünfmonats wurde bei Hofe ein Fest gefeiert, um das Pflanzen im Frühling zu feiern. Mit fünf Jahren durfte Peter zum erstenmal dabei sein. Der Brauch schrieb vor, daß Roland am Kopf der Tafel saß, rechter Hand sein Thronerbe, die Königin aber am anderen Ende der Tafel. Die Folge dessen war, daß sie beim Essen nicht auf Peter aufpassen konnte, und daher erteilte sie ihm vorher genaue Anweisungen, wie er sich verhalten sollte. Sie wollte, daß er sich anständig benahm und gute Manieren an den Tag legte. Und sie wußte, daß er während des Essens ganz auf sich allein gestellt sein würde, denn sein Vater hatte überhaupt keine Manieren.

Ein paar von euch mögen sich vielleicht wundern, weshalb die Aufgabe, Peter Unterricht in Manieren zu geben, Sasha zufiel. Hatte der Junge denn keine Gouvernante? (Doch, eigentlich hatte er sogar zwei.) Gab es keine Diener, deren Aufmerksamkeit einzig und allein dem kleinen Prinzen zu gelten hatte? (Ganze Heerscharen.) Der Trick bestand darin, all diese Leute nicht dazu zu bringen, sich um Peter zu kümmern, sondern sie festzuhalten. Sasha wollte ihn selbst erziehen, wenigstens soweit ihr das möglich war. Sie hatte sehr klare Vorstellungen davon, wie ihr Sohn großgezogen werden sollte. Sie liebte ihn von ganzem Herzen und wollte aus eigenen egoistischen Gründen bei ihm sein. Aber sie wußte auch, daß sie eine große und ernste Verantwortung für Peters Entwicklung trug. Dieser kleine Junge würde eines Tages König werden, und Sasha wollte vor allem, daß er gut sei. Ein guter Junge, dachte sie, würde auch ein guter König sein.

Große Bankette im Thronsaal waren keine besonders vornehmen Ereignisse, und die meisten Kindermädchen hätten sich sicher keine Gedanken über die Tischsitten des Jungen gemacht. *Aber, er wird doch der König sein!* hätten sie gesagt und wären wohl auch ein wenig schockiert gewesen, daß sie ihn in derlei nebensächlichen Fragen verbessern sollten. *Wen kümmert es, wenn er die Sauciere umschüttet? Wen kümmert es, wenn er sich auf die Manschette tropft oder sich gar den Mund damit abwischt? Hatte König Alan in alten Zeiten sich nicht manchmal auf seinen Teller übergeben und dann seinem Hofnarren befohlen, herbeizukommen und »diese köstliche warme Suppe zu schlürfen«? Biß nicht König John manchmal Forellen bei lebendigem Leibe die Köpfe ab und steckte die zuckenden Fischleiber dann den Dienerinnen unter die Kleider? Würde dieses Bankett nicht, wie die meisten Banketts, damit enden, daß die Teilnehmer am Ende einander über die Tische hinweg mit Essen bewarfen?*

Zweifellos würde es so kommen, aber wenn das Essenwerfen begann, würden sie und Peter sich schon längst zurückgezogen haben. Was Sasha störte, das war eben genau die Frage »Wen kümmert es?« Ihrer Meinung nach war dies eine der schlimmsten Einstellungen, die man einem kleinen Jungen beibringen konnte, der König werden sollte.

Daher erzog Sasha Peter sehr sorgfältig, und sie beobachtete ihn in der Nacht des Banketts genau. Und später, als er schläfrig in seinem Bettchen lag, redete sie mit ihm.

Weil sie eine gute Mutter war, lobte sie ihn zuerst herzlich wegen seines guten Benehmens und seiner Manieren — und das zu Recht, denn sie waren größtenteils tadellos gewesen. Aber sie wußte, niemand würde ihn verbessern, wenn er etwas falsch machte, wenn nicht sie selbst es tat, und sie wußte, sie mußte es jetzt tun, in den wenigen Jahren, in denen er sie anbetete. Daher sagte sie, nachdem sie ihn gelobt hatte:

»Aber etwas hast du falsch gemacht, Peter, und ich möchte nicht, daß du es noch einmal tust.«

Peter lag in seinem Bettchen, seine dunkelblauen Augen sahen seine Mutter ernst an. »Was war das, Mutter?«

»Du hast deine Serviette nicht benützt«, sagte sie. »Du hast sie zusammengelegt neben deinem Teller liegen lassen, und es stimmte mich traurig, das zu sehen. Das Brathähnchen hast du mit den Fingern gegessen, und das war richtig, denn das ist die Art, wie Männer es essen. Aber als du das Hähnchen wieder weggelegt hast, hast du dir die Hände an deinem Hemd abgewischt, und das ist nicht richtig.«

»Aber Vater... und Mr. Flagg... und die anderen edlen Herren...«

»Zum Teufel mit Flagg und den anderen edlen Herren von Delain«, sagte sie mit solcher Heftigkeit, daß Peter in seinem Bettchen ein wenig zusammenzuckte. Er hatte fast etwas Angst und schämte sich, weil er die Rosen auf ihren Wangen zum Erblühen gebracht hatte. »Was dein

Vater tut, das ist richtig, denn er ist der König, und auch was du als König tust, wird immer richtig sein. Aber Flagg ist nicht König, wie sehr er es sich auch wünschen mag, und die Edelmänner sind nicht Könige, und du bist auch noch nicht König, sondern lediglich ein kleiner Junge, der seine Manieren vergessen hat.«

Sie sah, daß er Angst hatte, und sie lächelte und legte ihm die Hand auf die Stirn.

»Sei ruhig, Peter«, sagte sie. »Es ist nur eine Kleinigkeit, aber dennoch ist sie wichtig − denn dereinst wirst du König sein. Und nun geh und hole deine Tafel.«

»Aber es ist Schlafenszeit...«

»Vergiß die Schlafenszeit. Der Schlaf kann warten. Bring die Tafel.«

Peter lief, um seine Schiefertafel zu holen.

Sasha nahm die mit einem Faden daran befestigte Kreide und schrieb sorgfältig drei Buchstaben darauf. »Kannst du dieses Wort lesen, Peter?«

Peter nickte. Er konnte nur wenige Worte lesen, wenngleich er fast alle Großbuchstaben kannte. Dies war eines der Wörter, die er kannte. »Da steht GOD.«*

»Ja, das ist richtig. Und nun schreib das rückwärts und sieh, was dabei herauskommt.«

»Rückwärts?« sagte Peter zweifelnd.

»Ganz recht.«

Peter gehorchte und malte kindlich verwackelte Buchstaben unter die gestochene Schrift seiner Mutter. Er stellte verblüfft fest, daß er wieder eines der Worte vor sich hatte, die er lesen konnte.

»DOG! Mama! Hier steht DOG!«**

»Ja, Es heißt DOG.« Der traurige Klang ihrer Stimme ließ Peters Freude sofort verfliegen. Seine Mutter deutete von GOD zu DOG. »Dies sind die beiden Naturen des

---

* Gott

** Hund

Menschen«, sagte sie. »Vergiß sie niemals, denn eines Tages wirst du König sein, und Könige werden groß und stark – so groß und stark wie Drachen nach ihrer neunten Häutung.«

»Vater ist nicht groß und stark«, hielt Peter dem entgegen. Roland war tatsächlich klein und hatte krumme Beine. Und zudem schob er eine gewaltige Wampe vor sich her, die vom vielen Biertrinken und Essen herrührte.

Sasha lächelte.

»Doch, er ist es. Könige wachsen unsichtbar, Peter, und das in einem einzigen Augenblick, wenn sie nämlich das Zepter nehmen und ihnen auf dem Platz der Nadel die Krone auf den Kopf gesetzt wird!«

»Wirklich?« Peters Augen wurden groß und rund. Er überlegte, daß sie weit vom eigentlichen Thema abgeschweift waren, seinem Fehler, beim Bankett die Serviette nicht benützt zu haben, aber es tat ihm nicht leid, daß dieses peinliche Thema zugunsten eines ungleich interessanteren fallengelassen worden war. Außerdem hatte er sich bereits vorgenommen, daß er nie wieder vergessen würde, seine Serviette zu benützen – wenn dies für seine Mutter wichtig war, dann war es auch für ihn wichtig.

»Oh, ja, das tun sie. Könige werden *ganz furchtbar* groß, und deshalb müssen sie ganz besonders vorsichtig sein, denn ein sehr großer Mensch kann kleinere unter seinen Füßen zertreten, wenn er nur einen Spaziergang macht, sich umdreht oder sich zu hastig an der falschen Stelle hinsetzt. Schlechte Könige tun das oft. Ich glaube, selbst gute Könige können es manchmal nicht vermeiden.«

»Ich fürchte, ich verstehe nicht...«

»Dann hör mir noch einen Augenblick zu.« Sie pochte auf die Schiefertafel. »Unsere Priester sagen, daß unsere Natur teils von Gott, und teils vom Alten Pferdefuß stammt. Weißt du, wer der Alte Pferdefuß ist, Peter?«

»Der Teufel.«

»Ja. Aber außerhalb von erfundenen Geschichten gibt es nur wenige Teufel, Pete — die meisten schlechten Menschen sind Hunden ähnlicher als Teufeln. Hunde sind freundlich, aber dumm, und so sind die meisten Männer und Frauen auch, wenn sie betrunken sind. Wenn Hunde aufgeregt und verwirrt sind, dann beißen sie manchmal; wenn Männer aufgeregt und verwirrt sind, dann streiten sie. Hunde sind wunderbare Haustiere, weil sie treu sind. Aber wenn ein Mann nur ein Haustier ist, dann ist er ein schlechter Mann, finde ich. Hunde können tapfer sein, aber sie können auch Feiglinge sein, die in der Dunkelheit heulen oder mit eingeklemmtem Schwanz vor Gefahren weglaufen. Ein Hund leckt ebenso eifrig die Hand eines schlechten Herrn wie die eines guten, weil Hunde den Unterschied zwischen gut und böse nicht kennen. Ein Hund frißt verdorbene Nahrung, würgt den Teil aus, den sein Magen nicht vertragen kann, und frißt dann stumpfsinnig weiter.«

Sie verstummte einen Augenblick und dachte vielleicht darüber nach, was gerade im Festsaal vor sich gehen mochte — Männer und Frauen, die trunken lachten und sich mit Speisen bewarfen, und manchmal wandten sie sich beiläufig ab, um sich auf den Boden neben ihrem Stuhl zu übergeben. Roland war genau so, und irgendwie machte sie das manchmal traurig, aber sie hielt es ihm nicht vor und behandelte ihn deswegen nicht schlechter. Es war seine Art. Er versprach ihr vielleicht, sich zu bessern, und vielleicht würde er es auch tun, um ihr eine Freude zu machen, aber hinterher würde er nicht mehr derselbe Mann sein.

»Verstehst du das alles, Peter?«

Peter nickte.

»Fein! Und nun sage mir eines.« Sie beugte sich zu ihm hinab. »Benützt ein Hund eine Serviette?«

Zerknirscht und beschämt senkte Peter den Blick und schüttelte den Kopf. Offensichtlich war die Unterhaltung doch nicht so weit abgeschweift, wie er gedacht hatte. Vielleicht weil der Abend sehr anstrengend gewesen war und er jetzt sehr müde war, stiegen ihm Tränen in die Augen und strömten über seine Wangen. Er wehrte sich gegen das Schluchzen, das herauswollte. Er sperrte es in seiner Brust ein. Sasha sah das und bewunderte ihn.

»Weine nicht wegen einer unbenützten Serviette, Liebes«, sagte Sasha, »denn das habe ich nicht gewollt.« Sie stand auf, ihr Bauch wölbte sich vor. Die Geburt von Thomas stand kurz bevor. »Ansonsten war dein Benehmen vorbildlich. Jede Mutter im Königreich wäre stolz auf einen Sohn gewesen, der sich nur halb so anständig benommen hätte, und ich bewundere dich von ganzem Herzen. Ich sage dir dies alles nur, weil ich die Mutter eines Prinzen bin. Das ist manchmal schwer, aber es läßt sich nicht ändern, und ich würde es auch nicht ändern, selbst wenn ich könnte. Aber bedenke stets, daß eines Tages Menschenleben von jeder deiner Bewegungen abhängen können; sogar von den Träumen, die deinen Schlaf heimsuchen, können Menschenleben abhängen. Es werden vielleicht keine Menschenleben davon abhängen, ob du nach dem Brathähnchen deine Serviette benützen wirst... vielleicht aber doch. Vielleicht. Es haben schon geringere Dinge Menschenleben gekostet. Ich verlange von dir, daß du bei allem, was du tust, stets die zivilisierte Seite deiner Natur bedenkst. Die gute Seite — Gottes Seite. Versprichst du mir das, Peter?«

»Ich verspreche es.«

»Dann ist alles gut.« Sie küßte ihn sanft. »Glücklicherweise bin ich jung, und du bist jung. Wir werden noch oft über solche Dinge sprechen, wenn du sie verstehen kannst.«

Dazu kamen sie nicht mehr, aber Peter vergaß diese Lektion nie und benützte immer seine Serviette, auch wenn die anderen es nicht taten.

7

Sasha starb also.

Sie spielt keine Rolle mehr in unserer Geschichte, doch eines solltet ihr noch von ihr wissen: Sie besaß ein Puppenhaus. Dieses Puppenhaus war sehr groß und sehr kostbar, beinahe ein Miniaturschloß. Als der Zeitpunkt ihrer Hochzeit näher rückte, bemühte Sasha sich, so fröhlich wie möglich zu sein, aber es stimmte sie traurig, alles und jeden in dem großen Haus im Westlichen Baronat zurückzulassen, wo sie aufgewachsen war − und sie war ein wenig nervös. Sie sagte zu ihrer Mutter: »Ich war noch niemals verheiratet, und ich weiß nicht, ob es mir gefallen wird.«

Von allen Spielsachen, die sie zurückließ, tat es ihr um das Puppenhaus, welches sie seit ihren Mädchenjahren besaß, am meisten leid.

Roland, der ein gütiger Mann war, fand das irgendwie heraus, und wenngleich er sehr nervös war, was sein zukünftiges Leben anbetraf (schließlich war *er* auch noch niemals verheiratet gewesen), fand er dennoch die Zeit, Quentin Ellender, den begabtesten Künstler des Landes, damit zu beauftragen, seiner neuen Frau ein neues Puppenhaus zu bauen. »Es soll das schönste Puppenhaus sein, das jemals einer jungen Dame gehört hat«, sagte er zu Ellender. »Sie soll es einmal ansehen und ihr altes Puppenhaus für immer vergessen.«

Euch allen ist sicher klar, daß dies eine alberne Bemerkung war, die Roland da von sich gegeben hatte, falls er sie wirklich ernst meinte. Niemand vergißt jemals ein

Spielzeug, das ihn als Kind glücklich gemacht hat, selbst wenn dieses Spielzeug durch ein anderes ersetzt wird, welches viel schöner ist. Sasha vergaß ihr altes Puppenhaus nie, wenngleich das neue sie sehr beeindruckte. Jeder, der kein Narr war, wäre beeindruckt gewesen. Diejenigen, die es sahen, bestätigten, daß es Quentin Ellenders beste Arbeit war, und damit hatten sie gewiß recht.

Es war ein Landhaus im Miniaturstil, dem nicht unähnlich, in dem sie mit ihren Eltern im hügeligen Westlichen Baronat gewohnt hatte. Alles darin war winzig, aber so erstaunlich lebensecht gefertigt, daß man hätte schwören können, alles würde funktionieren... was es größtenteils auch tat.

Der Herd, zum Beispiel, wurde wirklich heiß, und man konnte sogar winzige Essensportionen darauf kochen. Wenn man ein Stückchen Kohle hineintat, nicht größer als eine Streichholzschachtel, dann brannte er den ganzen Tag lang... und wenn man mit seinen ungeschickten großen Menschenfingern in die winzige Küche griff und dabei den heißen Herd berührte, dann konnte es vorkommen, daß man sich schmerzlich verbrannte. Es gab keine Wasserhähne und keine Toilettenspülung, denn die waren im Königreich Delain unbekannt – und sind es heute noch –, aber wenn man behutsam war, dann konnte man Wasser aus einer Pumpe herauspumpen, die kaum größer als ein kleiner Finger war. Es gab ein Nähzimmer mit einem Spinnrad, das sich wirklich drehte, und einem Webstuhl, der wirklich webte. Das Spinett im Salon spielte tatsächlich, wenn man die Tasten mit einem Zahnstocher niederdrückte, und die Töne stimmten. Alle, die es sahen, waren sich einig, daß es ein Wunder war und daß Flagg irgend etwas damit zu tun haben mußte. Wenn Flagg solche Worte hörte, dann lächelte er nur und sagte nichts. Er hatte überhaupt nichts mit dem Puppenhaus zu tun gehabt – in Wahrheit hielt er es für eine alberne Sache –, aber er wußte auch, daß es nicht immer notwendig ist, Behauptungen von sich zu geben und den Menschen zu sagen, wie wunderbar man ist, um Größe zu erreichen. Manchmal genügte es, nur klug dreinzuschauen, und den Mund zu halten.

In Sashas Puppenhaus gab es echte Kashaminteppiche, echte Samtvorhänge, echtes Porzellangeschirr; im Vorratsraum konnte man tatsächlich Lebensmittel frisch halten: Die Wandtäfelung im Empfangszimmer und in der Diele war aus echtem Eisenbaumholz. Alle Fenster waren verglast, und über der breiten Eingangstür befand sich ein Oberlicht aus Buntglas.

Alles in allem war es das prunkvollste Puppenhaus, das sich ein Kind nur erträumen konnte. Als es während der Hochzeitsfeier enthüllt wurde, klatschte Sasha vor Begeisterung in die Hände, und sie dankte ihrem Mann von Herzen dafür. Später begab sie sich in Ellenders Werkstatt und dankte ihm nicht nur, sondern machte auch noch einen tiefen Knicks vor ihm, was etwas Unerhörtes war – in jenen Tagen knicksten Königinnen nicht vor gewöhnlichen Künstlern. Roland war zufrieden, und Ellender, dessen Augenlicht bei der Arbeit stark gelitten hatte, war zutiefst gerührt.

Aber ihr altes Puppenhaus daheim vergaß sie deswegen nicht, so schmucklos es verglichen mit dem neuen wirkte, und sie verbrachte nicht so viele regnerische Nachmittage spielend damit – die Möbel umstellen und den Ofer anzünden, den rauchenden Schornsteinen zuzusehen oder so tun, als würde eine Teegesellschaft abgehalten oder gar ein Bankett zu Ehren der Königin – wie früher, als kleines Mädchen, oder selbst mit fünfzehn oder sechzehn Jahren noch. Einer der Gründe dafür war sehr einfach. Es machte keinen Spaß, so zu tun, als bereite man einen Empfang für die Königin vor, wenn man selbst die Königin war. Dieser eine Grund reichte vielleicht schon aus. Sie war jetzt erwachsen, und sie mußte feststellen, daß das Erwachsensein keineswegs so war, wie sie es sich als Kind vorgestellt hatte. Damals hatte sie geglaubt, sie würde eines Tages eine bewußte Entscheidung treffen und ihre Spielsachen einfach beiseite räumen. Nun stellte sie fest, daß es überhaupt nicht so war. Vielmehr ließ das Interesse einfach allmählich nach. Es wurde einfach immer weniger und weniger und weniger, bis sich der Staub der Jahre über die bunten Freuden der Kindheit legte und sie vergessen waren.

8

Peter, ein kleiner Junge, der eines Tages König sein würde, hatte Dutzende Spielsachen − nein, um die Wahrheit zu sagen, er hatte *Tausende* Spielsachen. Er hatte Hunderte Zinnsoldaten, mit denen er große Schlachten schlug, und Dutzende Spielpferde. Er besaß Spiele und Bälle und Wurfkugeln und Murmeln. Er hatte Stelzen, die ihn einen Meter fünfzig groß machten. Er hatte einen magischen Springstab, auf dem er hüpfen konnte, und soviel Malpapier, wie er sich nur wünschte − und das in einer Zeit, da Papier nur schwer herzustellen war und nur die reichsten Leute es sich leisten konnten.

Von allen Spielsachen im Schloß aber liebte er das Puppenhaus seiner Mutter am meisten. Dasjenige im Westlichen Baronat hatte er nie gesehen, und daher war dieses für ihn das prächtigste aller Puppenhäuser. Wenn es draußen regnete, konnte er stundenlang davor sitzen, und wenn draußen der Winterwind aus seiner blauen Kehle heulte und Schnee fiel, erst recht. Als er die Kindertätowierung bekam (eine Krankheit, die wir Windpocken nennen), ließ er es sich von einem Diener auf einem speziellen Tisch ans Krankenbett bringen und spielte fast ohne Unterlaß damit, bis er wieder gesund war.

Es gefiel ihm, sich die winzigen Menschen vorzustellen, welche das Haus bevölkerten; manchmal schienen sie ihm so wirklich, daß er sie beinahe sehen konnte. Er erfand sie alle und sprach mit verschiedenen Stimmen für sie. Es war die Familie King. Da war Roger King, der war tapfer und mächtig (wenn auch nicht besonders groß und etwas o-beinig), und er hatte einst einen Drachen getötet. Da war die liebliche Sarah King, seine Frau. Und dann war da der kleine Junge, Petie, der sie liebte und von ihnen geliebt wurde. Ganz zu schweigen natürlich von all den Dienern, die er erfand, um die Betten zu machen, den Herd zu heizen, Wasser zu holen, Mahlzeiten zu kochen und die Wäsche zu waschen.

Weil er ein Junge war, waren ein paar der Geschichten, die er sich ausdachte, blutrünstiger als die von Sasha in ihren Mädchenjahren. In einer davon belagerten die Piraten von Anduan das Haus und wollten hinein, um die Familie niederzumetzeln. Es kam zu einem gewaltigen Kampf. Dutzende Piraten wurden getötet, aber es waren zu viele. Sie rüsteten zum letzten Angriff. Doch kurz bevor es dazu kam, rückte die Leibgarde des Königs an — diesen Part spielten Peters Zinnsoldaten — und tötete jeden einzelnen dieser verkommenen anduanischen Seeteufel. In einer anderen Geschichte brach eine Drachenhorde aus dem nahegelegenen Wald hervor (normalerweise war der nahegelegene Wald unter Sashas Sofa beim Fenster), die mit ihrem feurigen Odem das Haus niederbrennen wollte. Aber Roger und Petie eilten mit ihren Bogen hinaus und erlegten jeden einzelnen. »Bis der Boden schwarz war von ihrem ekligen alten Blut«, berichtete Peter seinem Vater an diesem Abend beim Essen, und Roland brüllte zustimmend und lachte.

Nachdem Sasha gestorben war, sagte Flagg zu Roland, er fände es nicht richtig, daß ein Junge mit einem Puppenhaus spielte. Vielleicht machte es ihn nicht zu einer Memme, sagte Flagg weiterhin, vielleicht aber doch. Auf jeden Fall aber würde es keinen guten Eindruck machen, wenn das gewöhnliche Volk davon erfuhr. Und derlei Geschichten wurden immer bekannt. Im Schloß wimmelte es von Dienern. Diener sahen alles, und ihre Zungen waren lose.

»Er ist doch erst sechs«, erwiderte Roland unbehaglich. Flagg, mit seinem weißen, gierigen Gesicht, welches stets tief unter der Kapuze verborgen war, und mit seinen Zaubersprüchen, erfüllte ihn stets mit Unbehagen.

»Sechs ist alt genug, einen Jungen darin zu unterweisen, was er werden soll, Sire«, sagte Flagg. »Denkt gut darüber nach. Eure Entscheidung wird richtig sein, wie alle Eure Entscheidungen.«

Denkt gut darüber nach, hatte Flagg gesagt, und genau das tat König Roland. Ich finde es sogar nötig anzumerken, daß er in seiner über zwanzigjährigen Regentschaft über Delain niemals so sehr über etwas nachgedacht hatte.

Das mag euch vielleicht seltsam erscheinen, wenn ihr an all die Pflichten denkt, die ein König hat − gewichtige Probleme, etwa auf etwas Steuern zu erheben oder sie von etwas anderem zu nehmen, Krieg zu erklären oder nicht, zu vergeben oder zu verurteilen. Was, werdet ihr euch fragen, bedeutete da eine Entscheidung darüber, ob ein kleiner Junge mit einem Puppenhaus spielen durfte oder nicht?

Vielleicht gar nichts, vielleicht alles. Ich möchte, daß ihr euch selbst eine Meinung darüber bildet. Ich möchte euch sagen, daß Roland *nicht* der klügste König war, der jemals über Delain geherrscht hatte. Das Denken war stets eine Anstrengung für ihn gewesen. Er fühlte sich dabei, als würden Wackersteine in seinem Kopf herumrollen. Seine Augen tränten, und seine Schläfen pochten. Wenn er angestrengt nachdachte, wurde seine Nase ganz verstopft.

Als er ein Junge gewesen war, hatten seine Studien in Komposition und Mathematik ihm solche Kopfschmerzen bereitet, daß ihm gestattet worden war, sie aufzugeben und statt dessen das zu tun, was er am besten konnte, nämlich jagen. Er gab sich große Mühe, ein guter König zu sein, aber er hatte das Gefühl, daß er niemals gut genug sein konnte oder klug genug, die Probleme des Königreichs zu lösen oder Entscheidungen auf der Stelle zu treffen, und er wußte, wenn er etwas falsch machte, dann mußten Menschen deswegen leiden. Wenn er gehört hätte, was Sasha nach dem Bankett zu Peter gesagt hatte, so hätte er dem voll und ganz zugestimmt. Könige waren *tatsächlich* größer als andere Menschen, doch manchmal – eigentlich oft – wünschte er sich, er wäre kleiner. Wenn ihr euch jemals in eurem Leben Gedanken darüber gemacht habt, ob ihr einer bestimmten Aufgabe gewachsen seid, dann werdet ihr sicher verstehen, wie ihm zumute war. Ihr wißt vielleicht nicht, daß solche Sorgen sich mitunter selbständig machen. Auch wenn das Gefühl, man sei nicht gut genug für eine Aufgabe, anfangs vielleicht gar nicht stimmt, kann es mit der Zeit wahr werden. Dies war Roland widerfahren, und im Laufe der Jahre hatte er sich mehr und mehr auf Flagg verlassen. Manchmal beunruhigte ihn der Gedanke, daß Flagg in jeder Beziehung, abgesehen vom Titel, der eigentliche König war – aber dieser Gedanke kam ihm immer nur spät in der Nacht. Am Tage war er dankbar für Flaggs Unterstützung.

Wäre Sasha nicht gewesen, so wäre Roland wahrscheinlich ein viel schlechterer König geworden, und das lag daran, daß die leise Stimme, die er manchmal nachts hörte, wenn er nicht einschlafen konnte, mehr Wahrheit ausdrückte als die laute Stimme bei Tage. Flagg beherrschte das Königreich *wirklich* so gut wie alleine, und Flagg war ein sehr böser Mensch. Später werden wir unglücklicherweise noch mehr von ihm hören, aber vorläufig wollen wir uns von ihm verabschieden; auf bald.

Sasha hatte Flaggs Macht über Roland ein wenig gebrochen. Die Ratschläge, die sie gab, waren gut und praktisch und viel gütiger und gerechter als die des Magiers. Sie konnte Flagg nie richtig leiden – die wenigsten in Delain konnten das, und viele nannten seinen Namen nur schaudernd –, aber ihr Mißfallen war mild. Sie hätte vielleicht anders gedacht, wenn sie gewußt hätte, wie genau Flagg sie beobachtete, mit welch verzehrendem giftigem Haß.

9

Einmal faßte Flagg tatsächlich den Entschluß, Sasha zu vergiften. Das war, nachdem sie Roland gebeten hatte, zwei Deserteure zu begnadigen, die Flagg auf dem Platz der Nadel köpfen wollte. Deserteure, argumentierte er, geben ein schlechtes Beispiel. Wenn einer oder zwei davonkamen, ohne die Höchststrafe zu erhalten, dann könnten andere es auch versuchen. Man konnte sie nur auf eine einzige Art entmutigen, behauptete er, indem man ihnen nämlich die Köpfe derjenigen zeigte, die es versucht hatten. Andere potentielle Deserteure konnten die abgeschlagenen Köpfe mit den weit aufgerissenen Augen ansehen und noch einmal über den Treueeid nachdenken, den sie dem König geschworen hatten.

Sasha aber hatte Informationen von ihrer Zofe erhalten, von denen Roland nichts wußte. Die Mutter des älteren Jungen war schwer krank geworden. Zu der Familie gehörten drei jüngere Brüder und zwei Schwestern. Alle hätten in der bitteren Kälte des Winters in Delain sterben können, wäre der Junge nicht aus der Kaserne geschlichen, um für seine Mutter Holz zu hacken. Der andere Junge war mitgegangen, weil er sein bester Freund war und sein verschworener Blutsbruder obendrein. Ohne seine Hilfe hätte es zwei Wochen dauern können, genügend Holz zu hacken, um die Familie für den Winter zu versorgen. Da sie beide emsig gearbeitet hatten, hatten sie nur sechs Tage gebraucht.

Damit erschien der Vorfall in einem anderen Licht. Roland hatte seine eigene Mutter sehr geliebt, und er wäre mit Freuden für sie gestorben. Er stellte Nachforschungen an und fand heraus, daß Sasha recht hatte. Er fand auch heraus, daß die beiden Soldaten erst geflohen waren, nachdem ein sadistischer Feldwebel sich wiederholt geweigert hatte, ihre berechtigte Bitte um Dienstbefreiung an seinen Vorgesetzten weiterzuleiten, und daß sie, kaum waren vier Ster Holz gehackt, zurückgekehrt waren, obwohl sie gewußt hatten, daß das Kriegsgericht und das Beil des Scharfrichters auf sie warteten.

Roland begnadigte sie. Flagg nickte, lächelte und sagte lediglich: »Euer Wille ist Delains Wille, Sire.« Nicht um alles Gold in den Vier Königreichen hätte er Roland die kalte Wut sehen lassen, die in ihm aufstieg, als sein Befehl widerrufen wurde. Rolands Entscheidung fand breite Zustimmung in Delain, denn viele kannten die wahren Hintergründe, und diejenigen, die sie nicht kannten, wurden von den anderen rasch aufgeklärt. An Rolands mitfühlende Begnadigung erinnerte man sich noch, als andere, weniger humane Dekrete (die allesamt ebenfalls vom Hofzauberer ausgingen) verkündet und durchgesetzt wurden. Das alles war Flagg einerlei. Er hatte sie hinrichten lassen wollen, und Sasha hatte sich eingemischt. Warum hatte Roland keine andere heiraten können? Er hatte keine einzige gekannt, und ihm lag nichts an Frauen. Warum keine andere? Nun, es war einerlei. Flagg lächelte zu der Begnadigung, aber er schwor sich, daß er bald Sashas Beerdigung beiwohnen würde.

In der Nacht, nachdem Roland das Gnadengesuch unterschrieben hatte, begab sich Flagg in sein finsteres Laboratorium im Keller. Dort zog er einen dicken Handschuh über und holte eine Giftspinne aus dem Käfig, in dem er sie zwanzig Jahre lang gehalten und sie mit neugeborenen Mäusen gefüttert hatte. Jede Maus, die er der Spinne verfüttert hatte, war vergiftet und wäre ohnehin gestorben; Flagg tat das, um das Gift der Spinne noch stärker zu machen, das sowieso schon unglaublich stark war. Die Spinne war blutrot und so groß wie eine Ratte. Ihr aufgeblähter Leib war prallvoll von Gift; Gift troff in kleinen Tropfen von ihrem Stachel, die Löcher in die Platte von Flaggs Arbeitstisch ätzten.

»Nun stirb, mein Liebchen, und töte eine Königin«, flüsterte Flagg und zerdrückte die Spinne mit dem Handschuh, der aus einem verzauberten Stahlgeflecht bestand, welches dem Gift standhielt – dennoch war seine Hand, als er an diesem Abend zu Bett ging, geschwollen und blutrot und schmerzte pochend.

Gift aus dem zerquetschten Leib der Spinne troff in einen Kelch. Flagg goß Branntwein über die Substanz, dann vermischte er beides. Als er den Löffel aus dem Glas nahm, war dieser verätzt und unbrauchbar. Wenn die Königin einen einzigen Schluck trank, würde sie tot umfallen. Ihr Tod würde schnell sein, aber außerordentlich schmerzhaft, dachte Flagg zufrieden.

Sasha hatte die Angewohnheit, jeden Abend ein Glas Branntwein zu trinken, weil sie oft Schwierigkeiten mit dem Einschlafen hatte. Flagg läutete, damit der Diener kam, der ihr den Schlummertrunk bringen sollte.

Sasha erfuhr nie, wie nahe sie an diesem Abend dem Tode gewesen war.

Kurz nachdem er den tödlichen Trunk gebraut hatte, schüttelte Flagg, noch bevor der Diener klopfte, die Flüssigkeit in den Ausguß im Zentrum des Fußbodens und lauschte, wie sie zischend und gurgelnd im Abflußrohr verschwand. Sein Gesicht war vom Haß verzerrt. Als das Zischen aufgehört hatte, schleuderte er den Kristallkelch mit aller Wucht in die Ecke. Er zerschellte wie eine Bombe.

Der Diener klopfte und wurde eingelassen.

Flagg deutete auf die glitzernden Scherben. »Ich habe einen Kelch zerbrochen«, sagte er. »Mach sauber. Und nimm einen Besen, Idiot. Wenn du die Scherben berührst, wird es dir leid tun.«

10

Er hatte das Gift in den Abfluß geschüttet, weil ihm im letzten Augenblick klar geworden war, daß man ihm auf die Schliche kommen könnte. Hätte Roland die junge Königin nicht so sehr geliebt, wäre er das Risiko eingegangen. Aber er fürchtete, daß Roland wütend und mit gebrochenem Herzen nach dem Täter suchen lassen und nicht ruhen würde, bis man den Mörder gefaßt hatte, und dann würde sein abgeschlagener Kopf die Spitze der Nadel zieren. Es wäre ein Verbrechen, das der König rächen würde, einerlei, wer es begangen hatte. Könnte er den Mörder finden?

Flagg hielt es für möglich.

Immerhin war Jagen dasjenige, was Roland am besten konnte.

Und so kam Sasha — dieses Mal — davon, beschützt von Flaggs Furcht und der Liebe ihres Mannes. Und Flagg gab dem König auch weiterhin in fast allen Fragen seinen Rat.

Was jedoch das Puppenhaus anbelangt — man könnte sagen, daß Sasha in dieser Frage siegreich blieb, wenngleich es Flagg mittlerweile tatsächlich gelungen war, sie sich vom Hals zu schaffen.

11

Nicht lange, nachdem Flagg seine geringschätzigen Bemerkungen über Puppenhäuser und königliche Memmen gemacht hatte, schlich Roland unerkannt ins Morgenzimmer der toten Königin und sah seinem Sohn beim Spielen zu. Der König stand direkt hinter der Tür und runzelte die Stirn. Er dachte viel angestrengter nach als gewöhnlich, und das bedeutete, es rollten Wackersteine in seinem Kopf herum und seine Nase war verstopft.

Er sah, daß Peter das Puppenhaus benützte, um sich Geschichten auszudenken, um ›so zu tun als ob‹, und die Geschichten, die er sich ausdachte, waren keineswegs Memmengeschichten. Es waren Geschichten von Blut und Donner und Armeen und Drachen. Es waren, mit anderen Worten, Geschichten ganz nach des Königs Herzen. Er verspürte plötzlich in sich das sehnsüchtige Verlangen, sich zu seinem Sohn zu gesellen und ihm dabei zu helfen, sich noch faszinierendere Geschichten auszudenken, in welchen das Puppenhaus, seine wundersame Einrichtung und die imaginären Bewohner ihre Rolle spielen konnten. Am deutlichsten aber sah er, daß Peter das Puppenhaus dazu benützte, um die Erinnerung an Sasha in seinem Herzen lebendig zu halten, und das schätzte Roland am meisten, denn seine Frau fehlte ihm sehr. Manchmal fühlte er sich so einsam, daß er beinahe weinte. Selbstverständlich weinten Könige nicht... und wenn er ein- oder zweimal nach Sashas Tod dennoch erwachte und feststellte, daß der Kissenbezug feucht war, na und?

Der König verließ das Zimmer so leise, wie er es betreten hatte. Peter sah ihn nicht. In dieser Nacht lag Roland lange wach und dachte über das nach, was er gesehen hatte, und wenngleich es ihm schwerfiel, Flaggs Mißbilligung zu ertragen, bat er ihn gleich am nächsten Morgen zu einer Privataudienz, bevor seine Entschlossenheit ins

34

Wanken kommen konnte, und sagte ihm, daß er über
das Thema gründlich nachgedacht habe und zu dem
Schluß gekommen sei, man sollte Peter, so lange er wollte, mit dem Puppenhaus spielen lassen. Er sagte, er glaube, es würde dem Jungen nicht schaden.

Nachdem das heraus war, lehnte er sich unbehaglich
zurück und erwartete Flaggs Erwiderung. Aber es kam
keine. Flagg zog eine Braue hoch – das sah Roland im
tiefen Schatten der Kapuze, die Flagg stets trug, kaum –
und sagte: »Euer Wille, Sire, ist der Wille des Königreichs.«

An seinem Tonfall konnte Roland merken, daß Flagg
das für eine schlechte Entscheidung hielt, aber derselbe
Tonfall verriet ihm auch, daß Flagg keine weiteren Ein-
wände mehr erheben würde. Er war sehr erleichtert, daß
er so glimpflich davongekommen war. Als Flagg an diesem Tag vorschlug, die Bauern des Östlichen Baronats
könnten höhere Steuern bezahlen, wenngleich dort eine
Dürre im Vorjahr den größten Teil der Ernte vernichtet
hatte, stimmte Roland eifrig zu.

In Wahrheit erschien es dem Magier eine wirklich unbedeutende Sache zu sein, wenn der alte Narr (so nannte
er Roland insgeheim) in der Frage des Puppenhauses
sich nicht seinen Wünschen beugte. Wichtig war gewesen, die Steuern für das Östliche Baronat zu erhöhen.
Zudem hatte Flagg ein finsteres Geheimnis, welches ihn
mit noch boshafterer Freude erfüllte. Immerhin war es
ihm doch gelungen, Königin Sasha zu ermorden.

12

Wenn in jener Zeit eine Königin – oder eine Frau von
Adel – ein Kind gebar, wurde eine Hebamme hinzuge-
zogen. Zwar waren alle Ärzte Männer, aber es war kei-

nem Mann gestattet, mit einer Frau alleine zu sein, wenn sie ein Kind zur Welt brachte. Die Hebamme, die bei Peters Geburt zugegen gewesen war, hieß Anna Crookbrows und wohnte in der Third South'ard Alley. Sie wurde wieder gerufen, als die Zeit von Sashas Niederkunft mit Thomas näher rückte. Als Sashas zweite Geburt bevorstand, war Anne schon über fünfzig und Witwe. Sie hatte selbst einen Sohn, welcher im zwanzigsten Lebensjahr die Schüttelkrankheit bekam, die ihre Opfer nach jahrelangem Leiden unter großen Schmerzen tötete.

Sie liebte ihren Jungen über alles, und nachdem sich alles als vergebens erwiesen hatte, ging sie schließlich zu Flagg. Das war schon vor Jahren gewesen, als die Prinzen noch nicht geboren waren und Roland selbst noch königlicher Junggeselle gewesen war. Flagg empfing sie in seinen finsteren Kellerräumen, die sich in der Nähe der Kerker und Verliese befanden − während der Unterhaltung konnte die nervöse Frau manchmal die verzweifelten Schreie all jener hören, die man seit Jahren fern vom Licht der Sonne eingesperrt hatte. Wenn die Kerker so nahe waren, dachte sie unbehaglich, dann mußten die Folterkammern auch nahe sein. Und auch in Flaggs Gemächern selbst fühlte sie sich nicht gerade behaglich. Viele seltsame Zeichen waren mit bunter Kreide auf den Boden gezeichnet. Wenn sie blinzelte, schienen sich diese Zeichen zu verändern. In einem Käfig, welcher an einer langen schwarzen Kette hing, krächzte ein zweiköpfiger Papagei und redete manchmal mit sich selbst, wobei ein Kopf sprach und der andere antwortete. Staubige Bücher sahen finster auf sie herab. Spinnen webten in dunklen Ecken ihre Netze. Aus dem Labor drang ein Schwall seltsamer Chemikaliengerüche. Dennoch gelang es ihr irgendwie, ihre Geschichte hervorzustammeln, und dann wartete sie in gespannter, schmerzlicher Neugier.

»Ich kann deinen Sohn heilen«, erklärte er schließlich.

Die Freude verwandelte Anna Crookbrows häßliches Gesicht beinahe in etwas Schönes. »Mein Lord!« sagte sie, und weil ihr sonst nichts einfiel, wiederholte sie noch einmal: »Oh, mein Lord!«

Aber Flaggs weißes Gesicht im Schatten der Kapuze blieb düster und unbeteiligt, und sie empfand wieder Angst.

»Was würdest du für ein solches Wunder bezahlen?« fragte er.

»Alles«, keuchte sie, und es war ihr ernst damit. »Oh, mein Lord Flagg, alles!«

»Ich bitte dich nur um einen Gefallen«, sagte er. »Wirst du ihn mir erfüllen?«

»Mit Freuden«, antwortete sie.

»Ich weiß noch nicht, worum es sich handelt, aber wenn der Zeitpunkt gekommen ist, werde ich es wissen.«

Sie war vor ihm auf die Knie gesunken, und nun beugte er sich zu ihr hinab. Die Kapuze fiel zurück; sein Gesicht war wirklich schrecklich anzusehen. Es war das weiße Gesicht eines Kadavers, mit schwarzen Löchern anstelle der Augen.

»Solltest du nicht tun, was ich verlange, Weib...«

»Ich werde es tun! Oh, mein Lord, ich werde es tun! Ich werde es tun! Ich schwöre es beim Namen meines lieben Mannes!«

»Dann ist alles gut. Bring deinen Sohn morgen abend, wenn es dunkel geworden ist, zu mir.«

Sie führte den armen Jungen am nächsten Abend zu ihm. Er zitterte und wurde geschüttelt, sein Kopf nickte albern und die Augen rollten. Speichel troff ihm am Kinn hinab. Flagg gab ihr eine dunkle, pflaumenfarbene Medizin in einem Glas. »Gib ihm dies zu trinken«, sagte er. »Seine Lippen werden Blasen bekommen, aber er muß es trotzdem bis auf den letzten Tropfen austrinken. Und dann schaff mir den Narren aus den Augen.«

37

Sie murmelte ihm etwas zu. Der torkelnde Kopf des Jungen wippte einen Augenblick noch heftiger, als er zu nicken versuchte. Er trank die ganze Medizin, und dann brach er schreiend zusammen.

»Schaff ihn raus«, sagte Flagg.

»*Ja, schaff ihn raus!*« kreischte einer der Köpfe des Papageis.

»*Schaff ihn raus, schreien ist hier nicht erlaubt!*« schrie der andere Kopf.

Sie brachte ihn heim und war sicher, daß Flagg ihn ermordet hatte. Am nächsten Tag war die Schüttelkrankheit ganz aus ihrem Sohn verschwunden, und er war gesund.

Jahre vergingen. Als Sashas Niederkunft mit Thomas begann, rief Flagg nach Anna und flüsterte ihr etwas ins Ohr. Sie waren allein in seinem unterirdischen Gemach, dennoch war es besser, daß ein so gräßlicher Befehl geflüstert wurde.

Anna Crookbrows Gesicht wurde aschfahl, aber sie erinnerte sich an Flaggs Worte: *Solltest du nicht tun, was ich verlange*...

Und bekam nicht der König schon ein zweites Kind? Sie selbst hatte nur eines. Und wenn der König wieder heiraten und noch mehr zeugen wollte, dann sollte er doch. In Delain gab es Frauen in Hülle und Fülle.

Also ging sie zu Sasha und sprach ermutigende Worte, und im kritischen Augenblick glitzerte ein Messer in ihrer Hand. Niemand sah den winzigen Schnitt, den sie der Königin zufügte. Einen Augenblick später rief Anna: »Preßt, meine Königin! Preßt, das Baby kommt!«

Sasha preßte. Thomas kam so mühelos aus ihr heraus wie ein Knabe, der eine Rutschbahn hinunterfährt. Aber Sashas Blut ergoß sich auf das Laken. Zehn Minuten nachdem Thomas das Licht der Welt erblickt hatte, war seine Mutter tot.

Daher machte Flagg sich keinerlei Gedanken über das

unbedeutende Thema Puppenhaus. Einzig folgendes zählte: Roland wurde alt, keine Königin konnte sich in seine Belange einmischen, und nun hatte er nicht einen Sohn, sondern deren zwei, von denen er sich für einen entscheiden konnte. Natürlich war Peter der Erstgeborene, aber eigentlich war das einerlei. Peter konnte aus dem Weg geschafft werden, sollte sich im Laufe der Zeit erweisen, daß er für Flaggs Zwecke nicht geeignet war. Er war nur ein Kind und konnte sich nicht verteidigen.

Ich habe euch erzählt, daß Roland niemals lange oder eingehend über etwas nachdachte, solange er herrschte, mit Ausnahme der Frage, ob Peter erlaubt sein sollte, mit Sashas Puppenhaus zu spielen, welches Ellender so künstlerisch gestaltet hatte. Ich habe euch gezeigt, daß er als Folge dieses Nachdenkens zu einem Schluß kam, der Flaggs Wünschen zuwiderlief. Ich habe euch *auch* erzählt, daß dies nach Flaggs Überzeugung unbedeutend war.

War es das? Das müßt ihr alle selbst entscheiden, nachdem ihr meine Geschichte zu Ende gehört habt.

13

Und nun lassen wir viele Jahre innerhalb eines Augenzwinkerns verstreichen — das Schöne an Geschichten ist, wie schnell man die Zeit verstreichen lassen kann, wenn nichts wirklich Wichtiges passiert. Im wirklichen Leben ist das nicht so, und das ist wahrscheinlich gut so. Nur in Geschichtsbüchern verstreicht die Zeit schneller, und was ist die Geschichte schon, wenn nicht eine Art weitgespanntes Märchen, in dem an die Stelle von verstreichenden Jahren verstreichende Jahrhunderte treten?

In all den Jahren beobachtete Flagg die beiden Jungen genau — er verfolgte ihr Wachstum über die Schultern des alternden Königs hinweg und überlegte genau, welcher König werden sollte, wenn Roland einmal nicht mehr war. Er brauchte nicht lange, um zu der Überzeugung zu kommen, daß es Thomas sein mußte, der jüngere. Als Peter sieben Jahre alt war, da wußte er, daß er den Jungen nicht mochte. Als Peter neun war, machte er die bestürzende Feststellung, daß er ihn darüber hinaus sogar fürchtete.

Der Junge war mittlerweile herangewachsen und groß, stark und stattlich geworden. Sein Haar war dunkel, die Augen von einem dunklen Blau, wie es im Westlichen Baronat nicht ungewöhnlich ist. Manchmal, wenn Peter rasch aufsah und auf bestimmte Weise den Kopf neigte, ähnelte er seinem Vater. Ansonsten war er in fast jeder Hinsicht Sashas Sohn. Anders als sein kleinwüchsiger Vater mit dem o-beinigen Gang und der unbeholfenen Art, sich zu bewegen (Roland wirkte nur auf dem Rücken eines Pferdes anmutig), war Peter groß und behende. Er hatte Spaß an der Jagd und jagte gut, aber es war nicht sein Lebensinhalt. Auch der Unterricht machte ihm Spaß — am liebsten mochte er Geographie und Geschichte.

Seinen Vater verwirrten Witze und machten ihn ungeduldig, bei den meisten mußte man ihm die Pointe erklären, und dann waren sie nicht mehr lustig. Roland gefiel es, wenn die Narren vorgaben, auf einer Bananenschale auszugleiten, mit den Köpfen zusammenstießen oder sich im Festsaal Tortenschlachten lieferten. Weiter reichte Rolands Humor nicht. Peters Geist dagegen war schneller und schärfer, wie der Sashas gewesen war, und sein glockenhelles, jungenhaftes Gelächter hallte oft durch den Palast, worauf die Diener einander beifällig zulächelten.

Viele Jungen in Peters Alter wären sich ihrer eigenen gehobenen Stellung im großen Ablauf der Ereignisse wahrscheinlich zu bewußt gewesen und hätten nur mit

Angehörigen ihrer Schicht gespielt, aber Peter freundete sich mit einem Jungen namens Ben Staad an, als beide acht Jahre alt waren. Bens Familie war nicht von königlichem Geblüt, und wenngleich Andrew Staad, Bens Vater, von Seiten seiner Mutter eine Spur vom hohen Blut des Königreichs in den Adern hatte, konnte man sie nicht als Adelige bezeichnen. ›Landjunker‹ war wohl die gnädigste Bezeichnung für Andrew Staad, und ›Landjunkers-Sohn‹ für seinen Jungen. Über die einst wohlhabende Familie Staad waren harte Zeiten hereingebrochen, und ein Prinz hätte sich zwar seltsamere Freunde suchen können, aber gewiß nicht viele.

Als Peter acht Jahre alt war, lernten sie sich beim alljährlichen Rasenfest der Bauern kennen. Das Rasenfest war ein Ereignis, welches den meisten Königen und Königinnen langweilig war; meist machten sie nur einen Pflichtbesuch, tranken rasch auf das Wohl der Bauern und zogen sich dann schnell zurück, nachdem sie den Bauern viel Vergnügen gewünscht hatten sowie ein weiteres fruchtbares Jahr (auch dies war ein Ritual, selbst wenn die Ernte schlecht ausgefallen war). Wenn Roland auch so ein König gewesen wäre, so hätten Peter und Ben kaum noch eine Chance gehabt, einander kennenzulernen. Aber ihr könnt euch sicher schon denken, daß Roland das Rasenfest der Bauern über alles gefiel, er freute sich jedes Jahr darauf und blieb für gewöhnlich bis zum Ende (und mehr als einmal wurde er volltrunken und laut schnarchend weggetragen).

Der Zufall wollte es nun, daß Ben und Peter beim dreibeinigen Sackhüpfen ein Team bildeten, und sie gewannen... wenn auch nicht so überlegen, wie es anfangs ausgesehen hatte. Sie führten um beinahe sechs Längen, als sie strauchelten und Peter sich eine Schnittwunde am Arm holte.

»Es tut mir leid, mein Prinz!« rief Ben. Sein Gesicht war aschfahl, und er sah sich im Geiste wohl schon im

Kerker (ich weiß, daß sein Vater und seine Mutter ihn ganz sicher dort sahen; wenn es das Unglück nicht gäbe, knurrte Andy Staad gerne, würden die Staads das Wort ›Glück‹ überhaupt nicht kennen); wahrscheinlich aber tat es ihm nur leid, weil er jemandem Schmerzen zugefügt hatte, oder er war verblüfft darüber, daß das Blut des künftigen Königs ebenso rot war wie sein eigenes.

»Sei kein Narr«, sagte Peter ungeduldig. »Es war meine Schuld, nicht deine. Ich war ungeschickt. Rasch, steh auf. Sie holen uns ein.«

Peters rechtes und Bens linkes Bein waren mit einem Sack und einer Schnur eng zusammengebunden worden, und so standen sie nun unbeholfen auf und hüpften weiter. Aber beide waren durch den Sturz schwer ins Hintertreffen geraten, und ihr großer Vorsprung war dahingeschmolzen. Als sie sich der Ziellinie näherten, wo eine Meute Bauern (ganz zu schweigen von Roland, der sich nicht im mindesten genierte oder sich gar fehl am Platze vorkam) johlend warteten, holten zwei große, schwitzende Bauernjungen auf. Es schien beinahe unabwendbar, daß sie Peter und Ben auf den letzten Metern überholen würden.

»*Schneller, Peter!*« bellte Roland und schwang einen riesigen Krug Met mit solchem Nachdruck, daß er sich das meiste davon über den eigenen Kopf schüttete. Aber in seiner Aufregung bemerkte er es gar nicht. »*Kaninchen, mein Sohn! Sei ein Kaninchen! Diese Bauerntölpel sitzen euch im Nacken und haben euch beinahe schon eingeholt!*«Bens Mutter begann zu wimmern und verfluchte das Schicksal, das ihren Sohn mit dem Prinzen zusammengeführt hatte.

»Wenn sie verlieren, wird er unseren Ben in den tiefsten Kerker des Schlosses werfen lassen«, jammerte sie.

»Still, Frau«, sagte Andy. »Das wird er nicht. Er ist ein guter König.« Er glaubte fest daran, und dennoch hatte er Angst. Das einzige Glück der Staads war schließlich bekanntermaßen Un-Glück.

Derweil begann Ben zu kichern. Er konnte es selbst kaum glauben, aber er tat es. »Hat er wirklich gesagt, sei ein Kaninchen?«

Peter begann ebenfalls zu kichern. Seine Beine schmerzten furchtbar, Blut lief an seinem rechten Arm hinab, Schweiß rann ihm übers Gesicht, das begann, eine interessante Pflaumenfärbung anzunehmen, aber auch er konnte nicht aufhören. »Ja, das hat er gesagt.«

»Dann laß uns *hoppeln!*«

Sie sahen nicht wie Kaninchen aus, als sie die Ziellinie überquerten, sondern vielmehr wie zwei seltsame verkrüppelte Krähen. Es war wirklich ein Wunder, daß sie nicht stürzten, aber irgendwie schafften sie es. Sie machten drei albern aussehende Sprünge. Der vierte brachte sie über die Ziellinie, wo sie brüllend vor Lachen hinfielen.

»Kaninchen!« heulte Ben und deutete auf Peter.

»Selber Kaninchen!« rief Peter und deutete auf Ben.

Sie fielen sich um den Hals, ohne mit Lachen aufzuhören, und dann wurden sie von vielen kräftigen Bauern (darunter Andrew, der das Erlebnis, seinen Sohn *und* den Prinzen getragen zu haben, niemals vergaß) zu der Stelle getragen, wo Roland ihnen die blauen Siegerschärpen überstreifte. Dann gab er jedem einen derben Kuß und schüttete unter dem Johlen der Menge den restlichen Inhalt seines Kruges über ihre Köpfe. Nicht einmal die ältesten Zuschauer konnten sich daran erinnern, daß jemals ein solches Rennen gelaufen worden war.

Die beiden Jungen verbrachten den Rest des Nachmittags zusammen, und es wurde bald deutlich, daß sie den Rest ihres Lebens zusammen verbringen könnten. Weil auch ein achtjähriger Junge Pflichten hat (und wenn er eines Tages König sein soll, sind es sogar noch mehr), konnten die beiden nicht so oft zusammen sein, wie sie es wollten, aber sie sahen sich, sooft es ging.

Viele rümpften wegen dieser Freundschaft die Nase und sagten, es zieme sich nicht, daß ein künftiger König ein so herzliches Verhältnis zu einem Jungen habe, der wenig mehr als ein gewöhnlicher Baronats-Bauernlümmel war. Aber die meisten sahen es beifällig; mehr als einmal wurde in den Gaststätten von Delain über tiefen Humpen gemurmelt, daß Peter das Beste von beiden Vorfahren geerbt hatte — den Verstand seiner Mutter und seines Vaters Liebe zum gewöhnlichen Volk.

Peter hatte kein bißchen Bosheit in sich. Er machte niemals eine Phase durch, in der er Fliegen die Flügel ausriß oder Hunden die Schwänze ansengte, um sie davonrennen zu sehen. Tatsächlich rettete er sogar einem Pferd das Leben, welches Yosef, der Stallmeister des Königs, töten sollte... und als diese Geschichte Flagg berichtet wurde, da begann er den ältesten Sohn des Königs zu fürchten und überlegte, daß er vielleicht nicht mehr soviel Zeit hatte, den Jungen aus dem Weg zu räumen, wie er geglaubt hatte. Denn im Fall des Pferdes mit dem gebrochenen Bein hatte Peter Mut und eine Entschlossenheit gezeigt, die Flagg ganz und gar nicht gefielen.

14

Peter ging durch das Gelände der Stallungen, als er ein Pferd sah, welches am Zaun direkt vor dem Hauptgebäude angebunden war. Das Pferd hob ein Hinterbein vom Boden empor. Vor Peters Augen spuckte Yosef in die Hände und hob einen gewaltigen Hammer empor. Es war eindeutig, was er damit vorhatte. Peter war ängstlich und abgestoßen zugleich. Er eilte hinüber.

»Wer hat dir den Befehl gegeben, dieses Pferd zu töten?« fragte er.

Yosef, ein kräftiger und robuster Mann in den Sechzigern, war eine Art Palastinstitution. Er war nicht der Typ, der sich von einem rotznäsigen Balg etwas vorschreiben ließ, Prinz oder nicht. Er bedachte Peter mit einem finsteren, galligen Blick, der den Jungen in die Schranken verweisen sollte. Peter, der gerade neun Jahre alt war, errötete, gab aber nicht nach. Er schien einen Ausdruck in den samtenen braunen Augen des Pferdes zu sehen, der besagte: *Du bist meine einzige Hoffnung, wer immer du auch bist. Bitte tu alles, was du kannst.*

»Mein Vater, und dessen Vater, und dessen Vater *zuvor*«, sagte Yosef, der nun einsah, daß er irgend etwas sagen mußte, ob es ihm gefiel oder nicht.»*Die* haben es mir gesagt. Ein Pferd mit gebrochenem Bein nützt keinem etwas, am allerwenigsten sich selbst.« Er hob den Hammer ein wenig. »Du betrachtest diesen Hammer als Mordwaffe, aber wenn du älter bist, wirst du das in ihm sehen, was er tatsächlich ist... eine Gnade. Und nun tritt zurück, damit du dich nicht besudelst.«

Er hob den Hammer mit beiden Händen.

»Leg ihn weg«, sagte Peter.

Yosef war wie vom Donner gerührt. Noch *niemals* hatte sich jemand so in seine Angelegenheiten eingemischt.

»Aber! Aber! Was hast du gesagt?«

»Du hast genau verstanden. Ich sagte, *leg den Hammer weg.*« Als er diese Worte sprach, wurde Peters Stimme tiefer. Plötzlich wurde Yosef klar — wirklich, wirklich klar —, daß es der zukünftige König war, der hier in seinem Stall stand und ihm einen Befehl erteilte. Hätte Peter dies tatsächlich *gesagt* — hätte er da im Staub vor ihm gestanden und gesagt: *Leg das weg. Leg das weg, habe ich gesagt, denn ich werde eines Tages König sein, König, hast du gehört, also leg es weg!*, dann hätte Yosef verächtlich gelacht, in die Hände gespuckt und dem Pferd mit einem einzigen Hieb seiner kräftigen Arme den Garaus gemacht. Aber Peter mußte es nicht eigens betonen; der Befehlston war seiner Stimme deutlich anzumerken, und es stand in seinen Augen zu lesen.

»Dein Vater wird davon erfahren, mein Prinz«, erklärte Yosef.

»Und wenn er es von dir erfährt, wird er es zum zweiten Male hören«, antwortete Peter. »Ich werde dich ohne weiteren Einwand deine Arbeit tun lassen, Lord Stallmeister, wenn du mir eine Frage beantwortest.«

»Stell deine Frage«, sagte Yosef. Der Junge beeindruckte ihn fast gegen seinen Willen. Als er Yosef sagte, daß er, Peter, seinem Vater zuerst von dem Vorfall berichten würde, da wußte Yosef, daß es ihm ernst war — in den Augen des Jungen stand die schlichte Wahrheit zu lesen. Zudem hatte ihn noch niemals jemand Lord Stallmeister genannt, und das gefiel ihm.

»Hat der Tierarzt dieses Pferd gesehen?« fragte Peter.

Yosef war vom Donner gerührt. »Das ist deine Frage? *Das?*«

»Ja.«

»Ihr gütigen Götter, *nein!*« brüllte er, und als er sah, wie Peter zusammenzuckte, senkte er die Stimme, kauerte vor dem Jungen nieder und versuchte, es ihm zu erklären. »Ein Pferd mit gebrochenem Bein ist hinüber, Hoheit. Für immer. Das Bein heilt niemals wieder richtig. Gefahr einer Blutvergiftung. Schröckliche Schmerzen für das Tier. *Schröckliche* Schmerzen. Schließlich wird sein armes Herz versagen. Oder es bekommt Gehirnfieber und wird verrückt. Verstehst du nun, warum ich sagte, daß dieser Hammer eine Barmherzigkeit ist und keine Mordwaffe?«

Peter dachte mit gesenktem Kopf lange und ernsthaft darüber nach. Yosef schwieg und kauerte in einer eher unbewußten Haltung der Unterwerfung vor ihm; er ließ ihm Zeit.

Peter hob den Kopf und sagte: »Du behauptest, jeder sagt das?«

»Jeder, Hoheit. Selbst mein Vater...«

»Dann wollen wir sehen, ob der Tierarzt das auch sagt.«

»Oh... *Pah!*« bellte der Stallmeister und schleuderte den Hammer über den ganzen Hof. Er flog in einen

Schweinepferch und blieb im Schlamm stecken. Die Schweine grunzten und quiekten und verfluchten ihn in ihrem Schweinelatein. Yosef war, wie Flagg, nicht daran gewöhnt, daß man seine Taten kritisierte, daher achtete er gar nicht auf sie.

Er stand auf und stapfte davon. Peter sah ihm besorgt nach, er war sicher, daß er im Unrecht war und für seinen Eigensinn ausgepeitscht werden würde. Dann, als der Stallmeister den Hof halb überquert hatte, drehte er sich um, und widerstrebend erhellte ein grimmiges Lächeln sein Gesicht, gleich einem Sonnenstrahl an einem grauen Morgen.

»Geh zum Tierarzt«, sagte er. »Hol ihn selbst, Sohn. Du findest ihn in seiner Praxis in der Third East'rd Alley, möchte ich meinen. Ich gebe dir zwanzig Minuten. Wenn du bis dahin nicht zurück bist, werde ich dem Pferd den Hammer ins Gehirn dreschen, Prinz oder nicht Prinz!«

»Ja, Lord Stallmeister!« rief Peter. »Danke!« Er eilte davon.

Als er schnaufend und atemlos mit dem Tierarzt zurückkam, war Peter sicher, daß das Pferd bereits tot war; der Stand der Sonne verriet ihm, daß dreimal zwanzig Minuten verstrichen waren. Doch der neugierige Yosef hatte gewartet.

Veterinärmedizin war etwas sehr Neues in Delain, und dieser junge Mann war erst der dritte oder vierte überhaupt, welcher diesem Gewerbe nachging, daher überraschte ihn Yosefs griesgrämiger und mißtrauischer Gesichtsausdruck nicht. Der Tierarzt war auch nicht glücklich darüber gewesen, von dem schwitzenden Prinzen, dessen Augen weit aufgerissen waren, von seiner Arbeit fortgeholt zu werden, aber als er den Patienten sah, verrauchte sein Zorn augenblicklich. Er kniete vor dem Pferd nieder und betastete das gebrochene Bein sanft, und während er das tat, summte er leise. Das Pferd be-

47

wegte sich einmal, als etwas, das er tat, ihm Schmerzen bereitete. »Halt still, altes Mädchen«, sagte der Tierarzt ruhig, »halt ganz still.« Das Pferd beruhigte sich wieder. Peter betrachtete das alles voll schmerzlicher Erwartung. Yosef sah ebenfalls gespannt zu, er hatte die Arme über der Brust gefaltet, der schwere Hammer stand neben ihm. Seine Meinung über den Tierarzt war nun ein wenig besser. Der Bursche war zwar jung, aber seine Hände waren sanft und gründlich.

Schließlich nickte der Tierarzt, stand auf und klopfte sich den Stallschmutz von den Händen.

»Und?« fragte Peter ängstlich.

»Töte es«, sagte der Tierarzt brüsk zu Yosef, ohne sich um Peter zu kümmern.

Yosef griff unverzüglich nach dem Hammer, denn er hatte keine andere Entscheidung erwartet. Aber es erfüllte ihn nicht mit Zufriedenheit, recht zu behalten; der bestürzte Gesichtsausdruck des Jungen rührte sein Herz.

»Warte!« rief Peter, und obschon sein kleines Gesicht voll Bestürzung war, hatte seine Stimme wieder jenen tiefen Klang, der ihn viel, viel älter erscheinen ließ, als er tatsächlich war.

Der Tierarzt sah ihn erstaunt an.

»Es wird also an Blutvergiftung sterben?« fragte Peter.

»Was?« fragte der Tierarzt und betrachtete Peter mit neu erwachter Aufmerksamkeit.

»Wird es an Blutvergiftung sterben, wenn es weiterleben darf? Wird sein Herz versagen? Wird es verrückt werden?«

Der Arzt war eindeutig verwirrt. »Wovon redest du da? Blutvergiftung? Das da gibt keine Blutvergiftung. Der Bruch heilt sogar recht gut.« Er sah Yosef mit einiger Mißbilligung an. »Ich habe schon öfter solche Geschichten gehört. Sie enthalten kein Körnchen Wahrheit.«

»Wenn du dieser Meinung bist, dann mußt du noch viel lernen, junger Freund«, sagte Yosef.

Peter achtete nicht darauf. Nun war es an ihm, verwirrt zu sein. Er fragte den jungen Tierarzt: »Warum befiehlst du dem Stallmeister, ein Tier zu töten, das wieder gesund werden kann?«

»Hoheit«, antwortete der Arzt brüsk, »man müßte dem Pferd einen Monat lang Breiumschläge machen, damit es zu keiner Infektion kommt. Man könnte sich natürlich die Mühe machen, aber wozu? Das Pferd würde immer hinken. Ein Pferd, das hinkt, kann nicht arbeiten. Ein hinkendes Pferd kann nicht laufen, so daß niemand Wetten darauf abschließen kann. Ein hinkendes Pferd kann nur fressen und fressen und bringt seinem Halter nichts ein. Daher muß es getötet werden.«

Er lächelte zufrieden. Er hatte seine Argumente vorgebracht.

Als Yosef wieder mit dem Hammer nach vorne trat, sagte Peter: »*Ich* werde ihm die Umschläge machen. Und sollte ich es einmal nicht können, wird Ben Staad es tun. Und es wird gut sein, weil es mein Pferd sein wird, und ich werde es auch dann reiten, wenn es so sehr hinkt, daß ich davon seekrank werde.«

Yosef lachte dröhnend und schlug dem Jungen so heftig auf die Schulter, daß dessen Zähne zusammenschlugen. »Dein Herz ist ebenso gütig wie tapfer, mein Junge, aber Jungs versprechen schnell und bedauern ebenso schnell. Ich glaube nicht, daß du es ernst meinst.«

Peter sah ihn ruhig an. »Was ich sage, ist mein voller Ernst.«

Da hörte Yosef unvermittelt auf zu lachen. Er sah Peter genau an und stellte fest, daß es dem Jungen wirklich ernst mit seinen Worten war... jedenfalls meinte er es ernst. Sein Gesicht ließ keinerlei Zweifel zu.

»Also! Ich kann hier nicht den ganzen Tag vertrödeln«, sagte der Tierarzt in seiner vorherigen brüsken und eigendünklerischen Art. »Ich habe die Diagnose gestellt. Die Rechnung wird der Schatzkammer zugehen. Vielleicht bezahlt Hoheit sie von seinem Taschengeld. Wie dem auch sei, die Entscheidung ist nicht mehr meine Sache. Guten Tag.«

Peter und der Stallmeister sahen ihm nach, wie er den Hof verließ, wobei er einen langen Nachmittagsschatten hinter sich herzog.

»Er ist voll Mist«, sagte Yosef, als der Tierarzt es nicht mehr hören und seinen Worten widersprechen konnte. »Glaube mir, Hoheit, es wird eine Menge Kummer ersparen. Es hat noch nie ein Pferd mit gebrochenem Bein gegeben, das nicht Blutvergiftung bekommen hätte. Das ist Gottes Wille.«

»Ich möchte mit meinem Vater darüber reden«, sagte Peter.

»Das solltest du auch«, sagte Yosef nachdrücklich... aber als Peter davonstapfte, lächelte er. Er dachte, daß der Junge nach seiner Auffassung richtig gehandelt hatte. Sein Vater würde aufgrund seiner Ehre dafür sorgen müssen, daß der Junge den Stock zu spüren bekam, weil er sich in die Belange von Erwachsenen eingemischt hatte, aber Yosef wußte, daß Roland im hohen Alter völlig vernarrt in seine beiden Söhne war — in Peter wahrscheinlich mehr als in Thomas —, und daß der Junge sein Pferd bekommen würde. Natürlich würde ihm das Herz brechen, wenn das Pferd starb, aber, wie der Tierarzt gesagt hatte, das ging ihn nichts an. Er verstand etwas von der Erziehung von Pferden; die Erziehung von Prinzen sollte man anderen überlassen.

Peter *bekam* den Stock zu spüren, weil er sich in die Angelegenheiten des Stallmeisters eingemischt hatte, und wenngleich dies seiner schmerzenden Kehrseite kein Trost war, begriff Peter, daß sein Vater ihm eine große Ehre hatte zuteil werden lassen, als er die Prügel selbst durchführte, anstatt sie einem Unterling zu überlassen, der sich vielleicht die Gunst des Prinzen zu erschleichen versucht hätte, indem er ihn milde behandelte.

Peter konnte drei Tage nicht auf dem Rücken schlafen und eine Woche lang nicht im Sitzen essen, aber was das Pferd anbelangte, so hatte der Stallmeister ebenfalls recht gehabt – Roland erlaubte Peter, es zu behalten.

»Es wird deine Zeit nicht lange in Anspruch nehmen, Peter«, sagte Roland. »Wenn Yosef sagt, es wird sterben, dann wird es sterben.« Rolands Gesicht war ein wenig blaß, und seine alten Hände zitterten. Das Schlagen hatte ihm selbst mehr Schmerzen bereitet als Peter, der sein Liebling war... auch wenn Roland sich närrisch der Überzeugung hingab, außer ihm selbst würde das niemand bemerken.

»Ich weiß nicht«, sagte Peter. »Ich hatte den Eindruck, als habe der Tierarzt gewußt, wovon er sprach.«

Wie sich herausstellte, traf das zu. Das Pferd bekam keine Blutvergiftung, es starb nicht, und das Hinken war am Ende so leicht, selbst Yosef mußte zugeben, daß man es kaum bemerkte. »Jedenfalls nicht, so lange es frisch ist«, schränkte er sogleich ein. Peter war mehr als sorgfältig beim Auflegen der Umschläge; er tat es mit fast religiösem Eifer. Er wechselte sie dreimal täglich, und ein viertes Mal bevor er zu Bett ging. Ben Staad vertrat ihn manchmal, aber nur ganz selten. Peter nannte das Pferd Peony, und sie waren von nun an gute Freunde.

Als Flagg Roland abgeraten hatte, Peter weiterhin mit dem Puppenhaus spielen zu lassen, da hatte Flagg mit einem ganz sicher recht gehabt: Diener waren überall, sie sahen alles, und ihre Zungen waren lose. Mehrere Diener waren Zeuge der Szene vor den Stallungen geworden, aber wenn alle dort gewesen wären, die später behaupteten, selbst dabei gewesen zu sein, hätte sich eine ganze Heerschar an jenem heißen Sommertag auf dem Hof vor dem Stall drängen müssen. Das war natürlich nicht der Fall gewesen, aber die Tatsache, daß für viele der Vorfall so interessant war, daß sie deswegen logen, spricht deutlich dafür, für was für eine interessante Persönlichkeit man Peter hielt. Man redete soviel darüber, daß es zu einer Art kurzfristigem Wunder in Delain wurde. Auch Yosef redete; ebenso der Tierarzt. Und jeder sprach lobend von dem jungen Prinzen — besonders Yosefs Worte hatten großes Gewicht, denn er wurde allgemein respektiert. Er begann damit, Peter den ›jungen König‹ zu nennen, was er noch niemals zuvor getan hatte.

»Ich glaube fest, daß Gott die Mähre verschont hat, weil der junge König sich so wacker für sie eingesetzt hat«, erklärte er. »Und er hat wie ein Sklave geschuftet, um die Umschläge aufzulegen. Mutig ist er; er hat das Herz eines Drachen. Eines Tages wird er ein prachtvoller König werden. Ah! Ihr hättet seine Stimme hören sollen, als er mir befahl, den Hammer wegzulegen.«

Es war wahrhaftig eine gute Geschichte, und Yosef trank die folgenden sieben Jahre darauf — bis Peter eines scheußlichen Verbrechens angeklagt, für schuldig befunden und zu lebenslanger Haft in der Zelle in der Spitze der Nadel verurteilt wurde.

15

Ihr fragt euch vielleicht, wie Thomas wohl war, und einige von euch weisen ihm vielleicht bereits die Rolle des Schurken zu, dem willigen Komplizen Flaggs in dem Plan, dem rechtmäßigen Thronerben die Krone zu entreißen.

Das war natürlich ganz und gar nicht so, wenngleich es für alle Beteiligten so aussah, aber selbstverständlich spielte Thomas durchaus eine gewisse Rolle. Ich muß gestehen, er schien wirklich kein ausgesprochen guter Junge zu sein — jedenfalls nicht auf den ersten Blick. Er war sicher kein guter Junge in dem Sinne, wie Peter einer war, aber neben Peter hätte *kein* Bruder gut ausgesehen, und das war auch Thomas selbst klar geworden, als er vier Jahre alt war – das war in dem Jahr nach dem berühmten Sackhüpfen und in dem Jahr, als sich der Vorfall in den Stallungen ereignete. Peter log selten und trickste nie jemanden aus. Peter war klug und freundlich, groß und hübsch. Er ähnelte ihrer Mutter, die vom König und vom Volk von Delain so sehr geliebt worden war.

Wie konnte Thomas sich mit solcher Güte messen? Eine einfache Frage mit einer ebenso einfachen Antwort. Er konnte es nicht.

Anders als Peter war Thomas das Zerrbild seines Vaters. Das freute den alten Mann ein wenig, aber es verschaffte ihm nicht die Befriedigung, welche die meisten Männer empfinden, wenn sie einen Sohn haben, der ihre Züge trägt. Wenn er Thomas betrachtete, war es zu sehr, als sähe er in einen Spiegel. Er wußte, daß Thomas' feines blondes Haar frühzeitig ergrauen und ausfallen würde; mit vierzig würde Thomas kahl sein. Er wußte, Thomas würde niemals groß sein, und wenn er auch noch seines Vaters Appetit auf Bier und Met geerbt hatte, würde er mit fünfundzwanzig einen gewaltigen Bauch mit sich herumschleppen. Seine Zehen krümmten sich bereits einwärts, und Roland vermutete, daß er bald mit dem ihm eigenen schwankenden Gang gehen würde.

Thomas war nicht gerade ein guter Junge, aber deshalb müßt ihr nicht denken, daß er ein böser Junge war. Er war manchmal ein trauriger Junge, häufig ein verwirrter Junge (er geriet in noch einer Hinsicht ganz nach seinem Vater – das Denken machte seine Nase verstopft, und ihm war zumute, als würden Wackersteine in seinem Kopf herumrollen) und oft ein eifersüchtiger Junge, aber er war kein böser Junge.

Auf wen er eifersüchtig war? Nun, auf seinen Bruder natürlich. Er war eifersüchtig auf Peter. Es genügte nicht, daß Peter König sein würde. Oh, nein! Es genügte nicht, daß ihr Vater Peter lieber mochte, oder daß die *Diener* Peter lieber mochten, oder daß die *Lehrer* Peter lieber mochten, weil er immer beim Unterricht aufmerksam war und nicht gezwungen werden mußte. Es genügte nicht, daß *jeder* Peter lieber mochte oder daß Peter einen besten Freund hatte. Da war noch etwas.

Wenn irgend jemand Thomas ansah, sein Vater, der König, ganz besonders, dann glaubte Thomas zu wissen, was sie dachten: *Wir haben deine Mutter geliebt, und du hast ihr durch deine Geburt das Leben genommen. Und was brachten uns das Leid und ihr Tod, die du verursacht hast? Einen tumben Jungen mit rundem Gesicht, das fast kein Kinn hat, einen tumben kleinen Jungen, der erst mit acht Jahren alle fünfzehn Buchstaben des Alphabets kannte. Und dein Bruder Peter kannte sie schon mit sechs. Was brachte es uns? Nicht viel. Warum bist du gekommen, Thomas? Was taugst du? Rückversicherung für den Thron? Mehr bist du nicht? Eine Rückversicherung für den Thron, falls Peter der Prächtige von seiner hinkenden Mähre herabstürzen und sich das Genick brechen sollte? Ist das alles? Nun, wir wollen dich nicht. Keiner von uns will dich. Keiner von uns will dich . . .*

Die Rolle, welche Thomas bei der Gefangennahme seines Bruders spielte, war unrühmlich, aber trotzdem war er im Grunde kein böser Junge. Das glaube ich ganz fest, und mit der Zeit werdet ihr sicher auch so denken.

16

Einmal, als siebenjähriger Junge, verbrachte Thomas einen ganzen Tag in seinem Zimmer und schnitzte ein Modellsegelboot für seinen Vater. Er tat es, ohne zu wissen, daß sich Peter an eben diesem Tage auf dem Bogenschießgelände im Beisein seines Vaters mit Ruhm überhäuft hatte. Peter war für gewöhnlich kein überragender Bogenschütze — wenigstens auf diesem Gebiet war Thomas, wie sich herausstellen sollte, seinem Bruder weit überlegen —, aber an diesem Tag hatte Peter die Juniorenwettkämpfe bravourös gewonnen. Thomas war ein trauriger Junge, ein verwirrter Junge, und häufig ein unglücklicher Junge.

Thomas war auf die Idee mit dem Boot gekommen, weil sein Vater manchmal sonntagsnachmittags zum Kai hinausging und Modellschiffe schwimmen ließ. Solche schlichten Vergnügungen machten Roland außerordentlich glücklich, und Thomas vergaß nie den Tag, an dem sein Vater ihn — nur ihn — mitgenommen hatte. In jenen Tagen hatte Roland einen Ratgeber, dessen einzige Aufgabe darin bestand, dem König zu zeigen, wie man Papierschiffe faltete, für die der König sich begeistern konnte. An diesem Tag war ein moosbewachsener alter Karpfen aus dem See aufgetaucht und hatte eines von Rolands Papierschiffen voll und ganz verspeist. Roland hatte gelacht wie ein kleiner Junge und gesagt, das sei besser als alle Geschichten über Seeungeheuer zusammen. Und drückte Thomas fest an sich, als er das sagte. Thomas vergaß diesen Tag niemals — den hellen Sonnenschein, den leicht modrigen Geruch von Wasser, die Wärme in den Armen seines Vaters, seinen kratzigen Bart.

Als er sich eines Tages besonders einsam fühlte, kam ihm die Idee, seinem Vater ein Segelschiff zu basteln. Es würde keine herausragende Meisterleistung werden, das wußte Thomas — er war mit den Händen fast ebenso schwerfällig wie mit dem Geist. Aber er wußte auch, daß sein Vater jedem Handwerker in Delain — sogar den großen Ellender selbst, der jetzt beinahe blind war — hätte befehlen können, ihm ein Boot zu machen, wenn er eines gewollt hätte. Der entscheidende Unterschied würde sein, überlegte Thomas, daß Rolands eigener Sohn *einen*

55

ganzen Tag darauf verwandt hatte, ihm das Boot zu schnitzen, an dem er dann sonntags seine Freude haben konnte.

Thomas saß geduldig am Fenster und schnitzte das Schiff aus einem Holzklotz. Er verwendete ein scharfes Messer, mit dem er sich zahllose Male die Haut aufritzte und sich einmal sogar ernstlich schnitt. Dennoch machte er weiter, ohne auf seine schmerzenden Hände zu achten. Während er arbeitete, stellte er sich in Tagträumen vor, wie er und sein Vater am Sonntagnachmittag zum See gehen und das Boot schwimmen lassen würden, nur sie beide, denn Peter würde Peony reiten oder bei Ben sein. Und es würde ihm nicht einmal etwas ausmachen, wenn der große Karpfen wieder kam und sein Holzschiff verschlang, denn dann würde sein Vater wieder lachen und ihn umarmen und sagen, daß das besser war als eine Geschichte über Meeresungeheuer, die ganze anduanische Piratenschiffe verschlangen.

Aber als er ins Gemach des Königs kam, war Peter da, und Thomas mußte fast eine halbe Stunde warten, während er das geschnitzte Schiff hinter dem Rücken verborgen hielt, während sein Vater Peters Bogenschießkünste lobte. Thomas sah, daß Peter sich angesichts der Lobhudelei nicht wohl fühlte. Er sah auch, daß Peter merkte, daß er mit ihrem Vater sprechen wollte, und er versuchte ununterbrochen, ihn darauf aufmerksam zu machen. Aber das änderte nichts. Nichts änderte etwas. Thomas haßte ihn dennoch.

Schließlich wurde Peter gestattet, sich zu entfernen. Thomas näherte sich seinem Vater, der ihn nun, da Peter fort war, einigermaßen freundlich betrachtete. »Ich habe dir etwas gemacht, Vater«, sagte er, plötzlich schüchtern. Er hielt das Boot noch immer hinter dem Rücken, und seine Hände waren mit einem Mal schweißfeucht.

»Ist das wahr, Tommy?« sagte Roland. »Das war aber nett, nicht wahr?«

»Sehr nett, Sire«, sagte Flagg, der sich gerade in der Nähe aufhielt. Er sprach beiläufig, betrachtete Thomas aber mit großem Interesse.

»Was ist es, Junge? Zeig es mir!«

»Ich habe daran gedacht, wie sehr es dir gefällt, sonntagnachmittags auf dem See Schiffe schwimmen zu lassen, Vater, und...« Er wollte mit aller Verzweiflung hervorstoßen: *Und ich möchte, daß du mich wieder einmal mitnimmst, daher habe ich dies hier für dich gemacht.* Aber er stellte fest, daß ihm diese Worte nicht über die Lippen kamen. »...und daher habe ich dir ein Boot gemacht... ich habe den ganzen Tag gearbeitet... mich geschnitten... und... und...« Während er in seinem Zimmer am Fenster saß und das Boot schnitzte, hatte Thomas sich eine lange und ausführliche Rede überlegt, die er halten wollte, bevor er das Boot dann mit einer anmutigen Bewegung hinter dem Rücken hervorholte und seinem Vater präsentierte, aber nun konnte er sich kaum mehr an ein Wort davon erinnern, und das, woran er sich erinnerte, kam ihm wie unsinniges Gestammel vor.

Unbeholfen holte er das Segelboot mit dem matt flatternden Segel hinter dem Rücken hervor und reichte es Roland. Der König drehte es mit seinen plumpen, kurzfingrigen Händen herum. Thomas stand da und starrte ihn an und merkte überhaupt nicht, daß er ganz vergessen hatte zu atmen.

Schließlich sah Roland auf. »Sehr hübsch, Tommy. Sehr hübsch, Tommy. Ein Kanu, nicht?«

»Segelboot.« *Siehst du denn das Segel nicht?* wollte er losweinen. *Ich habe allein eine Stunde gebraucht, um die Knoten zu binden, und es ist nicht meine Schuld daß sich einer gelöst hat und es jetzt flattert!*

Der König betastete das gestreifte Segel, das Thomas aus einem Kissenbezug geschnitten hatte.

»Das ist es... natürlich, das ist es. Zuerst hielt ich es für ein Kanu, und dies hier für den Schlüpfer eines oranischen Mädchens.« Er blinzelte Flagg zu, der unverbindlich lächelte und nichts sagte. Thomas war plötzlich zumute, als müßte er sich gleich übergeben.

Roland sah seinen Sohn genauer an und winkte ihn zu sich. Thomas gehorchte schüchtern und hoffte das Beste.

»Es ist ein gutes Boot, Tommy. Derb, so wie du, ein wenig unbeholfen, so wie du, aber gut – so wie du. Aber wenn du mir ein *wirklich* schönes Geschenk machen möchtest, dann solltest du fleißig Bogenschießen üben, damit du auch einmal die Siegermedaille bekommst, so wie Peter heute.«

Thomas hatte die Siegermedaille im letzten Jahr bekommen, aber sein Vater schien das in seiner Freude über Peters Leistungen vergessen zu haben. Thomas erinnerte ihn nicht daran; er stand lediglich da und betrachtete das Boot in den großen Händen seines Vaters. Stirn und Wangen des Jungen hatten die Farben alter Ziegelsteine angenommen.

»Als nur noch zwei Jungen im Rennen lagen – Peter und Lord Towsons Sohn –, entschied der Schiedsrichter, daß sie weitere vierzig Koner zurückgehen sollten. Towsons Junge schien allen Mut zu verlieren, aber Peter ging einfach zur angegebenen Linie und legte einen Pfeil an. Ich sah seinen Gesichtsausdruck, und ich sagte zu mir: ›Er hat gewonnen! Bei allen Göttern, er hat den Pfeil noch nicht einmal abgeschossen, und dennoch hat er gewonnen.‹ Und das hatte er. Ich sage dir, Tommy, du hättest dabei sein sollen! Du hättest sehen sollen...«

Der König plapperte ununterbrochen weiter und stellte das Boot, an dem Thomas einen ganzen Tag gearbeitet hatte, beiseite, ohne es eines weiteren Blickes zu würdigen. Thomas stand schweigend da, hörte ihm zu und lächelte mechanisch, aber die stumpfe Ziegelsteinfarbe wich nicht aus seinem Gesicht. Sein Vater würde sich niemals die Mühe machen, das Boot, das er geschnitzt hatte, mit zum See zu nehmen – warum sollte er auch?

Das Boot war so lächerlich, wie er selbst sich fühlte. Peter hätte wahrscheinlich mit verbundenen Augen ein schöneres in der halben Zeit schnitzen können. Wenigstens hätte es für ihren Vater schöner ausgesehen.

Eine schreckliche Ewigkeit später durfte Thomas sich entfernen.

»Ich glaube, der Junge hat sehr hart an dem Boot gearbeitet«, bemerkte Flagg leichthin.

»Ja, das glaube ich auch«, sagte Roland. »Häßliches kleines Ding, nicht? Sieht aus wie Hundekot, in dem ein Taschentuch steckt.« *Wie etwas, das ich selbst gemacht hätte, als ich in seinem Alter war,* fügte er in Gedanken hinzu.

Thomas konnte keine *Gedanken* hören... aber durch einen höllischen Trick der Akustik konnte er Rolands *Worte* hören, als er den Großen Saal gerade verlassen wollte. Plötzlich war der schreckliche grüne Druck in seinem Magen noch tausendmal schlimmer als vorher. Er rannte in sein Zimmer und übergab sich in das Becken.

Als er am nächsten Tag hinter dem Küchengebäude spielte, sah Thomas einen beinahe lahmen alten Köter, der nach Abfällen wühlte. Er ergriff einen Stein und warf ihn. Der Stein traf sein Ziel. Der Hund jaulte auf und fiel verletzt zu Boden. Thomas wußte, daß sein Bruder obwohl er fünf Jahre älter war, einen solchen Treffer nicht einmal auf die halbe Entfernung zustande gebracht hätte − aber das war eine eitle Befriedigung, denn er wußte auch, daß Peter niemals einen Stein nach einem armen hungrigen Hund geworfen hätte, schon gar nicht nach einem so alten und gebrechlichen, wie es dieser hier offensichtlich war.

Einen Augenblick erfüllte ihn Mitleid, Tränen traten ihm in die Augen. Dann fiel ihm aus unerfindlichen Gründen sein Vater ein, wie er sagte: *Sieht aus wie Hundekot, in dem ein Taschentuch steckt.* Er sammelte eine Handvoll Steine ein und ging dorthin, wo der Hund benommen und aus einem Ohr blutend lag. Ein Teil von ihm wollte den Hund in Ruhe lassen oder ihn gesund pflegen, wie Peter Peony gesund gepflegt hatte — damit es sein eigener Hund wurde, den er liebhaben durfte. Aber ein Teil von ihm wollte dem Hund weh tun, als würde es seinen eigenen Schmerz lindern, wenn er dem Hund weh tat. Er stand unentschlossen über ihm, da kam ihm ein schrecklicher Gedanke:

Angenommen, dieser Hund wäre Peter?

Damit war die Sache entschieden. Thomas stand über dem alten Hund und warf Steine auf ihn, bis er tot war. Niemand sah ihn, aber wenn ihn jemand gesehen hätte, dann hätte er oder sie gedacht: *Das ist wirklich ein böser Junge... böse, vielleicht sogar schlecht.* Aber jemand, der nur den grausamen Mord an dem Hund sah, konnte nicht wissen, was sich am Vortag zugetragen hatte — er konnte nicht wissen, daß sich Thomas in ein Becken übergeben und bitterlich geweint hatte. Er war häufig ein verwirrter Junge, häufig ein trauriger, unglücklicher Junge, aber ich bleibe bei dem, was ich gesagt habe — er war niemals ein wirklich böser Junge.

Ich habe auch gesagt, daß niemand gesehen hat, wie er den Köter hinter dem Küchengebäude zu Tode steinigte, aber das stimmt nicht ganz. Flagg sah es in dieser Nacht in seinem magischen Kristall. Er sah es... und er freute sich darüber.

17

Roland... Sasha... Peter... Thomas. Nun gibt es nur noch einen, von dem wir sprechen müssen, nicht? Nun bleibt nur noch der schemenhafte fünfte übrig. Der Zeitpunkt ist gekommen, um von Flagg zu sprechen, so schrecklich das auch sein mag.

Manchmal nannten die Menschen in Delain ihn Flagg mit der Kapuze; manchmal einfach den dunklen Mann — denn trotz seines weißen Leichengesichts war er wirklich ein dunkler Mann. Man sagte, daß er sich gut gehalten hatte, aber auch das klang eher unbehaglich als anerkennend. Er war zur Zeit von Rolands Großvater von Garlan nach Delain gekommen. Damals schien er ein hagerer, ernster Mann von etwa vierzig Jahren zu sein. Nun, da Rolands Herrschaft sich dem Ende entgegenneigte, schien er ein hagerer, ernster Mann von etwa fünfzig Jahren zu sein. Und dennoch waren seit damals keine zehn Jahre verstrichen, auch keine zwanzig — alles in allem waren sechsundsiebzig Jahre vergangen. Babies, die zahnlos an der Mutterbrust gesaugt hatten, als Flagg zum erstenmal nach Delain kam, waren aufgewachsen, hatten geheiratet, Kinder gehabt, waren alt geworden und zahnlos in ihren Betten oder ihrer Ecke hinter dem Ofen gestorben. Und in all der Zeit schien Flagg nur um zehn Jahre gealtert zu sein. Das war Zauberei, flüsterte man, und natürlich war es gut, einen echten Zauberer am Hof zu haben, nicht nur einen Taschenspieler, der Münzen in der Hand verschwinden lassen oder eine flügellahme Taube im Ärmel verstecken konnte. Und doch wußten sie tief in ihrem Herzen, daß Flagg *nichts* Gutes in sich hatte. Wenn die Menschen von Delain ihn kommen sahen, mit seinen roten Augen, die unter der Kapuze hervorspähten, dann fanden sie rasch etwas auf der anderen Straßenseite zu tun.

Kam er wirklich von Garlan mit seinen ausgedehnten Landschaften und den verträumten purpurnen Bergen? Ich weiß es nicht. Es war und ist ein verzaubertes Reich, wo Teppiche manchmal fliegen und wo heilige Männer manchmal Seile aus Körben aufsteigen lassen, daran hinaufklettern und nie mehr gesehen werden. Viele, die Wissen suchten, sind aus zivilisierteren Ländern wie Delain und Andua nach Garlan gegangen. Die meisten verschwanden so vollkommen und unwiederbringlich wie die Heiligen mit ihren Seilen. Und diejenigen, die zurückkehren, hatten sich nicht immer zu ihrem Vorteil verändert. Ja, Flagg könnte schon aus Garlan nach Delain gekommen sein, aber wenn das stimmte, dann nicht unter der Herrschaft von Rolands Großvater, sondern viel, viel früher.

Tatsächlich war er schon oft in Delain gewesen. Er kam jedesmal unter einem anderen Namen, aber stets mit Tod und Wehklagen und Leid im Gefolge. Diesmal war er Flagg. Davor war er als Bill Hinch bekannt gewesen, und er war der Scharfrichter des Königs gewesen. Wenngleich seither zweihundertfünfzig Jahre verstrichen waren, nannten Mütter diesen Namen immer noch um ihre Kinder zu erschrecken, wenn sie unartig waren. »Wenn du nicht still bist und aufhörst zu quengeln, dann wird Bill Hinch kommen und dich holen«, sagten sie. Als Scharfrichter unter dreien der grausamsten Könige, die Delain jemals gehabt hatte, hatte Bill Hinch dem Leben von Hunderten — manche behaupteten: Tausenden — mit seiner schweren Axt ein Ende gesetzt.

In der Zeit davor, vierhundert Jahre vor Roland und seinen Söhnen, war er als Barde namens Browson gekommen und enger Ratgeber des Königs und seiner Königin geworden. Browson löste sich in Luft auf, nachdem er einen blutigen Krieg zwischen Delain und Andua angezettelt hatte.

Und *davor* ...

Ach, weshalb nachfragen. Ich bin nicht einmal sicher, ob ich antworten könnte. Wenn genügend Zeit verstreicht, vergessen selbst Geschichtenerzähler ihre Geschichten. Flagg zeigte sich stets mit einem anderen Gesicht und stets mit einem anderen Beutel voller Tricks, aber zwei Merkmale waren immer gleich. Er trug stets eine Kapuze, ein Mann, der fast kein Gesicht zu haben schien, und er kam niemals als König selbst, sondern wisperte stets im Schatten, ein Mann, der den Königen Gift ins Ohr träufelte.

Wer war er wirklich, dieser dunkle Mann?

Ich weiß es nicht.

Wohin ging er zwischen seinen Besuchen in Delain?

Auch das weiß ich nicht.

Wurde er niemals wirklich verdächtigt?

Doch, von einigen wenigen — Historikern und Geschichtenerzählern wie mir. Sie vermuteten, daß der Mann, der sich Flagg nannte, schon öfter in Delain gewesen war, aber stets mit schlechten Absichten. Aber sie hatten Angst, das zu sagen. Ein Mann, der sechsundsiebzig Jahre unter ihnen leben konnte und dabei doch nur zehn Jahre alterte, war offensichtlich ein Zauberer; ein Mann, der zehnmal so lange lebte, vielleicht länger... ein solcher Mann konnte der Teufel selbst sein.

Was wollte er? Ich glaube, diese Frage kann ich beantworten.

Er wollte das, was böse Menschen immer wollen: er wollte Macht haben, und er wollte diese Macht dazu benützen, Böses zu tun. Er wollte nicht König sein, denn die Köpfe von Königen fanden ihren Weg nur allzu häufig zu Pfählen auf Schloßmauern, wenn etwas schiefging. Aber die Ratgeber der Könige... die Ränkeschmiede im Schatten... diese Leute lösten sich für gewöhnlich auf wie Nachtschatten in der Dämmerung, wenn die Axt des Henkers zu fallen begann. Flagg war eine Krankheit, ein Fieber, das eine kühle Stirn suchte, die es erhitzen konnte. Er verbarg sein Tun ebenso, wie er sein Gesicht verbarg. Und wenn die großen Probleme begannen — wie immer nach einigen Jahren —, dann verschwand Flagg stets wie ein Schatten in der Sonne.

Später, wenn das Elend vorüber war und das Fieber geheilt, wenn alles wieder in Ordnung war und es wieder etwas zu zerstören gab, dann tauchte Flagg wieder auf.

18

Diesesmal hatte Flagg das Königreich Delain in einem ärgerlich guten Zustand vorgefunden. Landry, Rolands Großvater, war ein betrunkener alter Narr gewesen, leicht zu formen und zu beeinflussen, aber ein Herzschlag hatte seinem Leben allzufrüh ein Ende gesetzt. Da wußte Flagg aber bereits, daß er Lita, Rolands Mutter, als allerletzte als Regentin sehen wollte. Sie war zwar häßlich, aber großherzig und willensstark. Eine solche Königin war kein guter Nährboden für Flaggs Wahnwitz.

Wäre er früher gekommen, so hätte er Zeit gehabt, Lita aus dem Weg zu räumen, wie er Peter aus dem Weg räumen wollte. Aber er hatte nur sechs Jahre gehabt, und das war bei weitem nicht genug gewesen.

Dennoch hatte sie ihn als Ratgeber akzeptiert, und das war immerhin etwas. Sie konnte ihn nicht leiden, aber sie akzeptierte ihn – größtenteils deshalb, weil er so herrlich die Zukunft aus den Karten lesen konnte. Lita hörte nichts lieber als Klatsch und Skandalgeschichten von ihrem Hof und ihrem Kabinett, und dieser Klatsch und diese Skandale waren in zweierlei Hinsicht gut, weil sie auf diese Weise nicht nur zu hören bekam, was geschehen *war*, sondern auch, was geschehen *würde*. Es war schwer, sich einer so amüsanten Unterhaltung zu entledigen, auch wenn man wußte, daß jemand, der solcher Tricks fähig war, gefährlich werden konnte. Flagg berichtete der Königin niemals von den dunkleren Geheimnissen, die er in den Karten las. Sie wollte wissen, wer sich eine Geliebte genommen oder wer Streit mit seiner Ehefrau oder seinem Ehemann hatte. Sie wollte nichts über finstere Kabalen und Mordpläne wissen. Was sie von den Karten wollte, war vergleichsweise unschuldig.

Während der langen, langen Herrschaft Litas hatte Flagg genug damit zu tun, nicht hinausgeworfen zu werden. Es gelang ihm, seine Stellung zu behalten, viel mehr aber nicht. Oh, es gab einige Lichtblicke – so konnte er Zwietracht zwischen zwei mächtigen Landgrafen im Südlichen Baronat säen und einen Arzt in Mißkredit bringen, der ein Heilmittel gegen Blutinfektionen gefunden hatte (Flagg wollte keine Heilmethoden im Königreich, die nicht magischen Ursprungs waren – was bedeutete, daß er selbst sie nach Gutdünken gewähren oder verweigern konnte). Das waren Beispiele für Flaggs Tun zu jener Zeit. Alles in allem nur Kleinigkeiten.

Unter Roland – dem armen, o-beinigen, unsicheren Roland – entwickelte sich alles besser und schneller zu Flaggs Gunsten. In seiner düsteren, bösartigen Art hatte er nämlich ein Ziel vor Augen, und diesmal war es wirklich ein großes Ziel. Er plante nicht mehr und nicht weniger als den Sturz der Monarchie – eine blutige Revolte, die Delain in tausendjährige Dunkelheit und Anarchie stürzen sollte.

Plus minus ein oder zwei Jahre natürlich.

19

In Peters kühlem, überlegenen Blick sah er die mögliche Vereitelung all seiner Pläne und sorgfältigen Arbeit voraus. Mehr und mehr gelangte Flagg zu der Überzeugung, daß es notwendig war, sich Peter vom Hals zu schaffen. Flagg war dieses Mal zu lange in Delain geblieben, und das wußte er. Die Leute begannen schon zu tuscheln. Die Arbeit, die er unter Roland so sorgfältig begonnen hatte – das ständige Anheben der Steuern, mitternächtliche Durchsuchungen der Scheunen der Bauern nach nicht gemeldetem Getreide oder Lebensmitteln, die Aufstellung einer Leibgarde –, mußte unter Thomas zu einem Ende gebracht werden. Er hatte keine Zeit mehr,

Peters Regentschaft über abzuwarten, wie bei dessen Großmutter.

Peter wartete vielleicht nicht einmal ab, bis ihm das Munkeln des Volkes zu Ohren kam; Peters erster Befehl als König konnte durchaus sein, Flagg aus dem Königreich zu verbannen und nach Osten zu schicken und ihm bei Androhung der Todesstrafe zu verbieten, jemals wieder einen Fuß auf Delains Boden zu setzen. Flagg konnte einen Ratgeber ermorden, bevor er eine dahingehende Empfehlung aussprechen konnte, aber das Schlimme war ja, daß Peter keinen Ratgeber *brauchte*. Peter würde seine Entscheidungen selbst treffen — und wenn Flagg die kühle, unerschrockene Art und Weise sah, wie der jetzt fünfzehnjährige Junge ihn musterte, dann überlegte er sich, ob Peter diese Entscheidung insgeheim nicht bereits getroffen hatte.

Der Junge las gerne, und er interessierte sich für Geschichte, und in den letzten beiden Jahren, in denen sein Vater immer grauer und gebrechlicher geworden war, hatte er viele Fragen nach den anderen Ratgebern seines Vaters und nach einigen seiner Lehrer gestellt. Viele dieser Fragen — *zu viele* — hatten entweder mit Flagg zu tun oder mit Wegen, die schließlich zu Flagg führen würden, wenn man ihnen weit genug folgte.

Daß ein Junge mit vierzehn und fünfzehn Jahren solche Fragen stellte, war schlimm. Daß er vergleichsweise aufrichtige Antworten von so schüchternen, argwöhnischen Männern wie den Historikern des Königreichs und Rolands Ratgebern bekam, war noch schlimmer. Es bedeutete, daß Peter in den Augen dieser Leute schon fast König war — und daß sie darüber froh waren. Sie schätzten ihn und bewunderten ihn, weil er ein Intellektueller wie sie war. Und sie schätzten ihn auch, weil er, *anders* als sie, ein tapferer Junge war, aus dem durchaus ein König mit dem Herzen eines Löwen werden konnte, dessen Taten Stoff für Legenden boten. In ihm sahen sie die

Wiederkunft des Weiß, jener uralten, unverwüstlichen und dennoch so bescheidenen Kraft, welche die Menschheit wieder und immer wieder erlöst hat.

Er mußte aus dem Weg geschafft werden. Er *mußte*.

Das sagte Flagg sich jeden Abend, wenn er sich in die Schwärze seiner inneren Gemächer zurückzog, und es war sein erster Gedanke, wenn er am nächsten Morgen in dieser Schwärze erwachte.

Er muß aus dem Weg geschafft werden, der Junge muß aus dem Weg geschafft werden.

Aber das war schwieriger, als es den Anschein hatte. Roland liebte seine beiden Söhne und wäre für sie gestorben, aber Peter liebte er besonders innig. Den Jungen in der Krippe zu erdrosseln, so daß es aussah, als hätte der Babytod ihn geholt, wäre einst möglich gewesen, aber inzwischen war Peter ein gesunder Halbwüchsiger.

Jeder Unfall würde mit der grausamen Gründlichkeit von Rolands Kummer untersucht werden, und Flagg dachte mehr als einmal, daß die letzte Ironie folgendermaßen aussehen konnte: Angenommen, Peter starb *wirklich* bei einem Unfall, und ihm, Flagg, wurde irgendwie die Schuld daran zugeschoben? Eine einzige Fehleinschätzung, wenn er an einem Leitungsrohr emporkletterte... eine falsche Bewegung, wenn er auf einem Stalldach herumkroch und mit seinem Freund Ben Staad ›Trau dich‹ spielte... ein Sturz von einem scheuenden Pferd. Und was konnte die Folge sein? Konnte Roland, rasend vor Kummer und mit senilem, verwirrtem Verstand, nicht vorsätzlichen Mord in etwas sehen, das *tatsächlich* ein Unfall war? Mußte sein Verdacht sich nicht gegen Flagg richten? Natürlich. Er würde zuerst an Flagg denken, bevor er an jemand anderen dachte. Rolands Mutter hatte ihm mißtraut, und er wußte, daß Roland ihm tief in seinem Innersten ebenfalls mißtraute. Es war ihm gelungen, dieses Mißtrauen durch eine Mischung aus Furcht und Faszination in Schach zu halten, aber

sollte Roland jemals vermuten, Flagg könnte eine un-
rühmliche Rolle beim Tod seines Sohnes gespielt oder
ihn gar verursacht haben...

Flagg konnte sich sogar Situationen vorstellen, in denen er zu Peters Gunsten eingreifen mußte, um die Sicherheit des Jungen zu gewährleisten. Eine verdammte
Zwickmühle. Verdammt!

*Er muß aus dem Weg geschafft werden. Muß aus dem Weg
geschafft werden! Muß!*

Und während Tage, Wochen und Monate verstrichen,
wurde dieser Trommelwirbel in Flaggs Verstand immer
drängender. Roland wurde mit jedem Tag älter und
schwächer; Peter wurde mit jedem Tag älter und klüger,
und damit wurde er zu einem immer gefährlicheren Gegner. Was konnte Flagg unternehmen?

Flaggs Gedanken kreisten immer und immer wieder
um diese Frage. Er wurde reizbar und zornig. Die Diener, besonders Peters Diener Brandon, und Brandons
Sohn Dennis, machten einen großen Bogen um ihn und
erzählten einander manchmal flüsternd von den schrecklichen Gerüchen, die nachts aus seinem Laboratorium
herausdrangen. Besonders Dennis, der eines Tages seines Vaters Stelle als Kammerdiener Peters einnehmen
würde, grauste es vor Flagg, und einmal fragte er seinen
Vater, ob er ihm etwas bezüglich des Hofzauberers sagen
dürfe. »Wegen Peters Sicherheit, nur an sie denke ich«,
sagte Dennis.

»Kein Wort«, sagte Brandon und maß Dennis, der
selbst noch ein Junge war, mit einem strengen Blick.
»Kein Wort wirst du sagen. Der Mann ist gefährlich.«

»Aber ist das denn nicht noch mehr Grund...?« begann Dennis schüchtern.

»Ein Tölpel mag das Rasseln einer Beißerschlange für
das Kullern von Murmeln in einem hohlen Gefäß halten
und die Hand ausstrecken, um sie zu berühren«, sagte
Brandon, »aber unser Prinz ist kein Tölpel, Dennis. Und

nun bring mir noch ein Glas Gin – und kein Wort mehr davon.«

Und so sprach Dennis nicht mehr davon und sagte nichts zu Peter, aber seine Liebe zu seinem jungen Herrn und seine Furcht vor dem Ratgeber des Königs wuchsen nach diesem Gespräch noch. Wann immer er Flagg in seinem wallenden Mantel mit der Kapuze einen der Flure des Schlosses entlangeilen sah, wich er beiseite und dachte: *Beißerschlange! Beißerschlange! Sieh dich vor, Peter! Und hüte dich vor ihm!*

Und dann, eines Nachts, als Peter sechzehn war und Flagg zu der Überzeugung gelangt war, daß es keine Möglichkeit gab, den Jungen aus dem Weg zu räumen, ohne dabei selbst ein untragbares Risiko einzugehen, ergab sich eine Lösung. Es war eine wilde Nacht. Ein schrecklicher Herbststurm heulte und tobte um das Schloß, und die Straßen von Delain waren verlassen, da die Menschen Schutz vor dem eisigen Regen und dem heftigen Wind suchten.

Roland hatte sich eine Erkältung geholt. Dieser Tage erkältete er sich zunehmend leichter, und Flaggs Medizinen, so wirksam sie waren, verloren bei ihm ihre heilende Wirkung. Aus einer dieser Erkältungen – vielleicht sogar aus der, die er gerade hatte – würde schließlich die Feuchte Lungenkrankheit werden, und die würde ihn umbringen. Magische Medizin wirkt anders als die Medizin von Ärzten, und Flagg wußte, einer der Gründe, weshalb die Medizinen, die er dem König verabreichte, nicht mehr so wirkten wie früher, war der, daß er selbst im Grunde nicht mehr *wollte*, daß sie funktionierten. Er ließ Roland nur aus dem Grund am Leben, weil er Peter fürchtete.

Ich wünschte, du wärst tot, alter Mann, dachte Flagg mit kindischem Zorn, während er vor einer flackernden Kerze saß und lauschte, wie draußen der Wind heulte und drinnen der doppelköpfige Papagei schläfrig mit sich selbst murmelte. *Für wenig – für sehr wenig sogar – würde ich dich selbst umbringen, wegen all dem Ärger, den ihr, du und deine dumme Frau und dein ältester Sohn, mir gemacht habt. Das Vergnügen, dich zu töten, wäre es beinahe wert, meinen Plan aufzugeben. Das Vergnügen, dich zu töten...*

Plötzlich erstarrte er, richtete sich auf und starrte in die Dunkelheit seines unterirdischen Gemachs, wo die Schatten sich unbehaglich bewegten. Seine Augen glitzerten silbrig. Ein Einfall leuchtete wie eine Fackel in seinem Verstand auf.

Die Flamme loderte leuchtend grün empor und erlosch.

»*Tod!*« kreischte einer der Papageienköpfe in der Dunkelheit.

»*Mord!*« kreischte der andere.

In der Dunkelheit, von niemandem gesehen, begann Flagg zu lachen.

20

Von allen Waffen, die je benutzt wurden, um Regizid zu begehen – die Ermordung eines Königs –, wird keine so oft angewandt wie Gift. Und niemand weiß mehr über Gifte als ein Zauberer.

Flagg, einer der größten Zauberer, die je gelebt haben, kannte alle Gifte, die auch uns bekannt sind – Arsen, Strychnin, Curare, das sich in den Kreislauf schleicht und alle Muskeln lähmt, zuletzt das Herz; Nikotin; Belladonna; Nachtschatten; Knollenblätterpilz. Er kannte die Gifte von hundert Schlangen und Spinnen; das klare Destillat der Clanah-Lilie, welches süß wie Honig schmeckt, das Opfer aber schreiend vor Qualen verenden läßt; tödlichen Krallenfuß, der in den tiefsten Schatten des Totensumpfes wächst. Flagg kannte nicht nur Dutzende, sondern Aberdutzende von Giften, und eines war schrecklicher als das andere. Sie standen alle fein säuberlich aufgereiht in einem geheimen Zimmer, das kein Diener je betrat. Sie waren in Kolben, in Phiolen, in kleinen Umschlägen. Jedes der tödlichen Gifte war säuberlich beschriftet. Das war Flaggs Kapelle Kommenden Leids — das Vorzimmer des Schmerzes, Halle des Fiebers, Ankleidezimmer des Todes. Flagg kam oft hierher, wenn er niedergeschlagen war und sich aufheitern wollte. In diesem Teufelsbasar warteten all die Dinge, welche die Menschen, die aus Fleisch gemacht und schwach sind, so sehr fürchten: pochende Kopfschmerzen, grimmige Magenkrämpfe, Detonationen von Diarrhö und Brechreiz, platzende Blutgefäße, Lähmung des Herzmuskels, explodierende Augäpfel, Schwellungen, schwarze Zungen, Wahnsinn.

Aber das schlimmste aller Gifte verwahrte Flagg abseits von den anderen. In seinem Arbeitszimmer stand ein Schreibtisch. Jede Schublade dieses Schreibtischs war verschlossen... aber eine war dreifach verschlossen. Darin stand ein Kästchen aus Teakholz, welches Schnitzereien magischer Symbole zierten... Runen und dergleichen. Das Schloß dieses Kästchens war einmalig. Die Platte schien aus dunkelorangefarbenem Stahl zu bestehen, aber wenn man genauer hinsah, dann sah man, daß es sich eigentlich um eine Art Pflanze handelte. Es war eine Kläfferkarotte, die Flagg einmal wöchentlich mit einem Sprüher wässerte. Die Kläfferkarotte schien über eine Art von Intelligenz zu verfügen. Wenn jemand versuchte, das Kläfferkarotten-Schloß aufzubrechen, und selbst wenn die falsche Person versuchte, es mit dem richtigen Schlüssel zu öffnen, begann das Schloß zu kreischen. In diesem Kästchen befand sich ein kleineres Kästchen, welches nur mit einem Schlüssel geöffnet werden konnte, den Flagg stets um den Hals trug.

In diesem Kästchen befand sich ein Päckchen. In diesem Päckchen wiederum war eine kleine Menge grüner Sand. Hübsch, würdet ihr vielleicht sagen, aber nichts Besonderes. Nichts, von dem man viel Aufhebens machen würde. Und doch war dieser grüne Sand eines der tödlichsten Gifte der Welt, so tödlich, daß selbst Flagg sich davor fürchtete. Er stammte aus der Wüste Grenh. Diese unermeßliche Giftwüste lag noch jenseits von Garlan und war ein Land, welches in Delain unbekannt war. Grenh konnte man sich nur an Tagen nähern, an denen der Wind in die andere Richtung wehte, denn ein einziges Einatmen der Dämpfe, die von der Wüste Grenh emporstiegen, wäre sicherlich tödlich gewesen.

Nicht auf der Stelle. So wirkte das Gift nicht. Einen Tag oder zwei — vielleicht sogar drei — würde die Person, welche die giftigen Dämpfe eingeatmet hatte (oder schlimmer noch, eines der grünen Sandkörnchen geschluckt), sich besser fühlen — vielleicht besser als jemals zuvor in ihrem Leben. Doch dann würden plötzlich die Lungen rotglühend werden, die Haut würde anfangen zu rauchen und der Leib würde zusammenschrumpeln wie der einer Mumie. Dann würde der Betreffende tot umfallen, oftmals mit brennenden Haaren. Jemand, der diese tödliche Substanz einatmete, verbrannte von innen heraus.

Das war Drachensand, und es gab kein Gegenmittel, keine Heilung. Was für ein Spaß.

In jener stürmischen, regnerischen Nacht beschloß Flagg, Roland eine Winzigkeit Drachensand in einem Glas Wein zu verabreichen. Peter hatte es sich zur Angewohnheit gemacht, seinem Vater jeden Abend, kurz bevor dieser zu Bett ging, ein Glas Wein aufs Zimmer zu bringen. Jeder im Palast wußte das und sprach darüber, was für ein liebevoller Sohn Peter war. Roland genoß die Gesellschaft seines Sohnes ebensosehr wie den Wein, den er brachte, überlegte Flagg, aber seit neuestem hatte eine bestimmte Maid Peters Aufmerksamkeit erregt, und so blieb er kaum länger als jeweils eine halbe Stunde bei seinem Vater.

Wenn Flagg einmal kam, nachdem Peter gegangen war, würde der alte Mann kaum ein zweites Glas Wein ablehnen.

Ein ganz spezielles Glas Wein.

Ein heißer Jahrgang, mein Lord, dachte Flagg, und ein Grinsen verzerrte sein hageres Gesicht. *Wahrlich ein heißer Jahrgang — und warum auch nicht? Der Weinberg befindet sich, glaube ich, direkt neben dem Eingang zur Hölle, und wenn diese Substanz anfängt, in Euren Eingeweiden zu wirken, dann werdet Ihr ganz sicher denken, Ihr seid in der Hölle.*

Flagg warf den Kopf zurück und begann zu lachen.

21

Nachdem er seinen Plan ausgeheckt hatte — einen Plan, der ihm sowohl Roland wie auch Peter für immer vom Hals schaffen würde —, vergeudete Flagg keine Zeit mehr. Zuerst verwandte er all seine Zauberkraft darauf, den König wieder gesund zu machen. Es entzückte ihn, festzustellen, daß seine Zaubermittel wieder besser funktionierten, als seit langer, langer Zeit. Auch das war eine Ironie. Er wollte aufrichtig, daß es Roland besser ging, und so wirkten seine Zaubermittel. Aber dem König sollte es nur besser gehen, damit er ihn töten konnte und jedem deutlich wurde, daß es sich um Mord handelte. Eigentlich war es sehr komisch, wenn man genauer darüber nachdachte.

In einer windigen Nacht, weniger als eine Woche, nachdem der Keuchhusten des Königs sich gebessert hatte, schloß Flagg seinen Schreibtisch auf und holte das Teakholzkästchen heraus. »Gut gemacht«, murmelte er der Kläfferkarotte zu, die als Antwort hirnlos winselte, dann hob er den schweren Deckel und holte das kleinere Kästchen heraus. Dieses öffnete er mit dem Schlüssel um seinen Nacken und nahm das Päckchen heraus, das den Drachensand enthielt. Er hatte das Päckchen verhext, so daß ihm die furchtbare Macht des Drachensands nichts anhaben konnte. Glaubte er jedenfalls. Aber Flagg ging kein Risiko ein und packte das Päckchen mit einer silbernen Pinzette. Er legte es neben einem der Pokale des Königs auf den Schreibtisch. Schweiß stand ihm in großen, runden Tropfen auf der Stirn, denn dies war wirklich eine gefährliche Aufgabe. Ein kleiner Fehler, und er würde mit seinem Leben dafür bezahlen.

Flagg ging hinaus auf den Flur, der zu den Verliesen führte, und begann zu keuchen. Er hyperventilierte. Wenn man schnell atmet, dann überflutet man den ganzen Körper mit Sauerstoff und kann sehr lange den Atem anhalten. Im kritischen Stadium seiner Arbeit wollte Flagg überhaupt nicht atmen. Es durften ihm keine Fehler unterlaufen, weder große noch kleine. Er hatte zuviel Spaß an all dem, um zu sterben.

Er nahm einen letzten kräftigen Atemzug der frischen Luft am Fenster direkt vor seinen Gemächern und trat wieder ein. Er ging zu dem Umschlag, nahm den Dolch aus dem Gürtel und schnitt ihn vorsichtig auf. Auf dem Schreibtisch lag ein flaches Stück Obsidian, das der Zauberer als Briefbeschwerer benutzte – damals war Obsidian der härteste bekannte Stein. Er ergriff das Briefchen wieder mit der Pinzette, drehte es um und schüttete das meiste des grünen Sands heraus. Eine Winzigkeit hob er auf – kaum mehr als ein Dutzend Körnchen, aber diese waren für seinen Plan von größter Wichtigkeit. So hart der Obsidian war, der Stein fing sofort an zu rauchen.

Inzwischen waren dreißig Sekunden verstrichen.

Er ergriff den Obsidian, wobei er sorgfältig darauf achtete, daß kein Körnchen Drachensand seine Haut berührte – wenn das geschah, würde es sich durch seinen Kör-

74

per fressen, bis es das Herz erreichte und entzündete. Er neigte den Stein über den Pokal und schüttete den Sand hinein.

Dann schenkte er rasch, bevor sich der Sand in das Glas fressen konnte, vom Lieblingswein des Königs ein — von demselben Wein, den Peter etwa zu diesem Zeitpunkt seinem Vater bringen würde. Einen Augenblick lang schimmerte der Rotwein in einem giftigen Grünton, dann nahm er seine ursprüngliche Farbe wieder an.

Fünfzig Sekunden.

Flagg ging zu seinem Schreibtisch zurück. Er ergriff den flachen Stein und seinen Dolch am Griff. Nur wenige Körnchen Drachensand hatten die Klinge beim Aufschneiden berührt, aber sie fraßen sich bereits in das Metall, und giftige Rauchschwaden stiegen von den Pockennarben in dem anduanischen Stahl empor. Er trug Stein und Dolch auf den Flur hinaus.

Siebzig Sekunden, und seine Lungen begannen nach Luft zu schreien.

Zehn Meter weiter unten im Flur, der zum Kerker führte, wenn man lange genug ging (ein Weg, den keiner in Delain gerne ging), war ein Abflußloch. Flagg konnte gurgelnde Laute hören, und wenn er nicht den Atem angehalten hätte, dann hätte er einen fauligen Geruch wahrgenommen. Es war einer der Abflüsse des Schlosses. Er ließ Stein und Klinge hineinfallen und grinste ungeachtet seiner schmerzenden Brust. Dann eilte er zum Fenster zurück, beugte sich weit hinaus und sog gierig, Atemzug um Atemzug, die frische Luft ein.

Nachdem er wieder zu Atem gekommen war, kehrte er in sein Arbeitszimmer zurück. Nun befanden sich nur noch die Pinzette, das Päckchen und das Weinglas auf dem Tisch. Auf der Pinzette befand sich kein Stäubchen Drachensand, und das Restchen Sand in dem verhexten Päckchen konnte ihm nicht schaden, wenn er vorsichtig genug war.

Er fand, daß ihm bisher alles recht gut geglückt war. Seine Arbeit war keineswegs beendet, aber er hatte sie gut angefangen. Er beugte sich über den Pokal und inhalierte tief. Jetzt bestand keine Gefahr mehr; wenn der Sand in einer Flüssigkeit aufgelöst war, wurden seine Dämpfe harmlos und nicht mehr wahrnehmbar. Drachensand entwickelte seine tödlichen Dämpfe nur, wenn er etwas Festes berührte, etwa Stein.

Oder Fleisch.

Flagg hielt den Pokal ins Licht und bewunderte das rubinfarbene Funkeln.

»Ein letztes Glas Wein, mein König«, sagte er und lachte, bis der zweiköpfige Papagei vor Angst kreischte. »Etwas, das Eure Eingeweide wärmen wird.«

Er setzte sich, drehte sein Stundenglas herum und begann, in einem riesigen Buch mit Zaubersprüchen zu lesen. Flagg las schon seit tausend Jahren in diesem Buch – das in Menschenhaut gebunden war – und hatte erst ein Viertel davon geschafft. Zu lange in diesem Buch zu lesen, das auf der fernen Hochebene von Leng von einem Wahnsinnigen namens Alhazred geschrieben worden war, bedeutete, gleichfalls den Wahnsinn heraufzubeschwören.

Eine Stunde... nur eine Stunde. Wenn die obere Hälfte seines Stundenglases leer war, konnte er sicher sein, daß Peter wieder gegangen war. Eine Stunde, dann konnte er Roland dieses letzte Glas Wein bringen. Einen Augenblick lang betrachtete Flagg den knochenweißen Sand, der gleichmäßig durch den Engpaß des Stundenglases rieselte, dann beugte er sich ruhig über sein Buch.

22

Roland war erfreut und gerührt, weil Flagg ihm an diesem Abend, bevor er zu Bett ging, noch ein Glas Wein brachte. Er trank es mit zwei großen Schlucken leer und erklärte hinterher, daß es ihn angenehm erwärmt hatte.

Flagg lächelte unter seiner Kapuze und sagte: »Das dachte ich mir, Eure Hoheit.«

23

Ob es Schicksal war oder nur Glück, daß Thomas Flagg an diesem Abend zu seinem Vater gehen sah, auch das ist eine Frage, die ihr euch selbst beantworten müßt. Ich weiß nur, *daß* er ihn sah, und zwar allein deswegen, weil Flagg sich jahrelang darum bemüht hatte, seinen speziellen Freund aus diesem armen, ungeliebten Jungen zu machen.

Ich werde es gleich erklären — aber zuvor muß ich noch eine falsche Vorstellung korrigieren, die ihr vielleicht von der Zauberei habt.

In Geschichten über Zauberei gibt es drei Arten, von denen meistens nebenbei gesprochen wird, als könnte jeder zweitklassige Zauberer sie ausführen. Das sind: Blei in Gold verwandeln, die eigene Gestalt verändern und sich unsichtbar machen. Zuerst solltet ihr wissen, daß echte Zauberei niemals einfach ist; wenn ihr das denkt, dann solltet ihr einmal versuchen, eure Lieblingstante verschwinden zu lassen, wenn sie das nächste Mal für eine oder zwei Wochen zu Besuch kommt. Echter Zauber ist *schwer*, und böse Magie ist zwar leichter als gute, aber immer noch schwer genug.

Man *kann* Blei in Gold verwandeln, wenn man die Zaubersprüche kennt, die man dabei aufsagen muß, und wenn man jemanden findet, der einem genau den richtigen Trick zeigt, wie man die Bleibarren teilen muß. Gestaltverändern und Unsichtbarmachen aber sind unmöglich — jedenfalls so schwierig, daß man dieses Wort getrost dafür verwenden kann.

Von Zeit zu Zeit hatte Flagg — der ein großartiger Lauscher war — jungen Dummköpfen zugehört, die Geschichten von jungen Prinzen erzählten, die teuflischen Genies in letzter Minute entkamen, indem sie ein Zauberwort sprachen und einfach verschwanden, oder von jungen und bildschönen Prinzessinnen (in Märchen waren sie immer bildschön, wenngleich Flagg aus eigener Erfahrung wußte, daß die meisten echten Prinzessinnen häßlich wie die Nacht waren und, als Endprodukte alter, inzüchtiger Geschlechter, dumm wie Bohnenstroh), die große Trolle dazu verleiteten, sich in Fliegen zu verwandeln, die sie dann mit den Händen zerdrücken. In den meisten Märchen konnten die Prinzessinnen gut Fliegen zerdrücken, aber die meisten Prinzessinnen, die Flagg gesehen hatte, wären nicht imstande gewesen, eine Fliege zu zerdrücken, die im Dezember sterbend an einer kalten Fensterscheibe saß. In *Märchen* war alles einfach, in *Märchen* veränderten Menschen andauernd die Gestalt oder verwandelten sich in wandelnde Fensterscheiben.

In *Wahrheit* hatte Flagg selbst nie gesehen, wie einer dieser Tricks durchgeführt wurde. Er hatte einst einen berühmten anduanischen Magier gekannt, der glaubte, den Trick gemeistert zu haben, wie man seine Gestalt verändern konnte, aber nachdem er sechs Monate lang meditiert und fast eine Woche lang in teilweise schmerzhaften Körperhaltungen Zaubersprüche aufgesagt hatte, war es ihm nur gelungen, seine Nase beinahe zweieinhalb Meter lang zu machen und im Wahnsinn zu enden. Und aus der Nase waren Fingernägel gewachsen. Daran erinnerte sich Flagg mit einem unmerklichen, grimmigen Lächeln. Großer Magier oder nicht, der Mann war ein Narr gewesen.

Auch sich unsichtbar zu machen, war unmöglich, jedenfalls soweit Flagg das hatte feststellen können. Aber es war möglich, sich... *trüb* zu machen.

Ja, *trüb* — das ist wirklich der beste Ausdruck dafür, auch wenn einem manchmal andere einfallen: *geisterhaft, transparent, schemenhaft.* Unsichtbarkeit lag außerhalb seiner Fähigkeiten, aber wenn er zuerst eine Rute aß und dann mehrere Zaubersprüche aufsagte, war es ihm möglich, *trüb* zu werden. Wenn man *trüb* war und ein Diener kam einem im Flur entgegen, dann trat man einfach beiseite und stand still und ließ den Diener vorbeigehen. In den meisten Fällen sah der Diener zu Boden oder fand plötzlich etwas Interessantes an der Decke, das er betrachten mußte. Wenn man durch ein Zimmer ging, dann kam die Unterhaltung ins Stocken und die Bewohner sahen einander gequält an, als litten sie alle gleichzeitig an Blähungen. Fackeln und Wandleuchter begann zu flackern. Kerzen erloschen manchmal. Verstecken mußte man sich, wenn man *trüb* war, eigentlich nur dann, wenn sich einem jemand näherte, den man gut kannte, denn ob man *trüb* war oder nicht, solche Leute sahen einen fast immer. *Trübheit* war äußerst nützlich, aber sie war keineswegs das gleiche wie Unsichtbarkeit.

In der Nacht, als Flagg den vergifteten Wein in Rolands Zimmer brachte, machte er sich zuerst *trüb.* Er rechnete nicht damit, daß er jemandem begegnen würde, den er kannte. Es war schon nach neun, der König war alt und kränklich, die Tage waren kurz, und im Schloß ging man früh zu Bett. *Wenn Thomas König ist,* dachte Flagg, während er den Wein rasch durch die Flure trug, *werden jede Nacht Feste gefeiert. Er hat die Trinkernatur seines Vaters, auch wenn er Wein statt Bier oder Met trinkt. Es dürfte nicht schwer sein, ihm ein paar stärkere Getränke schmackhaft zu machen... Bin ich denn nicht sein Freund? Ja, wenn Peter endgültig aus dem Weg geschafft ist und in der Nadel sitzt und wenn Thomas König ist, dann werden hier jede*

Nacht rauschende Feste stattfinden... bis das Volk in der Stadt und den Baronaten genügend ausgepreßt ist und sich zu einem blutigen Aufstand erhebt. Dann wird es noch ein großes Fest geben, das letzte von allen... aber ich glaube nicht, daß es Thomas gefallen wird. Wie der Wein, den ich seinem Vater heute abend bringe, wird auch das Fest außerordentlich heiß werden.

Er rechnete nicht damit, jemandem zu begegnen, den er kannte, und er begegnete auch keinem. Ein paar Diener gingen an ihm vorbei, aber sie wichen der Stelle aus, wo er stand, ohne weiter darüber nachzudenken, als hätten sie einen kalten Luftzug verspürt.

Trotzdem sah *ihn* jemand. Thomas sah ihn durch die Augen von Neuner, dem Drachen, den sein Vater vor langer Zeit erlegt hatte. Und das konnte Thomas, weil Flagg selbst ihm diesen Trick einst beigebracht hatte.

24

Die Art, wie sein Vater das Geschenk des Schiffes mißachtet hatte, hatte Thomas zutiefst verletzt, und danach hielt er sich meist von seinem Vater fern. Dennoch liebte Thomas Roland und wünschte sich nichts sehnlicher, als ihn so glücklich zu machen wie Peter. Mehr noch, er wollte, daß sein Vater ihn ebenso liebte wie Peter. Thomas wäre im Grunde genommen schon zufrieden gewesen, wenn sein Vater ihn nur halb so sehr wie Peter geliebt hätte.

Das Problem war, daß Peter alle guten Einfälle zuerst hatte. Manchmal teilte Peter Thomas seine Einfälle mit, aber für Thomas klangen sie entweder albern (bis sie funktionierten), oder aber er fürchtete, seinen Teil zu der Arbeit nicht beisteuern zu können, zum Beispiel, als Peter seinem Vater einen Satz Bendoh-Figuren schnitzte. Das war vor drei Jahren gewesen.

»Ich werde Vater etwas Schöneres als einen Satz dummer alter Spielfiguren schenken«, hatte Thomas überheblich gesagt, aber in Wahrheit dachte er, wenn es ihm schon nicht gelang, etwas so Einfaches wie ein Holzschiff zu machen, wie sollte er dann an etwas so Kompliziertem wie einer aus zwanzig Spielfiguren bestehenden Bendoh-Armee mithelfen? Also machte Peter die Figuren in einem Zeitraum von vier Monaten alleine — Infanteristen, Ritter, Bogenschützen, Füsiliere, den General, den Mönch —, und natürlich hatten sie Roland gefallen, auch wenn sie ein wenig klobig waren. Er hatte auf der Stelle das Bendoh aus Jade beiseite gestellt, welches ihm der große Ellender vor vierzig Jahren geschnitzt hatte, und es durch das ersetzt, was Peter gemacht hatte. Als Thomas dies hörte, verkroch er sich in sein Zimmer und legte sich ins Bett, obwohl es erst Nachmittag war. Ihm war zumute, als hätte jemand in seine Brust gegriffen, ein winziges Stück seines Herzens herausgerissen und ihn gezwungen, es zu essen. Sein Herz schmeckte sehr bitter, und er haßte Peter mehr denn je, wenngleich ein Teil von ihm seinen prächtigen älteren Bruder immer noch liebte und immer lieben würde.

Und obwohl der Geschmack bitter gewesen war, hatte er ihn gemocht.

Weil es sein Herz war.

Und nun die Sache mit dem abendlichen Glas Wein.

Peter war zu Thomas gekommen und hatte gesagt: »Ich habe mir überlegt, daß es nett wäre, wenn wir Vater jeden Abend ein Glas Wein bringen, Tom. Ich habe den Kellerwart gefragt, und er hat gesagt, er kann uns nicht einfach eine Flasche geben, weil er am Ende eines jeden Sechstmonats mit dem Kellermeister abrechnen muß, aber er sagte, wir könnten etwas von unserem Geld abgeben und eine Flasche Baronat Vat Fünf kaufen, das ist Vaters Lieblingswein. Wir hätten immer noch genügend Taschengeld übrig. Und...«

»Ich finde, das ist der dümmste Einfall, den ich jemals

gehört habe!« platzte Thomas heraus. »Der *ganze* Wein gehört Vater, der ganze Wein im Königreich, und er kann soviel haben, wie er möchte! Warum sollten wir *unser* Geld ausgeben, um Vater etwas zu kaufen, das ihm sowieso gehört? Wir werden den fetten kleinen Kellerwart reich machen, mehr nicht!«

Peter sagte geduldig: »Es wird ihn freuen, daß wir Geld für ihn ausgeben, auch wenn es ihm sowieso gehört.«

»Woher willst du das wissen?«

Schlicht, und auf eine Art, die ihn rasend machte, antwortete Peter: »Ich weiß es eben.«

Thomas sah ihn stirnrunzelnd an. Wie sollte er Peter erklären, daß der Kellermeister ihn im Weinkeller erwischt hatte, als er, erst vor einem Monat, eine Flasche Wein stiebitzen wollte? Das fette kleine Schwein hatte ihn durchgeschüttelt und gedroht, alles seinem Vater zu sagen, wenn er ihm nicht ein Goldstück gäbe. Thomas hatte mit Tränen der Wut und Scham in den Augen bezahlt. *Wäre es Peter gewesen, dann hättest du dich in die andere Richtung gedreht und so getan, als hättest du es nicht gesehen, du miese kleine Ratte,* dachte er. *Wenn es Peter gewesen wäre, hättest du ihm den Rücken zugewandt. Weil Peter eines Tages König sein wird, und ich werde für immer Prinz bleiben.* Er dachte auch daran, daß Peter nie auf den Gedanken gekommen wäre, Wein zu stehlen, und diese Einsicht machte ihn noch wütender auf seinen Bruder.

»Ich dachte nur...« begann Peter.

»Du dachtest nur, du dachtest nur«, äffte Thomas ihn erbost nach. »Dann geh und denk anderswo! Wenn Vater herausfindet, daß du dem Kellermeister Geld für Wein gegeben hast, der sowieso ihm gehört, wird er dich auslachen und dich einen Narren nennen!«

Aber Roland hatte nicht über Peter gelacht, und er hatte ihn nicht einen Narren genannt – er hatte ihn mit einer unsicheren und fast weinerlichen Stimme einen guten Sohn genannt. Thomas wußte es, weil er seinem Bruder nachgeschlichen war, als Peter ihrem Vater zum erstenmal Wein gebracht hatte. Er blickte durch die Augen des Drachen und sah alles.

25

Hätte man Flagg gefragt, weshalb er Thomas die Augen des Drachen und den Geheimgang gezeigt hatte, der dorthin führte, hätte er wohl selbst keine befriedigende Antwort geben können. Das lag daran, daß er auch nicht genau *wußte*, warum er es getan hatte. In seinem Kopf hatte er ein Gespür für Verdruß, wie andere Menschen ein Gespür für Namen oder einen Orientierungssinn haben. Das Schloß war sehr alt, und es enthielt viele Geheimtüren und Geheimgänge. Flagg kannte die meisten davon (niemand, nicht einmal er, kannte sie alle), aber dies war der einzige, den er Thomas zeigte. Sein Instinkt für Verdruß hatte ihm verraten, daß dies zu Ärger führen konnte, und Flagg gehorchte einfach seinem Instinkt. Schließlich war Verdruß Flaggs Lebenselexier.

Ab und zu stürmte er in Thomas' Zimmer und rief: »Tommy, du siehst verdrießlich aus! Ich habe mir etwas ausgedacht, das du vielleicht gerne sehen möchtest! Sollen wir es uns ansehen?« Er sagte fast immer: *Du siehst verdrießlich aus, Tommy;* oder: *Du siehst aus, als hättest du dich gerade auf einen Zwickkäfer gesetzt, Tommy,* weil er fast immer genau dann auftauchte, wenn Thomas sich besonders deprimiert oder in düsterer Stimmung fühlte. Flagg wußte, daß Thomas Angst vor ihm hatte, und Thomas würde eine Ausrede erfinden, um nicht mit ihm gehen zu müssen, wenn er nicht dringend einen Freund bräuchte... und sich so elend und unglücklich fühlte, daß es ihm einerlei war, was für ein Freund das war.

Flagg wußte das, aber Thomas selbst wußte es nicht —
seine Angst vor Flagg reichte sehr tief. An der Oberfläche
hielt er Flagg für einen feinen Kerl, der eine Menge kannte und lustige Einfälle hatte. Manchmal war der Spaß ein
bißchen grob, aber häufig war das Thomas gerade recht.

Findet ihr es seltsam, daß Flagg etwas von Thomas
wußte, das dieser selbst nicht wußte? Das ist gar nicht so
seltsam. Die Köpfe der Menschen — besonders die Köpfe
von Kindern, sind wie Brunnen — tiefe Brunnen voll sü-
ßem Wasser. Und manchmal, wenn ein bestimmter Gedanke so unerfreulich ist, daß man ihn nicht ertragen
kann, dann sperrt die Person, die ihn gedacht hat, ihn in
eine schwere Kiste und wirft diese in diesen Brunnen.
Sie lauscht dem Plätschern... und dann ist die Kiste verschwunden. Aber natürlich ist sie das nicht. Nicht wirklich verschwunden. Flagg, der sehr alt und weise war —
ebenso wie auch sehr böse —, wußte genau, daß selbst
der tiefste Brunnen einen Grund hat, und nur weil man
etwas nicht mehr sehen kann, bedeutet das noch lange
nicht, daß es weg ist. Es ist immer noch da und liegt auf
dem Grund. Und er wußte, daß die Kisten, in denen die
bösen, verderbten Gedanken eingesperrt waren, verfau-
len konnten, und das Übel darinnen konnte heraus und
das Wasser vergiften... und wenn der Brunnen des Verstandes im Kopf vergiftet ist, dann nennen wir das
Wahnsinn.

Wenn der Zauberer ihm manchmal furchteinflößende
Dinge im Schloß zeigte, dann nur deshalb, weil er wußte,
je mehr Thomas ihn fürchtete, desto mehr Macht würde
er über ihn erlangen... und er wußte, er konnte diese
Macht erlangen, weil er ebenfalls etwas wußte, das ich
auch schon gesagt habe — daß Thomas schwach war und
häufig von seinem Vater vernachlässigt wurde. Flagg
wollte, daß Thomas Angst vor ihm hatte und daß er im
Lauf der Jahre viele solcher Kisten in die Dunkelheit in
sich selbst warf. Wenn Thomas wahnsinnig wurde,

nachdem er König geworden war, na und? Das würde es für Flagg einfacher machen zu herrschen; es würde seine Macht noch vergrößern.

Woher wußte Flagg den richtigen Zeitpunkt, um Thomas zu besuchen und ihn auf diese seltsamen Führungen durch das Schloß mitzunehmen? Manchmal sah er in seinem Kristall, was Thomas traurig oder wütend gemacht hatte. Öfter jedoch verspürte er einfach den Drang, Thomas zu besuchen, und folgte ihm — sein Instinkt für Verdruß täuschte ihn selten.

Einmal führte er Thomas auf den Ostturm — sie erklommen Stufen, bis Thomas hechelte wie ein Hund, aber Flagg schien niemals außer Atem zu kommen. Oben war eine Tür, so klein, daß selbst Thomas auf Händen und Füßen hindurchkriechen mußte. Dahinter befand sich ein dunkler Raum mit einem einzigen kleinen Fenster, in dem es unaufhörlich raschelte. Flagg hatte ihn ohne ein Wort zu diesem Fenster geführt, und als Thomas den Ausblick sah — die ganze Stadt Delain, die Nahen Städte, und dann die Berge, welche sich zwischen den Nahen Städten und dem Östlichen Baronat befanden und in blauen Dunst gehüllt waren —, dachte er, daß sich das Treppensteigen gelohnt hatte, an das ihn seine schmerzenden Beine erinnerten. Sein Herz lachte angesichts dieser Schönheit, und er drehte sich um, um Flagg zu danken — aber etwas im weißen Fleck des Gesichts des Magiers ließ ihm die Worte auf den Lippen gefrieren.

»Und nun sieh dir *das* an!« sagte Flagg und hielt eine Hand hoch. Ein blauer Flammenstrahl zuckte aus seinem Zeigefinger empor, und das Rascheln, welches Thomas anfänglich für das Säuseln des Windes gehalten hatte, schwoll zu einem lautstarken Flattern lediger Schwingen an. Einen Augenblick später schrie Thomas gellend und fuchtelte mit den Armen über dem Kopf, während er verzweifelt zu der winzigen Tür zurückhastete. Von dem kleinen runden Zimmer auf der Spitze des Ostturms

85

aus hatte man den besten Überblick über Delain, abgesehen von der obersten Zelle in der Nadel, aber nun begriff er, warum niemand hierher kam. In dem Raum nisteten riesige Fledermäuse. Vom Licht aufgeschreckt, das Flagg herbeigezaubert hatte, flatterten sie wild umher. Später, als sie wieder draußen waren und Flagg den Jungen beruhigt hatte – Thomas, der Fledermäuse haßte, hatte einen hysterischen Anfall bekommen –, bestand der Zauberer darauf, daß es lediglich ein Scherz gewesen war, der ihn aufheitern sollte. Thomas glaubte ihm... aber er erwachte noch Wochen später schreiend aus Alpträumen, in denen Fledermäuse um seinen Kopf flogen, sich in seinen Haaren verfingen und mit ihren scharfen Krallen und spitzen Zähnen sein Gesicht zerkratzten.

Bei einem anderen Ausflug führte Flagg ihn in die Schatzkammer des Königs und zeigte ihm die Berge von Goldmünzen, Stapel von Goldbarren, und die tiefen Fässer mit Aufschriften wie SMARAGDE, DIAMANTEN, RUBINE, FEUERQUARZ und so weiter.

»Sind sie wirklich voller Juwelen?« fragte Thomas.

»Sieh selbst nach«, sagte Flagg. Er öffnete eines der Fässer und holte eine Handvoll ungeschliffener Smaragde heraus. Sie funkelten grell in seiner Hand.

»Beim *Namen* meines Vaters!« keuchte Thomas.

»Oh, das ist noch gar nichts! Schau hierher! Piratenschatz, Tommy!«

Er zeigte Thomas einen Teil der Beute aus der Schlacht mit den anduanischen Piraten vor zwölf Jahren. Die Schatzkammern Delains waren übervoll, die Schatzmeister alt, und dieser Stapel war noch nicht durchgesehen worden. Thomas bestaunte die schweren Schwerter mit juwelenbesetzten Griffen, Dolche, welche mit geschliffenen Diamanten versehen waren, damit sie tiefer schnitten, schwere Morgensterne aus gehärtetem Stahl.

»Das alles gehört dem Königreich?« fragte Thomas mit ehrfürchtiger Stimme.

»Es gehört alles deinem *Vater*«, entgegnete Flagg, wenngleich Thomas natürlich recht gehabt hatte. »Eines Tages wird es Peter gehören.«

»Und mir«, sagte Thomas mit dem Selbstbewußtsein eines Zehnjährigen.

»Nein«, sagte Flagg mit genau der richtigen Spur Bedauern in der Stimme, »nur Peter. Weil er der ältere ist, und er wird König werden.«

»Er wird es mit mir teilen«, sagte Thomas mit einem leichten Beben des Zweifels in der Stimme. »Er teilt *alles* mit mir.«

»Peter ist ein guter Junge, und ich bin sicher, daß du recht hast. *Wahrscheinlich* wird er alles mit dir teilen. Aber niemand kann einen König *zwingen*, zu teilen, weißt du. Niemand kann einen König *zwingen*, etwas zu tun, das er nicht tun möchte.« Er sah Thomas an, um die Wirkung seiner Worte zu unterstreichen, dann sah er wieder in die große, halbdunkle Schatzkammer. Irgendwo zählte einer der uralten Schatzmeister Dukaten. »Soviele Schätze, und alles für einen einzigen Menschen«, bemerkte Flagg. »Das ist wirklich etwas, worüber man nachdenken sollte, nicht wahr, Tommy?«

Thomas sagte nichts, aber Flagg war zufrieden. Er sah, daß Tommy darüber nachdachte, und er war sicher, daß wieder eine der Kisten mit giftigem Inhalt in den Brunnen von Thomas' Verstand gekippt wurde − *ruck-platsch!* Und das war wirklich so. Später, als Peter Thomas den Vorschlag gemacht hatte, die Kosten für den abendlichen Wein zu teilen, hatte Thomas sich an die große Schatzkammer erinnert − und er hatte sich daran erinnert, daß alle darin aufbewahrten Schätze seinem Bruder gehören würden. *Du kannst leicht davon sprechen, Wein zu kaufen! Warum auch nicht? Eines Tages wird dir alles Geld der Welt gehören!*

Dann, etwa ein Jahr, bevor er dem König den vergifteten Wein brachte, hatte Flagg Thomas impulsiv seinen

Geheimgang gezeigt... und genau an diesem Tag hatte
sein sonst untrüglicher Instinkt für Verdruß ihn vielleicht
in die Irre geführt. Nochmals: Das zu entscheiden, möchte ich euch überlassen.

26

»Tommy, du siehst mißmutig aus!« rief er. Die Kapuze
seines Mantels war an diesem Tag zurückgeschoben,
und er sah fast normal aus.

Fast.

Tommy *war* düsterer Stimmung. Er hatte ein langes
Bankett über sich ergehen lassen müssen, in dessen Verlauf sein Vater seinen Ratgebern mit den blumigsten
Ausschmückungen von Peters Leistungen in Geometrie
und Navigation berichtet hatte. Roland hatte von beidem
kaum je etwas verstanden. Er wußte, daß ein Dreieck
drei Seiten hatte und ein Viereck vier. Er wußte, man
konnte einen Weg aus dem Wald herausfinden, wenn
man sich verirrt hatte, indem man dem Alten Stern am
Himmel folgte; und damit endete sein Wissen. Und damit endete auch Thomas' Wissen, daher hatte er auch
den Eindruck, das Bankett würde niemals enden.
Schlimmer noch, das Fleisch war genau so, wie sein Vater es mochte − blutig und kaum angebraten. Bei bluti-
gem Fleisch wurde Thomas beinahe übel.

»Das Essen ist mir nicht bekommen, weiter nichts«,
sagte er zu Flagg.

»Nun, ich weiß etwas, das dich aufmuntern wird«,
meinte Flagg. »Ich werde dir eines der Geheimnisse des
Schlosses zeigen, Tommy, mein Junge.«

Thomas spielte gerade mit einem Buggerlugkäfer. Er
hatte ihn auf seinen Schreibtisch gesetzt und eine Reihe
seiner Schulbücher als Barrieren darum aufgebaut. Im-

mer wenn es so aussah, als würde der plumpe Käfer einen Ausweg finden, versperrte Thomas ihm diesen, indem er rasch ein weiteres Buch davorstellte.

»Ich bin ziemlich müde«, wandte Thomas ein. Das war keine Lüge. Wenn er hörte, wie Peter so übermäßig gelobt wurde, machte ihn das immer müde.

»Es wird dir gefallen«, sagte Flagg in einem Tonfall, der überaus betörend war... aber auch ein wenig bedrohlich.

Thomas sah ihn zweifelnd an. »Es gibt doch keine... Fledermäuse dort, oder?«

Flagg lachte herzlich... aber Thomas bekam dennoch eine Gänsehaut, als er es hörte. Er schlug Thomas auf den Rücken. »Keine Fledermaus! Kein Schabernack! Kein Schrecken! Alles ungefährlich! Und du kannst gucken wie dein Vater, Tommy!«

Tommy wußte, daß ›gucken‹ nur ein anderer Ausdruck für ›spionieren‹ war, und daß spionieren falsch war – dennoch war es ein geschickter Schachzug gewesen. Als der Buggerlugkäfer das nächste Mal zwischen zwei Büchern hervorkam, ließ Thomas ihn gehen. »Also gut«, sagte Thomas. »Aber keine Fledermäuse!«

Flagg legte dem Jungen einen Arm um die Schulter. »Keine Fledermäuse, das schwöre ich – aber dafür etwas, worüber du genügend nachdenken kannst, Tommy. Du wirst nicht nur deinen Vater sehen, du wirst ihn durch die Augen seiner größten Trophäe sehen.«

Thomas riß interessiert die Augen auf. Flagg war zufrieden. Der Fisch hatte angebissen und den Köder geschluckt. »Was soll das heißen?«

»Komm und sieh selbst«, sagte er, mehr nicht.

Er führte Thomas durch einen Irrgarten von Korridoren. Ihr hättet euch binnen kurzem verirrt, und auch ich selbst hätte mich wahrscheinlich sehr schnell nicht mehr zurechtgefunden, aber Thomas kannte den Weg so gut wie ihr den durch euer Schlafzimmer im Dunkeln findet

– wenigstens kannte er ihn so lange, bis Flagg ihn beiseite führte.

Sie hatten beinahe die Privatgemächer des Königs erreicht, als Flagg eine verborgene Holztür aufstieß, die Thomas bisher noch nie aufgefallen war. Selbstverständlich war sie schon immer dagewesen, aber in Schlössern gibt es häufig Türen – sogar ganze Flügel –, die die Kunst beherrschen, sich *trüb* zu machen.

Der Durchgang war ziemlich schmal. Ein Zimmermädchen mit einem Armvoll Laken ging an ihnen vorbei; sie war so entsetzt darüber, daß sie dem Hofzauberer in dem engen Flur begegnete, daß es aussah, als wäre sie mit Freuden in den Poren der Steinmauer verschwunden, nur um zu vermeiden, ihn zu berühren. Thomas hätte beinahe gelacht, denn manchmal empfand er ähnlich, wenn er sich in Flaggs Nähe aufhielt. Sonst begegneten sie niemandem.

Unter sich konnte er leise Hunde bellen hören, und das vermittelte ihm eine ungefähre Vorstellung davon, wo er sich jetzt befand. Die einzigen Hunde auf dem Anwesen des Schlosses waren die Jagdhunde seines Vaters, und die bellten wahrscheinlich, weil Fütterungszeit war. Die meisten von Rolands Hunden waren mittlerweile fast so alt wie Roland selbst, und weil er nur zu gut wußte, wie die Kälte in den alten Knochen schmerzt, hatte er angeordnet, den Hunden direkt hier im Schloß einen Zwinger zu bauen. Um vom Wohnzimmer seines Vaters zu den Hunden zu gelangen, ging man eine Treppe hinunter, wandte sich dann nach rechts und schritt etwa zehn Meter einen Flur entlang. Thomas wußte daher, daß sie sich jetzt etwa neun Meter rechts von den Privatgemächern seines Vaters befanden.

Flagg blieb so unvermittelt stehen, daß Thomas fast mit ihm zusammengestoßen wäre. Der Zauberer sah sich rasch um, um sicherzugehen, daß sie allein in dem Durchgang waren. Das waren sie.

»Der vierte Stein, vom untersten mit dem Ornament gezählt«, sagte Flagg. »Drück fest dagegen. Rasch!«

Aha, hier war also ein Geheimnis, und Thomas liebte Geheimnisse. Vergnügt zählte er vier Steine, von dem mit dem Ornament ausgehend, dann drückte er. Er rechnete mit einem kleinen Trick der Baukunst – vielleicht einer Schiebetür, aber er war nicht auf das vorbereitet, was dann tatsächlich geschah.

Der Stein glitt widerstandslos etwa drei Zoll in die Wand hinein. Es folgte ein Klicken. Plötzlich schwang eine ganze Sektion der Wand nach innen auf und enthüllte eine dunkle, vertikale Spalte. Das war überhaupt keine Wand! Es war eine riesige Tür! Thomas' Kiefer klappte herunter.

Flagg schlug Thomas auf den Rücken.

»Rasch, habe ich gesagt, du kleiner Narr!« rief er mit gedämpfter Stimme. Seine Stimme war drängend, und das nicht nur, um Thomas zu beeindrucken, wie bei vielen von Flaggs Gefühlsausbrüchen. Er sah sich nach rechts und links um, ob der Durchgang immer noch frei war. »Geh! Jetzt!«

Thomas sah in die dunkle Spalte, die sich aufgetan hatte, und mußte wieder an Fledermäuse denken. Aber ein Blick in Flaggs Gesicht sagte ihm, daß jetzt nicht der richtige Zeitpunkt war, sich mit ihm über dieses Thema zu unterhalten.

Er stieß das Tor ein Stück weiter auf und trat in die Dunkelheit. Flagg folgte unverzüglich. Thomas hörte das leise Flattern des Mantels des Hofzauberers, als dieser sich umdrehte und die Wandtür wieder schloß. Die Dunkelheit war vollkommen und undurchdringlich, die Luft still und trocken. Bevor er den Mund öffnen konnte, um irgend etwas zu sagen, flammte das blaue Feuer aus Flaggs Zeigefinger auf und schuf einen scharf umrissenen blauweißen Lichtkegel.

Thomas krümmte sich ohne nachzudenken und riß die Hände in die Höhe.

Flagg lachte grob. »Keine Fledermäuse, Tommy. Das habe ich dir doch versprochen, oder?«

Und es waren keine da. Die Decke war ziemlich niedrig, und Thomas konnte sich mit eigenen Augen davon überzeugen. Keine Fledermäuse, alles war vollkommen ungefährlich... wie der Zauberer gesagt hatte. Im Licht von Flaggs magischer Fingerfackel konnte er auch sehen, daß sie sich in einem rechteckigen Geheimgang befanden, der ungefähr acht Meter lang war. Wände, Boden und Decke waren mit Eisenholzdielen verkleidet. Er konnte das andere Ende nicht besonders gut sehen, aber es schien ebenfalls kahl zu sein.

Noch immer konnte er das gedämpfte Bellen der Hunde hören.

»Als ich sagte: rasch, da war das mein Ernst«, erklärte Flagg. Er beugte sich über Thomas, ein vager, düsterer Schatten, der in der Dunkelheit selbst wie eine Fledermaus aussah. Thomas wich unbehaglich einen Schritt zurück. Der Zauberer hatte — wie immer — einen unangenehmen Geruch an sich, einen Geruch nach geheimen Pulvern und bitteren Kräutern. »Du weißt nun, wo der Durchgang ist, und ich werde dir nicht verbieten, ihn zu benützen. Aber wenn du jemals dabei *erwischt* wirst, dann mußt du sagen, daß du ihn durch Zufall gefunden hast.«

Der Schatten beugte sich noch weiter herab und zwang Thomas einen weiteren Schritt zurück.

»Wenn du sagst, daß *ich* ihn dir gezeigt habe, Tommy, dann werde ich dafür sorgen, daß es dir leid tut.«

»Ich werde es niemals sagen«, meinte Thomas. Seine Stimme klang dünn und zittrig.

»Gut. Und niemand sollte dich jemals sehen, wenn du ihn benützt. Einem König nachzuspionieren ist eine ernste Sache, ob Prinz oder nicht. Und nun folge mir und sei still.«

Flagg führte ihn zum Ende des Durchgangs. Auch die gegenüberliegende Wand war mit Eisenholz verkleidet,

aber als Flagg die Flamme an seinem Finger höher flak-
kern ließ, sah Thomas zwei Paneele. Flagg spitzte die
Lippen und blies das Licht aus.

In der völligen Schwärze flüsterte er: »Öffne diese beiden Platten niemals, wenn Licht brennt. Er könnte es sehen. Er ist alt, aber er sieht immer noch sehr gut. Er
könnte etwas sehen, obwohl die Augäpfel aus getöntem
Glas bestehen.«

»Was...«

»*Pssst!* Auch mit seinen Ohren ist noch alles in Ordnung.«

Thomas verstummte, und das Herz pochte ihm in der
Brust. Er verspürte eine große Aufregung, die er nicht
begriff. Später dachte er, er sei so aufgeregt gewesen,
weil er irgendwie gewußt hatte, was passieren würde.

Er hörte ein leises, gleitendes Geräusch in der Dunkelheit, und plötzlich durchschnitt ein schwacher Lichtstrahl – Fackellicht – das Dunkel. Ein zweites gleitendes
Geräusch, ein zweiter Lichtstrahl. Nun konnte er Flagg
wieder sehen, wenn auch nur sehr undeutlich, und auch
die eigenen Hände, wenn er sie emporhielt.

Thomas sah, wie Flagg zur Wand trat und sich ein wenig nach unten beugte. Dann wurde der helle Fleck verdeckt, als er die Augen vor die beiden Löcher brachte,
durch die das Licht hereinfiel. Er sah einen Augenblick
hindurch, dann grunzte er und trat zurück. Er winkte
Thomas. »Sieh selbst«, sagte er.

Aufgeregter als je zuvor in seinem ganzen Leben,
brachte Thomas vorsichtig die Augen an die Löcher. Er
sah recht deutlich, wenngleich alles einen seltsam gelb-
grünen Ton hatte – es war, als würde er durch Rauch-
glas sehen. Ein Gefühl überwältigender, entzückender
Verwunderung stieg in ihm auf. Er sah ins Wohnzimmer
seines Vaters hinab. Er sah seinen Vater in seinem Lieb-
lingssessel – mit einer hohen Lehne, die Schatten über
sein runzliges Gesicht warf – am Kaminfeuer sitzen.

Es war eindeutig der Raum eines Jägers; bei uns hätte man es wohl als Jagdzimmer bezeichnet, wenngleich es die Größe eines gewöhnlichen Hauses hatte. Flackernde Fackeln säumten die langen Wände. Überall waren Köpfe angebracht: Köpfe von Bären, von Hirschen, von Elchen, von Gnus, von Kormoranen. Es gab sogar einen grünen Federex, einen Vetter unseres Sagentiers Phoenix. Thomas konnte den Kopf von Neuner, dem Drachen, den sein Vater erlegt hatte, nicht sehen, aber das wurde ihm nicht gleich bewußt.

Sein Vater stocherte lustlos in einem Stück Kuchen. Neben ihm dampfte eine Kanne Tee.

Und mehr tat sich in diesem riesigen Zimmer, in dem zweihundert Menschen Platz finden konnten – und manchmal fanden –, nicht. Nur sein Vater, der einen Pelzmantel um sich geschlungen hatte und allein seinen Nachmittagstee trank. Und dennoch beobachtete Thomas ihn eine Zeitspanne, die endlos zu sein schien. Seine Faszination und seine Aufregung, während er seinen Vater heimlich betrachtete, lassen sich gar nicht beschreiben. Sein Herzschlag, der vorher schon schnell gewesen war, verdoppelte sich noch. Sein Blut sang und pulsierte in seinem Kopf. Seine Hände ballten sich so heftig zu Fäusten, daß er später in den Handballen blutige Halbmonde entdeckte, wo sich die Nägel ins Fleisch gegraben hatten.

Warum erregte es ihn so sehr, einen alten Mann zu beobachten, der mißmutig ein Stück Kuchen aß? Nun, dabei müßt ihr zuerst bedenken, daß der alte Mann nicht *irgendein* alter Mann war. Er war Thomas' Vater. Und das Spionieren, so traurig das ist, hat seinen eigenen Reiz. Wenn man Menschen sehen kann, aber sie selbst sehen einen nicht, dann scheint selbst die trivialste Handlung von Bedeutung zu sein.

Nach einer Weile fing Thomas an, sich ein wenig für das zu schämen, was er tat, und das war eigentlich nicht überraschend. Schließlich ist es eine Art von Diebstahl, jemandem nachzuspionieren – man stiehlt einen Blick darauf, was Menschen tun, wenn sie alleine sind. Das aber ist auch die größte Faszination bei dem Ganzen, und Thomas hätte vielleicht noch stundenlang hingesehen, wenn Flagg nicht gemurmelt hätte: »Weißt du, wo du dich eigentlich befindest, Tommy?«

»Ich...« *glaube nicht*, wollte er hinzufügen, aber selbstverständlich wußte er es. Sein Orientierungssinn war gut, und mit ein wenig Nachdenken konnte er aus seinem Blickwinkel Rückschlüsse ziehen. Plötzlich begriff er, was Flagg gemeint hatte, als er sagte, er, Thomas, würde seinen Vater durch die Augen seiner größten Trophäe sehen. Er sah etwa von halber Höhe der Westwand auf seinen Vater hinab... und dort war der größte Kopf von allen aufgehängt – der von Neuner, dem Drachen seines Vaters.

Er könnte etwas sehen, obwohl die Augäpfel aus getöntem Glas bestehen. Nun verstand er auch das. Thomas mußte die Hände auf den Mund pressen, um ein schrilles Kichern zu unterdrücken.

Flagg schob die Paneele wieder vor... aber auch er lächelte.

»Nein!« flüsterte Thomas. »Nein, ich möchte mehr sehen!«

»Nicht heute nachmittag«, sagte Flagg. »Für heute nachmittag hast du genug gesehen. Du kannst wieder herkommen, wenn du möchtest... aber wenn du zu oft herkommst, wirst du ganz sicher erwischt werden. Und jetzt komm. Wir gehen wieder.«

Flagg zündete die Zauberflamme wieder an und führte Thomas den Gang entlang. Am Ende löschte er die Flamme, und es war wieder ein gleitendes Geräusch zu hören, als er ein Guckloch öffnete. Er führte Thomas' Hand dorthin, damit dieser wußte, wo es sich befand, dann befahl er ihm, hindurch zu sehen.

»Bedenke, daß du den Flur in beide Richtungen überblicken kannst«, sagte Flagg. »Achte also stets darauf,
dort hinauszusehen, bevor du die Tür öffnest, sonst wird
man dich eines Tages überraschen.«

Thomas preßte das Auge gegen das Guckloch und sah
direkt gegenüber ein reich verziertes Fenster mit geneigten Glasscheiben. Das Fenster war viel zu auffällig für einen so kleinen Gang, aber Thomas begriff auch ohne lange Erklärungen, warum der Konstrukteur dieser Geheimtür es dort angebracht hatte. Wenn man in die gegeneinander geneigten Scheiben sah, konnte man in der
Tat eine geisterhafte Reflektion des Flurs in beide Richtungen erkennen.

»Ist der Weg frei?« fragte Flagg.

»Ja«, gab Thomas flüsternd zurück.

Flagg drückte auf eine Feder innen (wobei er wieder
Thomas' Hand führte, damit dieser sie später alleine finden konnte), und die Tür öffnete sich klickend. »Jetzt
rasch!« drängte Flagg. »Vergiß nicht, was ich dir gesagt
habe, Tommy: Benütze den Durchgang nicht so häufig,
daß du erwischt wirst, und *wenn* du erwischt wirst« –
Flaggs Augen funkelten grimmig – »dann denk daran,
daß du den Geheimgang zufällig gefunden hast.«

»Das werde ich«, sagte Thomas hastig. Seine Stimme
klang spitz und krächzte wie ein Scharnier, das geölt
werden muß. Wenn Flagg ihn auf diese Weise ansah,
dann fühlte sich sein Herz wie ein in seiner Brust gefangener Vogel, der in panischer Angst mit den Flügeln
schlägt.

27

Thomas befolgte Flaggs Rat, den Geheimgang nicht zu oft zu benutzen, aber dann und wann schlich er sich hin und beobachtete seinen Vater durch die Augen von Neuner — guckte in eine Welt, in der alles grün-golden war. Wenn er später mit pochenden Kopfschmerzen (was fast immer der Fall war) wegging, dann dachte er: *Du hast Kopfschmerzen, weil du so gesehen hast, wie Drachen die Welt sehen — als wäre alles ausgetrocknet und würde gleich Feuer fangen.* Und vielleicht war Flaggs Instinkt für Verdruß in dieser Sache doch nicht so schlecht gewesen, denn während er seinem Vater so nachspionierte, lernte Thomas eine neue Empfindung Roland gegenüber kennen. Bevor er von dem Geheimgang gewußt hatte, hatte er Liebe für ihn empfunden, manchmal Trauer, weil er ihn nicht glücklich machen konnte, und manchmal Angst. Nun lernte er auch, Verachtung für ihn zu empfinden.

Wenn Thomas ins Wohnzimmer seines Vaters sah und ihn in Gesellschaft vorfand, entfernte er sich rasch wieder. Er blieb nur, wenn sein Vater alleine war. Früher war Roland selten in solchen Zimmern wie seinem ›Jagdzimmer‹ gewesen. Es gab stets etwas Dringenderes zu tun, noch einen Ratgeber anzuhören, noch eine Pedition, die entschieden werden mußte.

Aber Rolands Zeit der Macht neigte sich dem Ende zu. Seine Bedeutung schwand mit seiner Gesundheit, und er erinnerte sich, wie er Sasha oder Flagg häufig zugerufen hatte: »Werden mich diese Leute denn niemals in Ruhe lassen?« Bei der Erinnerung daran umspielte ein wehmütiges Lächeln seine Lippen. Nun ließen sie ihn in Ruhe — und er vermißte sie.

Thomas empfand Verachtung, weil Menschen sich fast nie von ihrer besten Seite zeigen, wenn sie alleine sind. Meistens legen sie ihre Masken der Höflichkeit, Ordnung und guten Erziehung ab. Und was kommt darunter

zum Vorschein? Ein warziges Ungeheuer? Eine Abscheu-
lichkeit, vor der die Menschen schreiend davonlaufen?
Manchmal vielleicht, aber für gewöhnlich ist es nicht so
schlimm. Normalerweise würden die Menschen einfach
lachen, wenn sie uns ohne unsere Masken sehen – lachen oder ein angewidertes Gesicht machen oder beides
gleichzeitig.

Thomas sah, daß sein Vater, den er stets geliebt und
gefürchtet hatte, der größte Mann auf der Welt zu sein
schien, sich häufig in der Nase bohrte, wenn er alleine
war. Er bohrte zuerst in einem Nasenloch und dann im
anderen, bis er einen Klumpen grünen Rotz zutage ge-
fördert hatte. Diesen betrachtete er dann mit feierlicher
Zufriedenheit und drehte ihn im Licht des Feuers hierhin
und dorthin, wie ein Juwelier einen besonders edlen
Smaragd drehen mochte. Die meisten rieb er dann unter
den Stuhl, auf dem er saß. Andere, so leid es mir tut, das
zu sagen, stopfte er sich in den Mund und kaute mit einem nachdenklich genußvollen Gesicht darauf herum.

Er nahm nur ein Glas Wein täglich zu sich – den
Kelch, den Peter ihm brachte –, aber wenn Peter ging,
trank er – für Thomas – riesige Mengen Bier (erst Jahre
später wurde Thomas klar, daß sein Vater vermeiden
wollte, sich Peter in betrunkenem Zustand zu zeigen),
und wenn er urinieren mußte, dann benutzte er dazu selten den Kübel in der Ecke. Meistens stand er einfach auf
und pißte ins Feuer und furzte dabei.

Er redete mit sich selbst. Manchmal ging er durch das
riesige Zimmer wie ein Mann, der nicht sicher war, wo er
sich befand, und redete dabei entweder zu der Luft oder
zu den Köpfen an den Wänden.

»Ich erinnere mich noch an den Tag, als wir dich holten, Bonsey«, sagte er zu einem der Elchköpfe (eine seiner Exzentritäten war, daß er jeder einzelnen seiner Trophäen einen Namen gab), »ich war mit Bill Squathings
und diesem Burschen mit der großen Warze im Gesicht

unterwegs. Ich erinnere mich, wie du aus dem Gebüsch gekommen bist, und dann hat Bill abgezogen, dann hat der Bursche mit der Warze abgezogen, und dann habe *ich* abgezogen...«

Dann demonstrierte sein Vater, wie er abgezogen hatte, indem er das Bein hob und furzte, während er so tat, als würde er einen Bogen spannen. Und dann lachte er, das schrille, unangenehme Gackern eines alten Mannes.

Nach einer Weile schob Thomas die Paneele wieder vor und schlich mit schmerzendem Kopf und garstigem Grinsen den Flur entlang — Kopf und Grinsen eines Jungen, der grüne Äpfel gegessen hat und weiß, daß es ihm am Morgen wahrscheinlich noch schlechter gehen wird als jetzt.

Das war der Vater, den er immer geliebt und gefürchtet hatte?

Er war ein alter Mann, der stinkende Gaswolken ausfurzte.

Das war der König, den seine loyalen Untergebenen Roland den Gütigen nannten?

Er pißte ins Feuer, daß es nur so zischte.

Das war der Mann, der ihm das Herz gebrochen hatte, weil ihm sein Schiff nicht gefiel?

Er redete mit den ausgestopften Köpfen an den Wänden und gab ihnen alberne Namen wie Bonsey und Stag-Pool und Puckerstring; er bohrte sich in der Nase und aß manchmal den Rotz.

Mir liegt nichts mehr an dir, dachte Thomas, sah durch das Guckloch, ob der Flur verlassen war und schlich dann wie ein Schwerverbrecher zu seinem Zimmer zurück. *Du bist ein schäbiger alter Mann, und du bedeutest mir nichts! Überhaupt nichts! Nein!*

Aber er bedeutete Thomas *doch* etwas. Ein Teil von ihm hörte nicht auf, Roland trotz allem zu lieben — ein Teil von ihm wollte zu seinem Vater gehen, damit er jemand

Besseren zum Reden hätte als eine Menge ausgestopfter Köpfe an den Wänden.

Aber es war auch ein Teil in ihm, dem das Spionieren mehr Spaß machte.

28

Der Abend, an dem Flagg mit dem Glas vergifteten Weins in Rolands Privatgemach kam, war die erste Gelegenheit seit langer Zeit, da Thomas zu spionieren wagte. Dafür gab es einen guten Grund.

Eines Nachts, etwa drei Monate vorher, konnte Thomas nicht schlafen. Er wälzte sich von einer Seite auf die andere, bis er den Nachtwächter elf Uhr verkünden hörte. Da stand er auf, kleidete sich an und verließ sein Zimmer. Weniger als zehn Minuten später sah er hinab ins Jagdzimmer seines Vaters. Er hatte gedacht, sein Vater würde schlafen, aber er schlief nicht. Roland war wach und sehr, sehr betrunken.

Thomas hatte seinen Vater schon oft betrunken gesehen, aber noch niemals in einem solchen Zustand wie jetzt. Der Junge war verblüfft und erschrocken.

Es gibt Menschen, die viel älter sind, als Thomas es zu dem Zeitpunkt war, und die der Überzeugung sind, hohes Alter sei immer eine sanfte Zeit — ein alter Mensch besitze sanftes Wissen, sanfte Halsstarrigkeit und vielleicht die sanfte Verwirrung der Senilität. Davon gehen sie aus, können sich aber nicht vorstellen, daß noch echtes Feuer in ihm glüht. Sie haben die Illusion, daß mit siebzig jedes Feuer zu Kohle verglüht ist. Das mag zutreffen, aber in jener Nacht mußte Thomas feststellen, daß glimmende Kohlen manchmal heftig aufflackern können.

Sein Vater ging mit raschen Schritten im Wohnzimmer

auf und ab, der Pelzmantel wehte hinter ihm her. Die Nachtmütze war ihm vom Kopf gefallen, das graue Haar hing in wirren Strähnen herab, hauptsächlich über die Ohren. Er torkelte nicht, wie in früheren Nächten, in denen er zaghaft zwischen den Möbeln umhergegangen war und dabei die Hand ausgestreckt hatte, um nicht dagegenzustoßen. Als er doch einmal gegen einen der Sessel stieß, der an einer Wand unter dem fauchenden Kopf eines Luchses stand, schleuderte Roland den Stuhl mit solcher Heftigkeit von sich, daß Thomas zusammenzuckte. Die Haare an seinen Armen stellten sich auf. Der Sessel polterte durch das Zimmer und prallte gegen die Wand. Die Lehne aus Eisenholz splitterte in der Mitte − im volltrunkenen Zustand hatte der greise König noch einmal die Kraft seiner besten Mannesjahre erlangt.

Er sah mit blutunterlaufenen Augen zu dem Luchskopf empor.

»Beiß mich!« brüllte er ihn an. Die grobe, heisere Stimme ließ Thomas erneut zusammenzucken. »Beiß mich, oder hast du Angst? Komm von der Wand herunter, Craker! Spring! Hier ist meine Brust, siehst du?« Er riß sich das Hemd auf und entblößte die magere Brust. Er bleckte seine wenigen Zähne gegen die vielen von Craker und hob den Kopf. »Hier ist meine Kehle! Komm schon, spring! Ich mache dich mit bloßen Händen fertig! Ich reiße dir die stinkenden Eingeweide heraus!«

Er stand einen Augenblick mit entblößter Brust und dargebotener Kehle da und sah selbst wie ein Tier aus − vielleicht wie ein urzeitlicher Säbelzahntiger, der gefangen worden ist und nun nur noch darauf hoffen kann, in Ehren zu sterben. Dann wirbelte er weiter, bis er vor einem Bärenkopf stand, dem er mit der Faust drohte und ihn mit Flüchen überhäufte − so gräßlichen Flüchen, daß der verängstigte Thomas glaubte, der erboste Geist des toten Bären würde herabsteigen, in den ausgestopften

Schädel fahren und seinen Vater vor seinen Augen zerfleischen.

Aber Roland war schon wieder fort. Er packte seinen Krug und trank daraus, dann wirbelte er weiter, wobei Schaum von seinem Bart troff. Er schleuderte den Krug so heftig gegen die Steinplatte des Kamins, daß eine Delle im Metall zu sehen war.

Nun kam sein Vater durch das Zimmer auf ihn zu, wobei er einen weiteren Stuhl beiseite warf und dann mit bloßem Fuß einen Tisch wegstieß. Seine Augen sahen auf... direkt in die von Thomas. Ja, genau in seine hinein. Thomas spürte den Blick, und graues, panisches Entsetzen überkam ihn.

Sein Vater stapfte direkt auf ihn zu, die gelben Zähne entblößt, das schüttere Haar hing über die Ohren herab, Bier troff ihm vom Kinn und aus den Mundwinkeln.

»Du«, flüsterte Roland mit leiser, schrecklicher Stimme. »Warum starrst du mich so an? Was willst du sehen?«

Thomas konnte sich nicht bewegen. *Entdeckt*, winselte sein Verstand, *entdeckt, bei allen gewesenen und seienden Göttern, ich bin entdeckt und werde ganz bestimmt hingerichtet!*

Sein Vater stand unten und wandte keinen Blick von dem Drachenkopf. Voller Schuldgefühle dachte Thomas, sein Vater hätte zu ihm gesprochen, aber dem war nicht so – Roland sprach lediglich zu Neuner, wie zu den anderen Tierköpfen. Doch wenn Thomas aus den Glasaugen hinaussehen konnte, dann konnte Roland auch hineinsehen, wenigstens bis zu einem gewissen Grad. Wäre Thomas nicht vor Angst völlig gelähmt gewesen, dann wäre er von Panik überkommen davongelaufen – aber selbst wenn er genügend Geistesgegenwart besessen hätte, nicht zu weichen, seine Augen hätten sich sicher bewegt. Und wenn Roland gesehen hätte, wie sich die Augen des Drachen bewegten, was hätte er gedacht?

Daß der Drachen wieder zum Leben erwachte? Vielleicht. Wenn ich seinen betrunkenen Zustand bedenke, halte ich das sogar für wahrscheinlich. Hätte Thomas in dieser Situation auch nur geblinzelt, hätte Flagg später nicht mehr mit dem Gift kommen müssen. Trotz der vorübergehenden Stärke, die die Trunkenheit ihm verliehen hatte, wäre der alte und gebrechliche König sicher vor Schreck gestorben.

Plötzlich sprang Roland nach vorne.

»Weshalb starrst du mich so an?« kreischte er, und in seiner Betrunkenheit war es Neuner, Delains letzter Drache, den Roland anbrüllte, aber das wußte Thomas nicht. *»Warum starrst du mich an? Ich habe mein Bestes getan, immer nur das Beste! Habe ich um dies hier gebeten? Habe ich darum gebeten? Antworte mir, verdammt! Ich habe mein Bestes getan, und schau mich jetzt an! Schau mich jetzt an!«*

Er riß sein Gewand ganz auf und stellte seinen nackten Körper zur Schau, die graue Haut war vom übermäßigen Trinken rotfleckig.

»Schau mich jetzt an!« kreischte er nochmals und sah weinend an seiner Gestalt hinab.

Thomas konnte es nicht mehr ertragen. In dem Augenblick, als sein Vater die Augen von Neuner abwandte und seinen verbrauchten Körper betrachtete, schob er die Paneele hinter den Glasaugen des Drachen vor. Thomas stolperte den dunklen Gang entlang, prallte mit voller Wucht gegen die geschlossene Tür, stieß sich den Kopf an und fiel hin. Innerhalb eines Augenblicks war er wieder aufgesprungen; er merkte gar nicht, daß ihm aus einer Schnittwunde an der Stirn Blut übers Gesicht lief, und er hämmerte gegen die verborgene Feder bis sich die Tür öffnete. Er stürzte auf den Flur hinaus, ohne darauf zu achten, ob ihn jemand sah. Er sah nur die starrenden, blutunterlaufenen Augen seines Vaters, er hörte nur sein Brüllen: *Warum starrst du mich so an?*

Er konnte nicht wissen, daß sein Vater bereits in einen

tiefen Schlaf der Trunkenheit gefallen war. Als Roland am anderen Morgen erwachte, lag er immer noch auf dem Boden, und trotz der schlimmen Kopfschmerzen und seiner schmerzenden Glieder (Roland war viel zu alt für solche anstrengenden Exzesse) sah er als allererstes zu dem Drachenkopf hinauf. Er träumte selten, wenn er betrunken war – sein Schlaf war dann lediglich ein Intervall dumpfer Schwärze. Aber in der letzten Nacht hatte er einen gräßlichen Traum gehabt: Die Glasaugen des Drachenkopfes hatten sich bewegt, und Neuner war zu neuem Leben erwacht. Der Wurm spie noch einmal Feuer, er konnte es tief im Innern spüren, heiß und immer heißer.

Da der Traum in seiner Erinnerung noch frisch war, grauste es ihm vor dem, was er sehen mochte, wenn er aufsah. Aber es war alles, wie es seit Jahren gewesen war. Neuner schnaubte sein furchterregendes Schnauben, die gespaltene Zunge ragte zwischen Zähnen hervor, die beinahe so lang wie Zaunlatten waren, und die grün-goldenen Augen starrten blicklos durch das Zimmer. Feierlich über dieser berühmten Trophäe gekreuzt hingen Rolands großer Bogen und der Pfeil Feind-Hammer, Spitze und Schaft immer noch schwarz von Drachenblut. Er erwähnte diesen Traum einmal Flagg gegenüber, der lediglich nickte und ein wenig nachdenklicher als sonst aussah. Dann vergaß Roland ihn ganz einfach.

Thomas konnte nicht so leicht vergessen.

Er wurde noch wochenlang von Alpträumen geplagt. In ihnen sah sein Vater ihn an und kreischte: »*Sieh nur, was du mir angetan hast!*« Und er riß sein Gewand auf und zeigte seine Nacktheit – alte, vernarbte Wunden, Hängebauch, schlaffe Muskeln –, als wollte er damit sagen, daß auch das Thomas' Schuld war, daß, wenn er nicht spioniert hätte …

»Warum besuchst du eigentlich Vater nicht mehr?« fragte Peter ihn eines Tages. »Er denkt, du seist wütend auf ihn.«

»*Ich* wütend auf *ihn*?« Thomas war fürbaß erstaunt.

»Das hat er heute beim Tee zu mir gesagt«, sagte Peter. Er betrachtete seinen Bruder eingehend, die dunklen Ringe unter den Augen, die Blässe auf Thomas' Wangen und Stirn. »Tom, was ist los?«

»Wahrscheinlich nichts«, sagte Thomas langsam.

Am nächsten Tag trank er mit seinem Bruder und seinem Vater Tee. Es erforderte all seinen Mut, dorthin zu gehen, aber Thomas *hatte* Mut, und manchmal konnte er ihn aufbringen – für gewöhnlich dann, wenn er mit dem Rücken zur Wand stand. Sein Vater gab ihm einen Kuß und fragte ihn, ob etwas nicht stimmte. Thomas murmelte, es sei ihm nicht gut gegangen, aber nun fühle er sich schon wieder viel besser. Sein Vater nickte, versetzte ihm einen derben Stoß und kehrte dann zu seinem üblichen Verhalten zurück – welches darin bestand, daß er Thomas weitgehend zugunsten von Peter übersah. Dieses eine Mal war es Thomas sogar recht – er wollte nicht, daß sein Vater ihn öfter als unbedingt notwendig ansah, wenigstens vorläufig nicht. Als er in dieser Nacht lange, lange wach lag und den Wind draußen heulen hörte, kam er zu dem Ergebnis, daß er mit knapper Not noch einmal davongekommen war.

Aber niemals wieder, dachte er. In den darauffolgenden Wochen kamen die Alpträume immer seltener. Schließlich blieben sie ganz aus.

Der Stallmeister des Schlosses, Yosef, behielt aber mit einem recht: Knaben machen leichter Versprechungen, als sie sie einhalten, und schließlich wurde Thomas' Wunsch, seinem Vater nachzuspionieren, wieder stärker als seine guten Absichten und Ängste. Und so kam es, daß Thomas Zeuge wurde, wie Flagg an jenem schicksalsschweren Abend den Becher mit dem vergifteten Wein zu Roland brachte.

29

Als Thomas an jenem Abend dorthin kam und die Paneele beiseite schob, tranken sein Vater und sein Bruder gerade *ihren* abendlichen Wein. Peter war inzwischen fast siebzehn, groß und stattlich. Die beiden saßen am Feuer und tranken und unterhielten sich wie alte Freunde, und Thomas spürte, wie der alte Haß sein Herz mit Bitterkeit erfüllte. Nach einer Weile stand Peter auf und zog sich höflich zurück.

»Neuerdings gehst du immer ziemlich früh«, bemerkte Roland.

Peter murmelte verneinend.

Roland lächelte. Es war ein freundliches, wehmütiges Lächeln, beinahe zahnlos. »Ich habe gehört«, sagte er, »daß sie sehr schön ist.«

Peter schien zu erröten, was bei ihm ungewöhnlich war. Er stotterte, und das war noch ungewöhnlicher.

»Geh«, unterbrach Roland ihn. »Geh. Sei zärtlich zu ihr, und freundlich... aber sei feurig, wenn Begehren in dir ist. Die späten Jahre sind kalte Jahre, Peter. Sei feurig, solange deine Jahre noch grün sind, solange es genügend Zunder gibt und das Feuer hell auflodern kann.«

Peter lächelte. »Ihr sprecht, als wäret Ihr sehr alt, Vater, doch auf mich macht Ihr einen starken und gesunden Eindruck.«

Roland umarmte Peter. »Ich liebe dich«, sagte er.

Peter lächelte ohne Verlegenheit oder Peinlichkeit. »Ich liebe Euch auch, Vater«, sagte er, und in seiner einsamen Dunkelheit (Spionieren ist fast immer ein einsames Geschäft, und der Spion tut es fast immer im Dunkeln) verzog Thomas gräßlich das Gesicht.

Peter ging, und etwa eine Stunde lang geschah nichts weiter. Roland saß trübsinnig am Kamin und trank ein Bier nach dem anderen. Er schrie und brüllte nicht, und er sprach nicht zu den Köpfen an der Wand; er schlug

106

keine Möbel kurz und klein. Thomas hatte sich fast entschlossen zu gehen, als es zweimal klopfte.

Roland hatte ins Feuer gestarrt und war vom Spiel der Flammen beinahe hypnotisiert. Nun riß er sich davon los und rief: »Wer ist da?«

Thomas hörte keine Antwort, aber sein Vater stand auf und ging zur Tür, als hätte *er* eine vernommen. Er öffnete sie, und anfangs glaubte Thomas, seines Vaters Angewohnheit, mit den ausgestopften Köpfen zu sprechen, hätte eine neue und eigentümliche Wendung genommen – daß sein Vater nun unsichtbare menschliche Besucher erfand, um seine Langeweile zu vertreiben.

»Seltsam, *dich* zu dieser Stunde hier zu sehen«, sagte Roland und ging scheinbar ohne einen Begleiter zum Kamin zurück. »Ich dachte, du wärst nach Einbruch der Dunkelheit immer mit deinen Zaubersprüchen und Beschwörungen beschäftigt.«

Thomas blinzelte und rieb sich die Augen, und dann sah er, daß doch jemand da war. Einen Augenblick konnte er nicht genau erkennen, wer... und dann überlegte er, wie er hatte denken können, sein Vater sei alleine, wo doch Flagg direkt neben ihm stand. Flagg trug zwei Gläser Wein auf einem silbernen Tablett.

»Altweibergeschwätz, mein Lord – Zauberer beschwören in der Frühe ebenso wie spät nachts. Aber selbstverständlich müssen wir unserem finsteren Ruf gerecht werden.«

Rolands Sinn für Humor wurde durch den Genuß von Bier oftmals angeregt – manchmal so sehr, daß er über Sachen lachen konnte, die überhaupt nicht komisch waren. Nach dieser Bemerkung warf er den Kopf zurück und platzte los, als wäre dies der beste Witz, den er jemals gehört hatte. Flagg lächelte dünn.

Als Rolands Lachanfall abgeklungen war, sagte er: »Was ist das? Wein?«

»Euer Sohn ist kaum mehr als ein Knabe, aber seine

107

Ehrfurcht vor dem Vater und seine Hochachtung vor dem König haben mich beschämt, mich, einen erwachsenen Mann«, erklärte Flagg. »Ich habe Euch ein Glas Wein gebracht, mein König, um Euch zu zeigen, daß auch ich Euch liebe.«

Er reichte es Roland, der auf absurde Weise gerührt aussah.

Nicht trinken, Vater! dachte Thomas plötzlich – er war so besorgt, daß er es sich nicht erklären konnte. Roland hob unvermittelt den Kopf, es war beinahe so, als hätte er es gehört.

»Er ist ein guter Junge, mein Peter«, sagte Roland.

»Wahrhaftig«, antwortete Flagg. »Das sagt jeder im Königreich.«

»Wirklich?« fragte Roland mit zufriedener Miene. »Sagt man das wirklich?«

»Ja – das sagt man. Sollen wir auf ihn trinken?« Flagg hob das Glas.

Nein, Vater! schrie Thomas wieder in Gedanken, aber wenn sein Vater auch scheinbar den ersten Gedanken gehört hatte, diesen hörte er nicht. Die Liebe zu Thomas' älterem Bruder strahlte aus seinem Gesicht.

»Also, auf Peter!« Roland hielt das Glas mit dem vergifteten Wein in die Höhe.

»Auf Peter!« stimmte Flagg lächelnd zu. »Auf den König!«

Thomas krümmte sich in der Dunkelheit. *Flagg bringt zwei unterschiedliche Trinksprüche aus! Ich weiß nicht, was er damit meint, aber... Vater!*

Diesmal war es Flagg, der seinen finsteren, nachdenklichen Blick einen Augenblick auf den Drachenkopf richtete, als hätte *er* den Gedanken gehört. Thomas erstarrte, und nach einem Augenblick betrachtete Flagg wieder Roland.

Sie stießen die Gläser zusammen und tranken. Als sein Vater das Glas leerte, war Thomas, als würde ihm ein Eissplitter ins Herz getrieben.

Flagg machte eine halbe Drehung im Sessel und warf das Glas ins Feuer. »Peter!«

»Peter!« wiederholte Roland und warf sein eigenes hinein. Es prallte gegen die rußige Ziegelwand im Kamin und fiel in die Flammen, die einen Augenblick in einem häßlichen Grün zu flackern schienen.

Roland hielt einen Augenblick die Hand vor den Mund, als wollte er ein Rülpsen unterdrücken. »Hast du ihn gewürzt?« fragte er. »Er schmeckte beinahe... scharf.«

»Nein, mein Lord«, sagte Flagg ernst, aber Thomas glaubte, ein Lächeln hinter der Maske der Ernsthaftigkeit des Zauberers zu spüren, und der Eissplitter drang tiefer in sein Herz ein. Plötzlich wollte er nicht mehr spionieren, nie mehr. Er machte die Gucklöcher zu und schlich in sein Zimmer zurück. Ihm wurde erst heiß, dann kalt, dann wieder heiß. Am Morgen hatte er Fieber. Bevor es ihm wieder gut ging, war sein Vater tot, sein Bruder gefangen in der Zelle in der Spitze der Nadel, und er war mit kaum zwölf Jahren König − Thomas der Erleuchter wurde er bei der Krönung genannt. Und wer war sein engster Ratgeber?

Ihr habt es erraten.

30

Als Flagg Roland verließ (der alte Mann fühlte sich mittlerweile beschwingter denn je, ein Zeichen dafür, daß der Drachensand in ihm fraß), ging er zurück in sein finsteres Kellergemach. Er nahm die Pinzette und das Papier mit den restlichen Körnchen Sand, das er auf den Schreibtisch legte. Dann drehte er sein Stundenglas um und las weiter.

Draußen heulte und kreischte der Wind − alte Frauen

krümmten sich in ihren Betten und schliefen schlecht und erzählten ihren Männern, daß Rhiannon, die Dunkle Hexe von Coos, heute nacht haßerfüllt auf ihrem Besen durch die Lüfte reite und Teufelswerk auf den Fuß folgen würde. Die Männer grunzten, drehten sich um und befahlen ihren Frauen, sie in Ruhe zu lassen. Sie waren größtenteils unempfindsame Klötze; wenn es darum geht, die feineren Dinge wahrzunehmen, muß man sich auf die Einfühlsamkeit der Frauen verlassen.

Einmal krabbelte eine Spinne über Flaggs Buch, berührte einen Zauberspruch, der so schrecklich war, daß nicht einmal der Zauberer wagte, ihn zu benützen, und verwandelte sich auf der Stelle in Stein.

Flagg grinste.

Als das Stundenglas leer war, drehte er es nochmals um. Und nochmals. Und nochmals. Insgesamt drehte er es achtmal um, und als der Sand in der achten Stunde beinahe verronnen war, machte er sich daran, den letzten Teil seines Plans auszuführen. In einem dunklen Zimmer etwas abseits von seinem Arbeitszimmer hielt er eine große Anzahl von Tieren, dorthin ging er zuerst. Die kleinen Geschöpfe zuckten zusammen und verkrochen sich, als Flagg sich ihnen näherte. Er konnte es ihnen nicht verdenken.

In einer entfernten Ecke stand ein Drahtkäfig mit einem halben Dutzend braunen Mäusen – solche Mäuse waren überall im Schloß, und das war wichtig. Hier unten gab es auch riesige Ratten, aber eine Ratte wollte Flagg heute nacht nicht. Die königliche Ratte oben war vergiftet worden, eine einfache Maus genügte, um zu gewährleisten, daß das Verbrechen dem königlichen Rattenkind angekreidet wurde. Wenn alles gut ging, würde Peter bald eben so unentrinnbar eingesperrt sein wie diese Mäuse.

Flagg griff in den Käfig und holte eine heraus. Sie wand sich heftig in seiner geschlossenen Hand. Er konnte ihr Herzklopfen spüren und wußte, wenn er sie einfach nur weiter hielt, würde sie bald aus Angst sterben.

Flagg deutete mit dem kleinen Finger der linken Hand einen Augenblick auf die Maus. Der Fingernagel leuchtete kurz blau auf.

»Schlafe«, befahl der Zauberer, und die Maus fiel auf die Seite und schlief in seiner offenen Hand ein.

Flagg brachte sie in sein Arbeitszimmer, wo er sie auf den Schreibtisch legte – an der Stelle, wo zuvor der Briefbeschwerer aus Obsidian gelegen hatte. Er begab sich in seine Vorratskammer und ließ ein wenig Met aus einem Faß auf eine Untertasse tropfen, den er zusätzlich mit Honig süßte. Er stellte ihn auf den Schreibtisch, dann ging er hinaus auf den Flur und atmete am Fenster wieder tief durch.

Mit angehaltenem Atem kam er herein und gab mittels der Pinzette die letzten drei oder vier Körnchen Drachensand in den honiggesüßten Met. Dann öffnete er eine andere Schublade seines Schreibtischs und nahm ein weiteres Päckchen heraus, das leer war. Schließlich griff er ganz hinten in die Schublade und holte ein ganz spezielles Kästchen heraus.

Dieses Kästchen war verhext, aber der Zauber war nicht besonders stark. Es konnte den Drachensand nur kurze Zeit sicher verwahren. Dann würde er auf das Papier einwirken. Es würde sich nicht entzünden; nicht in dem Kästchen, in dem nicht genügend Luft war. Aber es würde rauchen und schwelen, und das genügte. Das war sogar ganz ausgezeichnet.

Flaggs Brust zerbarst fast, dennoch verweilte er noch einen Augenblick, betrachtete sein neues Kästchen und gratulierte sich dazu. Er hatte es vor zehn Jahren gestohlen. Wenn man ihn vor zehn Jahren gefragt hätte, warum er es mitnahm, so hätte er darauf ebensowenig eine Antwort geben können wie auf die Frage, weshalb er Thomas den Geheimgang gezeigt hatte, der hinter den Augen des Drachen endete – sein Instinkt für Verdruß hatte ihm geraten, es mitzunehmen, weil er es vielleicht einmal brauchen könnte, und daher hatte er es getan. Nachdem es jahrelang in seinem Schreibtisch gelegen hatte, war jetzt der Zeitpunkt gekommen, da es sich als nützlich erwies.

›Peter‹ war in den Deckel des Kästchens eingraviert.

Sasha hatte es ihrem Jungen geschenkt; er hatte es einen Augenblick unbewacht im Flur stehen lassen, als er dort irgend etwas nachgelaufen war; Flagg kam vorbei, sah es und steckte es in die Tasche. Natürlich war Peter vor Kummer außer sich gewesen, und wenn ein Prinz außer sich ist – auch wenn er nur sechs Jahre alt ist –, dann nimmt man davon Notiz. Es hatte eine Suche stattgefunden, aber das Kästchen war niemals gefunden worden.

Mit Hilfe der Pinzette schüttete Flagg die letzten Körnchen Drachensand von dem Päckchen, das völlig verhext war, in das, welches nur teilweise verhext war. Dann ging er ans Fenster im Flur und atmete durch. Er atmete erst dann wieder, als er das neue Päckchen in das Kästchen gelegt, die Pinzette dazu gegeben, den Deckel langsam geschlossen und die Pinzette in den Abfluß geworfen hatte.

Flagg sputete sich nun, aber er fühlte sich sicher. Die Maus schlief; das Kästchen war verschlossen; belastende Beweise waren sicher in seinem Inneren. Alles war in Ordnung.

Er deutete mit dem kleinen Finger auf die Maus, die schlafend ausgestreckt auf seinem Schreibtisch lag wie der Fellteppich in einem Puppenhaus, dann befahl Flagg: »Erwache.«

Die Füße der Maus zuckten. Sie öffnete die Augen. Sie hob den Kopf.

Lächelnd ließ Flagg den kleinen Finger kreisen und sagte: »Lauf.«

Die Maus lief im Kreis.

Flagg hob und senkte den Finger. »Spring.«

Die Maus begann auf den Hinterbeinen zu springen wie ein Hund auf dem Jahrmarkt, sie rollte wild mit den Augen.

»Jetzt trink«, sagte Flagg und deutete mit dem kleinen Finger auf den Teller mit honigsüßem Met.

Draußen heulte eine Windbö auf. Auf der anderen Seite der Stadt brachte eine Hündin einen Wurf zweiköpfiger Welpen zur Welt.

Die Maus trank.

»Jetzt«, sagte Flagg, nachdem die Maus hinreichend vergifteten Met getrunken hatte, daß es für seine Zwecke genügte, »schlaf wieder.« Und die Maus schlief.

Flagg eilte in Peters Zimmer. Das Kästchen verwahrte er in einer seiner Taschen − Zauberer haben viele, viele Taschen −, die schlafende Maus in einer anderen. Er kam an einigen Dienern und mehreren betrunken lachenden Höflingen vorbei, aber niemand sah ihn. Er war immer noch *trüb.*

Peters Gemach war verschlossen, aber das war kein Problem für jemanden mit Flaggs Fähigkeiten. Drei Bewegungen mit der Hand, und das Schloß war offen. Das Zimmer des jungen Prinzen war natürlich verlassen; er war immer noch bei seiner Freundin. Flagg wußte von Peter nicht soviel wie von Thomas, aber er wußte genug − er wußte zum Beispiel, wo Peter die wenigen Schätze verwahrte, die zu verstecken sich seiner Meinung nach lohnte.

Flagg ging ohne Umschweife zum Bücherregal und zog drei oder vier langweilige Lehrbücher heraus. Er drückte gegen den Holzrahmen und hörte eine Sprungfeder klicken. Dann schob er eine Verkleidung beiseite und öffnete ein Geheimfach hinter dem Regal. Es war nicht einmal verschlossen. In dem Fach befand sich ein seidenes Haarband, das ihm seine Liebste geschenkt hat-

113

te, einige Briefe, die sie ihm geschrieben hatte, ein paar Briefe von ihm an sie, die so hell brannten, daß er nicht wagte, sie abzuschicken, ein kleines Medaillon mit dem Bild seiner Mutter.

Flagg öffnete sehr sorgfältig das Kästchen und ritzte eine Ecke des Päckchens an. Nun sah es so aus, als wäre es von einer Maus angeknabbert worden. Flagg schloß das Kästchen wieder und stellte es in das Fach. »Du hast so sehr geweint, als du dieses Kästchen verloren hast, mein lieber Peter«, murmelte er. »Ich glaube, du wirst noch mehr weinen, wenn man es findet.« Er kicherte.

Er legte die schlafende Maus neben das Kästchen, machte das Fach zu und stellte die Bücher sorgfältig wieder an ihren Platz zurück.

Dann ging er und schlief ausgezeichnet. Großes Ungemach stand bevor, und er war überzeugt, daß er so gehandelt hatte, wie er bevorzugt handelte – hinter den Kulissen, von keinem gesehen.

31

In den darauffolgenden drei Tagen schien König Roland gesünder, tatendurstiger und entschlossener zu sein, als man ihn seit Jahren erlebt hatte – es war *das* Hofgespräch. Als er seinen kranken, fiebrigen Bruder in dessen Gemach besuchte, bemerkte Peter ehrfürchtig zu Thomas, daß Rolands Haare – die wenigen, die er noch hatte – ihre Farbe von dem feinen Schlohweiß zu dem stahlgrauen Farbton seiner Jugendjahre zurückverwandeln schienen.

Thomas lächelte, aber wieder durchzuckten ihn Kälteschauer. Er bat Peter um eine weitere Decke, aber eigentlich war es gar keine Decke, die er brauchte; er mußte diesen letzten Trinkspruch durchschauen, und das war natürlich unmöglich.

Am dritten Tag klagte Roland nach dem Essen über Magenschmerzen. Flagg erbot sich, den Hofarzt kommen zu lassen. Roland winkte mit den Worten ab, er fühle sich prächtig, besser als seit Monaten, seit Jahren...

Er rülpste. Es war ein langer, durchdringender Laut. Die im Ballsaal versammelte Menge verstummte bewundernd, dann erschrocken, als der König vornüberkippte. Die Musiker in der Ecke hörten auf zu spielen. Als Roland sich wieder aufrichtete, ging ein Stoßseufzer durch die Menge der Anwesenden. Die Wangen des Königs waren in Farben entflammt. Rauchende Tränen rannen aus seinen Augen. Rauch kräuselte sich aus seinem Mund. Es hielten sich etwa siebzig Menschen im Speisesaal auf — derb gekleidete Reiter (die wir Ritter genannt hätten, nehme ich an), schlanke Höflinge und ihre Damen, Diener der Krone, Kurtisanen, Narren, Musiker, eine kleine Gruppe von Schauspielern in einer Ecke, die später ein Schauspiel aufführen sollten, Bedienstete in großen Mengen. Aber es war Peter, der zu seinem Vater lief, Peter sahen sie alle zu dem todgeweihten Mann eilen, und das gefiel Flagg ganz besonders.

Peter. Sie würden sich daran erinnern, daß es Peter gewesen war.

Roland hielt sich mit einer Hand den Magen, mit der anderen die Brust. Plötzlich quoll Rauch in einer dicken weißen Wolke aus seinem Mund. Es war, als hätte der König eine verblüffende neue Methode gelernt, die Geschichte seiner größten Heldentat zu erzählen.

Aber es war kein Trick, und nun wurden Schreie laut, als Rauch nicht nur aus seinem Mund strömte, sondern auch aus den Nasenlöchern, aus den Ohren und aus den Mundwinkeln. Seine Kehle war so gerötet, daß sie beinahe purpurn erschien.

»*Drache!*« schrie König Roland, als er in den Armen seines Sohnes zusammenbrach. »*Drache!*«

Das war das letzte Wort, das er sprach.

32

Der alte Mann war zäh – unglaublich zäh. Bevor er starb, verströmte er eine solche Hitze, daß niemand, nicht einmal seine treuesten Diener, sich ihm weiter als vier Schritte nähern konnten. Mehrmals schütteten sie Wasser über den armen, sterbenden König, als sie sahen, daß die Bettlaken zu schwelen anfingen. Jedesmal verdampfte das Wasser sofort, und die Dampfschwaden stiegen im Schlafzimmer auf und zogen ins Wohnzimmer, wo Höflinge und Reiter benommen schweigend dastanden und die Frauen sich weinend und händeringend in den Ecken drängten.

Kurz vor Mitternacht schoß ein grüner Feuerstrahl aus seinem Mund und er starb.

Flagg trat feierlich unter die Tür zwischen Schlaf- und Wohnzimmer und verkündete die Nachricht. Es folgte ein tiefes Schweigen, das länger als eine Minute dauerte. Es wurde von einem einzigen Wort unterbrochen, das irgendwo in der versammelten Menge laut wurde. Flagg wußte nicht, wer dieses eine Wort gesprochen hatte, und es interessierte ihn auch nicht. Es genügte, daß es ausgesprochen worden war. Tatsächlich hätte er jemand bestochen, es auszusprechen, wenn dies nicht mit Gefahr für ihn verbunden gewesen wäre.

»Mord!« sagte dieser Jemand.

Allgemeines Einatmen.

Flagg hob würdevoll die Hand vor den Mund – um ein Lächeln zu verbergen.

33

Der Hofarzt fügte dem einen Wort noch zwei weitere hinzu: *Mord durch Gift.* Er sagte nicht: *Mord durch Dra-*

chensand, denn dieses Gift war, ausgenommen Flagg, niemandem in Delain bekannt.

Der König starb kurz nach Mitternacht, aber als der Morgen graute, hatte sich die Kunde bereits in der ganzen Stadt verbreitet und wurde zu den fernen Gegenden der Westlichen, Östlichen, Südlichen und Nördlichen Baronate getragen: *Mord, Königsmord, Roland der Gütige durch Gift gestorben.*

Vorher schon hatte Flagg befohlen, das Schloß von der höchsten Stelle (dem Ostturm) bis zur tiefsten (den Verliesen der Inquisition, mit den Kreuzen und Streckbänken und Folterstiefeln) zu durchsuchen. Jeder Hinweis auf dieses schreckliche Verbrechen, sagte er, müsse gefunden und unverzüglich gemeldet werden.

Die Suche stürzte das Schloß in hektische Betriebsamkeit. Sechshundert grimmige und entschlossene Männer durchkämmten es. Nur zwei winzige Bereiche des Schlosses wurden ausgespart; das waren die Gemächer der beiden Prinzen, Peter und Thomas.

Thomas bekam von alledem kaum etwas mit; sein Fieber war so schlimm geworden, daß der Leibarzt sich ernste Sorgen machte. Als sich die Finger der Dämmerung zaghaft in sein Zimmer streckten, lag er im Delirium. In seinen Träumen sah er immer wieder, wie zwei Gläser Wein emporgehoben wurden, und hörte seinen Vater immer wieder sagen: *Hast du ihn gewürzt? Er schmeckte beinahe scharf.*

Flagg hatte die Suche angeordnet, aber gegen zwei Uhr in der Nacht hatte Peter sich wieder soweit in der Gewalt, daß er selbst die Aufsicht übernehmen konnte. Flagg ließ es geschehen. Die nächsten Stunden waren von entscheidender Wichtigkeit, eine Zeit, da alles zu gewinnen oder verlieren war, und das wußte Flagg. Der König war tot; das Königreich war vorübergehend ohne Führer. Aber nicht lange. Heute noch würde Peter am Fuße der Nadel zum König gekrönt werden – wenn das

Verbrechen nicht rasch und glaubwürdig dem Jungen in die Schuhe geschoben werden konnte.

Unter anderen Umständen, das wußte Flagg, wäre der Verdacht sofort auf Peter gefallen. Die Menschen verdächtigten *immer* diejenigen, die am meisten zu gewinnen hatten, und Peter hatte durch den Tod seines Vaters eine ganze Menge gewonnen. Gift war schrecklich, aber dieses Gift hätte ihm das Königreich einbringen können.

Aber in diesem Fall sprachen die Menschen im Königreich vom *Verlust* des Jungen, nicht von seinem Gewinn. Natürlich hatte auch Thomas seinen Vater verloren, fügten sie nach einigen Augenblicken hinzu, fast als schämten sie sich, daß sie das vergessen hatten. Aber Thomas war ein verschlossener, mürrischer und ungeschickter Junge, der oft mit seinem Vater gestritten hatte. Peters Respekt vor seinem Vater und seine Sohnesliebe waren dagegen weithin bekannt. Und warum, würden die Leute sich fragen – wenn die monströse Vorstellung überhaupt aufkam, was bislang noch nicht der Fall war –, sollte Peter seinen Vater ermorden, um die Krone zu erlangen, die er in einem, in drei oder in längstens fünf Jahren ohnehin bekommen würde?

Aber wenn Beweise für das Verbrechen in einem geheimen Versteck gefunden wurden, welches nur Peter allein kannte – einem Versteck in den Gemächern des Prinzen –, dann würde die Meinung bald umschlagen. Die Leute würden anfangen, unter der Maske von Freundlichkeit und Ergebenheit das Gesicht eines Mörders zu sehen. Sie überlegten sich vielleicht, daß für die Jugend ein Jahr wie drei erscheinen mag, drei wie neun und fünf wie fünfundzwanzig. Dann würden sie darauf hinweisen, daß der König in den letzten Lebenstagen eine lange, schwere Zeit der Dunkelheit überwunden gehabt zu haben schien – er schien wieder gesund und stark zu werden. Vielleicht, würden sie sagen, hatte Peter angenommen, sein Vater hätte noch einen langen, blühenden Spätsommer vor sich, war in Panik geraten und hatte etwas ebenso Närrisches wie Gräßliches getan.

Flagg wußte darüber hinaus noch etwas; er wußte, daß die Menschen gegenüber allen Königen und Prinzen ein tiefverwurzeltes und instinktives Mißtrauen haben, denn dies sind Persönlichkeiten, die mit einem einzigen Nikken ihr Todesurteil besiegeln können, und zwar wegen eines Verbrechens, welches lediglich darin bestand, vor ihren Augen ein Taschentuch fallen zu lassen. Große Könige werden geliebt, mittelmäßige Könige geduldet, künftige Könige jedoch sind eine unbekannte, nicht kalkulierbare Größe. Sie würden Peter verehren, wenn sich die Möglichkeit dazu bot, aber Flagg wußte, sie würden ihn ebenso schnell verdammen, wenn die Beweise ausreichten.

Flagg wußte, daß diese Beweise bald auftauchen würden.

Nichts weiter als eine Maus. Winzig... aber groß genug, ein Königreich bis in die Grundfesten zu erschüttern.

34

In Delain kannte man nur drei Stadien des Daseins: Kindheit, Halbwüchsigkeit, Erwachsensein. Diese »Halb-Jahre« dauerten von vierzehn bis achtzehn.

Als Peter die Halbwüchsigkeit erreichte, wurden die fürsorglichen Kindermädchen durch Brandon ersetzt, seinen Kammerdiener, und Dennis, Brandons Sohn. Brandon würde für Jahre Peters Diener sein, aber wahrscheinlich nicht für immer. Peter war noch sehr jung, Brandon dagegen ging schon auf die Fünfzig zu. Wenn Brandon seinen Pflichten nicht mehr nachkommen konnte, würde Dennis seine Aufgaben übernehmen.

Brandons Familie diente der königlichen Familie bereits seit achthundert Jahren, und darauf war sie stolz.

Dennis stand jeden Morgen um fünf Uhr auf, zog sich an, richtete den Anzug seines Vaters und putzte ihm die Schuhe. Dann ging er in die Küche und frühstückte. Viertel vor sechs machte er sich von seiner Unterkunft an der Westseite des Schlosses auf und betrat das Schloß durch das Kleine Westtor, wie es sich für ihn geziemte.

Pünktlich um sechs Uhr würde er vor Peters Gemach stehen, leise eintreten und sich den ersten Aufgaben widmen — das Kaminfeuer anzünden, ein halbes Dutzend Frühstücksbrötchen backen, Wasser für Tee aufstellen. Dann folgte ein Gang durch die drei Zimmer, die er aufräumte. Das war meistens schnell erledigt, da Peter ein ordentlicher Junge war. Zuletzt kehrte er ins Arbeitszimmer zurück und richtete das Frühstück, denn wenn Peter in seinen Gemächern speiste, dann bevorzugt im Arbeitszimmer, am Ostfenster am Schreibtisch, auf dem ein aufgeschlagenes Geschichtsbuch lag.

Dennis gefiel es nicht, so früh aufzustehen, aber seine Arbeit gefiel ihm sehr, und er mochte Peter gut leiden, der stets geduldig mit ihm war, auch wenn er einmal einen Fehler machte. Er hatte nur einmal die Stimme erhoben, als Dennis ihm eine kleine Zwischenmahlzeit brachte und vergaß, eine Serviette auf das Tablett zu legen.

»Es tut mir sehr leid, Hoheit«, hatte Dennis bei diesem Anlaß gesagt, »ich hätte nie gedacht...«

»Nun, dann denke beim nächstenmal!« hatte Peter gesagt. Er brüllte ihn nicht an, war aber kurz davor. Dennis hatte nie wieder vergessen, eine Serviette auf Peters Tablett zu legen — und manchmal legte er auch zwei darauf, um ganz sicher zu sein.

Wenn diese morgendlichen Aufgaben erledigt waren, zog sich Dennis zurück, und sein Vater begann seinen Dienst. Brandon war in jeder Beziehung der vollkommene Diener, seine Krawatte war stets sorgfältig gebunden, das Haar straff zurückgekämmt und im Nacken auf eine Spange gerollt, Jackett und Hosen makellos, die Schuhe glänzend wie ein Spiegel poliert (ein Glanz, für den Dennis verantwortlich war). Abends aber hatte er keine Schuhe an, das Jackett hing im Kleiderschrank, und die Krawatte saß locker; er hatte ein Glas Gin in der Hand und sah für Dennis endlich einmal wie ein normaler Mensch aus.

»Will dir was sagen, das du stets bedenken sollst, Denny«, sagte er in diesem Zustand der Entspannung oftmals zu seinem Sohn. »Es mag in dieser Welt vielleicht ein Dutzend Dinge geben, die von Beständigkeit sind, sicher nicht mehr, vielleicht weniger. Schwärmerische Liebe zu Frauen ist nicht von Dauer, und der Atem eines Läufers ist ebenso wenig dauerhaft wie der eines Aufschneiders, die Heuzeit im Sommer ist nicht beständig, und die Zuckerzeit im Frühling auch nicht. Aber zwei Dinge, die Bestand haben, sind Könige und Diener. Wenn du bei deinem jungen Herrn bleibst, bis er alt ist, und wenn du dich gebührlich um ihn kümmerst, dann wird er sich gebührlich um dich kümmern. Du dienst ihm und er dient dir, wenn du begreifst, was ich meine. Und nun schenk mir noch ein Glas ein und nimm dir auch einen Tropfen, wenn du magst, aber mehr nicht, sonst wird deine Mutter uns beiden bei lebendigem Leibe die Haut abziehen.«

Zweifellos hätte dieser Katechismus einige Söhne sehr bald gelangweilt, aber Dennis nicht. Er gehörte zu dem allerseltensten Typ von Söhnen, ein Junge, der zwanzig Jahre alt geworden war und seinen Vater immer noch für klüger hielt als sich selbst.

Am Morgen nach dem Tod des Königs mußte Dennis sich nicht verschlafen aus dem Bett quälen. Er war bereits um drei Uhr von seinem Vater geweckt worden, der ihm die Nachricht vom Tod des Königs überbrachte.

»Flagg hat einen Trupp zusammengestellt, um das

Schloß zu durchsuchen«, sagte sein Vater mit gramerfüllten, blutunterlaufenen Augen, »und das war richtig. Aber mein Herr wird bald den Befehl übernehmen, und ich werde mich freiwillig melden und ihm helfen – wenn er mich gebrauchen kann – den Teufel zu jagen, der es getan hat.«

»Ich auch!« rief Dennis und griff nach seinen Hosen.

»Keineswegs, keineswegs«, sagte sein Vater mit einer Strenge, die Dennis sofort innehalten ließ. »Hier wird alles weitergehen wie immer, Mord oder nicht – jetzt muß man sich mehr denn je an die Traditionen halten. Mein Herr und gleichzeitig dein Herr wird am Nachmittag zum König gekrönt werden, und das ist gut so, auch wenn er die Krone zu einem schlechten Zeitpunkt erhält. Aber der gewaltsame Tod eines Königs ist stets eine üble Sache, wenn es nicht auf dem Schlachtfeld geschieht. Die alten Traditionen werden zweifellos erhalten bleiben, aber vorübergehend könnte es ein Durcheinander geben. Für dich ist es am besten, Dennis, wenn du wie stets deine Arbeit verrichtest.«

Er entfernte sich, bevor Dennis protestieren konnte.

Als es auf fünf Uhr zuging, erzählte Dennis seiner Mutter, was sein Vater zu ihm gesagt hatte, daß er seinen morgendlichen Pflichten auch dann nachgehen sollte, wenn Peter gar nicht da war, und dem stimmte sie nachdrücklich zu. Sie brannte darauf, das Neueste zu erfahren. Natürlich befahl sie ihm zu gehen... und nicht später als acht Uhr zurückzukehren und ihr alles zu berichten.

Daher ging Dennis in Peters Zimmer, die völlig verlassen waren. Dennoch hielt er sich an die tägliche Routine und bereitete das Frühstück im Studierzimmer des Prinzen. Er betrachtete die Teller und Gläser wehmütig und überlegte, daß heute morgen sicher nichts davon angerührt werden würde. Doch nachdem er seine üblichen Routinepflichten erledigt hatte, fühlte er sich zum erstenmal besser, seit sein Vater ihn geweckt hatte, denn nun begriff er, daß die Dinge, im Guten oder im Bösen, niemals wieder so sein würden wie früher. Die Zeiten hatten sich geändert.

Er wollte sich gerade zurückziehen, als er ein Geräusch hörte. Es war so gedämpft, daß er kaum sagen konnte, wo es seinen Ursprung hatte — lediglich ungefähr die Richtung, aus der es gekommen war. Er sah zu Peters Bücherregal, und sein Herz schien einen Sprung zu machen.

Rauchwolken stiegen hinter den Büchern auf.

Dennis sprang durch das Zimmer und zog stapelweise Bücher aus dem Regal. Er sah, daß der Rauch aus Ritzen in der Rückwand des Regals drang. Auch das Geräusch wurde deutlicher, nachdem er die Bücher beiseite geräumt hatte. Es war irgendein Tier, das voller Schmerzen fiepte.

Dennis zog und zerrte an dem Regal, und seine Angst wurde allmählich zu Panik. Wenn es eines gab, vor dem sich die Menschen dort und damals fürchteten, dann war es Feuer.

Schließlich ertastete er das Geheimfach. Auch das hatte Flagg vorausgesehen, denn schließlich war das Geheimfach so geheim gar nicht — es genügte, einen Jungen zu amüsieren, mehr aber nicht. Die Rückwand des Regals glitt ein Stück nach rechts, und eine graue Rauchwolke quoll daraus heraus. Der Geruch, der mit dem Rauch herauskam, war außerordentlich unangenehm — eine Mischung aus röstendem Fleisch, brennendem Fell und verkohlendem Papier.

Ohne nachzudenken, schob Dennis das Fach ganz auf. Als er das tat, drang natürlich Luft ein. Aus dem, was bisher nur geschwelt hatte, züngelten erste Flammen auf.

Dies war der alles entscheidende Punkt, die Stelle, an der Flagg sich nicht mit dem zufriedengeben konnte, was seiner Meinung nach mit Sicherheit geschah, sondern mit dem, was *wahrscheinlich* geschah. Alle seine Anstrengungen der vergangenen fünfundsiebzig Jahre hingen nun einzig und allein davon ab, was der Sohn eines Dieners tun oder lassen würde. Aber die Brandons waren seit undenklichen Zeiten Diener, und Flagg war davon ausgegangen, daß er sich eben auf ihre lange Tradition untadeligen Verhaltens verlassen mußte.

Wäre Dennis angesichts der züngelnden Flammen vor Schrecken erstarrt, oder hätte er einen Eimer Wasser geholt, dann wären Flaggs sorgfältig angeordnete Beweise wahrscheinlich in grünlichen Flammen aufgegangen. Der Mord an Peters Vater wäre Peter selbst nie in die Schuhe geschoben worden, und man hätte ihn am Nachmittag zum König gekrönt.

Aber Flagg hatte recht gehabt. Anstatt zu erstarren oder Wasser zu holen, griff Dennis in das Fach und erstickte das Feuer mit den bloßen Händen. Es dauerte weniger als fünf Sekunden, und Dennis hatte kaum Brandwunden. Das erbarmenswerte Fiepen jedoch dauerte an, und als sich der Rauch verzogen hatte, sah er als erstes eine Maus, die auf der Seite lag. Sie lag im Todeskampf. Es war nur eine Maus, und in Erfüllung seiner Pflicht hatte Dennis schon Dutzende ohne das geringste Mitleid getötet. Dennoch tat ihm dieses winzige Geschöpf leid. Etwas Schreckliches, das er nicht begreifen konnte, war ihr zugestoßen. Rauch stieg von ihrem Fell empor. Als er sie berührte, zog er die Hand pfeifend zurück − es war, als hätte er einen Miniaturofen wie den in Sashas Puppenhaus berührt.

Aus einer geschnitzten Holzkiste, deren Deckel offenstand, quoll ebenfalls Rauch. Dennis öffnete den Deckel noch ein Stück weiter. Er sah die Pinzette und das Päckchen. Auf dem Papier waren eine Anzahl brauner Flekken zu sehen, die immer noch schwelten, das Papier aber nicht entzündeten. Peters Briefe hatten Feuer gefangen, denn die waren selbstverständlich nicht verhext gewesen. Die Maus hatte sie mit ihrem heißen Leib angezündet. Nun war nur noch das schwelende Päckchen übrig, und etwas warnte Dennis, es besser nicht zu berühren.

Er hatte Angst. Hier hatte er es mit etwas zu tun, das er nicht verstand, das er auch gar nicht verstehen *wollte*. Er wußte nur eines, er mußte dringend mit seinem Vater sprechen. Sein Vater würde wissen, was zu tun war.

Dennis nahm den Ascheneimer und eine kleine Schaufel vom Kamin und ging damit zu dem Geheimfach. Mit der Schaufel nahm er den rauchenden Körper der Maus und warf ihn in den Ascheneimer. Er benetzte die verkohlten Reste der Briefe mit etwas Wasser, um ganz sicherzugehen. Dann schloß er das Fach, stellte die Bücher wieder hin und verließ Peters Gemächer. Er nahm den Ascheneimer mit sich, und nun fühlte er sich nicht mehr wie Peters loyaler Diener, sondern wie ein Dieb – seine Beute war eine arme Maus, die starb, noch bevor Dennis das Westtor des Schlosses passiert hatte.

Und noch ehe er das Haus auf der anderen Seite des Grabens erreicht hatte, dämmerte ein schrecklicher Verdacht in ihm – er war der erste in Delain, dem dieser Verdacht kam, aber bei weitem nicht der letzte.

Er versuchte, den Gedanken aus seinem Kopf zu verdrängen, aber er kam immer wieder zurück. Was für ein Gift, überlegte Dennis, hatte Roland das Leben gekostet? Was für ein Gift war es genau gewesen?

Als er das Haus der Brandons erreichte, war er in ziemlich schlechter Verfassung, und er beantwortete keine der Fragen seiner Mutter. Er zeigte ihr auch nicht, was sich in dem Ascheneimer befand. Er sagte nur, daß er sofort mit seinem Vater sprechen müsse, wenn dieser nach Hause kam – es sei schrecklich wichtig. Dann ging er in sein Zimmer und überlegte, was es für ein Gift genau gewesen war. Er wußte nur eines, aber das genügte im Grunde. Es war etwas Heißes gewesen.

35

Brandon kam kurz vor zehn Uhr nach Hause, er war verärgert, gereizt und erschöpft und hatte keinen Sinn für Albernheiten. Er war schmutzig und verschwitzt, auf seiner Stirn war eine dünne Schnittwunde, Spinnweben hingen wie lange Fahnen von seinem Haar herab. Sie hatten keine Spur des Attentäters gefunden. Die einzigen Neuigkeiten, die er mitbrachte, waren die, daß die Vorbereitungen für Peters Krönung auf dem Platz der Nadel in höchster Eile vorangetrieben wurden; Anders Peyna, Delains Oberster Richter, hatte die Leitung.

Seine Frau berichtete ihm, wie Dennis nach Hause gekommen war. Brandons Miene wurde finster. Er ging zur Tür zum Zimmer seines Sohnes und pochte nicht mit den Knöcheln dagegen, sondern mit der geballten Faust. »Komm sofort heraus, Junge, und erzähle uns, weshalb du mit einem Ascheneimer aus den Gemächern deines Herrn zurückkommst!«

»Nein«, sagte Dennis, »du mußt hereinkommen, Vater – ich möchte nicht, daß Mutter sieht, was ich mitgebracht habe, und sie soll auch nicht hören, was wir zu besprechen haben.«

Brandon stürmte hinein. Dennis' Mutter wartete verängstigt am Herd; sie befürchtete, daß es sich um eine etwas hysterische Narretei handelte, die der Junge sich ausgedacht hatte, und daß sie schon sehr bald Dennis' Wehklagen hören würde, wenn ihr übermüdeter und erschöpfter Mann, der heute nachmittag damit anfangen mußte, nicht einem Prinzen zu dienen, sondern einem König, alle seine Ängste und Frustrationen an der wehrlosen Kehrseite des Jungen ausließ. Sie konnte Dennis keinen Vorwurf machen; alle im Schloß schienen heute morgen hysterisch zu sein und liefen herum wie Irre, die gerade aus der Irrenanstalt entlassen worden sind, hundert falsche Gerüchte verbreiteten und sie dann zurücknahmen, um sie durch hundert neue zu ersetzen.

Aber niemand hob hinter Dennis' Tür die Stimme, und sie kamen nicht vor einer Stunde wieder heraus. Und als sie herauskamen, sah sie das totenbleiche Gesicht ihres Mannes, und die arme Frau fühlte sich, als würde sie auf der Stelle ohnmächtig werden. Dennis folgte seinem Vater auf dem Fuß wie ein verängstigter Welpe.

Nun trug Brandon den Ascheneimer.

»Wohin geht ihr?« fragte sie schüchtern.

Brandon sagte nichts. Es schien, als *könnte* Dennis nichts sagen. Er rollte lediglich mit den Augen, dann folgte er seinem Vater zur Tür hinaus. Sie sah vierundzwanzig Stunden keinen von ihnen wieder und war der festen Überzeugung, daß sie tot waren — oder, schlimmer, daß sie in den Verliesen der Inquisition unter dem Schloß schlimme Martern erleiden mußten.

Ihre besorgten Gedanken waren freilich so abwegig nicht, denn dies waren vierundzwanzig schreckliche Stunden für Delain. Andernorts wäre der Tag vielleicht nicht so schrecklich gewesen, an Orten, wo Revolten, Aufstände und Alarme und mitternächtliche Hinrichtungen zur Tagesordnung gehörten... solche Orte gibt es tatsächlich, wenngleich ich viel lieber sagen würde, daß dem nicht so ist. Aber Delain war seit Jahren — sogar seit Jahrhunderten — ein ordentliches und geordnetes Reich, und daher waren die Leute auf derlei nicht vorbereitet. Der schwarze Tag begann damit, daß Peter *nicht* am Nachmittag gekrönt wurde, und endete mit der schier unglaublichen Nachricht, daß er im Saal der Nadel wegen Verdacht des Mordes an seinem Vater verhört werden sollte. Hätte es in Delain eine Aktienbörse gegeben, wäre sie wahrscheinlich zusammengebrochen.

Die Bauarbeiten an der Tribüne, wo die Krönung stattfinden sollte, begannen beim ersten Tageslicht. Die Plattform würde ein Behelf aus groben Brettern sein, das war

Anders Peyna klar, aber man würde sie so mit Blumen schmücken, daß niemand es bemerken würde. Niemand hatte mit dem Hinscheiden des Königs gerechnet, denn Mord ist etwas, das man nicht vorhersagen kann. Könnte man es, so gäbe es keine Morde und die Welt wäre ganz sicher besser dran. Außerdem ging es nicht darum, Prunk und Pomp zur Schau zu stellen, sondern dem Volk zu zeigen, daß die Kontinuität des Throns gesichert war. Wenn das Volk das Gefühl hatte, daß trotz der schrecklichen Bluttat alles in Ordnung war, dann war es Peyna einerlei, wie viele Blumenmädchen sich Spreißel einzogen.

Um elf Uhr wurden die Arbeiten unvermittelt eingestellt. Die Leibwache schickte die Blumenmädchen – die meisten mit Tränen in den Augen – fort.

Um sieben Uhr an diesem Morgen hatte der größte Teil der Leibgarde angefangen, sich die leuchtend rote Paradeuniform anzuziehen, dazu die hohen grauen Wolfskiefer-Tschakos. Sie sollten das Ehrenspalier bilden, einen doppelreihigen Gang, den Peter entlangschreiten sollte, um gekrönt zu werden. Um elf erhielten sie dann neue Befehle. Seltsame, beunruhigende Befehle. Die Paradeuniformen wurden mit fliegender Hast ausgezogen, und statt dessen legten sie wieder die eintönigen grauschwarzen Kampfuniformen an. Die repräsentativen, aber unhandlichen Zeremonienschwerter wurden gegen die tödlichen Kurzschwerter eingetauscht, die zur üblichen Ausrüstung gehörten. Eindrucksvolle, aber unpraktische Wolfskiefer-Tschakos wurden weggelegt, statt dessen die glatten Lederhelme aufgesetzt, die zur normalen Gefechtsausrüstung gehörten.

Gefechtsausrüstung – schon allein dieses Wort klingt beunruhigend. *Gibt* es so etwas wie eine *normale* Gefechtsausrüstung? Ich finde nicht. Dennoch waren allerorts Soldaten in Kampfanzügen und mit ernsten, verbissenen Gesichtern zu sehen.

Prinz Peter hat Selbstmord begangen! Das war das Gerücht, welches innerhalb der Schloßmauern hauptsächlich die Runde machte.

Prinz Peter ist ermordet worden! Dieses belegte einen knappen zweiten Platz.

Roland ist nicht tot; es handelte sich um eine Fehldiagnose, der Leibarzt ist geköpft worden, aber der alte König hat den Verstand verloren, und keiner weiß, was er tun soll. Das war ein drittes Gerücht.

Es gab noch viele andere, manche davon noch alberner.

Niemand schlief, als sich die Dunkelheit über den verwirrten, traurigen Burgfrieden senkte. Alle Fackeln auf dem Platz der Nadel waren angezündet, das Schloß selbst erstrahlte im Licht, in jedem Haus innerhalb des Burgfriedens und auf den Hügeln darunter brannten Kerzen und Fackeln, und verunsicherte Bürger fanden sich zusammen, um sich über die Ereignisse des Tages zu unterhalten. Alle waren sich darin einig, daß Unerhörtes im Gange war.

Die Nacht war noch länger als der Tag. Mrs. Brandon hielt in schrecklicher Einsamkeit Ausschau nach ihren zwei Männern. Sie saß am Fenster, aber zum erstenmal in ihrem Leben waren mehr Gerüchte im Umlauf als ihr lieb war. Dennoch – konnte sie aufhören, ihnen zuzuhören? Das konnte sie nicht.

In den frühen Morgenstunden, die sich endlos einer Dämmerung entgegenstreckten, welche niemals zu kommen schien, kam ein neues Gerücht auf, das alle anderen verdrängte – es war unglaublich und unvorstellbar, und doch wurde es mit wachsender Gewißheit weitergegeben, bis selbst die Wachen auf ihren Posten es sich mit gedämpften Stimmen zuflüsterten. Dieses neue Gerücht entsetzte Mrs. Brandon am allermeisten, denn sie erinnerte sich – nur zu gut! – daran, wie bleich das Gesicht des armen Dennis gewesen war, als er mit dem Ascheneimer des Prinzen zur Tür hereingekommen war. Darin war etwas gewesen, das übel roch und brannte und das er ihr nicht zeigen wollte.

Prinz Peter wurde unter dem Verdacht verhaftet, seinen Vater ermordet zu haben, lautete dieses schreckliche Gerücht. *Er ist verhaftet worden ... Prinz Peter ist verhaftet worden ... der Prinz hat seinen eigenen Vater umgebracht!*

Kurz nach Einbruch der Dämmerung legte die verzweifelte Frau den Kopf auf die Arme und weinte. Nach einer Weile ließ ihr Schluchzen nach, und sie fiel in einen unruhigen Schlaf.

36

»Sag mir, was in dem Eimer ist, aber ganz schnell! Ich möchte keine Dummheiten hören, Dennis, hast du mich verstanden?« Das waren Brandons erste Worte, nachdem er Dennis' Zimmer betreten und die Tür hinter sich zugemacht hatte.

»Ich werde es dir zeigen, Vater, aber beantworte mir zuerst eine Frage: Mit was für einem Gift wurde der König ermordet?«

»Das weiß niemand.«

»Wie wirkte es?«

»Zeig mir, was in dem Eimer ist. Sofort!« Brandon ballte die gewaltige Faust. Er schüttelte sie nicht, sondern hielt sie nur hoch. Das genügte. »Zeig es mir jetzt, oder du beziehst eine Tracht Prügel.«

Brandon betrachtete die tote Maus lange Zeit und sagte nichts. Dennis betrachtete ihn furchtsam, während das Gesicht seines Vaters bleicher, ernster, grauer wurde. Die Augen der Maus waren verbrannt und jetzt nichts mehr als Schlacke. Das braune Fell war schwarz verkohlt. Immer noch kräuselte sich Rauch aus den winzigen Ohren, die Zähne, die durch das Grinsen der Leichenstarre sichtbar geworden waren, waren rußig schwarz, wie der Rost in einem Ofen.

Brandon streckte die Hand aus, als wollte er sie berühren, zog sie dann aber zurück. Er sah seinen Sohn an und sagte mit einem heiseren Flüstern: »Wo hast du sie gefunden?«

Dennis begann, abgehackte Sätze hervorzustoßen, die überhaupt keinen Sinn ergaben.

Brandon hörte einen Augenblick zu, dann drückte er die Schulter seines Sohnes.

»Atme tief durch und sieh zu, daß du deine Gedanken in eine Reihe bringst, mein Junge«, sagte er. »Ich stehe zu dir, wie in allem anderen auch. Du hast recht getan, deiner Mutter den Anblick dieses armen Geschöpfs zu ersparen. Und nun sag mir, wie und wo du es gefunden hast.«

Solchermaßen beruhigt konnte Dennis seinem Vater die ganze Geschichte erzählen. Er erzählte es etwas knapper als ich, aber dennoch dauerte es einige Minuten. Sein Vater saß auf einem Stuhl, eine Hand an die Stirn gepreßt; er beschattete sich die Augen. Er stellte keine Fragen, er grunzte nicht einmal.

Als Dennis fertig war, murmelte sein Vater vier Worte. Nur vier Worte, aber das Herz des Jungen erstarrte zu einem kalten blauen Eiszapfen – jedenfalls fühlte er sich in diesem Augenblick so. »Genau wie der König.«

Brandons Lippen zitterten vor Furcht, aber er versuchte zu lächeln.

»Glaubst du, daß dieses Tier ein König der Mäuse war, Dennis?«

»Vater... Vater, ich... ich...«

»In einem Kästchen, sagtest du.«

»Ja.«

»Und ein Päckchen.«

»Ja.«

131

»Und das Päckchen war verkohlt, aber nicht verbrannt.«

»Ja.«

»Und eine Pinzette.«

»Ja, wie Mama sie benutzt, um sich Haare aus der Nase zu zupfen...«

»Pssst«, sagte Brandon und preßte wieder die Hand gegen die Stirn. »Laß mich nachdenken.«

Fünf Minuten verstrichen. Brandon saß reglos da, als wäre er eingeschlafen, aber Dennis wußte es besser. Brandon wußte nicht, daß Peters Mutter ihm das geschnitzte Kästchen gegeben und daß Peter es als kleiner Junge verloren hatte; das alles war geschehen, bevor Peter halbwüchsig geworden und Brandon als sein Diener verpflichtet worden war. Aber von dem Geheimfach wußte er; er hatte es im ersten Jahr, in dem er Peter diente, erfahren (und nicht einmal spät in diesem Jahr). Wie ich vielleicht schon gesagt habe, es war kein besonders geheimes Geheimfach, es genügte eben einem arglosen Jungen wie Peter. Brandon wußte davon, aber seit dem erstenmal hatte er nicht wieder hineingesehen, und damals hatte es all den üblichen Plunder enthalten, den ein kleiner Junge als seinen Schatz betrachtet – ein Tarotspiel, von dem ein paar Karten fehlten, ein Beutel mit Murmeln, eine Glücksmünze, eine Strähne aus Peonys Mähne. Wenn ein guter Diener etwas beherrscht, dann die Tugend, die wir Diskretion nennen, also Respekt vor dem persönlichen Freiraum einer Person. Er hatte niemals wieder in das Geheimfach gesehen. Das wäre wie Diebstahl gewesen.

Schließlich sagte Dennis: »Sollen wir hinübergehen, Vater, damit du selbst in das Fach sehen kannst?«

»Nein. Wir müssen zum Obersten Richter gehen, und du mußt ihm die Maus zeigen und deine Geschichte erzählen, wie du sie mir erzählt hast.«

Dennis setzte sich schwer auf sein Bett. Ihm war zumute, als hätte er einen Schlag in den Magen bekommen. Peyna, der Mann, der Gefängnisstrafen und Todesurteile verhängte! Peyna mit dem weißen, drohenden Gesicht und der wächsernen Stirn! Peyna, der neben dem König der mächtigste Mann im Reich war!

»Nein«, flüsterte er schließlich. »Nein, Dad, ich kann nicht... ich... ich...«

»Du mußt«, sagte sein Vater ernst. »Dies ist das Schrecklichste, das dir widerfahren konnte, aber es muß durchgestanden werden. Du wirst ihm all das erzählen, was du mir erzählt hast, und dann liegt alles in seinen Händen.«

Dennis sah seinem Vater in die Augen und erkannte, daß es sein Ernst war. Wenn er sich weigerte, dann würde sein Vater ihn am Kragen packen und wie ein Kätzchen zu Peyna schleppen, zwanzig Jahre alt oder nicht.

»Ja, Vater«, sagte er kläglich und dachte, daß er ganz bestimmt tot umfallen würde, wenn Peynas kalte, berechnende Augen ihn ansahen. Dann erinnerte er sich mit zunehmender Panik, daß er einen Ascheneimer aus dem Gemach des Prinzen gestohlen hatte. Wenn er in dem Augenblick, da Peyna ihm befahl zu sprechen, nicht tot umfallen würde, dann würde er sicherlich den Rest seines Lebens wegen Diebstahls im Kerker verbringen.

»Beruhige dich, Dennis — so gut es eben geht. Peyna ist ein harter Mann, aber er ist gerecht. Du hast nichts getan, dessen du dich schämen müßtest. Erzähle ihm einfach alles so, wie mir.«

»Also gut«, flüsterte Dennis. »Gehen wir jetzt gleich?«

Brandon stand vom Stuhl auf und sank in die Knie. »Vorher beten wir. Komm her zu mir, mein Sohn.«

Dennis gehorchte.

37

Peter wurde verhaftet, des Königsmords für schuldig befunden und dazu verurteilt, den Rest seines Lebens in den beiden kalten Zimmern in der Spitze der Nadel zu verbringen. Das alles geschah innerhalb von nur drei Tagen. Es wird nicht so lange dauern, euch zu erzählen, wie perfekt sich die Scheren von Flaggs tückischer Falle um den Jungen herum schlossen.

Peyna befahl nicht sofort, die Vorbereitungen für die Krönung einzustellen – tatsächlich glaubte er, daß Dennis sich geirrt haben mußte, daß es eine vernünftige Erklärung für all das geben mußte. Dennoch konnte man den Zustand der Maus und den Zustand des Königs nicht übersehen, und die Familie Brandon stand im Ruf der Ehrlichkeit und Aufrichtigkeit. Das war wichtig, aber es gab etwas, das noch wichtiger war: Wenn Peter gekrönt wurde, dann durfte es keinen noch so kleinen Zweifel an seiner Ehrenhaftigkeit geben.

Peyna hörte Dennis an und rief dann Peter. Dennis wäre beim Anblick seines Herrn vielleicht wirklich vor Entsetzen gestorben, aber gnädigerweise gestattete man ihm, mit seinem Vater ins Nebenzimmer zu gehen.

Peyna erklärte Peter ernst den Vorwurf, der gegen ihn vorgebracht worden war... den Vorwurf, daß Peter selbst bei der Ermordung Rolands eine Rolle gespielt haben könnte. Peyna war kein Mann, der sich mit Worten zurückhielt, wie sehr diese Worte auch verletzen mochten.

Peter war wie niedergeschmettert. Ihr müßt bedenken, daß er immer noch versuchte, mit der Tatsache fertig zu werden, daß sein innig geliebter Vater tot war, von einem heimtückischen Gift dahingerafft, das ihn bei lebendigem Leib innerlich verbrannt hatte. Ihr müßt bedenken, daß er die ganze Nacht hindurch die Suche geleitet, deshalb nicht geschlafen hatte und körperlich erschöpft war. Vor allem jedoch müßt ihr bedenken, daß er, wenngleich er die Figur und die Schultern eines Mannes hatte, erst sechzehn war. Angesichts dieser Beschuldigung tat er etwas ganz Natürliches, das er aber unter den kalten und vorwurfsvollen Augen Peynas tunlichst hätte vermeiden sollen: Er brach in Tränen aus.

Hätte Peter die Beschuldigung heftig zurückgewiesen, hätte er seinen Schock, seine Erschöpfung und seinen Kummer dadurch ausgedrückt, daß er wild über diesen unsinnigen Vorwurf gelacht hätte, dann wäre die Sache wahrscheinlich erledigt gewesen. Ich bin sicher, daß Flagg mit *dieser* Möglichkeit niemals gerechnet hätte, aber zu Flaggs Schwächen gehörte eben, daß er dazu neigte, andere nach dem zu beurteilen, was in seinem eigenen finsteren Herzen vor sich ging. Flagg betrachtete jeden mit Argwohn und ging davon aus, daß jeder verborgene Gründe für das hatte, was er tat.

Sein Verstand war wie ein Spiegelkabinett, in dem alles zweifach und in verschiedenen Größen reflektiert wurde.

Peynas Gedanken dagegen verliefen nicht so verschlungen, sondern geradeaus. Ihm fiel es schwer — fast unmöglich —, sich vorzustellen, daß Peter seinen Vater vergiftet hatte. Hätte er getobt oder laut gelacht, dann wäre die Angelegenheit höchstwahrscheinlich beigelegt worden, ohne daß das verhängnisvolle Kästchen mit seinem eingravierten Namen und dem Päckchen und der Pinzette, die es angeblich enthielt, näher untersucht worden wären. Tränen jedoch machten einen ganz schlechten Eindruck. Tränen waren wie das Schuldbekenntnis eines Jungen, der alt genug war, einen Mord zu begehen, aber noch nicht alt genug, um zu verheimlichen, was er getan hatte.

Peyna beschloß, daß man der Sache weiter nachgehen mußte. Es gefiel ihm nicht, das zu tun, denn es bedeutete, er mußte Wachen mitnehmen, und die würden reden, munkeln, der vorläufige Verdacht würde verbreitet werden und die erste Woche von Peters Herrschaft überschatten.

Dann überlegte er, daß vielleicht sogar das vermieden werden konnte. Er würde ein halbes Dutzend der Leibgarde mitnehmen, mehr nicht. Vier konnte er außerhalb der Tür postieren. Wenn diese lächerliche Sache bereinigt war, konnte man alle miteinander in einen entlegenen Teil des Königreichs versetzen. Brandon und seinen Sohn würde man ebenfalls wegschicken müssen, überlegte Peyna, und das war wirklich ein Jammer, aber Zungen konnten sich lösen, besonders unter Alkoholeinfluß, und die Vorliebe des alten Mannes für Gin war allgemein bekannt.

Daher befahl Peyna, die Arbeit an der Krönungsplattform vorübergehend einzustellen. Er war überzeugt, daß die Arbeit in weniger als einer halben Stunde wieder aufgenommen werden konnte; und die Arbeiter würden schwitzen und wegen der verlorenen Zeit fluchen.

Nun ja . . .

38

Das Kästchen, das Päckchen und die Pinzette waren da, wie ihr wißt. Peter hatte beim Namen seiner Mutter geschworen, daß er kein derartiges graviertes Kästchen besaß; sein hitziges Abstreiten machte nun einen schlechten Eindruck. Peyna nahm das angesengte Päckchen vorsichtig mit der Pinzette auf, sah hinein und erblickte drei Körnchen grünen Sand. Sie waren so winzig, daß er sie kaum erkennen konnte, aber Peyna, der daran dachte, welches Schicksal der hohe König und die erbärmliche Maus erlitten hatten, legte das Päckchen wieder in die Schachtel und klappte den Deckel zu. Er befahl vier weitere der auf dem Flur postierten Leibwachen herein und mußte sich mit zunehmendem Unbehagen eingestehen, daß die Sache immer ernster wurde.

Das Kästchen wurde vorsichtig auf Peters Schreibtisch gestellt, winzige Rauchwölkchen kamen heraus. Eine der Wachen wurde nach dem Mann geschickt, der mehr von Giften verstand als jeder andere im Königreich.

Dieser Mann war selbstverständlich Flagg.

39

»Ich hatte nichts damit zu tun, Anders«, sagte Peter. Er hatte sich wieder erholt, aber sein Gesicht war immer noch blaß und verzerrt, die Augen von einem dunkleren Blau, als der alte Oberste Richter jemals gesehen hatte.

»Also *gehört* Euch das Kästchen?«

»Ja.«

»Warum habt Ihr dann bestritten, ein solches Kästchen zu besitzen?«

»Ich hatte es vergessen. Ich habe dieses Kästchen mehr als elf Jahre nicht mehr gesehen. Meine Mutter hat es mir geschenkt.«

»Was ist damit geschehen?«

Er nennt mich nicht mehr ›mein Lord‹ oder ›Hoheit‹, dachte Peter erschauernd. *Er bekundet mir überhaupt in keinster Weise seinen Respekt. Ich frage mich, ob dies alles wirklich geschehen kann? Vater vergiftet. Thomas furchtbar krank. Peyna steht hier und bezichtigt mich beinahe unverhohlen des Mordes. Und mein Kästchen — woher, in Gottes Namen, ist es gekommen, und wer hat es in das Geheimfach hinter meinen Büchern getan?*

»Ich habe es verloren«, sagte Peter langsam. »Anders, Ihr glaubt doch nicht wirklich, daß ich meinen Vater ermordet habe oder?«

Bisher nicht... aber jetzt fange ich an zu zweifeln, dachte Peyna.

»Ich habe ihn aufrichtig geliebt«, sagte Peter.

Das dachte ich auch immer... aber nun bin ich nicht mehr so sicher, dachte Anders Peyna.

40

Flagg platzte herein und fiel, ohne Peyna auch nur eines Blickes zu würdigen, sofort mit Fragen über den verängstigten, benommenen und erbosten Prinzen her, wie die Suche verlaufen sei. Waren Spuren des Gifts oder des Täters gefunden worden? Waren Hinweise auf eine Verschwörung aufgetaucht? Er selbst war der Meinung, es handle sich um einen Einzeltäter, der wahrscheinlich verrückt war. Er habe den ganzen Morgen vor seinem Kristall verbracht, sagte Flagg, aber der Kristall blieb auf störrische Weise dunkel. Aber das störe ihn nicht weiter, denn er könne mehr als Knochen schütteln und in eine Glaskugel sehen. Ihn dürste nach Taten, nicht nach Zaubersprüchen. Was der Prinz auch von ihm verlange, jede dunkle Ecke, die er durchsucht haben wollte...

»Wir haben Euch nicht gerufen, um Euch wie Euren Papagei plappern zu hören, wenn beide Köpfe gleichzeitig krächzen«, sagte Peyna kalt. Er konnte Flagg nicht leiden. Wäre es nach Peyna gegangen, so wäre der Hofzauberer im Augenblick von Rolands Tod zum Hofniemand degradiert worden. Er konnte ihnen vielleicht sagen, was die grünen Körner in dem Papier waren, aber damit erschöpfte sich seine Nützlichkeit.

Peter wird dieses Frettchen in die Schranken weisen, wenn er erst einmal gekrönt ist, dachte Peyna. Er kam genau soweit, und dann fiel ihm ein, daß die Chancen für Peters Krönung zunehmend geringer wurden.

»Nein«, sagte Flagg. »Das kann ich mir auch nicht vorstellen.« Er sah zu Peter und sagte: »Weshalb habt Ihr
mich rufen lassen, mein König?«

»*Nennt ihn nicht so!*« explodierte Peyna und war selbst
schockiert über seinen Ausbruch. Flagg sah den Schock
in Peynas Gesicht, und wenngleich er den Grund sehr
genau kannte, bemühte er sich, verwirrt dreinzuschau-
en. Er war zufrieden. Der Wurm des Argwohns fraß sich
bereits zum kalten Herzen des Obersten Richters durch.
Gut.

Peter wandte das bleiche Gesicht von den beiden ab
und sah über die Stadt hinaus, wobei er sich bemühte,
seiner Gefühle Herr zu werden. Er hatte die Finger fest
ineinander verschränkt. Die Knöchel traten weiß hervor.
In diesem Augenblick sah er viel älter als sechzehn aus.

»Seht Ihr das Kästchen auf dem Schreibtisch?« fragte
Peyna.

»Ja, Oberster Richter«, sagte Flagg mit seiner steifsten,
formellsten Stimme.

»Darin befindet sich ein Päckchen, dessen Papier zu
schwelen scheint. In dem Papier wiederum befindet sich
etwas, das wie Sandkörnchen aussieht. Ich möchte, daß
Ihr sie untersucht und mir verratet, worum es sich handelt. Ich rate Euch dringend, nichts anzufassen. Ich befürchte, die Substanz in dem Päckchen hat König Rolands Tod verursacht.«

Flagg gestattete sich, besorgt dreinzusehen. Aber um
die Wahrheit zu sagen, er fühlte sich ganz ausgezeichnet. Wenn er eine Rolle spielte, fühlte er sich immer so.
Das Schauspielern machte ihm Spaß.

Er hob das Päckchen mit der Pinzette auf. Er sah hinein. Sein Blick wurde schärfer.

»Ich möchte ein Stück Obsidian«, sagte er. »Ich möchte
es gleich hier und jetzt.«

»Ich habe ein Stück in meinem Schreibtisch«, sagte Peter mürrisch und holte es hervor. Es war nicht so groß

wie das, welches Flagg benützt und dann weggeworfen hatte, aber es war dicker. Er gab es einem Mann der Leibgarde, der es Flagg weiterreichte. Der Magier hielt es ins Licht und runzelte ein wenig die Stirn... aber in seinem Herzen hüpfte ein kleiner Mann aufgeregt auf und ab und schlug Räder und Purzelbäume. Der Obsidian ähnelte seinem eigenen sehr, aber eine Ecke war abgebrochen und kantig. Ah, die Götter lächelten auf ihn herab! Wahrhaftig, wahrhaftig, das taten sie!

»Ich habe ihn vor etwa einem Jahr fallen lassen«, sagte Peter, dem Flaggs Interesse nicht entgangen war. Er wußte nicht – und Peyna auch noch nicht –, daß er der Mauer, die um ihn herum aufgeschichtet wurde, eine weitere Schicht Ziegelsteine hinzufügte. »Die Hälfte, die Ihr haltet, landete auf meinem Teppich, was den Aufprall dämpfte. Die andere Hälfte landete auf dem Steinboden und zersprang in Hundert Scherben. Obsidian ist hart, aber sehr spröde.«

»Wahrhaftig, mein Lord?« sagte Flagg ernst. »Ich habe noch niemals einen solchen Stein gesehen, obschon ich natürlich davon gehört habe.«

Er legte den Obsidian auf Peters Schreibtisch, kippte das Päckchen darüber und ließ die drei Sandkörner darauf fallen. Nach einem Augenblick stiegen kleine Rauchwölkchen von dem Obsidian auf. Alle Anwesenden konnten sehen, wie sie sich in die Pockennarben fraßen, welche sie auf dem härtesten bekannten Stein der Welt hinterlassen hatten. Die Wachen flüsterten bei dem Anblick unbehaglich.

»*Schweigt!*« brüllte Peyna und wirbelte zu ihnen herum. Die Gardesoldaten wichen mit blassen, erschrockenen Gesichtern zurück. Dies kam ihnen mehr und mehr wie Zauberei vor.

»Ich glaube, ich weiß, was diese Körner sind und wie ich meine Vermutung erproben kann«, sagte Flagg, die Worte hervorsprudelnd. »Aber wenn ich recht habe,

140

muß der Test so schnell wie möglich durchgeführt werden.«

»Warum?« wollte Peyna wissen.

»Ich glaube, diese Körnchen sind Drachensand«, sagte Flagg. »Ich hatte einst eine kleine Menge davon, aber leider verschwand sie, bevor ich sie eingehender studieren konnte. Sie könnte gestohlen worden sein.«

Flagg entging nicht, wie Peyna bei diesen Worten zu Peter blickte.

»Mir ist seither niemals recht wohl bei dem Gedanken gewesen«, fuhr er fort, »denn angeblich handelt es sich um eine der tödlichsten Substanzen überhaupt. Ich hatte keine Gelegenheit, das nachzuprüfen, daher zweifelte ich bisher, aber hier finde ich vieles von dem, was ich gehört habe, bestätigt.«

Flagg deutete auf den Obsidian. Die Löcher, wo die drei Sandkörner gelegen hatten, waren inzwischen jedes fast ein Zoll tief − Rauch stieg von jedem wie von einem winzigen Lagerfeuer empor. Flagg schätzte, daß sich jedes Körnchen bereits halb durch den Stein hindurchgefressen hatte.

»Diese drei Körnchen fressen sich durch den härtesten uns bekannten Stein«, sagte er. »Drachensand soll angeblich so ätzend sein, daß er sich durch jede feste Substanz hindurchfrißt − durch jede! Und er erzeugt eine schreckliche Hitze. Du! Soldat!«

Flagg deutete auf einen aus der Leibgarde. Er trat nach vorne und schien nicht besonders glücklich zu sein, daß er ausgewählt worden war.

»Berühre die Seite des Steins«, sagte Flagg, und als der Mann zögernd die Hand ausstreckte, fügte er hinzu: »Nur die Seite! Laß die Finger unbedingt von den Löchern!«

Der Soldat berührte den Briefbeschwerer und zog keuchend die Hand zurück. Er steckte die Finger in den Mund, aber Peyna hatte gesehen, wie sich Brandblasen bildeten.

»Ich habe gehört, daß Obsidian Wärme nur langsam leitet«, fuhr Flagg fort. »Aber dieses Stück ist so heiß wie ein Ofen... und das von drei Körnchen Sand, die auf dem Halbmond Eures kleinen Fingernagels mehr als genug Platz finden würden! Berührt den Schreibtisch des Prinzen, Oberster Richter!«

Peyna tat es. Die Hitze unter seiner Hand beunruhigte und erschreckte ihn. Das schwere Holz würde gewiß gleich anfangen, Blasen zu werfen und zu verkohlen.

»Wir müssen rasch handeln«, sagte Flagg. »Bald wird der ganze Schreibtisch Feuer fangen. Wenn wir den Rauch einatmen, werden wir alle binnen Tagen sterben – vorausgesetzt natürlich, die Geschichten sind zutreffend, die ich gehört habe. Um ganz sicher zu gehen, noch einen Test...«

Als er das gesagt hatte, sahen die Gardesoldaten noch unbehaglicher drein.

»Nun gut«, sagte Peyna. »Was ist das für ein Test? Schnell, Mann!« Er verabscheute Flagg jetzt mehr denn je, und er war nun mehr denn je der Meinung, daß man ihn auf gar keinen Fall unterschätzen durfte. Vor fünf Minuten hatte er ihn noch zum Hofniemand degradieren wollen, aber nun sah es ganz so aus, als hingen ihre Leben – und Peynas Anklage gegen Peter – von ihm ab.

»Ich würde vorschlagen, einen Eimer mit Wasser zu füllen«, sagte Flagg. Er sprach jetzt schneller als bisher. Seine dunklen Augen funkelten.

Die Gardesoldaten betrachteten die drei winzigen Löcher im Obsidian und die Rauchwölkchen mit der Faszination von Vögeln, die von Pythonschlangen hypnotisiert werden. Wie tief hatten sie sich schon in den Obsidian gefressen? Wie nahe waren sie dem Holz? Das war unmöglich zu sagen. Sogar Peter starrte gebannt, wenngleich der Ausdruck von Müdigkeit, Sorge und Verwirrung nicht von seinem Gesicht wich.

»Wasser aus der Pumpe des Prinzen!« brüllte Flagg einen der Soldaten an. »Wir brauchen es in einem Eimer oder in einem tiefen Topf. Auf der Stelle! Sofort!«

Der Soldat sah Peyna an.

»Gehorche«, sagte Peyna und bemühte sich, nicht ängstlich zu klingen – aber er hatte Angst, und das wußte Flagg.

Der Soldat entfernte sich. Sekunden später hörten sie, wie Wasser in einen Eimer gepumpt wurde, den er im Schrank des Dieners gefunden hatte.

Flagg ergriff wieder das Wort.

»Ich schlage vor, ich tauche meinen Finger in den Eimer und lasse einen Tropfen Wasser in eines der Löcher fallen«, sagte er. »Wir müssen genau aufpassen, Oberster Richter. Wir müssen sehen, ob das Wasser sich einen Augenblick lang grün verfärbt. Das ist ein sicheres Zeichen.«

»Und dann?« fragte Peyna gespannt.

Der Soldat kam zurück. Flagg nahm den Eimer und stellte ihn auf den Schreibtisch.

»Dann werde ich sehr vorsichtig auch in die beiden anderen Löcher Wasser tropfen lassen«, sagte er. Er sprach mit Bedacht, aber seine normalerweise fahlen Wangen waren gerötet. »Wasser kann den Drachensand nicht aufhalten, sagt man, aber es verlangsamt ihn.« Das machte zwar alles ein wenig gefährlicher, aber Flagg wollte sie erschrecken.

»Warum nicht einfach darüber schütten?« platzte einer der Gardisten heraus.

Peyna beantwortete diese Vorwitzigkeit mit einem fürchterlichen Blick, aber Flagg beantwortete die Frage gelassen, während er den kleinen Finger in das Wasser tauchte.

»Soll ich etwa die drei Körnchen aus den Löchern herausspülen, die sie in den Stein gefressen haben, damit sie irgendwo auf dem Schreibtisch landen?« fragte er beinahe jovial. »Wir könnten dich hier zurücklassen, um das Feuer zu löschen, wenn das Wasser verdunstet ist, Sirrah!«

Der Gardist sagte nichts mehr.

Flagg zog den Finger aus dem Eimer.

»Das Wasser ist bereits sehr warm«, sagte er zu Peyna. »Obwohl wir den Eimer eben erst auf den Schreibtisch gestellt haben.«

Vorsichtig führte er den kleinen Finger, an dem ein einziges Wassertröpfchen hing, über eines der Löcher.

»Gebt gut acht!« sagte Flagg scharf, und für Peter sah er in diesem Augenblick wie ein billiger Gaukler aus, der dabei ist, eine monströse Täuschung durchzuführen. Aber Peyna beugte sich dicht darüber. Die Leibgardisten reckten die Hälse. Der Wassertropfen hing einen Augenblick an Flaggs Finger, und Peters Zimmer spiegelte sich in verkleinerter Form darin. Er hing... wurde länger... und fiel in das Loch.

Es folgte ein beißendes Zischen, als würde Fett auf eine heiße Eisenplatte tropfen. Ein winziger Dampfgeysir schoß aus dem Loch hervor... aber kurz davor sah Peyna einen Hauch von Grün. In diesem Augenblick war Peters Schicksal besiegelt.

»Drachensand, bei den Göttern!« flüsterte Flagg heiser. »*Um Himmels willen, atmet diesen Dampf nicht ein!*«

Anders Peynas Mut war so berühmt wie seine Härte, aber jetzt hatte er Angst. Für ihn hatte dieses kurze Aufleuchten von Grün unsagbar böse ausgesehen.

»Lösche die anderen beiden«, befahl er. »Gleich!«

»Ich sagte doch schon«, meinte Flagg gelassen, während er den kleinen Finger ein zweites Mal eintauchte. »Man kann sie nicht löschen. Nun, angeblich gibt es eine Möglichkeit, aber nur eine. Sie wird euch nicht gefallen. Aber ich denke, wir können uns das Zeug vom Hals schaffen.«

Behutsam ließ er Wasser in die beiden anderen Löcher tropfen. Jedesmal zuckte ein grüner Blitz auf, gefolgt von einem winzigen Dampfstrahl.

»Ich glaube, wir sind alle noch einmal davongekommen«, sagte Flagg. Einer der Leibgardisten seufzte erleichtert. »Bringt mir Handschuhe... dicke Handschuhe... irgend etwas, womit ich diesen Stein anfassen kann. Er ist heiß wie der Zorn, und die Wassertropfen werden binnen kürzester Zeit verdampft sein.«

Rasch brachte man ihm zwei Topflappen aus dem Schrank des Dieners. Mit ihnen ergriff Flagg den Obsidian. Er hob ihn, sorgfältig darauf bedacht, ihn waagerecht zu halten, dann ließ er ihn in den Eimer fallen. Als der Obsidian auf den Grund sank, sahen alle ganz deutlich, wie das Wasser einen Augenblick hellgrün wurde.

»Und nun«, erklärte Flagg wichtigtuerisch, »ist das erledigt. Einer der Soldaten muß den Eimer aus dem Schloß hinausschaffen, zur Pumpe beim Großen Alten Baum in der Mitte des Burgfriedens. Dort müßt ihr einen großen Zuber mit Wasser füllen und den Eimer hineinstellen. Der Zuber muß sodann in die Mitte des Johanna-Sees gerudert und dort versenkt werden. In hunderttausend Jahren wird der Drachensand den See wahrscheinlich aufgeheizt haben, aber darüber sollen sich die in jener Zeit – so sie je kommen wird – den Kopf zerbrechen, würde ich sagen.«

Peyna zögerte einen Augenblick und biß sich auf die Lippen, ein ungewöhnliches Zeichen der Unentschlossenheit, doch dann sagte er: »Du, du und du. Tut, was er sagt.«

Der Eimer wurde entfernt. Die Gardesoldaten trugen ihn, als hielten sie eine Bombe in Händen. Flagg war amüsiert, denn dies alles war größtenteils Zauberermummenschanz, wie Peter vermutet hatte. Die Wassertropfen, die er in die Löcher fallen ließ, hatten nicht ausgereicht, die ätzende Wirkung des Sands auszuschalten – jedenfalls nicht für lange –, aber er wußte, daß das Wasser im Eimer durchaus ausreichte. Weniger Flüssigkeit hätte für mehr Sand gereicht... ein Glas Wein zum

Beispiel. Aber sollten sie getrost glauben, was sie wollten. Mit der Zeit würde ihre Wut auf Peter um so größer werden.

Als die Wachen gegangen waren, wandte sich Peyna an Flagg. »Ihr sagtet, es existiere eine Möglichkeit, die Wirkung des Drachensands zu neutralisieren.«

»Ja — die Legenden besagen, wenn man ihn mit einem Lebewesen in Berührung bringt, dann wird dieses Lebewesen unter Schmerzen verbrennen, bis es tot ist... und wenn es vorbei ist — tot —, dann ist auch die Macht des Drachensands tot. Ich hatte das ausprobieren wollen, aber bevor ich dazu kam, verschwand meine Probe.«

Peyna starrte ihn an, er war weiß um die Lippen herum. »Und an was für einem Lebewesen wolltet Ihr diese verfluchte Substanz erproben, Hofzauberer?«

Flagg sah Peyna voller Unschuld an. »An einer Maus natürlich, mein Lord Oberster Richter.«

41

Um drei Uhr an diesem Nachmittag fand im Königlichen Gericht von Delain am Fuße der Nadel, das im Laufe der Jahre den Beinamen ›Peynas Gericht‹ bekommen hatte, eine seltsame Versammlung statt.

Versammlung — dieses Wort gefällt mir nicht. Es ist zu zahm und winzig, um die gewichtige Entscheidung zu beschreiben, die an diesem Nachmittag gefällt wurde. Ich kann es auch nicht als Anhörung oder Verhandlung bezeichnen, denn diese Versammlung hatte keine rechtliche Bedeutung, war aber dennoch von größter Wichtigkeit, wie ihr sicher auch finden werdet.

Der Saal war so groß, daß er fünfhundert Menschen Platz geboten hätte, doch an diesem Nachmittag waren nur sieben anwesend. Sechs davon drängten sich eng zusammen, als machte es sie nervös, so wenige an einem Ort zu sein, der für so viele gedacht war. Das Wappen des Königreichs – ein Einhorn, welches einen Drachen aufspießt – hing an einer der kreisförmigen Steinmauern, und Peter stellte fest, daß sein Blick immer wieder dorthin zurückkehrte. Außer ihm war noch Peyna anwesend sowie Flagg (selbstverständlich war es Flagg, der ein wenig abseits der anderen saß) und vier der Großen Anwälte des Königreichs. Insgesamt gab es zehn Große Anwälte, aber die anderen sechs hielten sich irgendwo an entlegenen Orten von Delain auf und regelten Rechtsfälle. Peyna war zu dem Ergebnis gekommen, daß er nicht auf sie warten konnte. Er wußte, er mußte rasch und entschlossen handeln, sonst würde das Königreich darunter leiden. Er wußte es, aber es verbitterte ihn, daß er die Hilfe dieses eiskalten jungen Mörders brauchte, um Blutvergießen zu vermeiden.

Daß Peter ein Mörder war – das war etwas, das Peyna nun tief in seinem Herzen akzeptierte. Nicht das Kästchen, der grüne Sand oder gar die tote Maus hatten ihn zu dieser Überzeugung gebracht. Es waren Peters Tränen. Peter, das mußte man ihm zugestehen, sah nun weder schuldbewußt noch schwach aus. Er war bleich, aber gefaßt, und er hatte sich wieder völlig in der Gewalt.

Peyna räusperte sich. Das Geräusch hallte dumpf von den abweisenden Mauern des Gerichtssaals wider. Er preßte eine Hand gegen die Stirn und war nicht sehr überrascht, kalten Schweiß zu spüren. Er hatte Aussagen in Hunderten von großen und ernsten Fällen gehört; er hatte mehr Menschen, als er sich erinnern konnte, unter das Beil des Henkers geschickt. Aber er hatte nie damit gerechnet, daß er einmal an einer ›Versammlung‹ wie dieser teilnehmen oder einen Prinzen wegen des Mordes an seinem königlichen Vater verurteilen müßte... und solch eine Verurteilung würde ganz sicher erfolgen, wenn heute nachmittag alles wie geplant verlief. Es war richtig, dachte er, daß er schwitzte und daß dieser Schweiß kalt war.

Nur eine Versammlung. Keine rechtliche Angelegenheit; keine offizielle Sache; nichts, was das Königreich betraf. Aber keiner der Anwesenden — nicht Penya, nicht Flagg, nicht die Großen Anwälte, noch Peter selbst — ließ sich narren. Dies war die eigentliche Verhandlung. Diese Versammlung. Die Macht war hier. Die brennende Maus hatte eine beachtliche Ereigniskette ausgelöst. Niemand würde zulassen, daß die Ereignisse hier abgewendet wurden, wie sich ein Bach umleiten ließ, wenn er nahe der Quelle noch schwach und schmal war, noch würde man zulassen, daß sie ungehindert ihren Lauf nahmen und zu einer Flutwelle anwuchsen, die niemand mehr aufhalten konnte.

Nur eine Versammlung, dachte Anders Peyna und wischte sich den Schweiß von der Stirn.

42

Flagg verfolgte die Ereignisse mit Aufmerksamkeit. Wie Peyna war auch ihm klar, daß hier und jetzt alles entschieden würde, und er war sich seiner Sache sicher.

Peter hatte den Kopf erhoben, sein Blick war fest. Er sah nacheinander jedem Mitglied dieses informellen Geschworenengerichts in die Augen.

Die Steinmauern sahen finster auf alle sieben herab. Die Zuschauerbänke waren verlassen, aber Peyna schien die Blicke von Phantomaugen auf sich ruhen zu spüren, Augen, die *verlangten*, daß in dieser schrecklichen Sache der Gerechtigkeit Genüge getan wurde.

»Mein Lord«, sagte Peyna schließlich, »die Sonne hat Euch vor drei Stunden zum König gemacht.«

Peter sah Peyna überrascht aber schweigend an.

»Ja«, sagte Peyna, als *hätte* Peter etwas gesagt. Die Großen Anwälte nickten, und sie sahen schrecklich ernst
aus. »Es ist keine Krönung erfolgt, aber die Krönung ist
nur ein öffentliches Ereignis. Trotz aller Feierlichkeit ist
sie bloß Schaugepränge, nichts Substantielles. Gott, das
Gesetz und die Sonne machen einen König, und nicht
die Krönung. In diesem Augenblick seid Ihr König und
rechtmäßig befugt, mir Befehle zu erteilen, wie uns allen
hier und dem ganzen Königreich. Das versetzt uns in ein
schreckliches Dilemma. Seid ihr Euch dessen bewußt?«

»Ja«, sagte Peter. »Ihr denkt, Euer König ist ein Mörder.«

Peyna überraschte diese Unverblümtheit ein wenig,
aber er war nicht unglücklich darüber. Peter war immer
ein unverblümter, offener Junge gewesen; ein Jammer,
daß sich unter dieser Offenheit solche Tiefen der Berech-
nung aufgetan hatten; wichtig jedoch war, daß diese Offenheit, wahrscheinlich die Folge törichter Kühnheit des
Jungen, die Entwicklung beschleunigen konnte.

»Es spielt keine Rolle, was wir glauben, mein Lord. Es
ist Sache des Gerichts, über Schuld oder Unschuld zu befinden — das wurde mir beigebracht, und ich glaube von
ganzem Herzen daran. Es gibt nur eine einzige Ausnahme. Könige stehen über dem Gesetz. Versteht Ihr das?«

»Ja.«

»*Aber*...« Peyna hob den Finger hoch. »*Aber* dieses
Verbrechen wurde begangen, *bevor* Ihr König wart. Soweit mir bekannt ist, befand sich das Gericht von Delain
noch niemals in einer so schrecklichen Situation. Die
möglichen Folgen sind fürchterlich. Anarchie, Chaos,
Bürgerkrieg. Um all das zu vermeiden, mein Lord, brauchen wir Eure Hilfe.«

Peter sah ihn ernst an. »Ich werde helfen, wenn ich es
vermag«, sagte er.

Und ich hoffe — ich bete —, daß du in das einwilligen wirst,
was ich vorschlagen werde, dachte Peyna. Er bemerkte, daß

149

sich wieder Schweiß auf seiner Stirn gebildet hatte, aber dieses Mal wischte er ihn nicht weg. Peter war noch ein Junge, aber ein aufgeweckter Junge − er konnte es als Zeichen der Schwäche deuten. *Du wirst sagen, daß du zum Wohl des Königreichs zustimmst, aber ein Junge, der den monströsen, irrsinnigen Mut aufbringt, den eigenen Vater zu ermorden, ist auch, hoffe ich, ein Junge, der sich der Hoffnung hingibt, er könnte damit durchkommen. Du wirst denken, wir helfen dir dabei, die Sache zu vertuschen, aber da irrst du dich gewaltig.*

Flagg, der diese Gedanken fast lesen konnte, hob die Hand vor den Mund, um ein Lächeln zu verbergen. Peyna haßte ihn, aber ohne es zu wissen, war Peyna zu seinem Helfer Nummer eins geworden.

»Ich möchte, daß Ihr die Krone ablehnt«, sagte Peyna.

Peter sah ihn ernst und überrascht an. »Auf den Thron verzichten?« fragte er. »Ich... ich weiß nicht, mein Lord Oberster Richter. Ich muß darüber nachdenken, bevor ich ja oder nein sage. Man könnte dem Königreich schaden, indem man versucht, ihm zu helfen − wie ein Arzt einen Kranken töten kann, wenn er ihm zuviel Medizin verabreicht.«

Der Bursche ist schlau, dachten Flagg und Peyna gleichzeitig.

»Ihr mißversteht mich. Ich verlange keinen Verzicht auf den Thron. Ich bitte lediglich darum, daß Ihr die Krone nicht beansprucht, ehe diese Sache aufgeklärt ist. Sollte man Euch von der Anklage des Mordes an Eurem Vater freisprechen...«

»Was zweifellos geschehen wird«, sagte Peter. »Wenn mein Vater regiert hätte, bis ich selbst alt und zahnlos bin, so wäre ich glücklich darüber gewesen. Ich wollte ihm dienen, ihn unterstützen und ihn lieben.«

»Aber Euer Vater *ist* tot, und die Indizien sprechen gegen Euch.«

Peter nickte.

»Spricht man Euch frei, bekommt Ihr die Krone. Spricht man Euch schuldig...«

Die Großen Anwälte schienen nach dieser Bemerkung nervös zu werden, aber Peyna zauderte nicht.

»Spricht man Euch schuldig, werdet Ihr an der Spitze der Nadel arrestiert, wo Ihr bis zu Eurem Lebensende hausen werdet. Niemand aus der königlichen Familie darf hingerichtet werden. Dieses Gesetz ist tausend Jahre alt.«

»Und Thomas würde König werden?« fragte Peter nachdenklich. Flagg wurde ein kleines bißchen mulmig zumute.

»Ja.«

Peter runzelte nachdenklich die Stirn. Er sah schrecklich müde aus, aber nicht verwirrt oder ängstlich, und sogar Flagg verspürte eine leise Regung von Angst.

»Und wenn ich mich weigere?«

»Wenn Ihr Euch weigert, dann werdet Ihr zum König gekrönt, obwohl schwerwiegende Vorwürfe noch nicht aus der Welt geschafft sind. Viele Eurer Untertanen werden — besonders im Licht der belastenden Beweise — zu der Überzeugung kommen, daß sie von einem jungen Mann regiert werden, der seinen eigenen Vater ermordet hat, um auf den Thron zu kommen. Ich denke, das wird zu Revolten und Bürgerkrieg führen, und zwar bevor viel Zeit verstrichen ist.

Was mich selbst anbelangt, ich würde zurücktreten und nach Westen aufbrechen. Ich bin eigentlich zu alt für einen Neubeginn, aber ich müßte es dennoch versuchen. Mein Leben ist das Gesetz, und ich könnte mich vor keinem König verneigen, der sich in einer so schwerwiegenden Frage diesem Gesetz nicht gebeugt hat.«

Daraufhin legte sich Schweigen über den Saal, ein Schweigen, welches sehr lange anzudauern schien. Peter saß mit gesenktem Kopf da und preßte die Handballen gegen die Augen. Alle warteten und sahen ihn an. Nun spürte selbst Flagg einen dünnen Schweißfilm auf seiner Stirn.

Schließlich hob Peter den Kopf und nahm die Hände von den Augen.

»Nun gut«, sagte er. »Dies ist mein Befehl als König. Ich werde auf die Krone verzichten, bis bewiesen ist, daß ich unschuldig an der Ermordung meines Vaters bin. Ihr, Peyna, werdet während dieser Zeit als Kanzler über Delain herrschen, solange es kein königliches Staatsoberhaupt gibt. Ich schlage vor, die Verhandlung soll so schnell wie möglich stattfinden − morgen schon, wenn es sich machen läßt. Ich werde mich dem Urteil des Gerichts beugen.

Aber Ihr werdet mich nicht verurteilen.«

Sie alle blinzelten und setzten sich aufrechter hin, als sie diesen trockenen Tonfall der Autorität hörten; aber Yosef von den Stallungen wäre nicht überrascht gewesen; er hatte diesen Ton bereits vernommen, als Peter noch ein Knabe gewesen war.

»Das wird einer dieser vier tun«, fuhr Peter fort. »Ich werde mich nicht von dem Mann richten lassen, der an meiner Stelle die Macht in Händen hält... ein Mann, der mit seiner ganzen Haltung ausdrückt, daß er mich schon jetzt dieses schrecklichen Verbrechens für schuldig hält.«

Peyna spürte, wie er errötete.

»Einer dieser vier«, wiederholte Peter und deutete auf die Großen Anwälte. »Man soll vier Steine, drei schwarze und einen weißen in ein Gefäß legen. Wer den weißen Stein zieht, soll bei meiner Verhandlung den Vorsitz führen. Seid Ihr damit einverstanden?«

»Mein Lord, das bin ich«, sagte Peyna langsam und ärgerte sich darüber, daß seine Errötung auch jetzt noch nicht weichen wollte.

Wieder mußte Flagg eine Hand zum Mund führen, damit niemand ihn lächeln sah. *Und das, mein kleiner, verlorener Lord, ist der einzige Befehl, den du jemals als König von Delain geben wirst,* dachte er.

43

Die Versammlung, die kurz nach drei begonnen hatte, war nach einer Viertelstunde schon wieder beendet. Senate und Parlamente brauchen oft Tage und Monate, um eine einzige Frage zu klären − und nicht selten wird eine Frage trotz allen Debattierens überhaupt nicht geklärt −, aber wenn sich große Dinge ereignen, dann geschieht es in aller Regel sehr schnell. Drei Stunden später ereignete sich dann etwas, das Peter zeigte − so verrückt es auch war −, daß man ihn des schrecklichen Verbrechens schuldig sprechen würde.

Er wurde von ernsten, schweigsamen Soldaten in seine Gemächer zurückgeführt. Seine Mahlzeiten, sagte Peyna, würde man ihm bringen lassen.

Ein grobschlächtiger Leibgardist mit Bartstoppeln im Gesicht brachte ihm das Essen. Er hielt ein Tablett in der Hand, auf dem ein Glas Milch und ein großer Topf dampfendes Stew standen. Peter stand auf, als der Gardist eintrat. Er griff nach dem Tablett.

»Noch nicht, mein Lord«, sagte der Gardist mit unverhohlen höhnischer Stimme. »Ich glaube, es muß noch ein wenig gewürzt werden.« Damit spuckte er in das Stew. Dann grinste er und entblößte dabei zwei Reihen schlechter und lückenhafter Zähne, gleich einem heruntergekommenen Lattenzaun, und hielt Peter das Tablett hin. »Hier.«

Peter machte keine Bewegung, es zu nehmen. Er war vollkommen verblüfft.

»Warum hast du das getan? Warum hast du in mein Essen gespuckt?«

»Verdient ein Kind, das seinen Vater ermordet, denn etwas Besseres, mein *Lord*?«

»Nein. Aber jemand, der eines solchen Verbrechens noch nicht einmal angeklagt worden ist, schon«, sagte Peter. »Nimm das weg und bring mir ein anderes Tablett. Bring es innerhalb von fünfzehn Minuten, andernfalls wirst du heute noch tiefer als Flagg in den Kerkern schlafen.«

Das höhnische Grinsen des Gardisten flackerte ein wenig, doch dann war es wieder da. »Ich glaube nicht«, sagte er. Er kippte das Tablett. Zuerst nur ein wenig, dann immer mehr. Glas und Schüssel zerschellten auf dem Fußboden. Das Stew verspritzte zu einem widerwärtigen Klecks.

»Auflecken«, sagte der Wachsoldat. »Auflecken wie ein Hund, der Ihr ja auch seid!«

Er drehte sich um. Peter sprang plötzlich von Wut erfüllt nach vorne und schlug den Mann. Der Schlag hallte wie ein Pistolenschuß durch das Zimmer.

Knurrend zog der Gardist sein Kurzschwert heraus.

Peter lächelte grimmig, hob das Kinn und entblößte seine Kehle. »Nur zu«, sagte er. »Ein Mann, der einem anderen ins Essen spuckt, ist wahrscheinlich auch ein Mann, der einem Unbewaffneten die Kehle aufschlitzt. Nur zu. Ich glaube, daß auch Schweine Gottes Werk tun, und meine Scham und mein Kummer sind sehr groß. Wenn die Götter wollen, daß ich leben soll, so werde ich leben, aber wenn die Götter wollen, daß ich sterbe und ein solches Schwein wie dich geschickt haben, mich zu töten, so sei es.«

Aus der Wut des Gardisten wurde Verwirrung. Nach einem Augenblick steckte er das Schwert weg.

»Ich werde meine Klinge nicht beschmutzen«, sagte er, aber die Worte waren gemurmelt, und er konnte Peter nicht in die Augen sehen.

»Bring mir frisches Essen und zu trinken«, sagte Peter

leise. »Ich weiß nicht, mit wem du gesprochen hast, Soldat, und es ist mir auch einerlei. Ich weiß nicht, warum du so versessen darauf bist, mich wegen Mordes an meinem Vater zu verdammen, obwohl noch keine einzige Aussage gehört worden ist, aber auch das ist mir einerlei. Aber du wirst mir frisches Fleisch und etwas zu trinken bringen und eine Serviette dazu, und das wirst du tun, bevor die Uhr halb sechs schlägt, andernfalls werde ich nach Peyna läuten lassen, und du wirst heute nacht noch weiter unten als Flagg schlafen. Meine Schuld ist noch nicht bewiesen, Peyna untersteht noch meinem Befehl, und ich schwöre, daß ich die Wahrheit gesagt habe.«

Währenddessen wurde der Leibgardist immer bleicher, denn ihm wurde klar, daß Peter tatsächlich die Wahrheit sprach. Aber das war nicht der einzige Grund für sein Erbleichen. Als seine Kameraden erzählten, man habe Peter mit Blut an den Händen erwischt, hatte er ihnen geglaubt — hatte ihnen glauben *wollen* —, aber jetzt kamen ihm ernste Zweifel. Peter sah nicht wie ein schuldiger Mann aus, und er benahm sich auch nicht so.

»Ja, mein Lord«, sagte er.

Der Soldat entfernte sich. Einige Augenblicke später öffnete der Oberst der Garde die Tür und sah herein.

»Ich dachte, ich hätte etwas gehört«, sagte er. Dann sah er die zerschellte Schüssel und das Glas. »Hat es hier Ärger gegeben?«

»Keinen Ärger«, sagte Peter ruhig. »Ich habe das Tablett fallen lassen. Der Gardist ist gegangen, um mir ein neues zu holen.«

Der Oberst nickte und ging.

In den folgenden zehn Minuten saß Peter auf dem Bett und dachte angestrengt nach.

Es klopfte kurz an der Tür. »Herein«, sagte Peter.

Der stoppelige Gardist mit den schlechten Zähnen trat mit einem neuen Tablett ein. »Mein Lord, ich möchte mich entschuldigen«, sagte er mit verlegener Ungeschicklichkeit. »Ich habe mich in meinem ganzen Leben noch nie so verhalten, und ich weiß nicht, was über mich gekommen ist. Bei meinem Leben, ich weiß es nicht. Ich...«

Peter winkte ab. Er fühlte sich sehr müde. »Denken auch die anderen wie du? Die anderen Gardisten?«

»Mein Lord«, sagte der Soldat und stellte das Tablett vorsichtig auf Peters Schreibtisch ab, »ich bin nicht mehr sicher, ob *ich* so denke.«

»Aber denken die anderen, daß ich schuldig bin?«

Es folgte eine längere Pause, dann nickte der Soldat.

»Und gibt es etwas, das sie in erster Linie gegen mich anführen?«

»Man spricht von einer Maus, die verbrannte... man sagt, daß Ihr geweint habt, als Peyna Euch beschuldigte...«

Peter nickte. Ja, es war ein schwerer Fehler gewesen zu weinen, aber er hatte es nicht verhindern können... und nun war es geschehen.

»Die meisten sagen aber nur, daß Ihr erwischt worden seid, daß Ihr König werden wolltet, und daß es so sein muß.«

»Daß ich König werden wollte und daß es so sein muß«, wiederholte Peter.

»Ja, mein Lord.« Der Gardist stand da und sah Peter kläglich an.

»Danke. Geh jetzt, bitte.«

»Mein Lord, ich möchte mich entschuldigen...«

»Ich nehme deine Entschuldigung an. Und nun geh bitte, ich muß nachdenken.«

Der Gardist, der aussah, als wünschte er sich, er wäre niemals geboren worden, ging zur Tür hinaus und schloß sie hinter sich.

Peter breitete die Serviette über den Schoß, aß aber nicht. Der Hunger, den er vorher verspürt hatte, war nun verschwunden. Er zupfte an der Serviette und dach-

te an seine Mutter. Er war froh – wirklich froh –, daß sie
nicht mehr lebte und miterleben mußte, in was er da ver-
wickelt worden war. Sein ganzes Leben lang war er ein
glücklicher Junge gewesen, ein gesegneter Junge, ein
Junge, dem, so schien es manchmal, niemals ein Unglück zustoßen konnte. Nun sah es so aus, als wäre das
Unglück der vergangenen Jahre nur für diesen Augenblick aufgespart worden, damit es jetzt – mit den Zinsen
von sechzehn Jahren – zurückgezahlt wurde.

*Sie sagen, daß Ihr König werden wolltet und daß es so sein
muß.*

In gewisser Weise verstand er das. Sie wollten einen
guten König, den sie lieben konnten. Sie wollten aber
auch wissen, daß sie nur um Haaresbreite von einem
schlechten verschont geblieben waren. Sie wollten Finsternis und Geheimnisse; sie wollten eine grauenerre-
gende Geschichte verderbter Monarchie. Gott allein
wußte warum. *Sie sagen, daß Ihr König werden wolltet und
daß es so sein muß.*

Peyna glaubt es, dachte er, *und dieser Gardist glaubte es;
sie werden es alle glauben. Dies ist kein Alptraum. Ich wurde
des Mordes an meinem Vater angeklagt, und mein untadeliges
Verhalten und die Liebe, die ich für ihn empfand, werden diese
Anklage nicht entkräften. Und ein Teil von ihnen möchte glauben, daß ich es getan habe.*

Peter legte die Serviette sorgfältig wieder zusammen
und legte sie über die frische Schüssel dampfenden
Stews. Er konnte nichts essen.

44

Es kam zu einer Gerichtsverhandlung, und sie war ein
großes Ereignis, und es gibt Aufzeichnungen über sie,
wenn ihr euch die Mühe machen wollt, sie zu lesen.

Aber hier der Kern der Sache: Peter, der Sohn von Roland, wurde von einer brennenden Maus vor den Obersten Richter von Delain gebracht; er wurde bei einer siebenköpfigen Versammlung angeklagt, die kein Gericht war; er wurde von einem Leibgardisten verurteilt, dessen Plädoyer darin bestand, daß er ihm ins Essen spuckte. Das ist die Geschichte, und manchmal verraten Geschichten mehr als Aufzeichnungen – und schneller obendrein.

45

Als Ulrich Whicks, der den weißen Stein gezogen hatte und an Peynas Stelle auf der Anklägerbank saß, das Urteil des Gerichts verkündete, applaudierten die Zuschauer – von denen viele jahrelang geschworen hatten, Peter würde den besten König in der Geschichte von Delain abgeben – heftig. Sie sprangen auf und stürmten vorwärts, und wenn eine Reihe Leibgardisten mit gezückten Schwertern sie nicht zurückgehalten hätte, dann hätten sie die Strafe lebenslänglicher Gefangenschaft vielleicht eigenmächtig außer Kraft gesetzt und den jungen Prinzen gelyncht. Als er abgeführt wurde, regnete es Speichel auf ihn, der Peter ganz bedeckte; dennoch ging er erhobenen Hauptes.

Eine Tür an der linken Wand des Gerichtssaals führte in einen schmalen Flur. Dieser war etwa vierzig Schritte lang, dann begann die Treppe. Sie führte spiralenförmig immer weiter nach oben, zur Spitze der Nadel, wo die beiden Zimmer, in denen Peter von nun an bis zum Tag seines Todes leben sollte, ihn erwarteten. Alles in allem waren es dreihundert Stufen. Wir werden zu gegebener Zeit wieder auf Peter, dort oben in der Spitze, in seinen Räumen, zu sprechen kommen; seine Geschichte ist, wie ihr bald sehen werdet, noch nicht zu Ende. Aber wir werden nicht mit ihm hinaufsteigen, denn es war ein schmachvoller Weg. Er verließ seinen rechtmäßigen Platz als König und ging mit hochgereckten Schultern und erhobenen Hauptes in die Gefangenschaft – es wäre nicht freundlich, ihm – oder einem anderen Mann – auf einem solchen Weg zu folgen.

Kümmern wir uns statt dessen eine Weile um Thomas und sehen wir uns an, was sich zutrug, als er seine Krankheit überwand und feststellte, daß er König von Delain war.

46

»Nein«, flüsterte Thomas mit vollkommen entsetzter Stimme.

Die Augen in dem blassen Gesicht waren weit aufgerissen. Sein Mund zitterte. Flagg hatte ihm gerade mitgeteilt, daß er König von Delain war, aber Thomas sah nicht wie ein Junge aus, dem man gesagt hat, daß er König geworden ist; er sah wie ein Junge aus, dem man gesagt hat, er würde am Morgen erschossen werden. »Nein«, sagte er noch einmal. »Ich möchte nicht König sein.«

Das stimmte. Sein ganzes Leben lang war er bitter eifersüchtig auf Peter gewesen, aber um eines hatte er ihn nie beneidet, und das war Peters bevorstehende Thronbesteigung. Das war eine Verantwortung, die sich Thomas in seinen wildesten Träumen niemals gewünscht hatte. Und nun kam ein Alptraum zum anderen. Es genügte scheinbar nicht, daß man ihn mit der Neuigkeit geweckt hatte, sein Bruder sei wegen Mordes an ihrem Vater verhaftet und zu lebenslanger Haft in der Nadel verurteilt worden. Nun kam Flagg auch noch mit der unerträglichen Kunde, daß *er* statt Peter König war.

»Nein, ich möchte nicht König sein, ich *werde* nicht König sein. Ich . . . ich weigere mich. *Ich weigere mich unter allen Umständen!*«

»Du kannst dich nicht weigern, Thomas«, erklärte Flagg brüsk. Er war zu dem Ergebnis gekommen, daß es am besten war, Thomas so zu behandeln: freundlich, aber fest und entschlossen. Thomas brauchte Flagg jetzt mehr, als er jemals zuvor jemanden auf der Welt gebraucht hatte. Flagg wußte das, aber er wußte auch, daß er ganz in Thomas' Gewalt war. Eine Weile würde er zügellos und launisch sein und zu allem bereit; er mußte also darauf achten, daß er den Jungen gleich jetzt unter seinen Einfluß brachte.

Du brauchst mich, Tommy, aber es wäre ein großer Fehler von mir, dir das zu sagen. Nein, du mußt es zu mir sagen. Es darf kein Zweifel daran bestehen, wer das Sagen hat. Jetzt nicht, niemals.

»*Kann* mich nicht weigern?« flüsterte Thomas. Nach Flaggs furchtbarer Offenbarung war er hochgeschnellt und stützte sich auf die Ellbogen. Nun ließ er sich kraftlos wieder auf das Kissen zurückfallen. »*Ich kann nicht?* Aber ich fühle mich wieder sehr schwach. Ich glaube, das Fieber fängt wieder an. Ruft den Doktor. Vielleicht muß ich zur Ader gelassen werden. Ich . . .«

»Dir geht es ausgezeichnet«, erklärte Flagg und stand auf. »Ich habe dir die beste Medizin gegeben, das Fieber ist abgeklungen, und du brauchst nur noch ein wenig frische Luft, damit alles wieder gut wird. Aber wenn du einen Arzt brauchst, nur damit er dir genau dasselbe sagen soll, Tommy«, (hier nahm Flaggs Stimme einen leicht gekränkten Tonfall an), »dann mußt du nur läuten.«

Flagg deutete auf die Glockenschnur und lächelte verhalten. Es war ein nicht eben freundliches Lächeln.

»Ich verstehe deinen Wunsch, dich im Bett zu verstecken, aber ich wäre nicht dein Freund, wenn ich dich nicht darauf hinweisen würde, daß jede Zuflucht, die du im Bett oder im Kranksein suchst, eine falsche Zuflucht ist.«

»Falsch?«

»Ich rate dir, aufzustehen und damit anzufangen, deine Kraft wiederzuerlangen. Du wirst in nur drei Tagen mit königlichem Pomp und großer Zeremonie gekrönt werden. Wenn man dich im Bett auf die Plattform trägt, wo Peyna mit Krone und Zepter wartet, so wäre das eine entwürdigende Art, deine Regierungszeit zu beginnen, aber ich versichere dir: Sollte es notwendig sein, so werden sie es tun. Königreiche ohne Oberhaupt sind unbehagliche Königreiche. Peyna möchte dich so schnell wie möglich gekrönt sehen.«

Thomas lag steif da und versuchte, diese Information zu verarbeiten. Seine Augen waren groß vor Furcht.

Flagg zog seinen rotgestreiften Mantel vom Bettpfosten und wirbelte ihn über die Schultern, dann hakte er die Goldkette am Hals ein. Als nächstes holte er einen Stock mit Silberknauf aus der Ecke. Er ließ ihn kreisen, hielt ihn quer über die Hüfte und verneigte sich in Thomas' Richtung. Der Mantel... der Hut... der Stock... das alles machte Thomas Angst. Eine schreckliche Zeit war angebrochen, und er brauchte Flagg mehr als jemals zuvor, und Flagg sah aus... sah aus, als wäre er...

Er sah aus, als wäre er für eine Reise angezogen.

Seine Panik vor wenigen Augenblicken war nur eine unbedeutende Ängstlichkeit, verglichen mit den schrecklich kalten Händen, welche jetzt nach Thomas' Herz griffen.

»Und nun, lieber Tommy, wünsche ich dir von ganzem Herzen ein schönes Leben, alle Freude, die dein Herz tragen kann, eine lange, glückliche Herrschaft... und Lebewohl!«

Er ging zur Tür und glaubte bereits, der kleine Junge wäre so gelähmt vor Furcht, daß er, Flagg, sich eine Strategie einfallen lassen müsse, um ans Bett des verstörten

161

Narren zurückzukehren, als es Thomas endlich gelang, einen einzigen erstickten Laut hervorzubringen: »Wartet!«

Flagg drehte sich mit einem höflich besorgten Gesichtsausdruck um. »Mein Lord König?«

»Wohin... wohin geht Ihr?«

»Aber...« Flagg sah überrascht drein, als hätte er bisher gar nicht daran gedacht, daß Thomas das interessieren könnte. »Zunächst einmal nach Andua. Das sind großartige Seeleute, weißt du, und jenseits des Meeres von Morgen gibt es noch viele Länder, die ich nie gesehen habe. Manchmal nimmt ein Kapitän einen Zauberer an Bord, damit er ihm Glück bringt, um Wind heraufzubeschwören, wenn das Schiff in eine Flaute gerät, oder um das Wetter vorherzusagen. Und wenn niemand einen Zauberer haben möchte — nun, ich bin nicht mehr so jung wie damals, als ich hierher kam, aber ich kann immer noch ein Tau ziehen und ein Segel reffen.« Lächelnd ahmte Flagg die Bewegungen nach, ohne den Stock aus der Hand zu legen.

Thomas stützte sich wieder auf die Ellbogen. »Nein!« schrie er fast. »Nein!«

»Mein Lord König...«

»*Nennt mich nicht so!*«

Flagg ging auf ihn zu und stellte nun einen etwas besorgteren Ausdruck zur Schau. »Aber *Tommy*. Lieber alter Tommy. Was hast du denn?«

»Was ich habe? *Was ich habe*? Wie könnt Ihr nur so dumm sein? Mein Vater starb durch Gift, Peter sitzt wegen dieses Verbrechens in der Nadel, ich muß König werden, Ihr wollt gehen — und da fragt Ihr noch, was los ist?« Thomas stieß ein kurzes, schrilles, atemloses Lachen aus.

»Aber das alles muß so sein, Tommy«, sagte Flagg sanft.

»Ich kann nicht König werden«, sagte Thomas. Er ergriff Flaggs Arm, und seine Fingernägel gruben sich tief in das seltsame Fleisch des Zauberers. »Peter sollte König werden, Peter war immer der klügere, ich war dumm, ich *bin* dumm. Ich kann nicht König werden!«

»Gott macht Könige«, sagte Flagg. *Gott... und manchmal Zauberer*, dachte er mit einem innerlichen Grinsen. »Er hat *dich* zum König gemacht, und glaube mir, Tommy, du *wirst* König sein, sonst wird man Erde auf dich schaufeln.«

»Dann meinetwegen Erde. Ich werde mich umbringen!«

»Das wirst du nicht tun.«

»Lieber bringe ich mich um, als daß man noch in tausend Jahren über mich lacht und mich den Prinzen nennt, der vor Angst gestorben ist.«

»Du wirst König sein, Tommy, keine Bange. Doch ich muß gehen. Die Tage heutzutage sind kalt, aber die Nächte sind noch kälter. Und ich möchte bevor die Dämmerung kommt, die Stadt verlassen haben.«

»Nein, bleibt!« Thomas umklammerte fest Flaggs Mantel. »Wenn ich wirklich König werden muß, dann bleibt und beratet mich, wie Ihr meinen Vater beraten habt! Geht nicht! Ich weiß sowieso nicht, warum Ihr gehen wollt! Ihr seid schon seit einer Ewigkeit hier!«

Ah, endlich, dachte Flagg. *Das ist gut — das ist sogar PRÄCHTIG.*

»Es fällt mir schwer zu gehen«, sagte Flagg ernst. »Sehr schwer. Ich liebe Delain. Und ich liebe *dich*, Tommy.«

»Dann bleibt!«

»Du verstehst meine Situation nicht. Anders Peyna ist ein mächtiger Mann — ein *außerordentlich* mächtiger Mann. Und er mag mich nicht. Ich kann wohl getrost sagen, daß er mich haßt.«

»Warum?«

Teilweise, weil er weiß, wie lange — wie überaus lange — ich schon hier bin. Wahrscheinlich aber, weil er genau spürt, was ich für Delain bedeute.

»Das ist schwer zu sagen, Tommy. Ich nehme an, es hängt teilweise mit der Tatsache zusammen, daß er ein so mächtiger Mann ist, und mächtige Männer mögen andere, die ebenso mächtig sind wie sie selbst, manchmal nicht leiden. Männer wie die engsten Ratgeber eines Königs zum Beispiel.«

»Wie Ihr der engste Ratgeber meines Vaters wart?«

»Ja.« Er ergriff Thomas Hand und drückte sie einen Augenblick. Dann ließ er sie los und seufzte wehklagend. »Der Ratgeber eines Königs ist wie ein Hirsch in des Königs Park. Diese Hirsche werden verhätschelt und gehegt und von Hand gefüttert. Ratgeber und zahmer Hirsch führen ein angenehmes Leben. Aber ich habe zu oft gesehen, wie ein zahmer Hirsch auf der Tafel des Königs endete, wenn das Reservat des Königs keinen wilden Hirsch für das abendliche Festmahl hergeben wollte. Wenn ein alter König stirbt, dann tun die Ratgeber gut daran, sich beizeiten aus dem Staub zu machen.«

Thomas sah wütend und aufgeschreckt zugleich aus. »Hat Peyna Euch gedroht?«

»Nein... er war sehr gut zu mir«, sagte Flagg. »Sehr gut. Ich habe jedoch in seinen Augen gelesen, daß diese Güte nicht ewig anhalten wird. Seine Augen verraten mir, daß ich das Klima in Andua wahrscheinlich besser vertragen werde.« Er erhob sich wieder, und sein Mantel bauschte sich. »Und daher... so leid es mir tut zu gehen...«

»Wartet!« rief Thomas erneut, und in seinem ängstlich verkniffenen Gesicht sah Flagg alle seine Hoffnungen erfüllt. »Wenn Ihr zur Amtszeit meines Vaters geschützt wart, weil Ihr *sein* Ratgeber wart, würdet Ihr dann nicht auch geschützt sein, wenn Ihr *mein* Ratgeber seid, wenn ich König bin?«

Flagg schien angestrengt und ernst nachzudenken.

»Ja... ich denke schon... wenn du Peyna deutlich machen würdest... *sehr* deutlich, daß jedes Vorgehen gegen mich das königliche Mißfallen auf sich ziehen würde. *Sehr großes* königliches Mißfallen...«

»Oh, das würde ich!« fiel ihm Thomas eifrig ins Wort. »Das würde ich! Werdet Ihr also bleiben? Bitte? Wenn Ihr geht, werde ich mich wirklich umbringen! Ich weiß nicht, was man als König machen muß, daher werde ich es wirklich tun!«

Flagg stand mit gesenktem Kopf da; sein Gesicht lag im tiefen Schatten, und er schien intensiv nachzudenken. In Wirklichkeit lächelte er.

Aber als er den Kopf hob, war sein Gesicht ernst.

»Ich habe dem Königreich Delain beinahe mein ganzes Leben lang gedient«, sagte er, »und ich nehme an, wenn du mir befehlen würdest zu bleiben... zu bleiben und dir nach meinem besten Vermögen zu dienen...«

»Dann befehle ich es dir!« rief Thomas mit verzagter, zitternder Stimme.

Flagg sank auf ein Knie. »Mein Lord!« sagte er.

Thomas warf sich erleichtert schluchzend in Flaggs Arme. Flagg fing ihn auf und hielt ihn.

»Nicht weinen, mein kleiner Lord König«, flüsterte er. »Alles wird gut. Ja, für dich und mich und das Königreich wird alles gut werden.« Sein Grinsen wurde breiter und entblößte sehr weiße, sehr kräftige Zähne.

47

In der Nacht, bevor er auf dem Platz der Nadel gekrönt werden sollte, konnte Thomas kein Auge zutun, und in den frühen Morgenstunden wurde er von einem furchtbaren Anfall von Übelkeit, Brechreiz und Durchfall ergriffen, wofür seine Nervosität verantwortlich war −

Lampenfieber. Lampenfieber hört sich albern und komisch an, aber für Thomas hatte die Situation nichts Albernes oder Komisches an sich. Er war immer noch ein kleiner Junge, und was er in der Nacht (wenn wir alle weitgehend allein sind) empfand, war ein Entsetzen von solchem Ausmaß, daß man es getrost als Todesangst bezeichnen konnte. Er läutete nach einem Diener und befahl ihm, Flagg zu holen. Den Diener beunruhigten Thomas' bleiche Gesichtsfarbe und der Geruch von Erbrochenem im Zimmer, und er rannte den ganzen Weg und wartete kaum auf das Herein von Flagg, bevor er hineinplatzte und dem Zauberer keuchend erzählte, der junge Prinz sei wirklich sehr, sehr krank und würde vielleicht sterben.

Flagg, der sich gut vorstellen konnte, um was für eine Krankheit es sich handelte, trug dem Diener auf, seinem Herrn mitzuteilen, er käme in Kürze, und er sollte sich keine Sorgen machen. Er war nach zwanzig Minuten dort.

»Ich kann es nicht aushalten«, stöhnte Thomas. Er hatte sich in sein Bett erbrochen, und die Laken stanken erbärmlich. »Ich kann nicht König sein, ich kann es nicht, bitte, Ihr müßt verhindern, daß es soweit kommt, wie kann ich es durchhalten, wenn ich Angst haben muß, daß ich mich vor Peynas Augen übergebe und vor allen anderen oder... oder...«

»Alles wird gut werden«, sagte Flagg ruhig. Er hatte ein Gebräu gemischt, welches Thomas' Magen beruhigen und seine Eingeweide eine Zeitlang verschließen würde. »Trink dies.«

Thomas trank.

»Ich werde sterben«, sagte er, als er das Glas beiseite stellte. »Ich werde mich nicht umbringen müssen. Mein Herz wird vor Angst zerspringen. Mein Vater hat gesagt, daß Kaninchen in Fallen manchmal auf diese Weise sterben, auch wenn sie nicht schlimm verletzt sind. Und ge-

nau das bin ich. Ein Kaninchen in einer Falle, das vor
Angst stirbt.«

Teilweise hast du recht, lieber Tommy, dachte Flagg. *Du
wirst zwar nicht aus Angst sterben, wie du denkst, aber du bist
wahrhaftig ein Kaninchen in der Falle.*

»Ich glaube, du wirst deine Meinung ändern, was das
anbelangt«, sagte Flagg. Er hatte noch einen zweiten
Trunk gemacht. Er war von wölkchenrosa Farbe – ein
besänftigender Farbton.

»Was ist das?«

»Etwas, das deine Nerven beruhigt und dich schlafen
läßt.«

Thomas trank es. Flagg saß neben ihm am Bett. Wenig
später schlief Thomas tief – so tief, daß der Diener,
wenn er ihn gesehen hätte, vielleicht geglaubt hätte, seine Prophezeiung sei eingetreten und Thomas tatsächlich
gestorben. Flagg nahm die Hand des schlafenden Jungen
in seine und tätschelte sie mit so etwas wie Liebe. Auf
seine Weise liebte er Thomas *tatsächlich* , aber Sasha hätte
seine Liebe als das erkannt, was sie tatsächlich war: die
Liebe eines Herrn zu seinem Hund.

Er ist seinem Vater so sehr ähnlich, dachte Flagg. *Und der
alte Mann hat es nie gemerkt. Oh, Tommy, wir werden zusammen eine herrliche Zeit erleben, du und ich, und wenn ich mit
dir fertig bin, wird im Königreich königliches Blut fließen. Ich
werde fort sein, aber ich werde nicht weit gehen, zumindest
nicht gleich. Ich werde in Verkleidung gerade lange genug zurückkehren, um deinen abgeschlagenen Kopf auf einem Pfahl zu
sehen... und um die Brust deines Bruders mit dem Dolch auf-
zuschlitzen, ihm das Herz herauszureißen und es roh zu verschlingen, wie dein Vater das Herz seines kostbaren Drachens
aß.*

Lächelnd verließ Flagg das Zimmer.

48

Die Krönung verlief ohne Probleme und Komplikationen. Thomas' Personal (er hatte keinen persönlichen Diener, dafür war er noch zu jung, aber er würde bald einen bekommen) kleidete ihn zu diesem Anlaß in erlesene Kleider aus schwarzem Samt, die mit Edelsteinen besetzt waren (*Alles mein*, dachte Thomas verwundert – und mit erwachender Habgier – *Das alles ist jetzt mein*), sowie hohe schwarze Stiefel aus feinstem Leder. Als Flagg pünktlich um elf Uhr dreißig erschien und sagte: »Es ist Zeit, mein Lord König«, da war Thomas gar nicht so aufgeregt, wie er erwartet hatte. Das Beruhigungsmittel, welches der Zauberer ihm am Abend zuvor verabreicht hatte, wirkte immer noch.

»Nehmt meinen Arm«, sagte er. »Falls ich stolpere.«

Flagg nahm Thomas' Arm. In den folgenden Jahren war dies eine Geste, an die die Höflinge und Schloßbewohner sich noch gewöhnen sollten – Flagg stützte den jungen König, als wäre er ein gebrechlicher Greis und nicht ein kräftiger Jüngling.

Gemeinsam traten sie in den hellen, warmen Sonnenschein hinaus.

Ein Jubelruf, so laut, daß er sich anhörte wie die Brandung, die an den langen, einsamen Strand des Östlichen Baronats spült, begrüßte ihr Erscheinen. Thomas sah sich um, weil ihn der Jubel verblüffte, und sein erster Gedanke war: *Wo ist Peter? Dieser Jubel gilt doch ganz gewiß Peter!* Dann erinnerte er sich, daß Peter in der Nadel saß und der Beifall ihm gelten mußte. Er spürte Freude in sich aufkommen... und ich muß euch sagen, diese Freude rührte nicht nur daher, daß er wußte, der Jubel galt ihm. Er wußte, daß Peter, der in seiner Zelle eingesperrt war, ihn auch hören konnte.

Was bedeutet es jetzt, daß du im Unterricht immer der bessere gewesen bist? dachte Thomas mit einer garstigen Freude, die ihn einerseits erwärmte, andererseits auch ein wenig beschämte. *Was bedeutet es? Du bist in der Nadel eingesperrt, und ich... ich werde König! Was spielt es für eine Rolle, daß du ihm jeden Abend ein Glas Wein gebracht hast und...*

Aber bei diesem letzten Gedanken trat ihm ein seltsam fettiger Schweiß auf die Stirn, und er verdrängte ihn rasch wieder.

Der Jubel schwoll wieder an, als er und Flagg zuerst über den Platz der Nadel gingen und dann durch das Spalier der Leibgardisten mit den erhobenen Schwertern, die wieder ihre roten Prunkuniformen und die Wolfskieler-Tschakos trugen. Thomas begann, eindeutig Gefallen an der Sache zu finden. Er hob eine Hand zum Gruße, und aus dem Jubel seiner Untertanen wurde ein Orkan. Männer warfen ihre Hüte in die Luft. Frauen weinten vor Freude. Rufe wie *Der König! Der König! Seht den König! Thomas der Erleuchter! Lang lebe der König!* wurden laut. Thomas, der noch ein Junge war, ging davon aus, daß ihm die Rufe galten. Flagg, der möglicherweise niemals ein Junge gewesen war, wußte es besser. Sie riefen, weil die Zeit der Unsicherheit vorüber war. Sie bejubelten die Tatsache, daß das Leben weiterging wie bisher, daß die Geschäfte wieder geöffnet werden konnten, daß keine grimmig dreinblickenden Soldaten mit Lederhelmen mehr in der Nacht um das Schloß herum Wache stehen mußten, daß sich jeder im Anschluß an diese feierliche Zeremonie betrinken konnte und keine Sorgen zu haben brauchte, durch den Lärm einer mitternächtlichen Revolte aufgeschreckt zu werden. Nicht mehr und nicht weniger. Thomas hätte irgend jemand sein können. Irgend jemand. Er war nichts weiter als eine Galionsfigur.

Aber Flagg würde dafür sorgen, daß Thomas selbst das nie erfuhr.

Jedenfalls nicht, bis es zu spät war.

Die Zeremonie selbst war kurz. Anders Peyna, der zwanzig Jahre älter aussah als in der vorigen Woche, hatte den Vorsitz. Thomas antwortete immer an der richtigen Stelle mit *Das werde ich! Das möchte ich! Das schwöre ich!*, wie Flagg es ihm beigebracht hatte. Am Ende der Zeremonie, die in so feierlichem Schweigen stattfand, daß selbst die Leute am äußersten Ende des Platzes alles deutlich hören konnten, wurde Thomas die Krone aufs Haupt gesetzt. Wieder wurde Jubel laut, ungestümer noch als vorher, und Thomas hob den Kopf und sah an der glatten Steinmauer der Nadel empor, bis ganz hinauf zur Spitze, wo sich nur ein einziges Fenster befand. Er konnte nicht sehen, ob Peter heruntersah, aber er hoffte es. Er hoffte, daß Peter heruntersah und sich zornig auf die Lippen biß, bis Blut an seinem Kinn herablief, so wie Thomas sich selbst immer auf die Lippen gebissen hatte — bis er ein feines Netz von Narben um den Mund herum hatte.

Hörst du das, Peter? rief er gellend in Gedanken. *Sie jubeln MIR zu! Sie jubeln MIR zu! Endlich jubeln sie MIR zu!*

49

In seiner ersten Nacht als König erwachte Thomas der Erleuchter unvermittelt und richtete sich im Bett auf, sein Gesicht war vor Entsetzen verzerrt, die Hände preßte er vor den Mund, als wollte er einen Schrei unterdrücken. Er hatte gerade einen schrecklichen Alptraum gehabt, noch schlimmer als den, in dem er das schreckliche Erlebnis im Ostturm noch einmal durchlebt hatte.

Auch in diesem Traum hatte er gewissermaßen etwas noch einmal durchlebt. Er war wieder in dem Geheimgang und spionierte seinem Vater nach. Es war die Nacht, in der sein Vater so betrunken und wütend gewesen war, als er durch das Zimmer stapfte und seine Wut gegen die Wände brüllte. Aber als sein Vater vor dem

Kopf von Neuner stand, waren die Worte, die er sagte, andere.

Warum starrst du mich so an? schrie sein Vater in dem Traum. *Er hat mich umgebracht, und vermutlich konntest du daran nichts ändern, aber wie kannst du mit ansehen, daß dein Bruder dafür eingesperrt wurde? Antworte mir, verflucht! Ich habe mein Bestes getan, und schau mich jetzt an! Schau mich an!*«

Sein Vater begann zu brennen. Sein Gesicht nahm das dunkle Rot lodernder Flammen an. Rauch kam aus dem Mund, den Nasenlöchern und den Augen. Er krümmte sich unter qualvollen Schmerzen, und da sah Thomas, daß seines Vaters Haar in Flammen stand. In diesem Augenblick erwachte er.

Der Wein! dachte er nun voller Entsetzen. *Flagg hat ihm in jener Nacht ein Glas Wein gebracht! Jeder wußte, daß Peter ihm jeden Abend ein Glas Wein brachte, und daher vermutete jeder, daß Peter den Wein vergiftet hatte! Aber auch Flagg hat ihm an diesem Abend Wein gebracht, und er hat das sonst niemals getan! Und das Gift stammte von Flagg! Er behauptete, es wäre ihm vor Jahren gestohlen worden, aber...*

Er durfte nicht an solche Sachen denken. Er *durfte* es nicht. Denn *wenn* er darüber nachdachte...

»Er würde mich umbringen«, flüsterte Thomas entsetzt.

Du könntest zu Peyna gehen. Peyna kann ihn nicht leiden.

Ja, das könnte er tun. Aber dann flackerten seine Eifersucht und sein Haß auf Peter wieder auf. Wenn er es sagte, dann würde man Peter aus seiner Zelle in der Nadel herauslassen, und er würde an seiner Stelle König werden. Thomas wäre wieder ein Niemand, lediglich ein tumber Prinz, der für einen Tag König war.

Thomas hatte nur einen Tag gebraucht, um festzustellen, daß es ihm *Spaß* machen könnte, König zu sein – es könnte ihm sogar großen Spaß machen, besonders dann, wenn Flagg ihm half. Außerdem *wußte* er ja schließlich gar nichts, oder? Er hatte eine Ahnung. Und seine Ahnungen waren bisher immer falsch gewesen.

Er hat mich umgebracht, und vermutlich konntest du daran nichts ändern, aber wie konntest du mit ansehen, daß dein Bruder dafür eingesperrt wurde?

Vergiß es, dachte Thomas, es kann nicht stimmen, es *kann* nicht stimmen, und selbst wenn, dann geschieht es ihm recht. Er drehte sich auf die Seite und beschloß, wieder einzuschlafen. Und nach langer, langer Zeit schlief er ein.

In den folgenden Jahren suchte dieser Alptraum ihn noch ab und zu heim — der Vater klagte den spionierenden Sohn an und brach dann rauchend, mit brennenden Haaren, zusammen. In diesen Jahren fand Thomas zweierlei heraus: Schuld und Geheimnisse kommen, wie die Gebeine Ermordeter, niemals zur Ruhe. Aber mit dem Wissen um alle drei kann man leben.

50

Wenn man ihn gefragt hätte, dann hätte Flagg gesagt, daß Thomas vor niemandem ein Geheimnis wahren konnte, es sei denn vor einer Person, die schwachsinnig war, und vielleicht nicht einmal vor einer solchen; und dabei hätte er verächtlich gelächelt. Und ganz sicher konnte er, hätte Flagg gesagt, ein Geheimnis nicht vor dem Mann bewahren, der seine Krönung eingefädelt hatte. Aber Männer wie Flagg sind voller Stolz und Selbstüberschätzung, und wenngleich sie viel gesehen haben mögen, sind sie manchmal auf seltsame Weise blind. Flagg kam niemals auf die Idee, daß Thomas in jener Nacht hinter Neuner gewesen sein könnte, daß er gesehen hatte, wie Flagg Roland das Glas mit dem vergifteten Wein reichte.

Das war das Geheimnis, das Thomas für sich behielt.

51

Hoch über dem Fest der Krönung, in der Spitze der Nadel, stand Peter an dem kleinen Fenster und sah hinab. Wie Thomas gehofft hatte, hatte er alles gesehen und gehört, angefangen von den ersten Jubelrufen, als Thomas an Flaggs Arm herausgekommen war, bis zum letzten, als er, wiederum an Flaggs Arm, in den Palast zurückkehrte.

Fast drei Stunden nach der Feier stand er immer noch am Fenster und beobachtete die Menge. Die Leute schienen nicht willens, sich zu zerstreuen und heimzugehen. Es gab soviel zu bereden. Der eine mußte einem anderen unbedingt erzählen, wo genau er gewesen war, als er die Nachricht vom Tod des alten Königs gehört hatte, und dann mußten sie beide es wiederum einem dritten berichten. Die Frauen weinten ein letztes Mal über Roland und schnatterten dann, wie *prächtig* Thomas ausgesehen habe und wie *ruhig* er zu sein schien. Die Kinder spielten Fangen und taten so, als wären *sie* Könige, sie schlugen Purzelbäume und fielen hin und schürften sich die Knie auf und weinten und standen wieder auf und lachten und jagten einander weiter. Die Männer klopften einander auf die Schultern und sagten zueinander, daß nun alles gut werden würde − es war eine schreckliche Woche gewesen, aber nun würde alles gut werden. Doch über allem lag ein dumpfes Unbehagen, als spürten sie, daß eben *nicht* alles gut war, daß altes Unrecht im Schatten der Ermordung des alten Königs noch nicht aus der Welt geschafft war.

Das alles bekam Peter freilich in seinem hohen, einsamen Gefängnis in der Nadel nicht mit, aber er spürte etwas. Ja, etwas.

Um drei Uhr, drei Stunden früher als sonst, öffneten die Schänken, vorgeblich zur Feier der Krönung des neuen Königs, hauptsächlich aber, weil man sich ein gutes

Geschäft erwartete. Die Leute wollten trinken und feiern. Um sieben Uhr an diesem Abend zog der größte Teil der Stadtbevölkerung grölend durch die Straßen, trank auf das Wohl des neuen Königs oder lallte vor sich hin. Es war schon beinahe dunkel, als die Feiernden sich endlich zerstreuten.

Peter ging vom Fenster weg zum Sessel in seinem ›Wohnzimmer‹ (dieser Name war ein grausamer Scherz) und setzte sich dort mit im Schoß gefalteten Händen hin. Er saß da und sah zu, wie es in dem Zimmer dunkler wurde. Sein Essen kam — fettiges, sehniges Fleisch, verwässertes Bier und ein Brot, das so salzig war, daß es seinen Mund wund gemacht hätte, hätte er davon gegessen. Aber Peter aß weder Fleisch noch Brot, und auch das Bier trank er nicht.

Gegen neun Uhr begann der Lärm auf den Straßen erneut (diesmal war die Menge wesentlich dreister... fast aufwieglerisch), und Peter ging ins zweite Zimmer seines Gefängnisses, zog sich bis auf die Unterhose aus, wusch sich am ganzen Körper und kniete nieder und betete. Dann ging er zu Bett. Es gab nur eine einzige Decke, wenngleich es in dem Zimmer sehr kalt war. Peter zog sie sich bis zum Kinn, verschränkte die Arme hinter dem Kopf und sah in die Dunkelheit empor.

Von draußen vernahm er Schreie, Gejohle und Gelächter. Ab und zu hörte er das Krachen von Feuerwerkskörpern, und einmal, vor Mitternacht, ertönte eine Gewehrsalve, als ein betrunkener Soldat Salut feuerte (am nächsten Tag wurde der unglückselige Soldat wegen des trunkenen Saluts für seinen neuen König in den fernen Osten des Königreichs versetzt — Schießpulver war selten in Delain und wurde eifersüchtig gehütet).

Erst nach ein Uhr morgens schloß Peter endlich die Augen und schlief ein.

Am nächsten Morgen stand er um sieben auf. Er kniete zitternd in der Kälte nieder, sein Atem bildete weiße

Wölkchen vor dem Mund, die bloßen Arme und Beine waren mit Gänsehaut überzogen, und betete. Nachdem er sein Gebet gesprochen hatte, zog er sich an. Er ging ins ›Wohnzimmer‹ und stand schweigend fast zwei Stunden am Fenster und verfolgte, wie die Stadt unter ihm zum Leben erwachte. Dieses Erwachen vollzog sich langsamer und schleppender als sonst; die meisten Erwachsenen in Delain erwachten verkatert und mit Brummschädeln vom Trinken. Sie stolperten langsam und übellaunig zu ihrer Arbeit. Viele gingen unter dem Schimpfen ihrer wütenden Frauen zur Arbeit, die keinerlei Verständnis für ihre Brummschädel hatten (auch Thomas hatte einen Brummschädel, er hatte am vorherigen Abend zuviel Wein getrunken, aber wenigstens blieb ihm die keifende Ehefrau erspart).

Peters Frühstück kam. Beson, sein Oberwärter (der ebenfalls einen Kater hatte), brachte ihm Weizenflocken ohne Zucker, verwässerte Milch, die fast schon sauer war, und wieder das grobe, salzige Brot. Es war ein arger Kontrast zu den angenehmen Frühstücken in Peters Arbeitszimmer, und Peter aß nichts davon.

Um elf Uhr holte einer der untergebenen Wachmänner das unberührte Essen schweigend ab.

»Ich glaube, der junge Prinz möchte verhungern«, sagte er zu Beson.

»Gut«, antwortete Beson gleichgültig. »Erspart uns die Mühe, uns um ihn zu kümmern.«

»Vielleicht hat er Angst, vergiftet zu werden«, dröhnte der Unterwachmann, und trotz seines schmerzenden Schädels mußte Beson lachen. Der Witz war wirklich gut.

Peter verbrachte den größten Teil des Tages im Sessel im ›Wohnzimmer‹. Später am Nachmittag stand er wieder am Fenster. Das Fenster war nicht vergittert. Wenn man kein Vogel war, gab es keinen anderen Weg als abwärts. Niemand, weder Peyna noch Flagg noch Aron Beson, machte sich Gedanken, daß ein Gefangener irgendwie hinabklettern könnte. Die Steinmauer der Nadel war vollkommen glatt. Eine Fliege hätte es vielleicht schaffen können. Aber nie ein Mensch.

Und wenn er deprimiert genug war und hintersprang, wer würde es bedauern? Es hätte dem Staat die Kosten und Mühen erspart, einen blaublütigen Mörder durchzufüttern.

Als das Sonnenlicht über den Boden und die Wand hinaufzukriechen begann, saß Peter im Sessel und sah zu. Das Mittagessen — fettes Fleisch, wässriges Bier und salziges Brot — wurde gebracht. Peter rührte es nicht an.

Als die Sonne untergegangen war, saß er bis neun Uhr im Dunkeln, dann ging er ins Schlafzimmer. Er entkleidete sich bis auf die Unterhose, kniete nieder und betete, wobei kleine weiße Wölkchen aus seinem Mund kamen. Er legte sich ins Bett, verschränkte die Arme hinter dem Kopf und starrte in die Dunkelheit hinauf. Er lag da und dachte darüber nach, was aus ihm geworden war. Gegen ein Uhr morgens schlief er ein.

So war es auch am zweiten Tag.

Und am dritten.

Und am vierten.

Eine ganze Woche lang aß Peter nichts, sagte nichts und tat nichts anderes, als am Wohnzimmerfenster zu stehen oder im Sessel zu sitzen, wo er zusah, wie das Sonnenlicht vom Fußboden über die Wand zur Decke kroch. Beson war überzeugt davon, daß sich der Junge in völlig schwarzer Verzweiflung und Reue befand — so etwas hatte er schon erlebt, besonders unter Menschen von königlichem Geblüt. Der Junge würde sterben, dachte er, wie ein wildes Tier, das es im Käfig nicht mehr aushält. Der Junge würde sterben, und damit wären sie ihr Problem los.

Aber am achten Tag ließ Peter nach Aron Beson schicken und gab ihm bestimmte Anweisungen... und er gab sie nicht wie ein Gefangener.

Er gab sie wie ein König.

52

Peter *war* verzweifelt... aber nicht auf die Weise, wie Beson vermutete. Er hatte die erste Woche in der Nadel damit verbracht, sorgfältig über seine Situation nachzudenken und zu entscheiden, was er tun sollte. Er hatte gefastet, um sein Denken zu klären. Es klärte sich schließlich, aber eine Zeitlang fühlte er sich schrecklich verloren, und die Last der Situation drückte wie der Amboß eines Schmieds auf ihn herab. Dann erinnerte er sich an die schlichte Wahrheit: *Er* wußte, daß er seinen Vater nicht getötet hatte, auch wenn jeder andere im Königreich ihn für einen Mörder hielt.

In den beiden ersten Tagen mußte er sich mit sinnlosen Gefühlen herumplagen. Der kindliche Teil in ihm schrie immer wieder: *Nicht fair! Das ist nicht fair!* Und das war es natürlich auch nicht, aber dieses Denken führte zu nichts. Während er fastete, erlangte er allmählich wieder die Herrschaft über sich. Sein leerer Magen schälte den kindlichen Teil von ihm ab. Allmählich fühlte er sich geläutert, gereinigt, leer... wie ein Glas, das darauf wartete, gefüllt zu werden. Nachdem er zwei oder drei Tage nichts gegessen hatte, ließ das Knurren seines Magens nach, und er begann, seine *wahren* Gedanken deutlicher zu vernehmen. Er betete, aber ein Teil von ihm wußte, daß er mehr tat, als beten. Er redete mit sich selbst, hörte sich selbst zu und prüfte, ob es eine Möglichkeit gab, aus diesem Gefängnis unter dem Himmel zu entkommen, in das man ihn eingesperrt hatte.

Er hatte seinen Vater nicht getötet. Das war das erste. Jemand hatte ihm die Schuld dafür zugeschoben. Das war das zweite. Wer? Natürlich gab es nur *einen*, der das bewerkstelligen konnte; nur eine einzige Person im ganzen Königreich, die ein so heimtückisches Gift wie Drachensand besitzen konnte.

Flagg.

Alles paßte perfekt zusammen. Flagg wußte, daß er in einem von Peter regierten Königreich nicht bleiben könnte. Flagg war sorgsam darauf bedacht gewesen, mit Thomas Freundschaft zu schließen... und dafür zu sorgen, daß Thomas ihn fürchtete. Irgendwie hatte Flagg Roland ermordet und dann Beweise gefälscht, die gegen Peter sprachen.

In der dritten Nacht von Thomas' Herrschaft war er soweit gekommen.

Was aber sollte er tun? Sich einfach damit abfinden. Nein, das würde er nicht tun. Fliehen? Das *konnte* er nicht. Niemand war jemals aus der Nadel entkommen.

Es sei denn...

Ein Gedanke kam ihm. Dies war in der vierten Nacht, als er sein Tablett mit Essen betrachtete. Fettes Fleisch, verwässertes Bier, salziges Brot. Ein schmuckloser weißer Teller. Keine Serviette.

Es sei denn...

Der Gedanke nahm allmählich Form an.

Es könnte einen Fluchtweg geben. Es *könnte*. Sehr gefährlich und sehr langwierig. Am Ende einer langen Anstrengung starb er vielleicht trotz all seiner Bemühungen. Aber... es könnte einen Weg geben.

Und wenn er entkam, was dann? Gab es einen Weg, den Zauberer als den wahren Täter zu entlarven? Peter wußte es nicht. Flagg war eine arglistige alte Schlange — er hatte sicher keine Beweise seiner Tat hinterlassen, anhand derer man ihn später überführen konnte. Konnte Peter dem Zauberer ein Geständnis entlocken? Er *könnte* es schaffen, natürlich immer vorausgesetzt, daß es Peter gelang, ihn in die Finger zu bekommen — Peter vermutete, daß Flagg wie eine Rauchwolke verschwinden würde, wenn er hörte, daß Peter aus der Nadel entkommen war. Und würde jemand Flaggs Geständnis *glauben*, selbst wenn Peter es aus ihm herauspressen konnte? *Oh, ja, natürlich gestand er den Mord an Roland*, würden die Leute sagen. *Peter, der entflohene Vatermörder, hielt ihm ein Schwert an die Kehle. In einer solchen Lage würde ich alles gestehen, sogar einen Mord an Gott!*

Ihr seid vielleicht versucht, über Peter zu lachen, der sich solche Gedanken machte, während er hundert Meter über dem Boden eingesperrt war. Ihr werdet vielleicht sagen, daß er vielleicht ein wenig voreilig war. Aber Peter hatte eine Möglichkeit zur Flucht gesehen. Freilich konnte es sich auch nur als Möglichkeit entpuppen, jung zu sterben, aber er rechnete sich eine echte Chance aus. Dennoch... gab es einen Grund, sich all die Mühe zu machen, wenn die Möglichkeit bestand, daß sie letztendlich zu gar nichts führte? Noch schlimmer, wenn er damit dem Königreich auf eine Weise, die er noch nicht begriff, Schaden zufügte?

Er dachte über diese Dinge nach und betete. Die vierte Nacht verstrich... die fünfte... die sechste. In der siebten Nacht kam Peter zu folgender Schlußfolgerung: Es war besser, den Versuch zu wagen, als es zu lassen. Es war besser, eine Anstrengung zu riskieren und Unrecht zu rächen, auch wenn er dabei möglicherweise starb. Es war eine Ungerechtigkeit begangen worden. Und er machte eine seltsame Feststellung. Die Tatsache, daß ihm diese Ungerechtigkeit angetan worden war, war weit weniger schlimm als die Tatsache, daß sie überhaupt begangen worden war. Sie mußte aus der Welt geschafft werden.

Am achten Tag von Thomas' Herrschaft schickte er nach Beson.

53

Beson hörte sich die Worte des gefangenen Prinzen ungläubig und mit zunehmendem Zorn an. Peter beendete seine Rede, und Aron Beson stieß eine Flut von Obszönitäten aus, die einem Droschkenkutscher die Schamröte ins Gesicht getrieben hätte.

Peter ließ sie schweigend über sich ergehen.

»Du rotznäsiger Mörderbengel!« endete Beson in einem fassungslosen Tonfall. »Ich glaube, du denkst, du lebst immer noch in Überfluß und Luxus, mit Dienern, die immer eilen, wenn du deinen parfümierten Finger hebst. Aber hier ist es nicht so, mein kleiner Prinz. *Nein!*«

Beson beugte sich von der Taille ab nach vorne, und obgleich der Gestank des Mannes — nach Schweiß, billigem Wein und Schmutz — beinahe überwältigend war, Peter wich nicht. Es gab kein Gitter zwischen ihnen; Beson hatte bisher vor keinem Gefangenen Angst gehabt, und vor diesem jungen Welpen ganz gewiß nicht. Der Oberwärter war fünfzig, klein, breitschultrig und dicklich. Sein fettiges Haar hing in Strähnen an Wangen und Nacken herunter. Als er in Peters Zelle gekommen war, hatte einer der Unterwachmänner die Tür hinter ihm abgeschlossen.

Beson ballte die linke Hand zur Faust und schüttelte sie unter Peters Nase. Die rechte Hand glitt in die Tasche seines Hemds und schloß sich dort um einen Metallzylinder. Ein einziger Schlag mit der so verstärkten Faust konnte einem Mann den Kiefer brechen. Beson hatte das schon des öfteren getan.

»Du kannst deine *Ersuchen* nehmen und sie dir zusammen mit dem restlichen Rotz in die Nase schieben, mein kleiner Prinz. Und wenn du mich noch einmal in deine Zelle rufen läßt, um mir so einen königlichen Unsinn zu erzählen, wirst du dafür bluten müssen.«

Beson ging zusammengekauert und bucklig, beinahe

wie ein Troll, zur Tür. Er schritt in seiner eigenen widerlichen Duftwolke.

»Ihr seid im Begriff, einen äußerst schwerwiegenden Fehler zu machen«, sagte Peter. Seine Stimme war leise und grimmig, und das wirkte.

Beson drehte sich mit ungläubigem Gesicht zu ihm um. »*Was* hast du gesagt?«

»Ihr habt schon verstanden«, sagte Peter. »Und wenn Ihr das nächste Mal mit mir sprecht, Ihr stinkende kleine Wanze, dann vergeßt besser nicht, daß Ihr jemanden von königlichem Geblüt vor Euch habt. Meine Herkunft hat sich nicht geändert, als ich diese Stufen erklommen habe.«

Einen Augenblick lang konnte Beson nicht antworten. Er klappte den Mund auf und zu wie ein Fisch, den man aus dem Wasser gezogen hat – wenngleich jeder Fischer, der etwas so Häßliches wie Beson herausgezogen hätte, es ganz bestimmt wieder ins Wasser geworfen hätte. Peters kühle Ersuchen – die er in einem Ton vorgebracht hatte, der deutlich werden ließ, daß es sich um Befehle handelte, die man besser nicht mißachtete – hatte Beson in Wut gebracht. Ein Wunsch war entweder der einer Memme oder eines völlig Verrückten gewesen. Diesen hatte Beson auf der Stelle als Unfug oder Wichtigtuerei abgetan. Der andere jedoch hatte mit dem Essen zu tun. Das, verbunden mit dem festen, resoluten Ausdruck von Peter, deutete darauf hin, daß der junge Prinz seine Verzweiflung abgeschüttelt hatte und weiterleben wollte.

Die Aussichten auf künftige Tage des Müßiggangs und auf Nächte der Trunkenheit waren rosig gewesen. Nun rückten sie wieder in weite Ferne. Dieser junge Mann sah sehr kräftig und sehr gesund aus. Der konnte noch sehr lange leben. Beson mußte sich das Gesicht dieses jungen Mörders vielleicht den Rest seines eigenen Lebens lang ansehen – und *das* war ein Gedanke, der einen Mann schon aus der Fassung bringen konnte! Und...

Stinkende Wanze? Hat er mich wirklich eine stinkende Wanze genannt?

»Oh, mein reizender kleiner Prinz«, sagte Beson. »Ich glaube, du bist derjenige, der einen Fehler gemacht hat... aber ich verspreche, daß du ihn niemals wieder machen wirst.« Seine Lippen teilten sich zu einem Grinsen und entblößten einige schwarze Zahnstummel. Jetzt, als er angriff, bewegte er sich mit überraschender Gewandtheit. Die rechte Hand, die das Eisen umklammerte, schoß aus der Tasche heraus.

Peter wich einen Schritt zurück, sein Blick glitt von Besons geballten Fäusten zu Besons Gesicht und dann wieder zurück. Das winzige Fenster in der verriegelten Tür hinter Beson war offen. Zwei der Unterwachmänner standen dort, grinsten und warteten darauf, daß der Spaß begann.

»Ihr wißt, daß königliche Gefangenen in nebensächlichen Fragen entgegenzukommen ist«, sagte Peter, der immer noch im Kreise zurückwich. »Das ist Tradition. Und ich habe nichts Ungebührliches verlangt.«

Besons Grinsen wurde noch breiter. Er glaubte, Furcht aus Peters Worten herauszuhören. Aber da täuschte er sich. Und dieser Irrtum wurde ihm wenige Augenblicke später auf eine Art und Weise deutlich gemacht, wie er es bislang nicht gewöhnt gewesen war.

»Für solche Traditionen muß man bezahlen, auch wenn man von königlichem Geblüt ist, mein kleiner Prinz.« Beson rieb den linken Daumen und Zeigefinger aneinander. Die rechte Faust blieb fest um den Metallzylinder geballt.

»Wenn Ihr damit andeuten wollt, daß Ihr ab und zu eine Bezahlung wünscht – das ließe sich vielleicht arrangieren«, erklärte Peter, der immer noch zurückwich. »Aber nur, wenn Ihr Euer närrisches Verhalten sofort sein laßt.«

»Angst, ja?«

»Wenn jemand Angst haben sollte, dann Ihr«, sagte Peter. »Ihr habt offenbar vor, den Bruder des Königs von Delain anzugreifen.«

Dieser Schuß traf ins Schwarze, und Beson wurde einen Augenblick unsicher. Dann sah er zur geöffneten Klappe der Tür, erblickte seine beiden Unterwachmänner, und sein eigenes Gesicht wurde wieder dunkler. Wenn er jetzt einen Rückzieher machte, dann würde er mit den beiden Ärger bekommen – selbstverständlich nichts, mit dem er nicht fertig werden konnte, aber dennoch mehr Ärger, als dieser kleine Stinker wert war.

Er schnellte ruckartig vorwärts und schwang die verstärkte Faust. Er grinste. Die Schreie des Prinzen, wenn er mit zerschmetterter und blutender Nase zu Boden fiel, dachte Beson, würden schrill und babyhaft sein.

Peter wich mühelos zurück, seine Füße bewegten sich so anmutig wie bei einem Tanz. Er packte Besons Faust und war von deren Gewicht nicht im mindesten überrascht – er hatte das Metall zwischen Besons Fingern schimmern sehen. Peter zog mit einer Stärke, die Beson noch vor fünf Minuten nicht erwartet hatte. Er schoß durch die Luft und prallte mit einem Aufschlag gegen die Mauer von Peters ›Wohnzimmer‹, der die wenigen noch verbliebenen Zähne in seinem Kiefer wackeln ließ. Sterne explodierten in seinem Kopf. Der Metallzylinder fiel aus seiner Faust und rollte über den Boden. Und bevor Beson sich von seiner Überraschung erholen konnte, war Peter hinzugesprungen und hatte ihn ergriffen. Er bewegte sich mit der grazilen Gewandtheit einer Katze.

Das kann nicht sein, dachte Beson mit zunehmendem Unbehagen und tumber Überraschung. *Das kann unmöglich sein.*

Er hatte niemals Angst davor gehabt, die beiden Zellen in der Spitze der Nadel zu betreten, denn hier war noch nie ein Gefangener gewesen, nicht von Adel und nicht von königlichem Geblüt, der sich mit ihm messen konn-

te. Oh, hier oben hatten einige berühmte Kämpfe stattgefunden, aber er hatte ihnen allen gezeigt, wer der Boß
war. Vielleicht hatten sie den Pöbel unten beherrscht,
aber hier oben war er der Boß, und alle lernten, seine
schmutzige, korrupte Macht zu respektieren. Und nun
kam dieser Frischling von einem Jungen...

Beson rannte mit ausgestreckten Armen auf Peter zu.
Nun, da ihm der Prinz das Fausteisen weggenommen
hatte, hatte Beson kein Interesse mehr an dem Rudern
und Schlagen auf kurze Distanz, das er ›Boxen‹ nannte.
Er wollte Peter zu Fall bringen, sich auf ihn setzen und
ihn bewußtlos würgen.

Aber Peter verschwand mit magischer Plötzlichkeit
von der Stelle, wo er eben noch gestanden hatte, trat beiseite und kauerte sich nieder. Als der ungeschlachte,
trollähnliche Oberwärter vorbeistürmte und versuchte,
sich umzudrehen, schlug Peter ihn dreimal mit der rechten Faust, die er nun seinerseits um den Metallzylinder
geschlossen hatte. *Unfair*, dachte Peter, *aber schließlich
war nicht ich es, der dieses Stück Metall mitgebracht hat, oder?*
Die Schläge sahen gar nicht sonderlich schlimm aus. Hätte Beson dem Kampf zugesehen und diese drei raschen,
scheinbar quirligen Hiebe mitbekommen, dann hätte er
gelacht und sie als ›Memmenschläge‹ abgetan. Besons
Vorstellung von einem Männerhieb war ein Rundschlag,
bei dem die Faust durch die Luft pfiff.

Aber es waren keineswegs Memmenschläge, ganz
gleich, was jemand wie Beson denken mochte. Jeder kam
aus der Schulter, wie Peters Boxlehrer es ihm bei dem
Training beigebracht hatte, das er seit sechs Jahren zweimal die Woche absolviert hatte. Die Schläge waren öko-
nomisch, sie brachten die Luft nicht zum Pfeifen, aber
Beson war zumute, als wäre er dreimal hintereinander
von einem sehr kleinen Pony mit sehr großen Hufen getreten worden. Stechender Schmerz durchzuckte die linke Seite seines Gesichts, wo der Wangenknochen gebro-

chen war. Für Beson hatte es sich angehört, als wäre in seinem Kopf ein kleiner Zweig geknackt worden. Er wurde wieder gegen die Wand geschleudert. Er prallte wie eine Flickenpuppe dagegen und knickte in den Knien ein. Er sah den Prinzen mit offensichtlichem Mißfallen an.

Die Unterwachmänner, die durch die Klappe in der Tür zusahen, waren starr vor Überraschung. Beson wurde von einem *Jungen* verprügelt? Das war so unglaublich wie Regen von einem wolkenlosen blauen Himmel. Einer von ihnen betrachtete den Schlüssel in seiner Hand, überlegte einen Augenblick, ob er hineingehen sollte, besann sich dann aber eines Besseren. Er steckte den Schlüssel in die Tasche, später konnte er immer noch behaupten, er hätte nicht mehr daran gedacht.

»Seid Ihr jetzt bereit, vernünftig mit mir zu sprechen?« Peter war nicht einmal außer Atem. »Das ist doch albern. Ich erbitte nur zwei kleine Gefallen von Euch, für die Ihr mit einer angemessenen Belohnung rechnen dürft. Ihr...«

Beson warf sich brüllend auf Peter. Diesesmal rechnete Peter nicht mit einem Angriff, aber es gelang ihm dennoch zurückzuweichen, wie ein Matador einem unerwartet angreifenden Stier ausweicht – der Matador mag überrascht sein, vielleicht sogar überrumpelt, aber er verliert niemals seine Anmut. Peter verlor seine auch nicht, aber er wurde verletzt. Besons Fingernägel waren lang, abgebrochen und schmutzig – Tierkrallen ähnlicher als Fingernägel –, und er erzählte seinen Unterwachmännern (in dunklen Winternächten, wenn eine grausame Geschichte angebracht erscheint) gerne, wie er einmal mit diesen Fingernägeln die Kehle eines Gefangenen von einem Ohr zum anderen aufgeschlitzt hatte.

Nun zog einer dieser Nägel einen blutigen Striemen über Peters Wange, als Beson rudernd und um sich schlagend vorbeistürzte. Der Schnitt zog sich von der

Schläfe bis zum Kiefer und ging kaum mehr als einen Zentimeter an Peters linkem Auge vorbei. Peters Wange zeigte eine klaffende Wunde, und er sollte den Rest seines Lebens die Narbe von diesem Kampf mit Beson tragen.

Peter wurde wütend. Alles, was ihm in den vergangenen zehn Tagen angetan worden war, schien auf einmal in seinen Kopf zu strömen, und einen Augenblick lang war er fast — nicht ganz, aber *fast* — so wütend, daß es ihm nichts ausgemacht hätte, den abstoßenden Oberwärter zu töten, anstatt ihm nur eine Lektion zu erteilen, die dieser nie, nie wieder vergessen würde.

Als Beson sich umdrehte, wurde er von linken Haken und rechten Schwingern durchgeschüttelt. Die Haken hätten ihm normalerweise wenig ausgemacht, aber die eineinhalb Pfund Metall in Peters Faust verwandelten sie in Torpedos. Seine Knöchel brachen Besons Kiefer. Beson heulte vor Schmerzen auf und versuchte erneut, Peter zu Fall zu bringen. Das war ein Fehler. Es knirschte häßlich, als Besons Nase brach und Blut ihm über Mund und Kinn floß. Es tropfte auf sein schmutziges Wams. Dann folgte ein stechender Schmerz, als die schwere Hand auf seine Lippen prallte. Beson spie einen Zahn auf den Boden und versuchte zurückzuweichen. Er hatte vergessen, daß seine Unterwachmänner zusahen und Angst davor hatten, sich einzumischen. Beson hatte seinen Zorn über das Verhalten des jungen Prinzen vergessen, und er hatte seinen Wunsch vergessen, dem jungen Prinzen eine Lektion zu erteilen.

Zum erstenmal in seiner Laufbahn als Oberwärter hatte er alles vergessen, bis auf den blinden Wunsch zu überleben. Zum erstenmal, seit er Oberwärter geworden war, hatte Beson Angst.

Es war auch nicht die Tatsache, daß Peter ihm nun nach Belieben Hiebe verpaßte, die ihn ängstigte. Er hatte schon früher schlimme Prügel bezogen, wenn auch niemals von einem Gefangenen. Nein, es war der Blick in Peters Augen, der ihn so entsetzte. *Es ist der Blick eines Königs. Ihr Götter steht mir bei, es ist das Gesicht eines Königs — und seine Wut ist fast so heiß wie die Hitze der Sonne.*

Peter drängte Beson gegen die Wand, maß die Entfernung zu Besons Kinn und hob dann die beschwerte rechte Faust.

»Muß ich Euch weiter überzeugen, Rübe?« fragte Peter grimmig.

»Nicht mehr«, antwortete Beson benommen durch seine zusehends anschwellenden Lippen. »Nicht mehr, mein König, ich bitte Euch um Gnade, ich flehe Euch um Gnade an.«

»Was?« fragte Peter perplex. »Wie hast du mich genannt?«

Aber Beson glitt langsam an der Wand ab. Als er Peter *mein König* genannt hatte, hatte er das getan, als ihm die Sinne schwanden. Er konnte sich nicht daran erinnern, daß er es gesagt hatte, doch Peter vergaß es niemals.

54

Beson war mehr als zwei Stunden lang bewußtlos. Wären seine röchelnden, schnarchenden Atemzüge nicht gewesen, hätte Peter Angst gehabt, er hätte den Oberwärter *tatsächlich* getötet. Der Mann war ein unbeholfenes, bösartiges und verdorbenes Schwein... aber dennoch hatte Peter nicht den Wunsch, ihn zu töten. Die Unterwachmänner sahen abwechselnd durch die Klappe in der Tür, ihre Augen waren groß und rund — die Augen von kleinen Kindern, welche die menschenfressenden anduanischen Tiger im Zoo des Königs bestaunten —, und ihre Gesichter verrieten Peter, daß sie davon ausgingen, er würde sich jeden Augenblick auf den bewußtlosen Beson stürzen und ihm die Kehle zerfleischen. Möglicherweise mit den Zähnen.

Nun, warum sollen sie so etwas nicht denken? fragte Peter sich verbittert. *Sie denken, ich habe meinen Vater getötet, und ein Mann, der das tut, könnte jede gemeine Tat begehen, sogar einen bewußtlosen Gegner töten.*

Schließlich begann Beson zu stöhnen und sich zu bewegen. Sein rechtes Auge flatterte und öffnete sich – das linke Auge konnte er nicht öffnen und würde es auch ein paar Tage nicht können.

Das rechte Auge betrachtete Peter nicht voller Haß, sondern voll deutlich sichtbarem Schrecken.

»Seid Ihr nun bereit, vernünftig mit mir zu sprechen?« fragte Peter.

Beson sagte etwas, das Peter nicht verstehen konnte. Es hörte sich an, wie durch Watte gesprochen.

»Ich verstehe Euch nicht.«

Beson versuchte es noch einmal. »Ihr hättet mich töten können.«

»Ich habe noch niemals jemanden getötet«, sagte Peter. »Es könnte sein, daß einmal ein Zeitpunkt kommt, da ich es tun muß, doch hoffe ich, daß ich nicht mit bewußtlosen Gefängniswärtern anfangen muß.«

Beson lehnte sich gegen die Wand und betrachtete Peter mit einem offenen Auge. Sein Gesicht nahm einen Ausdruck tiefen Nachdenkens an, was aufgrund der zerschlagenen und geschwollenen Züge absurd und ein wenig beängstigend aussah.

Schließlich gelang es ihm, einen weiteren gedämpften Satz zu formulieren. Peter glaubte, ihn verstanden zu haben, aber er wollte absolut sicher gehen.

»Wiederholt das bitte, Herr Oberwärter Beson.«

Beson sah ihn überrascht an. So wie Yosef noch nie mit Lord Stallmeister angesprochen worden war, ehe Peter dies tat, so war Beson noch nie ›Herr Oberwärter‹ genannt worden.

»Wir kommen ins Geschäft«, sagte er.

»Das ist ausgezeichnet.«

Beson rappelte sich mühsam auf. Er wollte nichts mehr mit Peter zu tun haben, jedenfalls heute nicht. Er hatte andere Probleme. Seine Unterwachmänner hatten gerade tatenlos zugesehen, wie er von einem Jungen, der seit einer Woche nichts mehr gegessen hatte, übel verprügelt worden war. Zugesehen – und keinen Finger gerührt, dieses feige Pack. Sein Kopf schmerzte, und es könnte sich als notwendig erweisen, diese armen Narren auszupeitschen, um sie wieder zur Raison zu bringen, bevor er zu Bett gehen konnte.

Er wollte gerade hinausgehen, als Peter ihn zurückrief.

Beson drehte sich um. Dieses Umdrehen genügte vollauf. Sie wußten nun beide, wer hier das Sagen hatte. Beson war geschlagen. Wenn sein Gefangener befahl, er solle warten, dann wartete er.

»Ich möchte Euch noch etwas sagen. Es wird gut für uns beide sein, wenn ich es tue.«

Beson sagte nichts. Er stand lediglich da und sah Peter ergeben an.

»Sagt *ihnen*« – Peter nickte zur Tür, »sie sollen die Klappe schließen.«

Beson sah Peter einen Augenblick an, dann drehte er den Kopf und gab den Befehl.

Die Unterwachmänner, die sich gerade beide vor der Luke drängten, starrten ihn an, weil sie Besons undeutliche Sprache nicht verstanden... oder so taten, als ob. Beson fuhr sich mit der Zunge über die blutbefleckten Zähne und sprach deutlicher, aber offensichtlich unter Schmerzen. Diesmal wurde die Klappe geschlossen und von außen verriegelt, aber nicht, bevor Beson das verächtliche Lachen seiner beiden Untergebenen vernommen hatte. Er seufzte resigniert – ja, er würde ihnen noch eine gehörige Lektion einbleuen müssen, bevor er nach Hause gehen konnte. Aber Feiglinge lernten rasch.

Dieser Prinz — was immer er sein mochte, ein Feigling war er sicher nicht. Er fragte sich, ob er wirklich mit Peter ins Geschäft kommen wollte.

»Ich möchte, daß Ihr Anders Peyna eine Nachricht überbringt«, sagte Peter. »Ich hoffe, Ihr kommt heute nacht, um sie Euch abzuholen.«

Beson sagte nichts, aber er strengte sich außerordentlich an nachzudenken. Dies war bislang die unglücklichste Wendung der Ereignisse. Peyna! Eine Nachricht für Peyna! Er hatte einen Augenblick des Erschreckens erlebt, als Peter ihn daran erinnerte, daß er der Bruder des Königs war, aber das war nichts verglichen mit dem. Peyna, bei den Göttern!

Je mehr er darüber nachdachte, desto weniger gefiel es ihm.

König Thomas war es vielleicht einerlei, wenn sein Bruder in der Nadel grob behandelt wurde. Zum einen hatte der ältere Bruder ihren Vater ermordet; Thomas empfand momentan wahrscheinlich wenig Bruderliebe für ihn. Des weiteren verspürte Beson keine oder wenig Furcht, wenn der Name von Thomas dem Erleuchter genannt wurde. Wie fast alle anderen in Delain hatte auch Beson bereits begonnen, Thomas mit einer gewissen Verachtung zu betrachten. Aber Peyna... nun, bei Peyna war das etwas anderes.

Für Beson und seinesgleichen war Anders Peyna furchterregender als ein ganzes Regiment von Königen. Ein König war ein fernes Wesen, strahlend und geheimnisvoll, wie die Sonne. Es machte nichts aus, wenn die Sonne sich hinter Wolken zurückzog, so daß man fror, oder wenn sie heiß herniederschien und einem bei lebendigem Leibe zu braten drohte — man akzeptierte beides, denn was die Sonne tat, das lag weit außerhalb des Verständnisses sterblicher Wesen.

Peyna aber war ein irdisches Geschöpf. Ein Geschöpf, das Beson kannte und fürchtete. Peyna mit dem schma-

len Gesicht und den eisblauen Augen, Peyna im hochge-
schlossenen Richtergewand, Peyna, der entschied, wer
leben durfte und wer unter das Fallbeil des Henkers
mußte.

Konnte dieser Junge Peyna tatsächlich aus seiner Zelle
in der Nadel Befehle erteilen? Oder war das nur ein verzweifelter Bluff?

*Wie kann es ein Bluff sein, wenn er eine Nachricht schreibt,
die ich persönlich überbringen soll?*

»Wenn ich König wäre, so würde Peyna mir in jeder
gewünschten Weise dienen«, sagte Peter. »Ich bin nicht
König, nur ein Gefangener. Dennoch habe ich ihm vor
nicht langer Zeit einen Gefallen getan, für den er mir
sehr dankbar ist.«

»Ich verstehe«, antwortete Beson so unverbindlich er
nur konnte.

Peter seufzte. Plötzlich fühlte er sich sehr niedergeschlagen und fragte sich, welch einem närrischen Traum
er eigentlich nachhing. Glaubte er wirklich, den ersten
Schritt in die Freiheit zu tun, indem er diesen dummen
Wärter verprügelte und ihn dann nach seinem Willen
formte? Hatte er wirklich die Garantie, daß Peyna auch
nur die kleinste Kleinigkeit für ihn tun würde? Vielleicht
existierte die Vorstellung von Gefälligkeit und Belohnung nur in Peters Fantasie.

Aber er mußte es versuchen. Hatte er nicht in den langen und einsamen Nächten, als er um seinen Vater und
um sein eigenes Schicksal trauerte, nicht überlegt, daß
die einzige Sünde darin bestehen würde, es nicht zu versuchen?

»Peyna ist nicht mein Freund«, sagte Peter. »Ich möchte gar nicht so tun, als wäre er es. Ich wurde verurteilt,
weil ich meinen Vater, den König ermordet haben soll,
und ich glaube nicht, daß ich in ganz Delain noch einen
einzigen Freund habe. Würdet Ihr dem zustimmen, Herr
Oberwärter Beson?«

191

»Ja«, antwortete Beson mit versteinerter Miene. »Das würde ich.«

»Dennoch bin ich davon überzeugt, daß Peyna Euch das Bargeld zukommen lassen wird, das Ihr üblicherweise von Euren Gefangenen erhaltet.«

Beson nickte. Wenn ein Adliger in der Nadel eingesperrt wurde, dann sorgte Beson normalerweise dafür, daß er besseres Essen als das übliche fette Fleisch und verwässerte Bier bekam, einmal wöchentlich frische Bettwäsche und ab und zu Besuch von seiner Frau oder Geliebten. Natürlich machte er das nicht umsonst. Eingesperrte Adlige stammten fast immer aus reichen Familien, und in diesen Familien gab es immer jemanden, der bereit war, Beson für seine Dienste zu bezahlen, einerlei, welches Verbrechen der Verurteilte begangen hatte.

Dieses Verbrechen war außergewöhnlich schrecklich, dennoch behauptete der Junge, daß kein Geringerer als Anders Peyna das Bestechungsgeld bezahlen würde.

»Noch eines«, sagte Peter leise. »Ich glaube, Peyna wird dies tun, weil er ein Ehrenmann ist. Und sollte mir etwas zustoßen – solltet Ihr und Eure Unterwachmänner beispielsweise heute nacht hier hereinstürmen und mich als Rache für die Prügel, die ich Euch zuteil werden ließ, verprügeln wollen, so dürfte Peyna sicher ein großes Interesse daran haben.«

Peter machte eine Pause.

»Ein *persönliches* Interesse.«

Er sah Beson eindringlich an.

»Habt Ihr mich verstanden?«

»Ja«, sagte Beson, und fügte dann hinzu: »Mein Lord.«

»Werdet Ihr mir Tinte, Papier und Feder bringen?«

»Ja.«

»Kommt her.«

Beson gehorchte nach einigem Zögern.

Der Gestank des Oberwärters war fürchterlich, aber Peter wich nicht zurück – der Gestank des Verbrechens, dessen man ihn für schuldig befunden hatte, hatte ihn fast gleichgültig gegenüber dem Gestank von Schweiß und Schmutz werden lassen, den er mittlerweile nur zu gut kannte. Er sah Beson mit der Andeutung eines Lächelns an.

»Flüstert mir ins Ohr«, sagte Peter.

Beson blinzelte unsicher. »Was soll ich flüstern, mein Lord?«

»Eine Zahl«, sagte Peter.

Nach einem Augenblick gehorchte Beson.

55

Einer der Unterwachmänner brachte Peter das Schreibzeug, um das er gebeten hatte. Er betrachtete Peter mit dem argwöhnischen Blick einer Straßenkatze, die zu oft getreten worden ist, bevor er sich hastig aus dem Staub machte, um nicht auch noch in den Genuß des Zorns zu kommen, der sich über Besons Haupt ergossen hatte.

Peter nahm an dem wackligen Tisch beim Fenster Platz, sein Atem kondensierte beim Ausatmen. Er lauschte dem unablässigen Heulen des Windes um die Spitze der Nadel und sah auf die Lichter der Stadt hinab.

Verehrter Oberster Richter Peyna, schrieb er, dann hielt er inne.

Werdet Ihr sehen, von wessen Hand dies ist, es zusammenknüllen und dann ungelesen ins Feuer werfen? Werdet Ihr es lesen und dann verächtlich über den Narren lachen, der seinen Vater ermordete und dann wagte, Hilfe vom Obersten Richter des Landes zu erwarten? Werdet Ihr den Plan vielleicht sogar durchschauen und begreifen, was ich vorhabe?

Peter war an diesem Abend in gelösterer Stimmung und war davon überzeugt, daß die Antwort auf all diese Fragen wahrscheinlich »nein« lautete. Sein Plan konnte scheitern, aber daß ein so pflichtbewußter und gewissenhafter Mann wie Peyna ihn vorhersah, war unwahrscheinlich. Der Oberste Richter würde sich ebensowenig ein Kleid anziehen und bei Vollmond auf dem Platz der Nadel einen Tanz aufführen, wie er sich würde vorstellen können, was Peter plante. *Und es ist so wenig, das ich verlange*, dachte Peter. Wieder umspielte die Andeutung eines Lächelns seine Lippen. *Jedenfalls hoffe ich und glaube ich, daß es so scheinen wird... für ihn.*

Er beugte sich vor, tauchte die Feder in das Tintenfaß und begann zu schreiben.

56

Am folgenden Abend, kurz nachdem die Uhr neunmal geschlagen hatte, vernahm Anders Peynas Diener ein für diese späte Stunde ungewöhnliches Klopfen, und als er öffnete, sah er an seiner langen Nase hinab auf die Gestalt des Oberwärters, der auf der Schwelle stand. Arlen – so hieß der Diener – hatte Beson selbstverständlich schon früher gesehen; wie Arlens Herr gehörte auch Beson zur Gerichtsbarkeit des Königreichs. Aber nun erkannte Arlen ihn nicht. Die Prügel, die Peter Beson verpaßt hatte, hatten einen ganzen Tag wirken können, und sein Gesicht war ein Sonnenuntergang in Rot und Purpur und Gelb. Das linke Auge hatte sich ein wenig geöffnet, aber nicht mehr als einen Schlitz. Er sah wie ein zwergenhafter Ghoul aus, und der Diener wollte sofort die Tür wieder schließen.

»Warte«, sagte Beson mit einem heftigen Knurren, das den Diener zögern ließ. »Ich habe eine Nachricht für deinen Herrn.«

Der Diener zögerte einen Augenblick, dann machte er langsam die Tür weiter zu. Das mürrische, geschwollene

Gesicht des Mannes sah zum Fürchten aus. Konnte er tatsächlich ein Zwerg aus dem Nordland sein? Angeblich war der letzte Angehörige dieses wilden, in Felle gekleideten Stammes zur Zeit seines Großvaters getötet worden, aber dennoch... man konnte nie wissen...

»Sie ist von Prinz Peter«, sagte Beson. »Wenn du die Tür zumachst, wirst du später böse Worte von deinem Herrn zu hören bekommen, denke ich.«

Arlen zögerte erneut und war hin und her gerissen zwischen Mißtrauen vor diesem Ghoul und dem Zauber, den der Name von Prinz Peter immer noch hatte. Wenn dieser Mann von Peter kam, dann mußte er der Oberwärter der Nadel sein. Aber...

»Du siehst nicht wie Beson aus«, sagte er.

»Du siehst auch nicht wie dein Vater aus, Arlen, und ich habe mich schon mehr als einmal gefragt, mit wem es deine Mutter getrieben haben könnte«, gab der aufgedunsene Ghoul grob zurück und schob einen zerknitterten Umschlag durch den immer noch offenen Türspalt. »Hier... bring ihm das. Ich warte hier. Mach getrost die Tür zu, wenn du möchtest, auch wenn es höllisch kalt hier draußen ist.«

Arlen war es einerlei, ob draußen zwanzig Grad minus herrschten. Er wollte nicht, daß sich dieser gräßlich aussehende Bursche in der Gesindeküche am Ofen die Füße wärmte. Er packte den Umschlag, machte die Tür zu, verriegelte sie, ging davon, besann sich... dann kehrte er nochmals zurück und verriegelte sie zweifach.

57

Peyna befand sich in seinem Arbeitszimmer, sah ins Feuer und hing seinen Gedanken nach. Als Thomas gekrönt worden war, war Neumond gewesen; jetzt war er noch nicht halb, und es gefiel ihm bereits jetzt nicht, wie sich die Dinge entwickelten. Flagg — das war das Schlimmste. Flagg. Der Zauberer hatte bereits jetzt mehr Macht als in den Tagen von Rolands Herrschaft. Roland war immerhin ein erwachsener Mann gewesen, so schwerfällig sein Denken auch gewesen sein mochte. Thomas war ein Knabe, und Peyna fürchtete, daß Flagg in seinem Namen das Land regieren würde. Das konnte schlecht für das Königreich sein... und schlecht für Anders Peyna, der nie ein Hehl daraus gemacht hatte, daß er Flagg nicht leiden konnte.

Hier, im Arbeitszimmer, vor dem prasselnden Feuer, ließ es sich aushalten, dennoch meinte Peyna, einen kalten Wind um seine Knöchel zu spüren. Es war ein Wind, der anschwellen und... alles fortwehen konnte.

Warum, Peter? Warum, oh, warum? Warum konntest du nicht warten? Und warum mußtest du äußerlich so makellos aussehen wie ein rosiger Apfel im Herbst, und innerlich so verderbt sein? Warum?

Peyna wußte es nicht... und er wollte sich auch jetzt nicht eingestehen, daß bereits Zweifel in seinem Herzen nagten, ob Peter wirklich *so* verderbt war.

Es klopfte.

Peyna schreckte hoch, sah sich um und rief ungeduldig: »Herein! Aber besser mit gutem Grund!«

Arlen, der pikiert und verwirrt aussah, kam zur Tür herein. Er hatte einen Briefumschlag in der Hand.

»Ja?«

»Mein Lord... vor der Tür steht ein Mann... wenigstens sieht er wie ein Mann aus... aber sein Gesicht ist schrecklich zugerichtet und verschwollen, als wäre er fürchterlich verprügelt worden... oder...« Arlens Stimme versagte.

»Was geht mich das an? Du weißt, ich empfange so spät niemand mehr. Sag ihm, er soll sich fortscheren. Sag ihm, er soll zum Teufel gehen!«

»Er sagt, er sei Beson, mein Lord«, sagte Arlen einge-
schüchterter denn je. Er hob den Umschlag, als wollte er
ihn als Schild benützen. »Er hat dies abgegeben. Er sagt,
es wäre eine Nachricht von Prinz Peter.«

Peynas Herz machte daraufhin einen Sprung im Leibe,
aber er sah Arlen nur um so strenger an.

»Und, ist es das?«

»Von Prinz Peter?« Arlen schlotterte nun fast. Seine
sonstige Haltung war beinahe völlig dahin, und das fand
Peyna interessant. Er hätte nie gedacht, daß Arlen einmal die Beherrschung verlieren könnte, ob Sturmfluten,
Feuersbrünste oder Invasionen von Drachen kamen.
»Mein Lord, wie soll ich das wissen... Das heißt, ich...
ich...«

»*Ist* es Beson, du Narr?«

Arlen leckte sich die Lippen − leckte sich *wahrhaftig*
die Lippen. Das war etwas völlig Unerhörtes. »Nun, es
könnte sein, mein Lord... er sieht ihm ein wenig ähnlich... aber der Bursche vor der Tür hat schreckliche
Prellungen und Blutergüsse... ich...« Arlen schluckte.
»Ich finde, er sieht aus wie ein Zwerg«, sagte er,
sprach damit das Schlimmste aus und versuchte, es
durch ein wenig überzeugendes Lächeln zu entkräften.

Es IST Beson, dachte Peyna. *Es ist Beson, und wenn er
aussieht, als wäre er verprügelt worden, dann deshalb, weil Peter ihn verprügelt hat. Darum hat er die Nachricht gebracht.
Weil Peter ihn verprügelt hat und er Angst hatte, es nicht zu
tun. Prügel sind das einzige, das seinesgleichen überzeugt.*

Plötzlich erfüllte eine gehobene Stimmung Peynas
Herz. Er fühlte sich wie jemand in einer dunklen Höhle,
in der unvermittelt Licht aufscheint.

»Gib mir den Brief«, sagte er.

Arlen gehorchte. Dann schickte er sich an, aus dem
Zimmer zu schleichen, und auch das war etwas Neues,
denn Arlen schlich nie. *Wenigstens*, dachte Peyna mit

dem niemals ruhenden Richterverstand, *wußte ich bisher nicht, daß er schleicht.*

Er ließ Arlen bis zur Tür gehen, wie ein versierter Fischer einem angebissenen Fisch genügend Schnur läßt, dann sprach er ihn an. »Arlen.«

Arlen drehte sich um. Er sah gefaßt aus, als erwartete er einen Tadel.

»Es gibt keine Zwerge mehr. Hat deine Mutter dir das denn nicht gesagt?«

»Doch«, sagte Arlen widerstrebend.

»Schön von ihr. Eine kluge Frau. Dann müssen die Hirngespinste in deinem Kopf von deinem Vater stammen. Laß den Oberwärter herein. In die Gesindeküche«, fügte er hastig hinzu. »Ich habe nicht den Wunsch, ihn hier zu sehen. Er stinkt. Aber laß ihn in die Gesindeküche, damit er sich aufwärmen kann. Die Nacht ist kalt.«

Seit Rolands Tod, überlegte Peyna, waren alle Nächte kalt, als wollten sie dafür Buße tun, daß Roland innerlich verbrannt war.

»Ja, mein Lord«, sagte Arlen mit deutlichem Widerwillen.

»Ich werde in Kürze nach dir läuten und dir sagen, was du mit ihm tun sollst.«

Arlen ging als gedemütigter Mann hinaus und schloß die Tür hinter sich.

Peyna drehte den Umschlag mehrmals in den Händen herum, ohne ihn zu öffnen. Der Schmutz stammte zweifellos von Besons fettigen Fingern. Er konnte beinahe den Schweiß des Unholds auf dem Umschlag riechen. Er war mit einem Klecks gewöhnlichen Kerzenwachses versiegelt worden.

Er dachte: *Ich würde vielleicht besser daran tun, dies ohne Umschweife ins Feuer zu werfen und nicht mehr daran zu denken. Ja, ihn ins Feuer werfen, dann Arlen läuten und ihm sagen, er soll dem kleinen gebeugten Oberwärter — er sieht wirklich wie ein Zwerg aus, wenn man darüber nachdenkt — eine*

198

warme Suppe geben und ihn dann wegschicken. Ja, das sollte ich tun.

Aber er wußte, er würde es nicht tun. Das absurde Gefühl, daß er hier ein Licht am Ende des finsteren Tunnels erblickte, wollte nicht von ihm weichen. Er fuhr mit dem Daumen unter die Klappe des Umschlags, erbrach das Siegel und zog den kurzen Brief heraus, den er im Schein des Feuers las.

58

Peyna,

ich habe beschlossen zu leben.

Ich habe nur wenig über die Nadel gewußt, bevor ich selbst dorthin gebracht wurde, und wenngleich ich ein wenig darüber gehört habe, war das meiste doch nur Klatsch. Was ich unter anderem gehört habe war, daß man gewisse kleine Vergünstigungen erkaufen kann. Es scheint tatsächlich so zu sein. Ich persönlich habe selbstverständlich kein Geld, doch ich dachte, Ihr könntet möglicherweise meine diesbezüglichen Ausgaben übernehmen. Ich habe Euch vor nicht allzu langer Zeit einen Gefallen getan, und wenn Ihr dem Oberwärter die Summe von acht Gulden bezahlt — eine Summe, die zu Beginn eines jeden Jahres erneuert werden muß, welches ich an diesem unglückseligen Ort verbringe — würde ich diesen Gefallen als abgegolten betrachten. Ihr werdet feststellen, daß diese Summe sehr bescheiden ist. Das liegt daran, daß ich lediglich um zweierlei bitte. Wenn Ihr veranlassen könntet, daß Beson ›entschädigt‹ wird, damit ich sie bekommen kann, werde ich Euch nicht mehr behelligen.

Mir ist klar, es würde Euch in ein schlechtes Licht rücken, falls bekannt wird, daß ihr mir geholfen habt, und sei es noch so bescheiden. Ich würde vorschlagen, Ihr zieht meinen Freund Ben als Mittelsmann heran, wenn Ihr meinem Vorschlag folgen

wollt. Ich habe seit meiner Verhaftung nicht mehr mit Ben ge-
sprochen, hoffe jedoch, daß er mir treu ergeben geblieben ist. Ich
würde lieber ihn als Euch bitten, jedoch sind die Staads nicht be-
sonders gut gestellt, und Ben selbst verfügt über kein eigenes
Geld. Es beschämt mich, jemanden um Geld zu bitten, aber es
gibt keinen anderen, an den ich mich wenden könnte. Wenn Ihr
der Meinung seid, Ihr könnt meiner Bitte nicht nachkommen,
so werde ich dafür Verständnis haben.

Ich habe meinen Vater nicht ermordet.

Peter

59

Peyna studierte diesen erstaunlichen Brief geraume Zeit.
Sein Blick wanderte immer wieder zur ersten und zur
letzten Zeile.

Ich habe beschlossen zu leben.

Ich habe meinen Vater nicht ermordet.

Es überraschte ihn nicht, daß der Junge immer noch
leugnete — er hatte Verbrecher gekannt, die noch nach
Jahren ihre Unschuld beteuerten, wenngleich sie eines
Verbrechens eindeutig überführt waren. Aber ein wahrhaft Schuldiger war nicht so kühn in seiner Verteidigung. So... so befehlsgewohnt.

Ja, das gab ihm bei dem Brief am meisten zu denken —
der befehlsgewohnte Ton. Ein wahrer König, spürte Peyna, ließ sich durch die Verbannung nicht ändern; nicht
durch Gefangenschaft, nicht einmal durch Folter. Ein
wahrer König vergeudete keine Zeit damit, zu rechtferti-
gen oder zu erklären. Er tat schlicht und einfach seinen
Willen kund.

Ich habe beschlossen zu leben.

Peyna seufzte. Nach langer Zeit zog er das Tintenfaß
zu sich heran, holte ein Blatt Pergament aus der Schubla-

de und begann zu schreiben. Seine Nachricht war noch kürzer als die von Peter. Er brauchte weniger als fünf Minuten, um sie zu schreiben, sie trocknen zu lassen, zu falten und zu versiegeln. Als er damit fertig war, läutete er nach Arlen.

Arlen, der immer noch einen eingeschüchterten Eindruck machte, kam fast auf der Stelle.

»Ist Beson noch da?« fragte Arlen. Tatsächlich *wußte* er, daß Beson noch da war, denn er hatte den Mann durch das Schlüsselloch beobachtet, wie er rastlos von einem Ende der Gesindeküche zum anderen schlurfte und dabei einen kalten Hähnchenschlegel wie eine Keule in einer Hand hielt. Als er das Fleisch am Knochen völlig abgenagt hatte, hatte Beson den Knochen zerbissen — ein gräßlich knirschendes Geräusch hatte das gegeben! — und genüßlich das Mark herausgesaugt.

Arlen war noch nicht völlig davon überzeugt, daß der Mann nicht doch ein Zwerg war... vielleicht sogar ein Troll.

»Gib ihm das«, sagte Peyna und reichte Arlen die Nachricht. »Und dies für seine Mühe.« Zwei Gulden fielen in Arlens Hand. »Sag ihm, er wird vielleicht ein Antwortschreiben erhalten. Wenn ja, so hat er es nachts herzubringen, wie dieses hier.«

»Ja, mein Lord.«

»Und säume nicht und schwatze noch lange mit ihm«, sagte Peyna. Das war das äußerste, was man an Witz von ihm erwarten konnte.

»Nein, mein Lord«, sagte Arlen mürrisch und ging hinaus. Er dachte immer noch an das knirschende Geräusch des Hühnerknochens, als Beson ihn mit den Zähnen zermalmt hatte.

60

»Hier«, sagte Benson brummig, als er anderntags in Peters Zelle kam, und reichte Peter den Umschlag. Tatsächlich war er übler Laune. Die zwei Gulden, die Arlen ihm tags zuvor gegeben hatte, waren ein unerwartetes Geschenk gewesen, und Beson hatte den größten Teil der Nacht damit verbracht, sie in Alkohol umzusetzen. Mit zwei Gulden konnte man sich eine Menge Met leisten, und heute war sein Kopf schwer und schmerzte. »Werde zu einem verdammten Botenjungen.«

»Danke«, sagte Peter und nahm den Umschlag.

»Nun? Werdet Ihr ihn nicht öffnen?«

»Doch. Wenn Ihr gegangen seid.«

Beson entblößte die Zähne und ballte die Fäuste. Peter stand einfach nur da und sah ihn an. Nach einem Augenblick senkte Beson die Fäuste. »Verdammter Botenjunge, mehr nicht!« brummte er noch einmal und ging hinaus, wobei er die Tür hinter sich zuschlug. Peter vernahm das Poltern des Eisenschlosses, danach das gleitende Geräusch der schweren Eisenriegel – jeder einzelne so dick wie Peters Handgelenk –, die vorgeschoben wurden.

Nachdem dieses Geräusch verklungen war, öffnete Peter die Nachricht. Sie umfaßte lediglich drei Sätze.

Die lange ausgeprägten Gewohnheiten, von denen Ihr sprecht, sind mir bekannt. Die von Euch erwähnte Summe ließe sich arrangieren. Ich werde alles tun, doch zuvor möchte ich wissen, welche Gefälligkeiten Ihr von unserem gemeinsamen Freund erwartet.

Peter lächelte. Oberster Richter Peyna war kein arglistiger Mann – Arglist gehörte nicht zu seiner Natur, anders als bei Flagg –, aber er war ein überaus korrekter Mann. Dieses Schreiben war der Beweis dafür. Er hatte Peynas Antwort vorhergesehen. Er wäre argwöhnisch geworden, hätte Peyna nicht nach der Art der Vergünstigungen gefragt. Ben würde der Mittelsmann sein, in Kürze würde Peyna nichts mehr mit der Bestechung zu tun haben, und dennoch ging er vorsichtig, wie ein Mann, der auf glatten, losen Steinen schreitet, die jeden Augenblick unter seinen Füßen wegrutschen können.

Peter ging zur Zellentür, pochte dagegen, und nach einem kurzen Wortwechsel mit Beson bekam er wieder die Tinte und die schmutzige Feder. Beson beschwerte sich nochmals darüber, daß er nichts weiter als ein verdammter Laufbursche sei, aber eigentlich war er gar nicht unglücklich über die Situation. Vielleicht sprangen hierfür wieder zwei Gulden für ihn heraus.

»Wenn die beiden sich lange genug gegenseitig schreiben, könnte ich wohl reich dabei werden«, sagte er zu niemand im besonderen, und dann lachte er trotz seiner Kopfschmerzen brüllend.

61

Peyna faltete Peters zweites Schreiben auf und sah sofort, daß der Prinz diesmal auf Nennung ihrer beiden Namen verzichtet hatte. Das war ausgezeichnet. Der Junge lernte sehr schnell. Als er den Brief selbst las, zog er die Brauen in die Höhe.

Vielleicht ist Euer Wunsch, meine Angelegenheiten zu erfahren, anmaßend, vielleicht nicht. Es ist einerlei, da ich auf Eure Gnade angewiesen bin. Dies sind die beiden Gefälligkeiten, die man mit acht Gulden jährlich erkaufen kann:
1. *Ich möchte das Puppenhaus meiner Mutter haben. Es bescherte mir stets angenehme Stunden und entführte mich an abenteuerliche Orte, und als kleiner Junge habe ich es sehr geliebt.*
2. *Ich möchte, daß mir mit jeder Mahlzeit eine Serviette ge-*

bracht wird – eine angemessene königliche Serviette. Das
Wappen darf entfernt werden, wenn es Euch beliebt.
Dies sind meine Ersuchen.

Peyna las die Nachricht immer wieder durch, bevor er sie
ins Feuer warf. Sie bereitete ihm Kopfzerbrechen, weil er
sie nicht verstand. Der Junge führte etwas im Schilde...
oder nicht? Was konnte er mit dem Puppenhaus seiner
Mutter anfangen? Soweit Peyna wußte, wurde es immer
noch irgendwo im Schloß verwahrt und staubte unter einem Laken ein, und es gab keinen Grund, es ihm nicht zu
überlassen – das bedeutete, wenn es zuvor von einem guten Mann nach allen scharfen Gegenständen – winzigen
Messern und dergleichen – durchsucht und diese entfernt
worden waren. Er erinnerte sich noch sehr gut daran, wie
Peter als kleiner Junge von Sashas Puppenhaus verzaubert
gewesen war. Er erinnerte sich auch noch daran – undeutlich, sehr undeutlich –, daß Flagg dagegen protestiert hatte,
weil er es für einen Jungen unziemlich hielt, mit einem Puppenhaus zu spielen, besonders wenn dieser Junge einmal König werden sollte. Damals hatte Roland gegen Flaggs Rat entschieden... weise, dachte Peyna, denn der Junge hatte das
Puppenhaus mit der Zeit ja von selbst aufgegeben.

Bis jetzt.

Hatte er den Verstand verloren?

Das glaubte Peyna nicht.

Die Serviette, ja... das verstand er. Peter hatte bei jeder Mahlzeit auf einer Serviette bestanden, die er wie ein
winziges Tischtuch auf seinem Schoß ausgebreitet hatte.
Selbst wenn er mit seinem Vater auf Campingausflügen
war, er hatte seine Serviette haben müssen. Es war seltsam, daß Peter nicht um besseres Essen gebeten hatte als
den üblichen Gefängnisfraß, wie die meisten Adligen es
vor allem getan hätten. Nein, statt dessen bat er um eine
Serviette.

Dieses Beharren darauf, stets ordentlich und gesittet zu

sein . . . stets eine Serviette zu haben . . . das war der Einfluß sei-
ner Mutter. Ganz bestimmt. Hängen die beiden vielleicht mit-
einander zusammen? Aber wie? Servietten . . . und Sashas Pup-
penhaus. Was hatte das zu bedeuten?

Peyna wußte es nicht, aber dieses absurde Gefühl der
Hoffnung blieb. Er erinnerte sich, Flagg hatte nicht gewollt, daß Peter als kleiner Junge das Puppenhaus bekam. Nun, Jahre später, bat Peter wieder darum, es zu
bekommen.

In diesen Gedanken fügte sich ein zweiter ein, so pas-
send wie die Füllung in einer Pastete. Es war ein Gedanke, den Peyna kaum zu denken wagte. Wenn − nur *an-*
genommen − Peter seinen Vater nicht ermordet hatte, wer
blieb dann übrig? Natürlich derjenige, dem das Gift ur-
sprünglich gehört hatte. Jemand, der im Königreich
nichts gegolten hätte, wenn Peter auf seinen Vater gefolgt wäre . . . ein Jemand, der nun, da Thomas statt Peter
auf dem Thron saß, praktisch *alles* war.

Flagg.

Aber dieser Gedanke war Peyna unerträglich. Er bedeutete, daß die Gerechtigkeit irgendwie geirrt hatte,
und das war schlimm. Es bedeutete auch, daß die
schlichte Logik, auf die er immer so stolz gewesen war,
von der Abneigung, die er angesichts von Peters Tränen
verspürt hatte, hinweggewaschen worden war, und diese Vorstellung − die Vorstellung nämlich, daß die wich-
tigste Entscheidung seiner Laufbahn aufgrund von Gefühlen und nicht von Fakten gefällt hatte − war ungleich
schlimmer.

Was kann es schaden, wenn er das Puppenhaus bekommt,
wenn die scharfen Gegenstände daraus entfernt werden?

Peyna holte sein Schreibzeug und schrieb eine kurze
Nachricht. Beson erhielt zwei weitere Gulden, die er in
Alkohol umsetzen konnte − er hatte bereits die Hälfte
der Summe bekommen, die er jährlich für die kleinen
Gefälligkeiten des Prinzen bekommen würde. Er freute

sich auf weitere Korrespondenz, aber es erfolgte keine mehr.

Peter hatte alles, was er brauchte.

62

Als Kind war Ben Staad ein schlanker, blauäugiger Junge mit lockigem blonden Haar gewesen. Die Mädchen hatten seinetwegen geseufzt und gekichert, seit er neun Jahre alt war. »Das wird sich bald ändern«, bemerkte sein Vater. »Alle Staads sind hübsche Jungs, aber wenn er erwachsen ist, wird er wie wir alle werden, vermute ich − sein Haar wird dunkelbraun werden, und er wird durch die Welt gehen und sie mit zusammengekniffenen Augen beäugen und alles Glück eines fetten Mastschweins im Schlachthof des Königs haben.«

Aber keine der beiden ersten Vorhersagungen erfüllte sich. Ben war der erste Staad seit vielen Generationen, der mit siebzehn noch so blond war, wie er es mit sieben gewesen war, und er konnte auf vierhundert Meter einen braunen Falken von einem schiefergrauen unterscheiden. Er entwickelte keineswegs das kurzsichtige Blinzeln seiner Ahnen, vielmehr war seine Sehkraft außerordentlich... und die Mädchen kicherten und seufzten immer noch seinetwegen, mit siebzehn noch mehr als mit sieben.

Was nun sein Glück anbelangt... nun, das steht wieder auf einem anderen Blatt. Daß die meisten Männer aus dem Geschlecht der Staads in den vergangenen hundert Jahren kein Glück gehabt hatten, das stand außer Frage. Bens Familie begann zu glauben, daß Ben derjenige sein könnte, der sie aus ihrer erbärmlichen Armut erlöste. Immerhin war sein Haar nicht dunkel und seine Augen nicht kurzsichtig geworden, warum sollte er also nicht auch den Fluch des Unglücks durchbrechen? Schließlich war Prinz Peter sein Freund, und Peter würde eines Tages König werden.

Dann wurde Peter verhaftet und des Mordes an seinem Vater schuldig gesprochen. Noch bevor jemand von der bestürzten Familie Staad sich's versehen konnte, saß er in der Nadel. Bens Vater, Andrew, ging zu Thomas' Krönung, und er kam mit einem blauen Fleck auf der Wange zurück – ein Fleck, den nicht zu erwähnen seine Frau für diplomatischer hielt.

»Ich bin sicher, daß Peter unschuldig ist«, sagte Ben an diesem Abend beim Essen. »Ich weigere mich einfach zu glauben...«

Im nächsten Augenblick lag er ausgestreckt auf dem Boden und seine Ohren klingelten. Sein Vater stand über ihm, Erbsensuppe tropfte ihm vom Schnurrbart, sein Gesicht war gerötet, beinahe purpurn, und Emmaline, Bens kleine Schwester, weinte in ihrem Kinderstuhl.

»Sprich den Namen dieses Mörders in diesem Haus nicht mehr aus«, sagte sein Vater.

»Andrew!« rief seine Mutter. »Andrew, er begreift nicht...«

Sein Vater, der normalerweise ein überaus gütiger Mann war, drehte sich um und sah Bens Mutter an. »Schweig, Frau«, sagte er, und etwas in seiner Stimme ließ sie sich wieder setzen. Sogar Emmaline hörte auf zu weinen.

»Vater«, sagte Ben leise, »ich kann mich nicht daran erinnern, wann du mich das letzte Mal geschlagen hast. Ich glaube, es muß Jahre her sein, wenn nicht länger. Und ich glaube nicht, daß du mich jemals im Zorn geschlagen hast wie eben. Dennoch ändert das nichts an meiner Meinung. Ich glaube...«

Andrew Staad hob drohend einen Finger. »Ich habe dir verboten, seinen Namen noch einmal auszusprechen, andernfalls wirst du mein Haus verlassen.«

207

»Ich werde ihn nicht aussprechen«, antwortete Ben und stand auf. »Aber weil ich dich liebe, Vater, und nicht, weil ich Angst vor dir habe.«

»Laß das!« rief Mrs. Staad ängstlich. »Ich möchte nicht, daß ihr beiden so miteinander zankt! Soll ich etwa den Verstand verlieren?«

»Nein, Mutter, keine Bange, es ist vorbei«, sagte Ben. »Oder nicht, Vater?«

»Es ist vorbei«, sagte sein Vater. »Du bist in allen Dingen ein guter Sohn, und bist es immer gewesen, aber sprich seinen Namen nicht aus.«

Andy Staad war der Meinung, daß es Dinge gab, die er seinem Sohn nicht erzählen konnte – wenngleich Ben siebzehn war. Andy betrachtete ihn immer noch als kleinen Jungen. Es hätte ihn überrascht zu erfahren, daß Ben die Gründe für den Schlag genau verstand.

Vor der unglücklichen Wendung der Ereignisse, die ihr bereits kennt, hatte sich das Los der Familie Staad durch Bens Freundschaft mit Peter bereits zum Besseren gewendet. Ihr Bauernhof im Inneren Baronat war einstmals sehr groß gewesen. Im Lauf der letzten hundert Jahre waren sie immer wieder gezwungen gewesen, stückweise Land zu verkaufen, so daß nun weniger als sechzig Spulen verblieben, und die waren mit hohen Hypotheken belastet.

In den vergangenen zehn Jahren hatte sich eine allmähliche Besserung eingestellt. Bankiers, die anfangs gedroht hatten, waren nun bereit, fällige Hypothekenzinsen nochmals zu stunden und neue Hypotheken zu so günstigen Bedingungen zu gewähren, wie man sie bislang nicht gekannt hatte. Es hatte Andrew Staad bitter weh getan, mit ansehen zu müssen, wie das Land seiner Ahnen Spule für Spule weggekauft wurde, und es war ein glücklicher Tag für ihn gewesen, als er zu Halvay gehen konnte, dem das benachbarte Gut gehörte, um ihm zu sagen, daß er ihm die drei Spulen Land, die Halvay bereits seit neun Jahren haben wollte, nun doch nicht verkaufen würde. Und er wußte auch, wem er diese wunderbare Wendung zum Besseren zu verdanken hatte. Seinem Sohn... dem engen Freund des Prinzen, der gleichzeitig der künftige König war.

Und jetzt waren sie nur wieder die vom Unglück verfolgten Staads. Wenn das alles gewesen wäre, wenn lediglich alles wieder so geworden wäre, wie es gewesen war, so hätte er es ertragen können, ohne seinen Sohn bei Tisch zu schlagen... eine Handlung, derer er sich bereits schämte. Aber es wurde *nicht* alles so, wie es vorher gewesen war. Ihre Lage hatte sich noch verschlechtert. Er hatte sich betören lassen, als die Bankiers begannen, sich wie Lämmer statt wie Wölfe aufzuführen. Er hatte eine Menge Geld geliehen, einiges davon, um Land zurückzukaufen, das er bereits verkauft hatte, einiges für Neuanschaffungen, etwa die neue Windmühle. Er war sicher, daß die Bankiers jetzt ihre Lammfelle abstreifen würden und er seinen Bauernhof nicht stückchenweise, sondern auf einen Schlag verlieren würde.

Und das war noch nicht alles. Ein Instinkt hatte ihm geraten, seiner Familie zu verbieten, zu Thomas' Krönung zu gehen, und er hatte auf diese innere Stimme gehört. Heute war er froh darüber.

Es war nach der Krönung geschehen, und er überlegte, daß er damit hätte rechnen müssen. Er ging in eine Schänke, um etwas zu trinken, bevor er nach Hause ging. Die ganze unglückliche Angelegenheit der Ermordung des Königs deprimierte ihn sehr, und er war der Meinung, daß ihm ein Glas Wein guttun würde. Aber man hatte ihn als Bens Vater erkannt.

»Hat dein Sohn seinem Freund geholfen, es zu tun, Staad?« hatte einer der Trunkenbolde gerufen, und gehässiges Gelächter war aufgekommen.

»Hat er den alten Mann festgehalten, während der

Prinz ihm das Gift in den Rachen goß?« rief einer der anderen.

Andrew hatte das halbleere Glas abgestellt. Dies war nicht der passende Ort für ihn. Er wollte gehen. Schnell.

Aber bevor er hinausgelangen konnte, zog ihn ein dritter Betrunkener – ein Riese von einem Mann, der wie schimmeliger Weißkohl roch – zurück.

»Und wieviel hast *du* gewußt?« verlangte dieser Riese mit donnernder Stimme zu wissen.

»Nichts«, sagte Andrew. »Ich weiß nichts von dieser Sache und mein Sohn auch nicht. Laß mich gehen.«

»Du wirst gehen, wenn wir – und nur *wenn* wir es dir gestatten«, sagte der Riese und stieß ihn zurück in die Arme der anderen Betrunkenen.

Dann begann die Schlägerei. Andy Staad wurde von einem zum anderen gestoßen, manchmal geschlagen, manchmal mit dem Ellbogen angerempelt, manchmal getreten. Niemand ging soweit, ihn regelrecht zu schlagen, aber manchmal fehlte nicht viel; er konnte in ihren Augen lesen, wie gern sie ihn verprügelt hätten. Wäre es später gewesen, und sie betrunkener, dann hätte er wirklich in eine schlimme Situation geraten können.

Andrew war nicht groß, aber er war breitschultrig und muskulös. Er schätzte, daß er in einem fairen Kampf zwei der Angreifer zurückschlagen konnte – mit Ausnahme des Riesen, und er war überzeugt, daß er selbst *diesem* Burschen eine Lektion erteilen konnte. Einer, zwei, vielleicht drei... aber alles in allem waren es acht oder zehn. Wäre er in Bens Alter gewesen, heißblütig und voller Stolz, dann hätte er sich vielleicht dennoch mit ihnen eingelassen. Aber er war fünfundvierzig, und der Gedanke, halbtot geprügelt zu seiner Familie zurückzukriechen, gefiel ihm gar nicht. Es würde ihm weh tun und sie ängstigen, und beides würde nichts nützen – das Unglück der Staads war lediglich wieder einmal mit aller Gewalt über sie hereingebrochen, und es blieb ihm

nichts anderes übrig, als dies hinzunehmen. Der Schank-
wirt stand da und sah zu und unternahm nichts, um ihnen Einhalt zu gebieten.

Schließlich ließen sie ihn gehen.

Nun hatte er Angst um seine Frau... seine Tochter...
besonders aber um seinen Sohn Ben, der das vorder-
gründigste Ziel für solche Rüpel darstellte. *Wenn Ben an
meiner Stelle dort gewesen wäre*, dachte er, *hätten sie von ihren Fäusten Gebrauch gemacht. Sie hätten ihn mit den Fäusten
bewußtlos geschlagen... oder noch schlimmer.*

Weil er seinen Sohn liebte, hatte er Angst um ihn, und
deshalb hatte er ihn geschlagen und ihm gedroht, er
würde ihn aus dem Haus jagen, sollte Ben den Namen
des Prinzen noch einmal erwähnen.

Die Menschen sind manchmal komisch.

63

Was Ben Staad an dieser seltsamen neuen Lage noch
nicht verstand, das fand er auf sehr konkrete Weise am
nächsten Tag heraus.

Er hatte sechs Kühe zum Markt getrieben und sie für einen guten Preis verkauft (an einen Händler, der ihn nicht
kannte, sonst wäre der Preis vielleicht nicht so gut gewesen). Er ging auf das Stadttor zu, als eine Gruppe müßiger
Männer sich an seine Fersen heftete und ihm ›Mörder‹ und
weitaus üblere Schimpfworte nachrief.

Ben hielt sich recht wacker. Schließlich verprügelten
sie ihn ziemlich schlimm − sie waren zu siebt −, aber sie
bezahlten dies mit blutigen Nasen, blauen Augen und
ausgeschlagenen Zähnen. Ben rappelte sich auf und ging
nach Hause, wo er nach Einbruch der Dunkelheit eintraf.
Er hatte überall Schmerzen, war aber dennoch im großen
und ganzen mit sich zufrieden.

Sein Vater sah ihn einmal an und wußte sofort, was geschehen war. »Sag deiner Mutter, daß du gestürzt bist«, bat er.

»Ja, Vater«, sagte Ben und wußte gleichzeitig, daß seine Mutter diese Ausrede nicht glauben würde.

»Und von nun an werde ich die Kühe zum Markt bringen oder das Getreide oder was sonst zum Markt zu bringen ist... wenigstens so lange, bis die Banken uns das Haus unter dem Hintern wegnehmen.«

»Nein, Vater«, sagte Ben ebenso ruhig wie er zuvor »ja« gesagt hatte. Für einen jungen Mann, der übel verprügelt worden war, befand er sich in einer eigenartigen Verfassung – beinahe fröhlich.

»Was soll das bedeuten, mir mit einem Nein zu antworten?« fragte sein Vater wie vom Donner gerührt.

»Wenn ich mich verstecke und weglaufe, dann kommen sie hinter mir her. Wenn ich meinen Mann stehe, dann werden sie bald die Lust verlieren und sich ein anderes Opfer suchen.«

»Wenn jemand ein Messer aus dem Stiefel zieht«, sagte Andrew und verlieh damit seiner größten Angst Ausdruck, »dann wirst du nicht mehr erleben, wie sie die Lust verlieren, Benny.«

Ben legte seinem Vater den Arm um die Schulter und zog ihn an sich.

»Ein Mann kann die Götter überlisten«, sagte Ben und zitierte damit eines der ältesten Sprichwörter in Delain. »Das weißt du, Vater. Und ich werde für P... für den, dessen Namen ich nicht mehr aussprechen darf, kämpfen.«

Sein Vater sah ihn traurig an. »Du wirst niemals glauben, daß er es getan hat, nicht?«

»Nein«, sagte Ben nachdrücklich. »Niemals.«

»Ich glaube, aus dir ist ein Mann geworden, ohne daß ich es gemerkt habe«, sagte sein Vater. »Aber es ist traurig, zum Mann zu werden, indem man zum

Markt geht und dort von Taugenichtsen verprügelt wird. Und es sind traurige Zeiten, die über Delain gekommen sind.«

»Ja«, sagte Ben. »Traurige Zeiten.«

»Die Götter mögen dir helfen«, sagte Andrew. »Und sie mögen unserer unglücklichen Familie helfen.

64

Thomas war gegen Ende eines langen, bitteren Winters gekrönt worden. Am fünfzehnten Tag seiner Regentschaft brach der letzte schwere Sturm dieser Jahreszeit über Delain los. Der Schnee fiel rasch und dicht, und lange nach Einbruch der Dunkelheit heulte immer noch der Wind und häufte Schneewehen auf, hoch wie Sanddünen.

Um neun Uhr in dieser bitterkalten Nacht, als niemand bei klarem Verstand mehr auf der Straße sein sollte, pochte eine Faust an die Tür des Hauses der Staads. Sie war nicht sanft und schüchtern, diese Faust, sondern sie hämmerte rasch und heftig auf das starke Eichenholz ein. *Macht auf, und zwar schnell*, sagte sie, *ich habe nicht die ganze Nacht Zeit.*

Andrew und Ben saßen am Feuer und lasen. Susan Staad, Andrews Frau und Bens Mutter, saß zwischen ihnen und arbeitete an einer Stickerei, die fertiggestellt lauten würde: GOTT SEGNE UNSEREN KÖNIG. Emmaline war schon lange zu Bett gebracht worden. Als es klopfte, sahen die drei auf, und dann einander an. In Bens Augen war nur Neugier zu lesen, aber Andrew und Susan waren auf der Stelle und instinktiv besorgt.

Andrew stand auf und ließ die Lesebrille in die Tasche gleiten.

»Vater?« fragte Ben.

»Ich gehe«, sagte Andrew.

Laß es nur einen Reisenden sein, der sich in der Dunkelheit verirrt hat und Unterkunft sucht, dachte er, aber als er die Tür öffnete, stand ein Soldat des Königs auf der Schwelle, kräftig und breitschultrig. Ein Lederhelm − der Helm eines Kämpfers − saß auf seinem Kopf. Er hatte ein Kurzschwert im Gürtel, leicht greifbar.

»Euer Sohn«, sagte er, und Andrew spürte, wie die Knie unter ihm nachgaben.

»Was wollt Ihr von ihm?«

»Ich komme von Peyna«, sagte der Soldat, und Andrew wurde klar, daß er keine andere Antwort bekommen würde.

»Vater?« fragte Ben hinter ihm.

Nein, dachte Andrew verzweifelt, *bitte, das ist zuviel Unglück, nicht mein Sohn, nicht mein Sohn...*

»Ist das der Junge?«

Bevor Andrew nein sagen konnte − so vergeblich das gewesen wäre −, war Ben vorgetreten.

»Ich bin Ben Staad«, sagte er. »Was wollt Ihr von mir?«

»Du mußt mit mir kommen«, sagte der Soldat.

»Wohin?«

»Zum Haus von Anders Peyna.«

»*Nein!*« schrie seine Mutter unter der Tür ihres kleinen Wohnzimmers. »Nein, es ist zu spät, es ist kalt, die Straßen sind voller Schnee...«

»Ich habe einen Schlitten«, sagte der Soldat ungerührt, und Andrew Staad sah, wie die Hand des Mannes den Griff des Kurzschwerts umfaßte.

»Ich komme«, sagte Ben und holte seinen Mantel.

»Ben...« begann Andrew und dachte: *Wir werden ihn nie mehr wiedersehen, er wird uns weggenommen, weil er den Prinzen gekannt hat.*

»Schon gut, Vater«, sagte Ben und umarmte ihn. »Alles wird gut.« Und als Andrew die starken Arme um sich spürte, glaubte er dies fast. Aber, dachte er, sein Sohn hatte noch nicht gelernt, Angst zu haben. Er hatte noch nicht gelernt, wie grausam die Welt sein konnte.

Andrew Staad stützte seine Frau. Die beiden standen unter der Tür und sahen Ben und dem Soldaten nach, die im dichten Schneetreiben zu dem Schlitten gingen, der lediglich ein Schatten in der Dunkelheit war, an dessen Seiten unheimlich Lampen glommen. Keiner sagte ein Wort, als Ben auf der einen Seite einstieg, der Soldat auf der anderen.

Nur ein Soldat, dachte Andrew, *das ist immerhin schon etwas. Vielleicht wollen sie ihn nur verhören. Ich bete, daß sie meinen Sohn nur verhören wollen!*

Die Staads standen schweigend da, und um ihre Knöchel bildeten sich Schneeverwehungen, während der Schlitten losfuhr; die Flammen der Laternen flackerten und die Glöckchen klangen.

Als sie fort waren, brach Susan in Tränen aus.

»Wir werden ihn nie mehr wiedersehen«, schluchzte sie. »Nie mehr! Sie haben ihn geholt! Dieser verfluchte Peter! Verflucht soll er sein für das, was er meinem Sohn angetan hat! Verflucht! Verflucht!«

»Pssst, Mutter«, sagte Andrew und zog sie fest an sich. »Pssst. Pssst. Wir werden ihn vor dem Morgengrauen wiederhaben. Spätestens am Nachmittag.«

Aber sie hörte das Zittern in seiner Stimme und weinte nur noch mehr. Sie weinte so sehr, daß sie die kleine Emmaline weckte (vielleicht war es auch die Zugluft von der offenen Tür), und es dauerte sehr, sehr lange, bevor Emmaline wieder einschlafen konnte. Endlich schlief Susan zusammen mit ihr ein, beide in dem großen Bett.

Andy Staad schlief in dieser Nacht überhaupt nicht.

Er saß vor dem Kamin und hoffte gegen jede Hoffnung, aber tief im Inneren war er davon überzeugt, daß er seinen Sohn nie mehr wiedersehen würde.

65

Ben Staad stand eine Stunde später in Anders Peynas Arbeitszimmer. Er war neugierig, sogar ein wenig ehrfürchtig, aber Angst hatte er keine. Er hatte sich alles genau angehört, was Peyna gesagt hatte, und es hatte leise geklimpert, als Geld den Besitzer wechselte.

»Hast du alles verstanden, Junge?« fragte Peyna mit seiner trockenen Gerichtssaalstimme.

»Ja, mein Lord.«

»Ich muß sichergehen. Dies ist kein Kinderkram, den du erledigen mußt. Wiederhole mir, was du zu tun hast.«

»Ich muß ins Schloß gehen und mit Dennis, dem Sohn Brandons, sprechen.«

»Und wenn Brandon sich einmischt?« fragte Peyna nicht ohne Schärfe.

»Muß ich ihm sagen, er soll mit Euch sprechen.«

»Gut«, sagte Peyna und lehnte sich im Sessel zurück.

»Ich darf nicht sagen: ›Erzählt niemandem etwas davon.‹«

»Ja«, sagte Peyna. »Weißt du auch, warum?«

Ben stand einen Augenblick mit gesenktem Kopf nachdenklich da. Peyna ließ ihn nachdenken. Er mochte diesen Jungen; er schien überlegt und furchtlos zu handeln. Viele andere, die in der Nacht zu ihm gebracht worden waren, hätten vor Angst geschlottert.

»Wenn ich ihm das sagen würde, würde er es nur noch um so schneller weitererzählen«, erklärte Ben schließlich.

Peyna verzog die Lippen zu einem Lächeln. »Gut«, sagte er. »Weiter.«

»Ihr habt mir zehn Gulden gegeben. Zwei davon soll ich Dennis geben, einen für ihn selbst und einen für denjenigen, der das Puppenhaus findet, welches Peters Mutter gehörte. Die restlichen acht sind für Beson, den Oberwärter. Wer immer das Puppenhaus findet, wird es Dennis geben. Dennis wird es mir geben. Ich werde es Beson bringen. Was die Servietten anbelangt, so wird Dennis selbst sie Beson bringen.«

»Wie viele?«

»Einundzwanzig pro Woche«, antwortete Ben prompt. »Servietten des Königshauses, aber ohne Wappen. Euer Mann wird eine Frau beauftragen, die Wappen zu entfernen. Ab und zu werdet Ihr jemanden mit mehr Geld zu mir schicken, entweder für Dennis oder für Beson.«

»Aber nicht für dich?« fragte Peyna. Er hatte es Ben bereits angeboten, doch dieser hatte abgelehnt.

»Nein. Ich glaube, das ist alles.«

»Du bist sehr aufgeweckt.«

»Ich wünschte nur, ich könnte mehr tun.«

Peyna richtete sich auf, und plötzlich war sein Gesicht schroff und abweisend. »Das darfst du nicht, und das wirst du nicht«, sagte er. »Dies ist gefährlich genug. Du tust einem jungen Mann diesen Gefallen, der eines schlimmen Mordes überführt worden ist − des zweitschlimmsten Mordes, den man sich nur vorstellen kann.«

»Peter ist mein Freund«, sagte Ben, und er sprach mit einer Würde, die in ihrer Schlichtheit beeindruckend war.

Anders Peyna lächelte ein wenig und hob einen Finger, um auf die verblassenden Blutergüsse in Bens Gesicht zu deuten. »Ich vermute«, sagte er, »du mußt bereits für diese Freundschaft bezahlen.«

»Ich würde diesen Preis hundertfach bezahlen«, erklärte Ben. Er zögerte nur einen Augenblick, dann fuhr er kühn fort: »Ich glaube nicht, daß er seinen Vater umgebracht hat. Er liebte König Roland so sehr, wie ich meinen eigenen Vater liebe.«

»Wirklich?« fragte Peyna scheinbar desinteressiert.

»Das tat er!« rief Ben. »Glaubt *Ihr*, daß er seinen Vater ermordet hat? Glaubt Ihr das *wirklich*?«

Peyna lächelte ein so trockenes und grimmiges Lächeln, daß selbst Bens heißes Blut abkühlte.

»Wenn ich es nicht täte, wäre ich vorsichtig, zu wem ich das sage«, meinte er. »Sehr, sehr vorsichtig. Sonst könnte es sein, daß ich bald das Beil des Henkers im Nacken spüre.«

Ben sah Peyna schweigend an.

»Du sagst, du bist sein Freund, und ich glaube dir.« Peyna richtete sich noch etwas gerader in seinem Sessel auf und deutete mit dem Finger auf Ben. »Wenn du wirklich sein Freund bist, dann tust du genau das, was ich dir aufgetragen habe, mehr nicht. Wenn du aufgrund deiner geheimnisvollen Mission irgendwelche Hoffnungen auf Peters Freilassung hegst — und ich sehe deinem Gesicht an, daß du das tust —, so mußt du sie sofort wieder vergessen.«

Anstatt nach Arlen zu läuten, führte Peyna den Jungen persönlich zur Tür — zur Hintertür. Der Soldat, der ihn heute nacht hierher gebracht hatte, würde sich morgen auf den Weg ins Westliche Baronat machen.

Unter der Tür sagte Peyna: »Noch einmal: Du darfst von dem, was wir vereinbart haben *nicht ein Wort* verlauten lassen. Die Freunde Peters haben neuerdings in Delain keine Freunde mehr, wie deine Blutergüsse beweisen.«

»Ich nehme es mit allen auf!« sagte Ben hitzig. »Mit einem nach dem anderen, oder mit allen zusammen!«

»Ja«, sagte Anders Peyna mit demselben trockenen, grimmigen Lächeln. »Und würdest du von deiner Mutter dasselbe verlangen? Oder von deiner kleinen Schwester?«

Ben starrte den alten Mann an. In seinem Herzen hatte sich die Furcht wie eine kleine, zarte Rosenknospe geöffnet.

»Dazu wird es kommen, wenn du nicht alle erdenkliche Sorgfalt walten läßt«, erklärte Peyna. »Die Stürme sind in Delain noch nicht vorbei, sie fangen erst an.« Er öffnete die Tür; von einer schwarzen Windbö aufgewirbelt, wehte Schnee herein. »Geh jetzt heim, Ben. Ich glaube, deine Eltern werden froh sein, dich so bald wiederzusehen.«

Das war eine gewaltige Untertreibung. Bens Eltern warteten in ihren Nachtgewändern hinter der Tür, als Ben aufschloß. Sie hatten das Läuten des herannahenden Schlittens gehört. Seine Mutter umarmte ihn weinend. Sein Vater, dessen Gesicht gerötet war und in dessen Augen ungewohnte Tränen traten, schüttelte ihm die Hand bis es schmerzte. Ben erinnerte sich daran, wie Peyna gesagt hatte: *Die Stürme sind noch nicht vorbei, sie fangen erst an.*

Und viel später, als er mit hinter dem Kopf verschränkten Händen im Bett lag und in die Dunkelheit starrte und dem Wind lauschte, der draußen heulte, wurde Ben klar, daß Peyna seine Frage nicht beantwortet hatte − er hatte nicht gesagt, ob er glaubte, daß Peter schuldig war oder nicht.

66

Am siebzehnten Tag von Thomas' Regentschaft brachte Dennis, Brandons Sohn, die ersten einundzwanzig Servietten zur Nadel. Er holte sie aus einer Vorratskammer, von der weder Peter noch Thomas noch Ben Staad noch Peyna selbst etwas wußten − aber noch bevor die schlimme Angelegenheit von Peters Haft vorüber war, würden sie alle von ihr wissen. Dennis kannte sie, weil er der Sohn eines Dieners war, der wiederum einer langen Ahnenreihe von Dienern entstammte, aber Vertrautheit erzeugt Gedankenlosigkeit, sagt man, und so dachte er sich nichts Besonderes bei dieser Vorratskammer, aus der er die Servietten holte. Wir werden später noch auf diese Kammer zu sprechen kommen; vorerst möchte ich euch nur soviel verraten: Alle wären äußerst verwundert gewesen, wenn sie sie gesehen hätten, ganz besonders Peter. Denn hätte er von dieser Kammer gewußt, die für Dennis so selbstverständlich war, dann hätte er seine Flucht vielleicht ganze drei Jahre früher bewerkstelligen können... und vieles wäre sicher anders gekommen – im Guten wie im Schlechten.

67

Das königliche Wappen wurde von jeder Serviette von einer Frau entfernt, die Peyna wegen ihrer flinken Nadel und ihrer Schweigsamkeit eingestellt hatte. Jeden Tag saß sie in einem Schaukelstuhl vor der Tür der Vorratskammer und löste Stiche, die wirklich schon sehr alt waren. Wenn sie das tat, hielt sie die Lippen aus mehr als einem Grund geschlossen; einerseits schien ihr das Auftrennen solcher Stickereikunst beinahe ein Vergehen zu sein, aber ihre Familie war arm, und das Geld von Peyna war wie ein Geschenk des Himmels. So saß sie die folgenden Jahre da, wiegte sich hin und her und hantierte mit der Nadel, wie eine jener Weisen Frauen, von denen ihr vielleicht schon in einer anderen Geschichte gehört habt. Sie sprach mit niemandem über ihre tägliche Arbeit, nicht einmal mit ihrem Mann.

Die Servietten verströmten einen leichten, seltsamen Geruch – nicht Moder, sondern Staub, als wären sie ewig lange nicht mehr benützt worden –, aber ansonsten waren sie makellos, jede zwanzig mal zwanzig Rondels, groß genug, den Schoß selbst des gierigsten Essers zu bedecken.

Bei der Übergabe der ersten Servietten ereignete sich ein komischer Zwischenfall. Dennis schlich um Beson herum, weil er mit einem Trinkgeld rechnete. Beson ließ ihn schleichen, weil er damit rechnete, daß der dumme Bengel früher oder später daraufkommen würde, *ihm* ein Trinkgeld zu geben. Beide kamen gleichzeitig zu der Schlußfolgerung, daß keiner ein Trinkgeld bekommen würde. Dennis ging zur Tür, und Beson half mit einem kräftigen Tritt in den Hintern nach. Das brachte ein paar Unterwachmänner dazu, herzhaft zu lachen. Dann tat Beson zur weiteren Belustigung der Unterwachmänner so, als würde er sich mit einer Handvoll Servietten den Hintern abwischen, aber er achtete sorgfältig darauf, nur so zu tun — immerhin hatte Peyna irgendwie mit der Sache zu tun, daher war es das beste, sich zu benehmen.

Vielleicht würde Peyna jedoch nicht mehr lange da sein. In den Schänken und Weinlokalen hatte Beson bereits Gerüchte gehört, wonach der Schatten Flaggs auf den Obersten Richter gefallen war, und wenn Peyna nicht sehr, sehr vorsichtig war, konnte es geschehen, daß er eines schönen Tages die Geschehnisse bei Hofe aus einem noch vorteilhafteren Blickwinkel betrachten konnte als von der Bank, auf der er derzeit saß — diese Burschen munkelten hinter vorgehaltener Hand, es könnte ihm blühen, daß er von einer der spitzen Stangen auf der Schloßmauer in die Fenster hineinsehen konnte.

68

Am achtzehnten Tag von Thomas' Regentschaft lag die erste Serviette auf Peters Frühstückstablett, als es am Morgen gebracht wurde. Sie war so groß, und das Frühstück war so klein, daß sie die gesamte Mahlzeit bedeckte. Peter lächelte zum erstenmal, seit er an diesen kalten, hochgelegenen Ort gekommen war. Auf Wangen und Kinn war der Schatten eines Bartes zu erkennen, der in diesen beiden zugigen Zimmern lang und dicht werden sollte; Peter sah recht verzweifelt aus... bis er lächelte. Das Lächeln erhellte das Gesicht mit magischem Zauber, machte es kräftig und strahlend, zu einem Fanal, dem Soldaten im Kampf zustreben konnten, hätte man meinen können.

»Ben«, murmelte er und nahm die Serviette an einer Ecke hoch. Seine Hand zitterte ein wenig. »Ich wußte, daß du es tun würdest. Danke, mein Freund. Danke.«

Das erste, was Peter mit seiner ersten Serviette tat, war, sich die Tränen abzuwischen, die ihm über die Wangen flossen.

Die Klappe in der Tür wurde geöffnet. Zwei Unterwachmänner sahen herein, wie die beiden Köpfe von Flaggs Papagei, sie drängten sich Wange an stoppliger Wange vor dem winzigen Fenster.

»Ich hoffe, das Baby vergißt nicht, sich das Kinn abzuwischen!« spottete einer mit keifender, schriller Stimme.

»Ich hoffe, das Baby vergißt nicht, sich das Eichen vom Hemd abzuwischen!« rief der andere, woraufhin sie beide in abfälliges Gelächter ausbrachen. Aber Peter würdigte sie keines Blickes, und sein Lächeln schwand nicht.

Die Wachmänner sahen dieses Lächeln und machten keine Witze mehr. Es hatte etwas an sich, das Witze verbot.

Schließlich schlossen sie die Luke wieder und ließen Peter allein.

Auch mit dem Mittagessen kam eine Serviette.

Die Servietten wurden Peter in den nächsten fünf Jahren regelmäßig in seine einsame Zelle unter dem Himmel gebracht.

69

Das Puppenhaus wurde am dreißigsten Tag der Regentschaft von Thomas dem Erleuchter gebracht. Mittlerweile erblühten Modilien, die ersten Vorboten des Frühlings (die wir Engelsauge nennen), hübsch anzusehen am Wegesrand. Mittlerweile hatte Thomas der Erleuchter auch ein Gesetz unterschrieben, welches die Steuern der Bauern erhöhte; es wurde schnell als Toms Schwarze Steuer bekannt. Der neue Lieblingswitz in den Schänken und Trinkhallen lautete, daß der König seinen königlichen Namen bald in Thomas der Besteuerer ändern würde. Die Erhöhung betrug nicht acht Prozent, was gerecht gewesen wäre, oder achtzehn, was erträglich gewesen wäre, sondern achtzig Prozent. Thomas hatte anfänglich seine Zweifel gehabt, aber Flagg hatte nicht lange gebraucht, sie zu zerstreuen.

»Wir müssen mehr Steuern auf das erheben, was sie selbst uns melden, damit wir wenigstens einen Teil dessen bekommen, was uns von dem zusteht, das sie vor dem Steuereintreiber verstecken«, sagte Flagg. Thomas, dessen Kopf benommen war vom Wein, der nun im Schloß unaufhörlich floß, hatte genickt und gehofft, ein möglichst weises Gesicht dabei zu machen.

Peter für seinen Teil begann zu befürchten, daß das Puppenhaus im Laufe der Jahre verlorengegangen sei — und das entsprach auch fast der Wahrheit. Ben Staad hatte Dennis beauftragt, es zu suchen. Nach mehrtägigem ergebnislosen Suchen hatte er sich seinem Vater anvertraut — die einzige Person, an die er sich mit einem so ernsten Anliegen wenden konnte. Brandon hatte ebenfalls noch einmal fünf Tage gebraucht, um das Puppenhaus in einem der kleineren Lagerräume im neunten Stock des Westturms zu finden, wo die fröhlichen Kunstrasen und langen, verzierten Flügel des Gebäudes unter einer uralten (und ein wenig mottenzerfressenen) Decke verwahrt waren, die mit den Jahren grau geworden war. Alle ursprünglichen Möbelstücke waren noch im Haus, und es hatte Brandon und Dennis und einen Soldaten, den Peyna höchstpersönlich ausgesucht hatte, weitere drei Tage gekostet, um alle scharfen Gegenstände daraus zu entfernen. Dann endlich wurde das Puppenhaus zugestellt − zwei Jungs trugen es auf einem Brett die dreihundert Stufen empor. Beson folgte dicht hinter ihnen und fluchte und drohte ihnen schrecklichste Strafen an, sollten sie es fallen lassen. Der Schweiß rann den beiden Jungs in Sturzbächen über die Gesichter, aber keiner antwortete etwas darauf.

Als die Tür von Peters Gefängnis geöffnet und das Puppenhaus hereingebracht wurde, blickte Peter überrascht auf − nicht nur, weil das Puppenhaus schließlich doch noch gebracht worden war, sondern weil es sich bei einem der Träger um Ben Staad handelte.

Laß dir nichts anmerken! signalisierten Bens Augen.

Schau mich nicht zu lange an! signalisierte Peter zurück.

Nach dem Rat, den er ihm gegeben hatte, wäre Peyna verblüfft gewesen, Ben hier zu sehen. Er hatte nicht bedacht, daß die Logik aller weisen Männer der Welt oftmals nicht gegen die Logik eines Jungenherzen ankann, wenn das Herz des Jungen groß und gütig und treu ist. Bei Ben Staad traf all dies zu.

Es war sehr einfach gewesen, die Rolle mit einem der Jungen zu tauschen, die das Puppenhaus zur Spitze der Nadel tragen sollten. Für einen Gulden − Bens gesamten Besitz − hatte Dennis es eingefädelt.

»Sag deinem Vater nichts davon«, hatte Ben Dennis gewarnt.

»Warum nicht?« hatte Dennis gefragt. »Ich erzähle meinem Vater fast alles... du nicht?«

»Ich *habe* es getan«, antwortete Ben, der sich daran erinnerte, wie sein Vater ihm verboten hatte, Peters Namen noch einmal auszusprechen. »Aber wenn Jungs erwachsen werden, ändert sich das manchmal. Wie dem auch sei, du darfst ihm davon nichts erzählen, Dennis. Er könnte es Peyna sagen, und dann würde ich im Höllenfeuer schmoren.«

»Also gut«, versprach Dennis. Es war ein Versprechen, an das er sich hielt. Dennis war auf grausame Weise verletzt worden, als sein Herr, den er abgöttisch geliebt hatte, zuerst des Mordes angeklagt und dann verurteilt worden war. In den zurückliegenden Tagen hatte Ben einen Großteil der Leere in Dennis' Herzen aufzufüllen begonnen.

»Das ist gut«, sagte Ben und stieß Dennis spielerisch gegen die Schulter. »Ich möchte ihn nur eine Minute sehen und mich daran erfreuen.«

»Er war dein bester Freund, stimmts?«

»Das ist er noch.«

Dennis hatte ihn verblüfft angesehen. »Wie kannst du einen Mann, der seinen Vater ermordet hat, als deinen besten Freund bezeichnen?«

»Weil ich nicht glaube, daß er es getan hat«, sagte Ben. »Du?«

Zu Bens völligem Erstaunen brach Dennis in bittere Tränen aus. »Mein ganzes Herz sagt mir dasselbe, und doch...«

»Dann höre darauf«, sagte Ben und umarmte Dennis ungeschickt. »Und trockne dein Gesicht ab, bevor jemand dich wie ein Kind weinen sieht.«

»Stellt es ins Nebenzimmer«, sagte Peter nun und bemerkte besorgt das leichte Zittern seiner Stimme. Beson bemerkte es nicht, er war zu sehr damit beschäftigt, die beiden Jungs wegen ihrer Langsamkeit zu verfluchen, anschließend wegen ihrer Dummheit und dann, weil sie überhaupt existierten. Sie trugen das Puppenhaus ins Schlafzimmer und stellten es ab. Der andere Junge, der ein ausgesprochen dummes Gesicht hatte, ließ sein Ende zu schnell und zu fest fallen. Man hörte das leise Geräusch von etwas im Innern, das zerbrach. Peter zuckte zusammen. Beson verpügelte den Jungen, aber er lachte, während er es tat. Es war das erste positive Erlebnis, seit die beiden Bengel mit dem verfluchten Ding aufgetaucht waren.

Der dumme Junge stand auf und wischte sich das Gesicht ab, das bereits anzuschwellen begann, und betrachtete Peter offenen Mundes und mit unverhohlener Angst und Verwunderung. Ben blieb noch einen Augenblick länger auf den Knien. Vor der Tür des Hauses befand sich eine kleine geflochtene Matte, ein Fußabtreter. Einen Augenblick ruhte Bens Daumen auf dieser Matte, und er sah Peter in die Augen.

»Und jetzt hinaus!« brüllte Beson. »Hinaus, alle beide! Geht heim und verflucht eure Mütter dafür, daß sie jemals so langsame Narren wie euch geboren haben!«

Die Jungs gingen an Peter vorbei, der stumpfsinnige wich ihm dabei aus, als befürchte er, Peter hätte eine ansteckende Krankheit, die er sich ebenfalls holen könnte. Ben sah Peter noch einmal in die Augen, und Peter erschauerte angesichts der Liebe, die er im Blick seines Freundes spürte. Dann waren sie verschwunden.

»Nun habt Ihr es, mein kleiner Prinz«, sagte Beson. »Was sollen wir Euch als nächstes bringen? Samtkleidchen! Seidene Unterhosen?«

Peter drehte sich langsam um und sah Benson an. Nach einem Augenblick senkte Beson den Blick. Peters Augen hatten etwas Furchterregendes, und Beson mußte sich wieder daran erinnern, daß Peter, Memme oder nicht, ihn so verprügelt hatte, daß ihm noch zwei Tage hinterher alle Knochen wehgetan hatten und er eine ganze Woche lang Anfälle von Übelkeit gehabt hatte.

»Nun, das ist Eure Sache«, murmelte er. »Aber nun, da Ihr es habt, könnte ich Euch einen Tisch besorgen, um es raufzustellen. Und einen Stuhl, um zu sitzen, wenn Ihr...« Er verzog das Gesicht. »Wenn Ihr damit spielt.«

»Und wieviel würde das kosten?«

»Lediglich drei Gulden, würde ich sagen.«

»Ich habe kein Geld.«

»Ah, aber Ihr kennt mächtige Leute.«

»Nichts mehr«, sagte Peter. »Ich habe einen Gefallen für einen Gefallen erbeten, das ist alles.«

»Dann setzt Euch auf den Boden und holt Euch Hämorrhoiden dabei und seid verflucht!« knurrte Beson und verließ das Zimmer. Die angenehme Flut der Gulden, die ihn überschwemmt hatte, seit Peter in die Nadel gekommen war, war offensichtlich versiegt. Das machte Beson für einige Tage äußerst übellaunig.

Peter wartete, bis er alle Riegel einrasten gehört hatte, bevor er die geflochtene Matte anhob, auf die Ben den Daumen gepreßt hatte. Darunter fand er ein Stück Papier, das nicht größer war als die Briefmarke auf einem Brief. Beide Seiten waren vollgeschrieben, und es war kein Freiraum zwischen den Buchstaben. Die Buchstaben waren wirklich winzig − Peter mußte die Augen zusammenkneifen und vermutete, daß Ben den Brief mit Hilfe eines Vergrößerungsglases geschrieben hatte.

Peter − vernichte diesen Zettel, wenn Du ihn gelesen hast. Ich glaube nicht, daß Du es getan hast. Andere denken sicher ebenso. Ich bin noch Dein Freund. Ich liebe dich wie früher. Dennis glaubt es auch nicht. Vielleicht hilft Peyna. Verliere nicht den Mut.

Als er dies las, füllten Peters Augen sich mit heißen Tränen der Dankbarkeit. Ich glaube, wahre Freundschaft läßt uns stets solche Dankbarkeit empfinden, denn die Welt scheint meistens eine sehr rauhe Wüste zu sein, und die Blumen, die dort erblühen, erblühen gegen jede Wahrscheinlichkeit. »Guter alter Ben«, flüsterte er. Mit seinem überströmenden Herzen wußte er nichts anderes zu sagen. »Guter alter Ben! Guter alter Ben!«

Zum erstenmal hatte er das Gefühl, daß sein Plan, der zugegebenermaßen kühn und verwegen war, eine Aussicht auf Erfolg haben könnte.

Dann dachte er an den Brief. Ben hatte sein Leben riskiert, um ihm zu schreiben. Ben war adlig — gerade noch —, aber nicht von königlichem Geblüt und daher auch nicht sicher vor dem Beil des Henkers. Wenn Beson oder einer seiner Schakale diesen Brief fanden, dann würden sie erraten, daß einer der Jungs, die das Puppenhaus getragen hatten, ihn geschrieben hatte. Der stumpfsinnige sah aus, als könnte er nicht einmal die Großbuchstaben in einem Kinderbuch lesen, geschweige denn so winzige schreiben wie diese hier. Also würden sie nach dem anderen Jungen suchen, und von da bis zum Richtplatz könnte es dann ein kurzer Weg für Ben sein.

Ihm fiel nur eine sichere Methode ein, den Brief zu beseitigen, und er zögerte nicht; er knüllte ihn zwischen Daumen und Zeigefinger der rechten Hand zusammen und verschluckte ihn.

70

Ihr habt inzwischen sicher schon erraten, wie Peters Fluchtplan aussah, denn ihr wißt eine ganze Menge mehr als Peyna, als er Peters Ersuchen las. Wie dem auch sei, die Zeit ist gekommen, es euch frei heraus zu sagen. Er hatte vor, aus Fäden ein Seil zu flechten. Die Fäden würden natürlich von den Servietten stammen. Dieses Seil wollte er aus dem Fenster hinablassen und so entkommen. Nun werden einige von euch sich sicher halbtot lachen über diesen Einfall. *Fäden von Servietten, um aus einem Turm zu entkommen, der hundert Meter hoch ist?* werdet ihr fragen. *Entweder bist du verrückt, Geschichtenerzähler, oder aber Peter war es!*

Nichts dergleichen. Peter wußte sehr wohl, wie hoch die Nadel war, und er wußte auch, er durfte niemals zu ungeduldig sein und zu viele Fäden von einer Serviette abreißen. Wenn er zuviel abriß, würde jemand bestimmt sehr, sehr neugierig werden. Das mußte nicht einmal der Oberwärter sein; die Wäscherin, die die Servietten wusch, konnte feststellen, daß sehr viel von einer fehlte. Sie konnte es einer Freundin gegenüber erwähnen, diese gegenüber einer anderen Freundin... und so würde sich die Geschichte verbreiten... Ihr müßt wissen, daß Peter sich wegen Beson keine Gedanken machte. Beson war, das kann man getrost sagen, ein einfältiger Bursche.

Flagg dagegen nicht.

Flagg hatte seinen Vater ermordet...

...und Flagg konnte das Gras wachsen hören.

Es war jammerschade, daß Peter sich niemals über den seltsamen Geruch der Servietten Gedanken machte oder sich fragte, ob die Person, welche die königlichen Wappen entfernte, entlassen worden war, nachdem sie eine bestimmte Anzahl entfernt hatte, oder ob sie immer noch damit beschäftigt war — aber natürlich machte er sich wegen anderer Dinge Gedanken. Allerdings stellte er fest, daß sie sehr alt waren, und das war gut — er konnte viel mehr Fäden aus jeder reißen, als er es in seinen optimistischsten Augenblicken zu hoffen gewagt hatte. Wieviel *mehr* er hätte nehmen können, fand er erst im Laufe der Zeit heraus.

Trotzdem, kann ich ein paar von euch sagen hören, *Fäden von Servietten, um daraus ein Seil zu machen, das lange genug ist, um vom Fenster der höchsten Zelle der Nadel bis zum Boden zu reichen? Fäden von Servietten, um daraus ein Seil zu machen, das kräftig genug ist, hundertsiebzig Pfund zu tragen? Ich glaube immer noch, daß das ein Scherz ist!*

Diejenigen von euch, die das sagen, vergessen dabei das Puppenhaus... und den Webstuhl darin, der so winzig war, daß die Fäden der Servietten wie für ihn ge-

229

schaffen waren. Diejenigen von euch, die das denken, vergessen dabei, daß alles in dem Puppenhaus winzig war, aber dennoch perfekt funktionierte. Die scharfen Gegenstände waren entfernt worden, dazu gehörte auch die Schnittklinge des Webstuhls... aber ansonsten war er intakt.

Das Puppenhaus, über das sich Flagg schon vor so langer Zeit Gedanken gemacht hatte, war nun Peters einzige wirkliche Hoffnung auf Flucht.

71

Ich glaube, ich müßte ein viel besserer Geschichtenerzähler sein, als ich es bin, um euch begreiflich zu machen, wie die fünf Jahre in der Spitze der Nadel für Peter waren. Er aß; er schlief; er sah zum Fenster hinaus, von dem er den westlichen Teil der Stadt überblicken konnte; er machte morgens, mittags und abends Übungen; er träumte seine Träume von der Freiheit. Im Sommer kochte sein Gemach, im Winter gefror es.

Im zweiten Winter holte er sich eine böse Grippe, an der er fast gestorben wäre.

Peter lag fiebernd und hustend unter der dünnen Decke auf dem Bett. Zuerst befürchtete er, er würde ins Delirium fallen und anfangen, von dem Seil zu erzählen, das sorgfältig geschlungen unter zwei Mauersteinen an der Ostwand seines Schlafzimmers lag. Als das Fieber schlimmer wurde, verlor das versteckte Seil an Bedeutung, denn nun befürchtete er zu sterben.

Beson und seine Unterwachmänner waren sogar überzeugt davon. Sie schlossen schon Wetten darauf ab, wann es soweit sein würde. Eines Nachts, etwa eine Woche nach Beginn des Fiebers, während der Wind draußen tobte und die Temperatur auf Null Grad sank, erschien

Roland Peter in einem Traum. Peter war davon überzeugt, daß Roland gekommen war, um ihn zu den Fernen Feldern mitzunehmen.

»Ich bin bereit, Vater!« rief er. In seinem Delirium wußte er nicht einmal, ob er laut gesprochen oder nur in seinen Gedanken gerufen hatte. »Ich bin bereit zu gehen!«

Du wirst noch nicht sterben, sagte sein Vater in dem Traum... oder in der Vision... was immer es war. *Du hast noch viel zu tun Peter.*

»Vater!« kreischte Peter. Seine Stimme war kräftig, und unter ihm glaubten die Wachen, Beson eingeschlossen, daß Peter jetzt den rauchenden, ermordeten Geist von König Roland sah, der gekommen war, um Peters Seele in die Hölle mitzunehmen. In dieser Nacht schlossen sie keine Wetten mehr ab, einer von ihnen ging schon am nächsten Tag in die Kirche der Großen Götter, fand wieder zur Religion und wurde schließlich Priester. Der Mann hieß Curran, und ich werde euch vielleicht in einer anderen Geschichte von ihm erzählen.

In gewisser Weise sah Peter *tatsächlich* einen Geist — aber ob es nun wahrhaftig der Geist seines Vaters war oder nur eine Ausgeburt seiner fiebrigen Fantasie, das kann ich nicht sagen.

Seine Stimme sank zu einem Murmeln herab; den Rest konnten die Wachen nicht hören.

»Es ist so kalt... und mir ist so heiß.«

Mein armer Junge, sagte sein leuchtender Vater. *Dir wurden schwere Prüfungen auferlegt, und ich glaube, es werden dir noch viele bevorstehen. Aber Dennis wird wissen...*

»Was wissen?« stöhnte Peter. Seine Wangen waren gerötet, aber seine Stirn war so bleich wie eine Wachskerze.

Dennis wird wissen, wohin der Schlafwandler geht, flüsterte sein Vater, und damit verschwand er.

Peter sank in eine Ohnmacht, die sich bald in einen tiefen, heilsamen Schlaf verwandelte. In diesem Schlaf ließ das Fieber nach. Der Junge, der es sich zur Aufgabe gemacht hatte, jeden Tag sechzig Liegestützen und hundert Rumpfbeugen zu machen, erwachte am nächsten Morgen zu geschwächt, um auch nur das Bett zu verlassen, aber er war wieder bei klarem Verstand.

Beson und die Unterwachmänner waren enttäuscht. Aber nach dieser Nacht behandelten sie Peter mit einer gewissen Ehrfurcht und achteten darauf, ihm niemals zu nahe zu kommen.

Was seine Tätigkeit selbstverständlich wesentlich erleichterte.

Dies alles war leicht zu erzählen, wenngleich es zweifellos besser wäre, wenn ich mit Bestimmtheit sagen könnte, ob der Geist dagewesen ist oder nicht. Aber wie auch bei anderen Ereignissen in dieser Geschichte, müßt ihr euch darüber selbst ein Urteil bilden, finde ich.

Wie aber soll ich euch von Peters endloser Arbeit an dem winzigen Webstuhl berichten? Das übersteigt meine Kräfte. Er verbrachte endlose Stunden davor, manchmal gefror ihm der Atem am Mund, manchmal rann ihm der Schweiß in Strömen übers Gesicht. Stets lebte er in der Angst, entdeckt zu werden; all diese langen Stunden allein, und nichts als Gedanken und fast absurde Hoffnungen, um sie auszufüllen. Ich kann euch einiges erzählen, und das werde ich, aber diese Stunden und Tage des langsamen Verrinnens der Zeit heraufzubeschwören, das ist mir nicht möglich, und es wäre wahrscheinlich auch keinem anderen möglich, abgesehen von einem der großen Geschichtenerzähler, deren Zunft längst ausgestorben ist. Das einzige, das vielleicht darauf hindeutet, wieviel Zeit Peter in dem Turm verbrachte, ist sein Bart. Als er kam, war er wenig mehr als ein Schatten auf seinen Wangen und ein Strich unter der Nase – der Bart eines Knaben. In den eintausendachthundertfünfundzwanzig Tagen, die dann folgten, wurde er lang und dicht; am Ende reichte er ihm bis auf die Brust, und ob-

232

wohl er erst zweiundzwanzig Jahre alt war, hatte er graue Strähnen. Die einzige Stelle, wo er nicht wuchs, war entlang der unregelmäßigen Narbe, die von Besons Fingernagel stammte.

Im ersten Jahr wagte Peter nicht, mehr als fünf Fäden von jeder Serviette zu nehmen – fünfzehn Fäden pro Tag. Er verwahrte sie unter dem Kopfkissen, und am Ende einer jeden Woche hatte er hundertundfünf. Nach unseren Maßen war jeder Faden etwa fünfundvierzig Zentimeter lang.

Die ersten wob er eine Woche, nachdem er das Puppenhaus bekommen hatte, wobei er behutsam mit dem Webstuhl arbeitete. Ihn zu benutzen fiel ihm mit siebzehn nicht mehr so leicht wie mit fünf. Seine Finger waren gewachsen; der Webstuhl nicht. Zudem war er schrecklich nervös. Wenn einer der Wachmänner ihn bei seiner Tätigkeit erwischte, konnte er sagen, er wob aus Spaß Fäden der alten Servietten zu Schnüren zusammen, um sich die Zeit zu vertreiben... *wenn* sie ihm glaubten. Und *wenn* der Webstuhl funktionierte. Er glaubte erst daran, als er die erste perfekt gewobene Kordel aus dem Webstuhl herauskommen sah. Als Peter das sah, ließ seine Nervosität ein wenig nach, und er konnte nun schneller weben; er führte die Fäden vorsichtig ein, hielt sie fest, damit sie straff blieben, und bediente das Fußpedal mit dem Daumen. Der alte Webstuhl quietschte anfangs ein wenig, doch bald löste sich die verhärtete Schmiere, und er funktionierte wieder so reibungslos wie in seiner Kindheit.

Aber die Kordel war schrecklich dünn, nicht einmal fünf Millimeter im Durchmesser. Peter zog versuchsweise an beiden Enden. Sie hielt. Das ermutigte ihn ein wenig. Die Kordel war kräftiger als sie aussah, und er dachte, daß sie auch kräftig sein *mußte*. Schließlich waren es königliche Servietten, aus der besten Baumwolle des Landes gewoben, und er hatte straff gewoben. Er zog stärker und versuchte abzuschätzen, wieviel Pfund Belastung er dem winzigen Faden zumutete.

Er zog noch stärker, die Kordel hielt, und er spürte, wie Hoffnung sein Herz erfüllte. Er mußte an Yosef denken.

Yosef, der Stallmeister, war es gewesen, der ihm den Begriff ›Bruchbelastung‹ erklärt hatte. Es war Hochsommer gewesen, und sie hatten riesige anduanische Ochsen beobachtet, die Steinblöcke zum Platz des neuen Marktes schleppten. Ein schwitzender, fluchender Lenker saß im Nacken eines jeden Ochsen. Peter war damals gerade elf gewesen, und das Ganze gefiel ihm besser als der Zirkus. Yosef wies ihn darauf hin, daß jeder Ochse einen schweren Lederharnisch anhatte. Die Ketten, mit denen der Steinquader gezogen wurden, befanden sich rechts und links vom Nacken des Tieres am Halfter. Yosef erzählte ihm, die Arbeiter im Steinbruch müßten genau abschätzen, wie schwer jeder Steinblock war.

»Denn wenn die Quader zu schwer sind, dann verletzen sich die Ochsen vielleicht bei dem Versuch, sie zu ziehen«, meinte Peter. Es war keine Frage, weil es ihm offensichtlich erschien. Ihm taten die Ochsen leid, die diese großen Steinquader schleppen mußten.

»Nee«, sagte Yosef. Er zündete sich eine aus Getreidestroh gedrehte Zigarette an, flammte sich dabei um ein Haar seine Nasenspitze ab und sog tief und zufrieden den Rauch ein. Er mochte die Gesellschaft des jungen Prinzen. »Nee, Ochsen sind nicht dumm − die Menschen halten sie nur dafür, weil sie groß und zahm und hilfreich sind. Sagt mehr über die Menschen aus als über die Ochsen, wenn du mich fragst, aber vergiß das, vergiß das.

Wenn ein Ochse einen Quader ziehen kann, dann zieht er ihn; wenn er ihn nicht ziehen kann, nun, dann versucht er es zweimal und bleibt dann mit gesenktem Kopf stehen, auch wenn ein böser Ochsenlenker seine

Haut in Fetzen peitscht. Ochsen sehen dumm aus, aber das sind sie nicht. Kein bißchen.«

»Warum müssen sie dann im Steinbruch auf das Gewicht der Steine achten, wenn die Ochsen wissen, was sie ziehen können und was nicht?«

»Sind nicht die Quader, sind die Ketten.« Yosef deutete auf einen Ochsen, der einen Quader zog, der für Peter beinahe so groß wie ein Haus zu sein schien. Der Ochse hatte den Kopf gesenkt, die Augen sahen geduldig geradeaus, während der Lenker auf ihm saß und ihn mit einem Stöckchen dirigierte. Am Ende der doppelten Kette glitt der Quader langsam dahin und schob Erde vor sich her. Er hinterließ eine Spur, die so tief war, daß ein kleines Kind sich hätte anstrengen müssen, um daraus hervorzuklettern. »Wenn ein Ochse einen Block ziehen kann, dann zieht er ihn, aber ein Ochse weiß nichts von Ketten und der Bruchbelastung.«

»Was ist das?«

»Wenn man fest genug an etwas zieht, wird es reißen«, sagte Yosef. »Wenn diese Ketten dort reißen würden, würden sie schrecklich herumfliegen. Es ist besser, nicht in der Nähe zu sein, wenn eine so schwere Kette reißt, an der ein Ochse mit all seiner Kraft zieht. Sie kann durch die ganze Gegend fliegen. Besonders nach hinten. Kann den Lenker treffen und ihn in Stücke reißen oder dem Tier selbst die Beine abhacken.«

Yosef zog noch einmal an seiner selbstgedrehten Zigarette, dann warf er sie auf den Boden. Er betrachtete Peter mit einem verschmitzten, freundlichen Gesichtsausdruck.

»Bruchbelastung«, sagte er. »Es ist gut, wenn ein junger Prinz darüber Bescheid weiß, Peter. Ketten brechen, wenn man sie zu sehr belastet, und Menschen manchmal auch. Vergiß das nie.«

Jetzt dachte er wieder daran, als er an seinem ersten Strang zog. Welche Belastung wandte er an? Fünf Rull?

Mindestens. Zehn? Vielleicht. Aber vielleicht war das nur Wunschdenken. Er würde sagen: acht. Nein, sieben. Besser, sich nach unten zu verschätzen, wenn überhaupt. Wenn er sich verschätzte... nun, die Pflastersteine des Platzes der Nadel waren sehr, sehr hart.

Er zog noch fester, nun begannen seine Oberarmmuskeln ein wenig hervorzutreten. Als die erste Kordel schließlich riß, schätzte Peter, daß er sie mit etwa fünfzehn Rull belastet hatte − fast vierundsechzig Pfund.

Mit diesem Ergebnis war er nicht unzufrieden.

Später in der Nacht warf er die gerissene Kordel zum Fenster hinaus, wo die Männer, die täglich den Platz der Nadel fegten, sie morgen zusammen mit dem anderen Straßenschmutz wegschaffen würden.

Peters Mutter, die gesehen hatte, welches Interesse er an dem Puppenhaus und den winzigen Möbeln darin hatte, hatte ihm beigebracht, wie man Stränge flocht und diese zu winzigen Teppichen knüpfte. Wenn wir irgend etwas lange nicht mehr gemacht haben, dann vergessen wir manchmal, wie es genau geht, aber Peter hatte viel Zeit, und nach einer Weile fiel ihm wieder ein, wie das Flechten ging.

»Flechten«, hatte seine Mutter es genannt, und daher nannte er es auch so, aber flechten war eigentlich nicht der richtige Ausdruck dafür. Flechten ist genaugenommen das Verzwirbeln zweier Stränge mit der Hand. *Knüpfen*, wie Teppiche gemacht werden, ist das Verflechten von drei oder mehr Strängen. Beim Knüpfen werden zwei Stränge auseinander gelegt, Anfang und Ende auf gleicher Höhe. Der dritte wird zwischen sie gelegt, aber tiefer, so daß das Ende herausschaut. Dieses Muster wiederholt man, während man Länge um Länge hinzufügt. Das Ergebnis sieht dann ein wenig wie beim chinesischen Fingerspiel aus... oder der geflochtene Teppich im Haus eurer Großmutter.

Peter brauchte drei Wochen, bis er genügend Kordeln

beisammen hatte, um sich an dieser Technik zu versuchen, und eine vierte, um sich daran zu erinnern, wie genau das Muster von Über- und Untereinanderlegen aussah. Aber als er es geschafft hatte, hegte er wirklich Hoffnung. Die Schnur war dünn, und man hätte ihn für verrückt gehalten, ihr sein Gewicht anzuvertrauen, aber sie war belastbarer, als sie aussah. Er stellte fest, daß er sie zerreißen konnte, aber nur wenn er sich ein Ende um die Hand wickelte und daran zog, bis seine Oberarmmuskeln hervortraten und seine Nackenmuskeln anschwollen.

An der Decke seiner Schlafkammer waren einige massive Eichenbalken. Wenn er genügend Seil beisammen hatte, mußte er sein Gewicht an einem von ihnen erproben. Wenn die Schnur riß, mußte er eben wieder ganz von vorne anfangen... aber solche Gedanken waren sinnlos, und das war Peter klar – daher arbeitete er einfach unverdrossen weiter.

Jeder Faden, den er zog, war etwa fünfundvierzig Zentimeter lang, aber durch das Weben und Flechten verlor er etwa fünf Zentimeter. Drei Monate brauchte er, um ein Seil aus drei Strängen zu machen – jeder Strang bestand aus hundertundfünf Baumwollfäden –, das neunzig Zentimeter lang war. Eines Nachts, als er sicher war, daß alle Wächter betrunken waren und unten Karten spielten, knüpfte er dieses Stück wie einen Strick über einen Balken. Als er es herumgeschlungen und richtig verknotet hatte, hingen weniger als fünfundvierzig Zentimeter herab.

Es sah beängstigend dünn aus.

Dennoch ergriff Peter es und hängt sich daran. Er preßte die Lippen aufeinander und erwartete jeden Augenblick, daß das Seil reißen und er zu Boden fallen würde. Aber es hielt.

Es hielt.

Peter konnte kaum glauben, daß er an einer Schnur

hing, die so dünn war, daß man sie fast nicht sehen konnte. Er hing fast eine ganze Minute daran, dann stieg er auf sein Bett, um den Knoten zu lösen. Seine Hände zitterten, als er dies tat, und er mußte lange an dem Knoten ziehen, weil seine Augen sich mit Tränen füllten. Er hatte das Gefühl, sein Herz sei ihm nicht mehr so übergequollen, seit er Bens winzigen Brief gelesen hatte.

72

Er hatte das Seil unter der Matratze versteckt, bis Peter klar wurde, daß das nicht mehr genügte. An der Spitze des konischen Daches war die Nadel hundertzwölf Meter hoch; dieses Fenster befand sich etwa hundert Meter über dem Erdboden. Er war einen Meter fünfundachtzig groß und traute sich zu, vom Ende des Seils etwa sechs Meter hinunterzuspringen. Am Ende würde er dennoch fast zweiundneunzig Meter Seil verstecken müssen.

Er entdeckte einen lockeren Stein an der Ostwand seines Schlafzimmers und löste ihn vorsichtig heraus. Überrascht und erfreut stellte er fest, daß sich darunter ein wenig freier Raum befand. Er konnte nicht hineinsehen, daher streckte er die Hand hinein und tastete in der Dunkelheit herum; sein ganzer Körper war steif und angespannt, während er darauf wartete, daß etwas in der Dunkelheit über seine Hand kroch... oder hineinbiß.

Nichts geschah, und er wollte die Hand gerade wieder herausziehen, als seine Finger etwas berührten – kaltes Metall. Peter holte es heraus. Wie er sehen konnte, handelte es sich um ein herzförmiges Medaillon an einer feinen Kette. Medaillon und Kette schienen aus Gold zu sein. Nach dem Gewicht zu urteilen, schien es sich um echtes Gold zu handeln. Nachdem er eine Weile getastet hatte, fand er ein zierliches Schloß. Er drückte darauf, und das Medaillon öffnete sich. Im Innern fand er zwei Bilder, auf jeder Seite eines – sie waren so fein wie die Bilder in Sashas Puppenhaus, vielleicht noch feiner. Peter betrachtete die beiden Gesichter mit dem verwunderten Ausdruck eines kleinen Jungen. Der Mann war sehr ansehnlich, die Frau wunderschön. Ein andeutungsweises Lächeln umspielte die Lippen des Mannes, und seine Augen hatten einen ›sei's drum‹-Ausdruck. Die Augen der Frau waren ernst und dunkel. Peters Verwunderung rührte daher, daß dieses Medaillon sehr alt sein mußte, ihrer Kleidung nach zu schließen, aber auch aus der Tatsache, daß ihm die Gesichter auf unheimliche Weise bekannt vorkamen. Er *hatte* sie schon einmal gesehen.

Er klappte das Medaillon zu und drehte es um. Er glaubte, es wären Initialen auf dem Rücken, aber sie waren geschwungen und verziert, und er konnte sie nicht lesen.

Einem Impuls folgend, streckte er die Hand noch einmal in die Öffnung. Diesesmal berührte er Papier. Das einzelne Pergamentblatt, das er herausholte, war uralt und brüchtig, aber die Schrift war deutlich lesbar, und die Unterschrift unmißverständlich. Der Name lautete Leven Valera, der berüchtigte Schwarze Herzog des Südlichen Baronats. Valera, der eines Tages König hätte werden können, hatte statt dessen seine letzten fünfundzwanzig Lebensjahre hier in der Zelle in der Spitze der Nadel verbracht, weil er seine Frau ermordet hatte. Kein Wunder, daß ihm die Bilder in dem Medaillon vertraut vorkamen! Der Mann war Valera, die Frau war Valeras ermordete Frau Eleanor, über deren Schönheit Lieder gesungen wurden.

Die Tinte, mit der Valera geschrieben hatte, war von einem seltsam rostig-schwarzen Farbton, und die erste Zeile des Schreibens ließ Peters Herz erkalten. Das *ganze* Schreiben ließ ihn frösteln, und nicht nur deshalb, weil die Ähnlichkeit zwischen Valeras Situation und seiner eigenen so groß war, daß es sich fast nicht mehr um einen Zufall handeln konnte.

An den Finder dieses Schreibens

Ich schreibe dies mit meinem eigenen Blut aus einer Vene, die ich mir am linken Unterarm geöffnet habe, mein Federkiel ist der Schaft einer Spune, die ich lange und mühsam an den Steinen meines Schlafzimmers geschliffen habe. Ich habe fast ein Vierteljahrhundert hier unter dem Himmel zugebracht; ich kam als junger Mann hierher, und jetzt bin ich alt. Hustenanfälle und Fieber plagen mich wieder, und diesmal werde ich wohl nicht überleben.

Ich habe meine Frau nicht ermordet. Nein, auch wenn alle Beweise gegen mich sprechen. Ich habe meine Frau nicht ermordet. Ich liebte sie und liebe sie immer noch, auch wenn ihr Gesicht in meinem trügerischen Verstand verblaßt ist.

Ich bin der festen Überzeugung, daß es der Hofzauberer des Königs war, der meine Frau umgebracht und mich so aus dem Weg geschafft hat. Es scheint, als hätte sein Plan Erfolg gehabt, als ginge es ihm gut; doch ich glaube, es gibt Götter, die das Böse letztendlich bestrafen. Seine Stunde wird schlagen, und während sich die Stunde meines Todes nähert, komme ich mehr und mehr zu der Überzeugung, daß er von einem zu Fall gebracht wird, der auch zu diesem Ort der Verzweiflung kommt, der diesen mit meinem Blut geschriebenen Brief findet und liest.

Wenn das so ist, so rufe ich Euch zu: Rache! Rache! Rache! Denkt nicht an mich und meine vergeudeten Jahre, aber vergeßt niemals meine geliebte Eleanor, die im Schlafe in ihrem Bett ermordet wurde! Nicht ich habe ihren Wein vergiftet; ich schreibe den Namen des Mörders hier mit Blut nieder: Flagg! Es war Flagg! Flagg! Flagg!

Nehmt dieses Medaillon und zeigt es ihm in dem Augenblick, da Ihr die Welt von ihrem größten Schurken befreit — zeigt es ihm, damit er weiß, daß ich seinen Untergang mit herbeigeführt habe, und sei es aus meinem ungerechten Mördergrab heraus.

Leven Valera

Vielleicht begreift ihr jetzt das ganze Ausmaß von Peters Schrecken, vielleicht nicht. Vielleicht versteht ihr das etwas besser, wenn ich euch daran erinnere, daß Flagg zwar wie ein Mann in mittleren Jahren aussah, in Wirklichkeit aber schon sehr, sehr alt war.

Peter hatte von dem angeblichen Verbrechen des Leven Valera gelesen, ja. Aber die Bücher, in denen er gelesen hatte, waren Geschichtsbücher. *Alte* Geschichtsbücher. Dieses verfallende, vergilbte Pergament sprach zuerst vom Hofzauberer des Königs und nannte dann Flagg beim Namen. *Sprach* von ihm? Schrie den Namen laut heraus − in Blut!

Aber Valeras angebliches Verbrechen hatte sich zur Regierungszeit von Alan II. zugetragen...

...und Alan II. hatte vor vierhundertfünfzig Jahren über Delain geherrscht.

»Gott, o großer Gott«, flüsterte Peter. Er taumelte zu seinem Bett und ließ sich darauf fallen, bevor seine Knie nachgaben und er zu Boden stürzte. »Er hat es schon einmal getan, und er hat es auf genau dieselbe Weise getan, *aber vor über vierhundert Jahren!*«

Peters Gesicht war totenblaß; die Haare standen ihm zu Berge. Zum erstenmal wurde ihm klar, daß Flagg, der Hofzauberer des Königs, in Wirklichkeit Flagg, das Monster war, das Delain wieder heimsuchte, und diesmal diente er einem neuen König − seinem jungen, verwirrten und leicht zu beeinflussenden Bruder.

73

Anfangs dachte Peter daran, Beson ein weiteres Schmiergeld zu versprechen, wenn er das Medaillon und das alte Pergament zu Anders Peyna brachte. In seiner ersten Erregung kam es ihm so vor, als müßte dies Flagg eindeutig als den Schuldigen ausweisen und ihm, Peter, die Freiheit bringen. Eingehenderes Nachdenken überzeugte ihn allerdings davon, daß das zwar in einem Märchen so geschehen würde, aber nicht in Wirklichkeit. Peyna würde lachen und es als Fälschung bezeichnen. Und wenn er es ernst nahm? Das konnte das Ende des Obersten Richters und des eingesperrten Prinzen bedeuten. Peter hatte scharfe Ohren, und er lauschte genau dem Klatsch aus den Schänken und Trinkhallen, den Beson und die Unterwachmänner einander berichteten. Er hatte von der Steuererhöhung für die Bauern gehört, hatte den bitteren Witz gehört, der vorschlug, Thomas den Erleuchter in Thomas den Besteuerer umzutaufen. Er hatte sogar vernommen, daß einige besonders kühne Draufgänger seinen Bruder den Benebelten Thomas, den Ständig Behämmerten nannten. Die Axt des Henkers wurde mit der Regelmäßigkeit eines Uhrwerks geschwungen, seit Thomas den Thron von Delain bestiegen hatte, aber *diese* Uhr tickte *Verrat-Aufruhr, Verrat-Aufruhr, Verrat-Aufruhr*, und zwar mit einer Regelmäßigkeit, die ermüdend gewesen wäre, wäre sie nicht so furchterregend gewesen.

Mittlerweile hatte Peter Flaggs Absichten durchschaut: die Monarchie von Delain endgültig zu Fall zu bringen. Wenn er das Medaillon oder den Brief zeigte, würde man ihn lediglich auslachen oder Peyna dazu zwingen, etwas zu unternehmen. Und dann würden sie zweifellos beide sterben.

Schließlich verbarg Peter Medaillon und Schreiben wieder dort, wo er sie gefunden hatte. Und dort versteckte er auch sein neunzig Zentimeter langes Seil, für dessen Herstellung er einen ganzen Monat gebraucht hatte. Alles in allem war er nicht unzufrieden mit dem Abend — das Seil hatte gehalten, und daß er das Medaillon und das Schreiben nach vierhundert Jahren gefunden hatte, machte in jedem Fall eines deutlich: es schien wenig wahrscheinlich, daß das Versteck leicht gefunden werden würde.

Aber es gab vieles, worüber er nachdenken mußte, und in dieser Nacht lag er lange wach.

Als er schlief, war ihm, als hörte er Leven Valeras trockene, brüchige Stimme ihm ins Ohr flüstern: *Rache! Rache! Rache!*

74

Zeit, ja, Zeit − Peter verbrachte eine lange Zeit in der Spitze der Nadel. Sein Bart wuchs lang, ausgenommen dort, wo die weiße Narbe sich wie ein weißer Blitz über seine Wange zog. Durch sein Fenster sah er viele Veränderungen. Von schrecklicheren Veränderungen hörte er nur. Die Axt des Henkers fiel nicht seltener, sondern immer häufiger: *Verrat-Aufruhr, Verrat-Aufruhr* ging das Pendel, und manchmal rollten ein halbes Dutzend Köpfe im Verlauf von nur einem einzigen Tag.

Im dritten Jahr von Peters Gefangenschaft, dem Jahr, in dem er erstmals dreißig Klimmzüge hintereinander am Mittelbalken seines Schlafzimmers fertigbrachte, legte Peyna voller Abscheu sein Amt als Oberster Richter nieder. Das war eine Woche lang das Gesprächsthema in den Schänken und Weinstuben, und eine Woche und einen Tag lang das Thema für Peters Wärter. Die Wachmänner waren der Meinung, daß Flagg Peyna ins Gefängnis werfen lassen würde, noch bevor die Richterbank, wo sein Allerwertester sie erwärmt hatte, abgekühlt sein würde, und daß die Bürger von Delain wenig später selbst Gelegenheit haben würden herauszufinden, ob in den Adern des ehemaligen Obersten Richters nun Blut oder Eiswasser floß. Aber da Peyna auf freiem Fuß blieb, verstummte das Gerede bald wieder. Peter war froh, daß Peyna nicht verhaftet worden war. Er trug ihm nichts nach, wenngleich Peyna sich davon hatte überzeugen lassen, daß er seinen Vater ermordet hatte; aber er wußte, daß Flagg alle Beweise eigenhändig arrangiert hatte.

Im dritten Jahr von Peters Gefangenschaft starb Dennis' Vater, Brandon. Sein Dahinscheiden war schlicht, aber voller Würde. Trotz großer Schmerzen in der Brust hatte er sein Tagwerk beendet und war langsam heimgegangen. Er setzte sich in das kleine Wohnzimmer und hoffte, die Schmerzen würden nachlassen. Statt dessen wurden sie schlimmer. Er bat seine Frau und seinen Sohn an seine Seite, küßte beide und fragte, ob er ein Glas Gin haben könnte. Man brachte es ihm. Er trank es, küßte seine Frau noch einmal und schickte sie aus dem Zimmer.

»Du mußt deinem Herrn nun rechtschaffen dienen, Dennis«, sagte er. »Du bist jetzt ein Mann, und du hast die Aufgaben eines Mannes.«

»Ich werde dem König dienen, so gut ich kann, Vater«, erwiderte Dennis, wenngleich ihn der Gedanke, nun die Pflichten seines Vaters übernehmen zu müssen, entsetzte. Tränen benetzten sein gutmütiges, offenes Gesicht. In den vergangenen drei Jahren hatten Brandon und Dennis Thomas gedient, und Dennis' Pflichten waren dieselben gewesen wie bei Peter; trotzdem war es irgendwie nie dasselbe gewesen, nein, nicht im entferntesten dasselbe.

»Thomas, ja«, sagte Brandon, und dann flüsterte er: »Aber wenn die Zeit kommt, deinem ersten Herrn einen Dienst zu erweisen, Dennis, dann darfst du nicht zögern. Ich habe nie geglaubt...«

In diesem Augenblick griff sich Brandon an die linke Seite der Brust, erstarrte und starb. Er starb genau dort, wo er immer hatte sterben wollen, in seinem Sessel vor dem Kaminfeuer.

Im vierten Jahr von Peters Gefangenschaft — das Seil unter den Steinen wurde länger und länger — verschwand die Familie Staad. Die Krone brachte sich in den Besitz des letzten bescheidenen Restes ihres Landes, wie schon früher, wenn andere adlige Familien verschwunden waren. Und je länger Thomas Herrschaft andauerte, desto mehr verschwanden.

Die Staads waren nur ein Thema in den Schänken in einer Woche, in der vier Enthauptungen stattgefunden hatten, die Abgabe für Schankwirte erhöht worden war und man eine alte Frau festgenommen hatte, die drei Tage lang vor dem Palast auf und ab ging und dabei schrie, man habe ihren Sohn verhaftet, weil er sich gegen die Rinderabgabe des letzten Jahres ausgesprochen hatte. Als Peter den Namen Staad in den Unterhaltungen der Wachmänner vernahm, schien sein Herzschlag einen Augenblick lang auszusetzen.

Die Kette von Ereignissen, die zum Verschwinden der Familie Staad geführt hatte, war in Delain mittlerweile hinreichend bekannt. Der Pendelschlag der Henkersaxt hatte die Reihen der Adeligen in Delain auf grausame Weise dezimiert. Viele Adlige starben, weil ihre Familien dem Königreich Hunderte – oder Tausende – Jahre treu gedient hatten und sie sich nicht vorstellen konnten, daß auch ihnen ein so ungerechtes Schicksal widerfahren würde. Andere, die die Blutschrift an der Wand lesen konnten, flohen. Zu ihnen gehörten die Staads.

Das Tuscheln begann.

Hinter vorgehaltenen Händen wurden Geschichten erzählt, Geschichten, die andeuteten, daß diese Adligen nicht einfach nur in alle vier Winde zerstreut worden waren, sondern daß sie sich irgendwo sammelten, vielleicht in den tiefen Wäldern im Norden des Königreichs, um dort den Sturz des Königs vorzubereiten.

Diese Geschichten kamen zu Peter wie der Wind durch sein Fenster... Es waren Träume aus einer anderen Welt. Er arbeitete fast die ganze Zeit an seinem Seil. Im ersten Jahr wuchs das Seil alle drei Wochen um vierzig

Zentimeter. Am Ende dieses Jahres hatte er ein dünnes Kabel, das siebeneinhalb Meter lang war, – ein Seil, das sein Gewicht zumindest theoretisch tragen konnte. Aber es war ein Unterschied, ob er an einem Balken in seinem Schlafzimmer hing, oder über einem hundert Meter tiefen Abgrund, und das wußte Peter genau. Sein Leben würde buchstäblich an einem dünnen Faden hängen.

Aber siebeneinhalb Meter pro Jahr, das genügte nicht; es würde über acht Jahre dauern, bevor er auch nur an einen Versuch denken konnte, und die Gerüchte, die er aus zweiter Hand vernahm, waren sehr beunruhigend geworden. Vor allem mußte das Königreich fortbestehen – es durfte keinen Aufstand, kein Chaos geben. Unrecht mußte gesühnt werden, aber durch das Gesetz, nicht mit Schlingen und Keulen und Pfeilen. Thomas, Leven Valera, Roland, er selbst, sogar Flagg verblaßten daneben zur Bedeutungslosigkeit. Das Gesetz mußte erhalten bleiben.

Wie Anders Peyna, der vor seinem Kamin alt und verbittert geworden war, ihn dieser Gedanken wegen geschätzt hätte!

Peter beschloß, daß er seinen Fluchtversuch so bald wie möglich unternehmen mußte. Er hatte lange Berechnungen angestellt, nur im Kopf, um keinerlei Spuren zu hinterlassen. Er rechnete immer wieder nach, um sicher zu sein, daß er keinen Fehler gemacht hatte.

Im zweiten Jahr seiner Gefangenschaft begann er, zehn Fäden aus jeder Serviette zu ziehen; im dritten Jahr fünfzehn; im vierten Jahr zwanzig. Das Seil wuchs. Nach dem zweiten Jahr war es siebzehneinhalb Meter lang; einunddreißig Meter nach dem dritten; achtundvierzig nach dem vierten.

Zu dem Zeitpunkt hätte das Seil immer noch nur bis zweiundfünfzig Meter über dem Boden gereicht.

Im letzten Jahr begann Peter dreißig Fäden von jeder Serviette zu nehmen, und nun wurden seine Diebstähle zum erstenmal ganz deutlich – jede Serviette sah an allen vier Seiten ausgefranst aus, als wäre sie von Mäusen angenagt worden. Peter wartete voller Furcht darauf, daß sein Diebstahl entdeckt würde.

75

Aber er wurde nicht entdeckt, jetzt nicht, und später auch nicht. Nicht einmal eine Frage wurde jemals gestellt. Peter hatte endlose Nächte (so war es ihm jedenfalls vorgekommen) damit verbracht, sich darüber den Kopf zu zerbrechen, wo Flagg ein falsches Wort hören konnte und so Wind von dem bekommen würde, was er vorhatte. Peter vermutete, daß er dann einen Unterling schicken würde, und dann würden die Fragen beginnen. Peter hatte alles mit peinlicher Genauigkeit durchdacht, und er hatte in seinen Mutmaßungen nur einen Fehler gemacht – aber dieser führte zu einem weiteren (wie das bei falschen Mutmaßungen meistens der Fall ist), und dieser zweite war entscheidend. Er ging davon aus, daß es eine begrenzte Anzahl Servietten gab – alles in allem vielleicht tausend –, die immer wieder benützt wurden. Später dachte er nie mehr über das Thema des Serviettenvorrats nach. Dennis hätte ihm etwas anderes sagen und ihm damit vielleicht zwei Jahre Arbeit ersparen können, aber Dennis wurde nie gefragt. Die Wahrheit war ebenso einfach wie unfaßbar. Peters Servietten kamen nicht aus einem Vorrat von tausend oder zweitausend oder zwanzigtausend; alles in allem waren es *fast eine halbe Million* dieser alten, moderigen Servietten.

In einem Untergeschoß des Schlosses befand sich ein Vorratsraum so groß wie ein Ballsaal. Und er war angefüllt mit Servietten... Servietten... nichts als Servietten. Peter stellte fest, daß sie muffig rochen, und das war nicht verwunderlich; die meisten stammten – Zufall oder nicht – aus der Zeit gleich nach der Gefangennahme und Tod von Leven Valera, und die Existenz dieser Servietten war – Zufall oder nicht – zumindest indirekt das Werk von Flagg. Auf eine eigentümliche Weise waren sie sein Produkt.

Es waren damals wirklich finstere Zeiten für Delain gewesen. Das Chaos, das sich Flagg so sehnlichst wünschte, wäre beinahe über das Land hereingebrochen. Valera war eingesperrt worden, der wahnsinnige König Alan hatte an seiner Stelle den Thron bestiegen. Hätte er zehn Jahre länger gelebt, wäre das Königreich sicher im Blut ertrunken... aber Alan wurde vom Blitz getroffen, als er eines Tages im strömenden Regen auf dem Rasen Ball spielte (wie ich schon sagte, er war verrückt). Es war ein Blitz, behaupteten manche, den die Götter selbst herniederfahren ließen. Ihm folgte seine Nichte Kyla, die als Kyla die Gütige bekannt wurde... und von Kyla war die Erbfolge ununterbrochen bis zu Roland weitergegeben worden – und zu den Brüdern, deren Geschichte ihr bisher mitverfolgt habt. Es war Kyla, die gütige Königin, die das Land aus Dunkelheit und Armut herausführte. Sie hatte die Staatskasse beinahe ruiniert, um das zu bewerkstelligen, aber sie wußte, daß Geldumlauf – hartes Geld – das Blut eines Königreichs ist. In der Zeit der unheimlichen, verworrenen Herrschaft von Alan II., einem König, der manchmal Blut aus den abgeschnittenen Ohren seiner Diener getrunken hatte, der darauf bestand, daß er fliegen konnte, der sich für Zauberei und schwarze Kunst mehr interessierte als für die Staatsfinanzen und das Wohlergehen seines Volkes, war Bargeld stets knapp gewesen. Kyla wußte, Liebe und Gulden mußten im Übermaß fließen, um die Fehler von Alans Herrschaft auszubügeln, und sie fing damit an, daß sie versuchte, jede arbeitsfähige Person in Delain wieder zum Arbeiten zu bringen, vom ältesten bis zum jüngsten.

Viele der älteren Bürger des Königreichs wurden damit

beauftragt, Servietten zu machen – nicht, weil Servietten gebraucht wurden (ich glaube, ich habe euch bereits erzählt, was die meisten Adligen Delains von ihnen hielten), sondern weil *Arbeit* gebraucht wurde. In manchen Fällen handelte es sich um Hände, die zwanzig Jahre und länger untätig gewesen waren, und sie waren arbeitswillig und webten an Webstühlen wie dem in Sashas Puppenhaus – nur größer natürlich!

Zehn Jahre lang webten mehr als tausend alte Leutchen Servietten und bekamen dafür Geld aus Kylas Schatzkammer. Zehn Jahre lang brachten Leute, die ein wenig jünger und besser zu Fuß waren, sie in den kühlen, trockenen Lagerraum unter dem Schloß hinab. Peter hatte festgestellt, daß einige der Servietten, die ihm gebracht wurden, nicht nur muffig rochen, sondern auch mottenzerfressen waren. Auch wenn er es nicht wußte – eigentlich war es ein Wunder, daß noch so viele in einem so guten Zustand waren.

Dennis hätte ihm sagen können, daß die Servietten gebracht, einmal benutzt, abgeräumt und wieder entfernt wurden (minus der wenigen Fäden, die Peter herauszog). Und dann wurden sie einfach weggeworfen. Warum auch nicht? Es gab so viele davon, daß man fünfhundert Prinzen fünfhundert Jahre damit hätte versorgen können – oder noch länger. Wäre Anders Peyna nicht auch ein barmherziger Mann gewesen, sondern nur ein harter, so wäre die Zahl vielleicht tatsächlich begrenzt gewesen. Aber er wußte sehr wohl, wie dringend die namenlose Frau im Schaukelstuhl die Arbeit und den schmalen Verdienst brauchte (Kyla die Gütige hatte das zu ihrer Zeit auch gewußt), und daher ließ er sie weiterarbeiten, wie er sich auch darum kümmerte, daß Beson seine Gulden auch dann noch bekam, als die Familie Staad geflohen war. Die alte Frau vor dem Zimmer mit den Servietten wurde mit ihrer flinken Nadel so etwas wie eine Legende, nur daß sie nicht stickte, sondern auftrennte. Sie saß Jahr für Jahr in ihrem Schaukelstuhl und entfernte Zehntausende königliche Wappen, und daher war es eigentlich nicht verwunderlich, daß Flagg niemals etwas von den Diebstählen zu Ohren kam.

Ihr seht also, wären nicht eine falsche Annahme und eine nicht gestellte Frage gewesen, dann hätte Peter seine Arbeit viel schneller hinter sich bringen können. Manchmal kam ihm schon die Idee, daß die Servietten nicht so schnell abnutzten wie sie abnutzen sollten, aber er kam nie auf die Idee, seine grundlegende (wenn auch vage) Vorstellung zu hinterfragen, daß ihm immer wieder die gleichen Servietten gebracht wurden. Wenn er sich diese einfache Frage gestellt hätte...!

Aber vielleicht kam letztendlich gerade auf diese Weise alles zum Besten.

Oder vielleicht nicht. Und das ist wieder etwas, das ihr selbst entscheiden müßt.

76

Mit der Zeit überwand Dennis seine Angst davor, Thomas' Diener zu sein. Schließlich achtete Thomas meistens überhaupt nicht auf ihn, nur manchmal rügte er ihn, weil er vergessen hatte, seine Schuhe zu putzen (normalerweise zog Thomas selbst sie einfach irgendwo aus und vergaß dann, wo sie waren), oder er bestand darauf, daß Dennis ein Glas Wein mit ihm trank. Wenn er Wein trank, wurde Dennis meistens übel, aber er hatte es sich zur Angewohnheit gemacht, abends ein Gläschen Gin zu trinken. Aber er trank dennoch den Wein. Er brauchte seinen guten alten Vater nicht, um sich sagen zu lassen, daß man eine Einladung des Königs nicht ausschlug. Manchmal, besonders wenn er betrunken war, verbot Thomas Dennis ganz einfach, nach Hause zu gehen, und bestand darauf, daß er die Nacht in Thomas' Gemächern verbrachte. Dennis vermutete zurecht, daß dies Nächte waren, in denen Thomas sich so einsam fühlte, daß er unbedingt Gesellschaft brauchte. Er hielt dann stets lange und langweilige Predigten darüber, wie schwierig es sei, König zu sein, wie er sich bemühe, seine Aufgaben bestmöglich zu erledigen und gerecht zu sein, und wie ihn dennoch jeder aus dem einen oder anderen Grund hasse. Thomas weinte manchmal während dieser Predigten, oder lachte grundlos, wie von Sinnen, meistens jedoch schlief er einfach bei der Verteidigung der einen oder anderen Steuererhöhung ein. Manchmal stolperte er in sein Bett, und Dennis konnte auf dem Sofa schlafen. Häufig jedoch schlief Thomas auf dem Sofa ein – oder verlor die Besinnung –, und dann mußte sich Dennis ein unbequemes Lager auf dem abkühlenden Ofen bereiten. Es war wahrscheinlich das seltsamste Leben, das der Kammerdiener eines Königs jemals geführt hat, aber Dennis kam alles ganz normal vor, weil er es nicht anders kannte.

Daß Thomas ihn weitgehend ignorierte, war eines. Daß *Flagg* ihn ignorierte, das war wieder etwas ganz anderes. Flagg hatte Dennis' Teil an seinem Plan, der Peter in die Nadel brachte, beinahe vergessen. Dennis war für ihn nichts weiter als ein Werkzeug gewesen – ein Werkzeug, das seinen Zweck erfüllt hatte und beiseite gelegt werden konnte. *Hätte* er über ihn nachgedacht, so wäre er vermutlich zu dem Schluß gekommen, daß dem Werkzeug wirklich eine außerordentliche Belohnung zuteil geworden war: Immerhin war Dennis der Kammerdiener des Königs.

Aber in einer frühen Winternacht des Jahres, als Peter einundzwanzig und Thomas sechzehn war, in einer Nacht, da sich Peters dünnes Seil schließlich der Vollendung näherte, da sah Dennis etwas, das alles schlagartig

veränderte – und mit dem, was Dennis sah, muß ich beginnen, die letzten Kapitel meiner Geschichte zu erzählen.

77

Es war eine Nacht nicht unähnlich denen in jener
schrecklichen Zeit kurz vor und kurz nach Rolands Tod.
Der Wind heulte von einem schwarzen Himmel herunter
und pfiff durch die Straßen von Delain. Dicker Rauhreif
lag auf den Wiesen des Inneren Baronats und dem Kopfsteinpflaster der Hauptstadt. Zunächst war ein Dreivier-
telmond zwischen dahinziehenden Wolkenfetzen zu sehen, aber gegen Mitternacht waren die Wolken so dicht,
daß der Mond völlig verdeckt war, und gegen zwei Uhr
morgens, als Thomas seinen Diener Dennis aufweckte,
indem er an dem Riegel der Tür zwischen seinem
Wohnzimmer und dem Flur rüttelte, hatte es zu
schneien begonnen.

Dennis vernahm das Rütteln und richtete sich auf. Er
verzog das Gesicht angesichts seines steifen Rückens
und der Schmerzen in Armen und Beinen. Heute nacht
war Thomas auf dem Sofa eingeschlafen, anstatt wie
sonst zu seinem Bett zu torkeln, daher mußte der junge
Kammerdiener wieder einmal auf dem Ofen nächtigen.
Nun war das Feuer beinahe aus. Die Seite von ihm, die
dem Feuer zugewandt gewesen war, fühlte sich wie ge-
röstet an, die andere erfroren.

Er sah nach der Ursache des Rüttelns... und einen Augenblick ließ das Entsetzen sein Herz erstarren. Einen
Augenblick dachte er, es stünde ein Geist an der Tür,
und er hätte fast geschrien. Dann sah er, daß es nur Thomas in seinem weißen Nachtgewand war.

»M-mein Lord König?«

Thomas achtete nicht auf ihn. Seine Augen waren offen, aber sie sahen den Riegel nicht; sie waren groß und rund und verträumt und starrten ins Nichts. Dennis erriet plötzlich, daß der junge König schlafwandelte.

Als Dennis das klar wurde, schien Thomas aufzugehen, daß sich der Riegel nicht zurückschieben ließ, weil der Bolzen noch darin steckte. Er zog ihn heraus und trat auf den Flur hinaus, und in dem flackernden Fackelschein sah er noch geisterhafter aus. Sein Nachtgewand wurde von einem Luftzug gebauscht, und dann war er mit bloßen Füßen verschwunden.

Dennis saß einen Augenblick mit überkreuzten Beinen stockstill auf dem Herd, die Schmerzen waren vergessen, sein Herz pochte. Draußen schleuderte der Wind Schnee gegen die diamantförmigen Scheiben des Wohnzimmerfensters und stieß einen langen Banshee-Ruf aus. Was sollte er tun?

Natürlich blieb ihm gar keine andere Wahl – der junge König war sein Herr. Er mußte ihm folgen.

Vielleicht war es die wilde Nacht, die Roland so lebhaft in Thomas' Gedächtnis zurückgerufen hatte, aber nicht notwendigerweise; denn eigentlich dachte Thomas sehr oft an seinen Vater. Eine wunde Stelle kann ungeheuer faszinierend sein, und Schuld ist eine wunde Stelle, die der Schuldige immer wieder untersucht und betastet, so daß sie niemals richtig heilt. Thomas hatte weit weniger getrunken wie üblich, aber seltsamerweise war er Dennis betrunkener denn je vorgekommen. Seine Sprechweise war abgehackt und undeutlich gewesen, die Augen unnatürlich weit aufgerissen, zuviel Weiß war darin zu sehen gewesen.

Das war zum größten Teil auf Flaggs Abwesenheit zurückzuführen. Man hatte Gerüchte vernommen, daß die abtrünnigen Adligen – unter ihnen die Staads – sich in den Weiten Wäldern im äußersten Norden des Königreichs sammelten. Flagg führte ein Regiment zäher, kampferprobter Soldaten bei der Suche nach ihnen an.

Wenn Flagg nicht da war, war Thomas immer ganz durcheinander. Er wußte, er war völlig von dem dunklen Zauberer abhängig... aber er war von Flagg auf eine Art und Weise abhängig geworden, die er nicht völlig begriff. Zuviel Wein war längst nicht mehr Thomas' einziges Laster. Denen, die Geheimnisse haben, verweigert sich oft der Schlaf, und Thomas litt extrem unter Schlaflosigkeit. Ohne es zu wissen, war er von Flaggs Schlafmitteln abhängig geworden. Flagg hatte Thomas einen Vorrat der Droge zurückgelassen, als er die Soldaten nach Norden führte, aber Flagg hatte damit gerechnet, nur drei Tage unterwegs zu sein, im äußersten Fall vier. In den vergangenen drei Nächten hatte Thomas schlecht oder gar nicht geschlafen. Er fühlte sich seltsam, nie richtig wach, nie richtig schlafend. Gedanken an seinen Vater verfolgten ihn. Er schien die Stimme seines Vaters im Wind zu hören, die ihm zurief: *Warum starrst du mich an? Warum starrst du mich so an?* Visionen von Wein... Visionen von Flaggs finsterem, faszinierendem Gesicht... Visionen vom Haar seines Vaters, das Feuer fing... all das raubte ihm den Schlaf und ließ ihn mit weit aufgerissenen Augen in die Nacht starren, während alle anderen im Schloß schliefen.

Da Flagg in der achten Nacht immer noch nicht zurück war (er und seine Soldaten hatten fünfzig Meilen vom Schloß entfernt ihr Lager aufgeschlagen, und Flagg war äußerst übler Laune; die einzigen Spuren der Adligen, die sie gefunden hatten, waren gefrorene Hufspuren, und die konnten Stunden oder aber Wochen alt sein), schickte Thomas nach Dennis. Später in dieser Nacht, der achten Nacht, stand Thomas vom Sofa auf und begann zu schlafwandeln.

78

Dennis folgte also seinem Herrn, dem König, die langen und zugigen Korridore hinab, und wenn ihr bisher aufgepaßt habt, dann werdet ihr sicher erraten, wohin Thomas der Erleuchter ging.

Die späte stürmische Nacht war einem frühen stürmischen Morgen gewichen. Niemand war auf den Fluren unterwegs — wenigstens *sah* Dennis niemanden. *Wäre* jemand unterwegs gewesen, so hätte es durchaus geschehen können, daß er oder sie schreiend in die andere Richtung geflohen wäre, weil zwei Geister durch die Flure wandelten, einer voraus in einem langen weißen Gewand, welches man mühelos für ein Leichentuch halten konnte, der andere in schlichtem Leinen, aber barfuß und mit einem so blassen Gesicht, daß man es für das einer Leiche hätte halten können. Ja, ich glaube, jeder, der sie gesehen hätte, wäre schreiend geflohen und hätte vor dem Einschlafen lange Gebete gesprochen... und selbst die vielen Gebete hätten die Alpträume vielleicht nicht verhindern können.

Thomas ging in einen Gang, in dem Dennis selten gewesen war, und er öffnete eine zurückversetzte Tür, die Dennis noch nie aufgefallen war. Der junge König betrat einen weiteren Flur (kein Zimmermädchen kam mit einem Armvoll Laken an ihnen vorbei wie damals, als Flagg den Prinzen Thomas hierher geführt hatte; alle anständigen Zimmermädchen lagen längst in ihren Betten); auf halber Länge blieb Thomas unvermittelt stehen, daß Dennis fast mit ihm zusammengestoßen wäre.

Thomas sah sich um, ob ihm jemand gefolgt war, und seine verträumten Augen sahen direkt durch Dennis hindurch. Dennis bekam eine Gänsehaut, und er mußte sich sehr zusammennehmen, um nicht lauthals zu schreien. Die Gullys in diesem Flur blubberten und stanken fürchterlich; das Licht war schwach und unheimlich. Der junge Diener konnte spüren, wie sich sein Nackenhaar büschelweise aufrichtete, als diese toten Augen über ihn hinwegglitten – Augen gleich toten Lampen, welche lediglich der Mond erhellte.

Er stand hier, direkt hier, aber Thomas sah ihn nicht; für Thomas war sein Diener *trüb.*

Ich muß weglaufen, sagte ein Teil von Dennis' Verstand beunruhigt – aber in seinem Kopf hörte es sich wie ein Verzweiflungsschrei an. *Ich muß weglaufen, er ist im Schlaf gestorben, und ich folge einem wandelnden Leichnam!* Aber dann hörte er die Stimme seines Vaters, seines geliebten Vaters flüstern: *Aber wenn die Zeit kommt, deinem ersten Herrn einen Dienst zu erweisen, Dennis, dann darfst du nicht zögern.*

Eine Stimme, die nachdrücklicher als die beiden anderen war, verriet ihm, daß dieser Zeitpunkt jetzt gekommen war. Und Dennis, ein kleiner Dienerjunge, der einmal ein Königreich verändert hatte, als er eine brennende Maus fand, veränderte es nun ein zweites Mal, indem er auf seinem Platz blieb, obwohl es ihm grauste und das Entsetzen seine Knochen erstarren und das Herz in seiner Brust hüpfen ließ.

Mit einer seltsam tiefen Stimme, die ganz und gar nicht wie seine übliche Stimme klang (aber Dennis kam die Stimme vage bekannt vor), sagte Thomas: »Vierter Stein von dem mit dem Emblem aufwärts. Drücken. Rasch!«

Die Gewohnheit zu gehorchen war so tief in Dennis verwurzelt, daß er tatsächlich bereits einen Schritt nach vorne gemacht hatte, bevor ihm klar wurde, daß sich Thomas in seinem Traum mit der Stimme eines anderen selbst einen Befehl erteilt hatte. Thomas drückte den Knopf, kaum daß Dennis seinen ersten Schritt getan hatte. Der Stein glitt etwa drei Zoll zurück. Es klickte. Dennis' Kiefer klappte herunter, als ein Teil der Wand verschwand. Thomas drückte sie noch weiter nach innen, und Dennis sah, daß es sich hier um eine große Geheimtür handelte. Bei Geheimtüren dachte er an Geheimfächer, und bei Geheimfächern dachte er an brennende Mäuse. Wieder verspürte er den Wunsch, sich umzudrehen und wegzulaufen, aber er blieb standhaft.

Thomas ging hinein. Einen Augenblick war er nichts weiter als ein weißes Nachthemd in der Dunkelheit, ein Nachthemd ohne jemand darinnen. Dann schloß sich die Mauer wieder. Die Illusion war perfekt.

Dennis stand da und trat von einem kalten bloßen Fuß auf den anderen kalten bloßen Fuß. Was sollte er jetzt tun?

Wieder schien er seines Vaters Stimme zu hören, jetzt deutlich ungeduldig und keine Widerrede duldend: *Folge ihm, nichtsnutziger Bengel! Folge ihm, und zwar schnell! Dies ist der Augenblick! Folge ihm!*

Aber, Vater, die Dunkelheit...

Er vermeinte eine heftige Ohrfeige zu verspüren, und Dennis dachte hysterisch: *Sogar als Toter hast du noch eine kräftige Handschrift, Vater! Schon gut, schon gut, ich gehe!*

Er zählte vom Stein mit dem Emblem vier nach oben und drückte. Die Tür schwang etwa vier Zoll in die Dunkelheit.

In der ehrfürchtigen Stille des Flurs vernahm er ein leises, kratzendes Geräusch — wie von einer Maus aus Stein. Nach einem Augenblick wurde Dennis klar, daß das seine eigenen Zähne waren, die klapperten.

Oh, Vater, ich habe solche Angst, jammerte er... und dann folgte er König Thomas in die Dunkelheit.

79

Fünfzig Meilen entfernt war Flagg wegen der bitteren Kälte in fünf Decken eingerollt, und er schrie genau in dem Augenblick im Schlaf auf, als Dennis dem König in den Geheimgang folgte. Auf einem nicht weit entfernten Hügel heulten Wölfe gleichzeitig mit diesem Schrei. Der Soldat, der direkt links neben Flagg schlief, starb auf der Stelle an einem Herzschlag. Er hatte geträumt, ein großer Löwe käme daher und wolle ihn verschlingen. Der Soldat, der rechts von Flagg lag, wachte am anderen Morgen auf und stellte fest, daß er blind geworden war. Manchmal erschauern Welten und wanken in ihrer Achse, und das war ein solcher Augenblick. Flagg spürte es, konnte es aber nicht begreifen. Alles Gute der Welt hat nur einen Segen – zu Zeiten von entscheidender Wichtigkeit sind böse Kreaturen manchmal auf seltsame Weise blind. Als der Hofzauberer am nächsten Morgen erwachte, da wußte er, daß er einen schlechten Traum gehabt hatte, wahrscheinlich aus seiner eigenen Vergangenheit, aber er konnte sich nicht erinnern, was es gewesen war.

80

Die Dunkelheit in dem Geheimgang war undurchdringlich, die Luft unbewegt und trocken. Irgendwo, aus einer unbestimmten Richtung, vernahm Dennis einen schrecklich einsamen Laut.

Der König weinte.

Als er das hörte, wich Dennis' Furcht von ihm. Er bedauerte Thomas, der stets unglücklich zu sein schien und während seiner Regierungszeit fett und pickelig geworden war – häufig war er verkatert und zittrig, wenn er in der Nacht zuvor zuviel Wein getrunken hatte, und dann war sein Atem meist sehr übelriechend. Thomas' Beine wurden bereits krumm, und wenn Flagg nicht dabei war, hatte er die Neigung, mit gesenktem Kopf und ins Gesicht hängendem Haar zu gehen.

Dennis ertastete sich mit ausgestreckten Händen den Weg. Das Weinen in der Dunkelheit wurde lauter... und dann war das Dunkel plötzlich nicht mehr so undurchdringlich. Er vernahm ein leises, gleitendes Geräusch, und dann sah er Thomas plötzlich undeutlich. Er stand am Ende des Ganges, und aus zwei kleinen Öffnungen fiel bernsteinfarbenes Licht herein. Dennis erinnerten diese Öffnungen seltsam an schwebende Augen.

Gerade als Dennis zu glauben begann, alles wäre gut und er würde diesen mitternächtlichen Ausflug überleben, kreischte Thomas auf. Er kreischte so laut, man hätte meinen können, seine Stimmbänder müßten reißen. Die Kraft wich aus Dennis' Beinen, und er fiel zu Boden, wobei er die Hände auf den Mund preßte, um nicht selbst zu schreien. Und nun hatte er den Eindruck, als wäre dieser seltsame Gang von Geistern erfüllt, Geistern gleich seltsam flügelschlagenden Fledermäusen, die sich jeden Augenblick in seinem Haar verfangen konnten; oh, ja, Dennis hatte den Eindruck, als wäre der Gang voll unruhiger Untoter, und vielleicht war es so, vielleicht war es so.

Er wäre beinahe in Ohnmacht gefallen... beinahe... aber nicht ganz.

81

Flagg hatte ihn leben lassen. In den Schänken flüsterte man hinter vorgehaltener Hand, daß er ein Abkommen mit Flagg geschlossen hatte — daß der Hofzauberer möglicherweise die Namen bestimmter Verräter von ihm erfahren hatte oder daß Peyna ›etwas‹ mit Flagg hatte, ein Geheimnis kannte, das ans Licht kommen würde, sollte Peyna unerwartet sterben. Das war natürlich lächerlich. Flagg war kein Mann, der sich drohen ließ — weder von

Peyna noch von sonst jemandem. Es gab keine Geheimnisse. Es gab keine Vereinbarungen oder Absprachen. Flagg hatte ihn schlicht und einfach leben lassen... und Peyna wußte warum. Tot hätte er vielleicht seinen Frieden gehabt. Aber da er am Leben war, war er der nagenden Ungewißheit seines eigenen Gewissens ausgeliefert. Er mußte die schrecklichen Veränderungen mit ansehen, die Flagg in Delain erreicht hatte.

»Ja?« fragte er gereizt. »Was ist denn, Arlen?«

»Ein Junge ist da, mein Lord. Er sagt, er muß Euch sprechen.«

»Schick ihn fort«, sagte Peyna verärgert. Er überlegte, daß er noch vor einem Jahr das Klopfen an der Tür selbst gehört hätte, aber er schien mit jedem verstreichenden Tag tauber zu werden. »Ich empfange nach neun niemanden mehr, das weißt du. Es hat sich vieles verändert, aber das nicht.«

Arlen räusperte sich. »Ich kenne den Jungen. Es ist Dennis, Brandons Sohn. Der Kammerdiener des Königs wünscht Euch zu sehen.«

Peyna starrte Arlen an und konnte kaum glauben, was er gehört hatte. Vielleicht wurde er schneller taub, als er dachte. Er bat Arlen, es zu wiederholen, und es war immer noch genau dasselbe.

»Schick ihn herein. Schick ihn herein.«

»Sehr wohl, mein Lord.« Arlen drehte sich um.

Die Erinnerung an die Nacht, in der Beson mit Peters Nachricht gekommen war, kam zurück — wahrscheinlich deshalb, weil diese Nacht jener so ähnlich war, bis hin zum kalten Wind, der draußen heulte. »Arlen«, rief er.

Arlen drehte sich um. »Mein Lord?«

Peynas rechter Mundwinkel zuckte fast unmerklich. »Bist du ganz sicher, daß es kein Zwergenjunge ist?«

»Ziemlich sicher, mein Lord«, antwortete Arlen, und sein *linker* Mundwinkel zuckte ebenso unmerklich. »Es gibt keine Zwerge in der bekannten Welt mehr. Das hat meine Mutter mich gelehrt.«

»Sie war offensichtlich eine Frau von klarem Verstand und großer Klugheit, die entschlossen war, ihren Sohn angemessen zu erziehen, und nicht verantwortlich sein wollte für irgendwelche Makel des Materials, mit dem sie arbeiten mußte. Führe den Jungen unverzüglich herein.«

»Ja, mein Lord.« Die Tür schloß sich.

Peyna sah ins Feuer und rieb sich die alten, arthritischen Hände in einer Geste ungewohnter Regsamkeit. Thomas' Diener. Hier. Jetzt. Warum?

Aber es hatte keinen Sinn zu spekulieren; die Tür würde sich jeden Augenblick öffnen, und die Antwort würde in Gestalt eines Jungen hereinspaziert kommen, der vor Kälte zittern würde und möglicherweise sogar Erfrierungen hatte.

Dennis wäre es sehr viel leichter gefallen, zu Peyna zu gelangen, hätte dieser noch sein prächtiges Haus in der Stadt bewohnt, aber das Haus war nach seiner Amtsniederlegung wegen ›nicht bezahlter Steuern‹ zwangsenteignet worden. Lediglich ein paar hundert Gulden, die er im Verlauf von vierzig Jahren zusammengespart hatte, hatten es ihm ermöglicht, dieses kleine, bescheidene Bauernhaus zu kaufen und Beson weiterhin zu bezahlen. Technisch gesehen gehörte es noch zum Inneren Baronat, lag aber dennoch viele Meilen westlich vom Schloß... und die Nacht war sehr kalt.

In der Diele hinter der Tür hörte er das Murmeln näherkommender Stimmen. Jetzt. Jetzt würde die Antwort zur Tür hereinkommen. Plötzlich erfüllte ihn wieder dieses absurde Gefühl — dieses Gefühl der Hoffnung, gleich einem Lichtstrahl, der durch eine dunkle Höhle scheint. *Jetzt wird die Antwort zur Tür hereinkommen*, dachte er, und einen Augenblick glaubte er, daß das tatsächlich stimmte.

Als er seine Lieblingspfeife vom Pfeifenständer nahm, sah Anders Peyna, daß seine Hände zitterten.

Der Junge war in Wirklichkeit ein Mann, aber Arlens Gebrauch des Wortes war nicht ungerechtfertigt – wenigstens nicht in dieser Nacht. Er fror, das sah man, aber Peyna wußte auch, daß die Kälte niemanden so sehr zittern läßt, wie Dennis zitterte.

»Dennis!« sagte Peyna, richtete sich unvermittelt auf (und achtete nicht auf den stechenden Schmerz im Rükken, als er das tat). »Ist dem König etwas geschehen?« Gräßliche Vorstellungen und schreckliche Möglichkeiten drangen plötzlich auf Peyna ein. Der König tot, entweder durch zuviel Wein oder von eigener Hand gestorben. Jeder in Delain wußte, daß der junge König äußerst launisch und schwermütig war.

»Nein... das heißt... ja... aber nein... nicht so, wie Ihr es meint... wie ich glaube, daß Ihr es meint...«

»Komm dichter ans Feuer«, schnappte Peyna. »Arlen, steh nicht so fassungslos hier herum! Hol eine Decke! Hol zwei! Wickle diesen Jungen darin ein, bevor er sich zu Tode schlottert wie ein Buggerlugkäfer!«

»Ja, mein Lord«, sagte Arlen. Er war in seinem Leben noch nie fassungslos gewesen, und das wußte Peyna auch. Aber er erkannte den Ernst der Situation und entfernte sich hastig. Er nahm die beiden Decken von seinem eigenen Bett – die beiden einzigen anderen in dieser besseren Bauernhütte waren die Peynas – und brachte sie ins Wohnzimmer. Er gab sie Dennis, der sich ans Feuer drängte, so nahe es ging, ohne in Flammen aufzugehen. Der Rauhreif, der sein Haar bedeckte, begann zu schmelzen und wie Tränen an seinen Wangen herabzurinnen. Dennis wickelte sich in die Decken.

»Und jetzt Tee. Starken Tee. Eine Tasse für mich, eine Kanne für den Jungen!«

»Mein Lord, wir haben nur noch einen halben Kanister im ganzen...«

»Zum Teufel damit, wieviel wir haben. Eine Tasse für mich, eine Kanne für den Jungen.« Er überlegte. »Mach dir auch eine Tasse, Arlen. Und dann komm hierher und höre gut zu.«

»Mein Lord!« Selbst makellose Schulung konnten nicht verhindern, daß er nun verblüfft die Brauen hochzog.

»Verdammt!« fluchte Peyna. »Willst du mich glauben machen, daß du so taub geworden bist wie ich? An die Arbeit!«

»Ja, mein Lord«, sagte Arlen und machte sich daran, den letzten Tee im Haus aufzubrühen.

83

Peyna hatte nicht alles von dem vergessen, was er einst von der erlesenen Kunst des Verhörs beherrscht hatte; um die Wahrheit zu sagen, er hatte verdammt wenig vergessen. Er hatte manchmal lange Nächte wachgelegen und sich gewünscht, er *könnte* bestimmte Dinge vergessen.

Während Arlen Tee kochte, machte Peyna sich an die Aufgabe, diesen verängstigten − nein, diesen *entsetzten* − jungen Mann zu beruhigen. Er erkundigte sich nach Dennis' Mutter. Er erkundigte sich, ob die Abwasserprobleme, die dem Schloß in letzter Zeit so zu schaffen gemacht hatten, beseitigt worden seien. Er fragte Dennis nach seiner Meinung über die Aussaat im Frühling. Er vermied jedes Thema, das gefährlich werden konnte... und während Dennis sich aufwärmte, beruhigte er sich auch nach und nach.

Als Arlen den heißen und starken und dampfenden Tee servierte, trank Dennis die halbe Tasse in einem Zug, verzog das Gesicht und schlürfte dann den Rest in kleinen Schlucken. Arlen schenkte ihm teilnahmslos wie eh und je neuen ein.

»Sachte, Junge«, sagte Peyna schließlich und zündete seine Pfeife an. »Mit heißem Tee und scheuen Pferden muß man vorsichtig umgehen.«

»Kalt. Ich dachte, ich würde auf dem Weg hierher beim Gehen erfrieren.«

»Du bist *zu Fuß* hier?« Peyna konnte seine Überraschung nicht verhehlen.

»Ja. Ich ließ meine Mutter den anderen Dienern ausrichten, ich würde mit der Grippe darniederliegen. Das wird alle ein paar Tage lang hinhalten, so schlimm wie es dieses Jahr ist... sollte es jedenfalls. Zu Fuß. Den ganzen Weg. Wagte nicht, bei jemandem mitzufahren. Wollte nicht gesehen werden. Wußte nicht, daß es so weit ist. Hätte ich es gewußt, wäre ich vielleicht doch gefahren. Ich machte mich um drei Uhr auf.« Er schien mit sich zu kämpfen, sein Adamsapfel hüpfte, dann platzte er heraus: »Und ich gehe nicht wieder zurück, niemals! Ich habe gesehen, wie *er* mich ansieht, seit er wieder zurück ist! Aus zusammengekniffenen Augenwinkeln, aus dunklen Augen! *Er* hat mich noch nie so angesehen — eigentlich hat er mich überhaupt nicht angesehen! *Er* weiß, daß ich etwas gesehen habe! *Er* weiß, daß ich etwas gehört habe! *Er* weiß nicht was, aber *er* weiß, daß da etwas ist! Er hörte es in meinem Kopf wie ich das Läuten der Kirche der Großen Götter höre! Wenn ich bleibe, wird *er* es aus mir herausbekommen. Ich weiß es!«

Peyna sah den Jungen unter einer gerunzelten Stirn an und versuchte, hinter den Sinn dieses verblüffenden Ausbruchs zu kommen.

Tränen standen in Dennis' Augen. »Ich meine F...«

»Langsam, Dennis«, sagte Peyna. Seine Stimme war mild, aber seine Augen nicht. »Ich weiß, wen du meinst. Es ist am besten, seinen Namen nicht laut auszusprechen.«

Dennis sah ihn mit schlichter, tumber Dankbarkeit an.

»Du solltest mir sagen, weswegen du gekommen bist«, sagte Peyna zu ihm.

»Ja. Ja, gut.«

Dennis zögerte einen Augenblick und rang um seine Fassung. Payna wartete und bemühte sich, seine wachsende Aufregung zu meistern.

»Seht«, sagte Dennis schließlich, »vor drei Nächten rief mich Thomas zu sich, damit ich bei ihm bleibe, wie er es manchmal tut. Und um Mitternacht, etwa zu der Zeit...«

84

Dennis erzählte nun all das, was ihr bereits gehört habt, und man muß ihm lassen, daß er nicht versuchte zu lügen, was sein eigenes Entsetzen und seine Angst anbelangt, die er keineswegs beschönigte. Während er sprach, heulte draußen der Wind, das Feuer brannte nieder, und Peynas Augen brannten heißer und heißer. Es handelte sich um schlimmere Dinge, als er sich je vorzustellen gewagt hatte. Nicht nur hatte Peter den König vergiftet, *Thomas hatte gesehen, wie er es tat.*

Kein Wunder, daß der junge König oft so schwermütig und deprimiert war. Vielleicht waren die Gerüchte, die in den Schänken gemunkelt wurden, wonach Thomas bereits halb den Verstand verloren hatte, doch nicht so weit hergeholt, wie Peyna stets angenommen hatte.

Aber als Dennis verstummte, um noch Tee zu trinken (Arlen füllte seine Tasse mit dem bitteren Satz in der Kanne nach), nahm Peyna von dieser Vorstellung Abstand. Wenn Thomas gesehen hatte, wie *Peter* den König vergiftete, warum war der Junge dann jetzt hier und hatte solche Todesangst vor *Flagg?*

»Du hast noch mehr gehört«, sagte Peyna.

»Jawohl, mein Lord Oberster Richter«, sagte Dennis.

»Thomas... er tobte eine ganze Weile. Wir waren lange zusammen in der Dunkelheit.«

Dennis bemühte sich, deutlicher zu werden, aber er fand keine Worte, um das Grauen dieses engen Geheimgangs beschreiblich zu machen, wo Thomas vor ihm in der Finsternis kreischte und unten die wenigen noch lebenden Hunde des alten Königs heulten und bellten. Keine Worte, den *Geruch* des Ortes zu beschreiben – ein Geruch von Geheimnissen, die sauer geworden waren wie in der Dunkelheit verschüttete Milch. Keine Worte für die wachsende Angst, Thomas könnte im Griff seines Traumes den Verstand verloren haben.

Er hatte immer wieder den Namen des Hofzauberers ausgerufen; er hatte den König angefleht, tief in den Kelch zu schauen und die Maus zu sehen, die gleichzeitig brannte und in dem Wein ertrank. *Warum starrst du mich so an?* hatte er geschrien. Und dann: *Ich habe Euch ein Glas Wein gebracht, mein lieber König, um Euch zu zeigen, daß auch ich Euch liebe.* Und schließlich schrie er Worte, die auch Peter wiedererkannt hätte, Worte, die über vierhundert Jahre alt waren: *Es war Flagg! Flagg! Es war Flagg!*

Dennis griff nach der Tasse, führte sie halb zum Mund und ließ sie dann fallen. Die Tasse zerschellte auf dem Steinboden.

Alle drei sahen die Keramikscherben an.

»Und dann?« fragte Peyna mit sanfter, begütigender Stimme.

»Dann folgte lange Zeit nichts«, sagte Dennis mit stockender Stimme. »Meine Augen hatten... hatten sich an die Dunkelheit gewöhnt, und ich konnte ihn ein wenig sehen. Er schlief... schlief vor diesen beiden winzigen Löchern, das Kinn war ihm auf die Brust gesunken, die Augen hatte er geschlossen.«

»Blieb er lange so?«

»Mein Lord, ich weiß es nicht. Die Hunde waren wieder zur Ruhe gekommen. Und vielleicht bin ich... ich...«

»Selbst ein wenig eingenickt? Ich glaube, das wäre möglich, Dennis.«

»Später schien er dann zu erwachen. Jedenfalls öffnete er die Augen. Er schloß die Schiebetüren, und alles war wieder dunkel. Ich hörte, wie er sich bewegte, und zog die Beine an, damit er nicht darüber stolperte... sein Nachtgewand... strich über mein Gesicht...«

Dennis verzog das Gesicht, als er sich an ein Gefühl erinnerte, als würden Spinnweben lautlos über sein Gesicht gezogen.

»Ich folgte ihm. Er ging hinaus... ich folgte ihm immer noch. Er machte die Tür zu, so daß sie wieder wie eine Mauer aussah. Er begab sich wieder in seine Gemächer, und ich folgte ihm.«

»Ist euch jemand begegnet?« fragte Peyna so schneidend, daß Dennis zusammenzuckte. »Irgend jemand?«

»Nein. Nein, mein Lord Oberster Richter. Niemand.«

»Ah.« Peyna entspannte sich. »Das ist ausgezeichnet. Ist in dieser Nacht sonst noch etwas geschehen?«

»Nein, mein Lord. Er ging ins Bett und schlief wie ein Toter.« Dennis zögerte, dann fügte er hinzu: »Ich habe keine Sekunde geschlafen, und seither schlafe ich überhaupt nicht mehr besonders gut.«

»Und am Morgen erinnerte er sich...«

»An nichts.«

Peyna grunzte. Er spreizte die Finger gegeneinander und sah durch den so entstandenen Giebel in das erlöschende Feuer.

»Bist du noch einmal in diesen Gang gegangen?«

Dennis fragte keck: »Hättet Ihr es getan, mein Lord?«

»Ja«, sagte Peyna trocken. »Die Frage ist, hast *du* es getan?«

»Habe ich.«

»Selbstverständlich. Wurdest du gesehen?«

»Nein. Ein Zimmermädchen begegnete mir im Gang. Ich glaube, die Wäsche wird dort durchgetragen. Ich

267

roch Seife, wie meine Mutter sie benützt. Als sie gegangen war, zählte ich von dem Stein mit dem Emblem vier nach oben und drückte.«

»Um das zu sehen, was Thomas gesehen hatte.«

»Jawohl, mein Lord.«

»Hast du es gesehen?«

»Jawohl, mein Lord.«

»Und was war es?« fragte Peyna, der es sehr genau wußte. »Als du die Klappen beiseite geschoben hattest, was hast du gesehen?«

»Mein Lord, ich sah König Rolands Wohnzimmer«, sagte Dennis. »Mit all den Köpfen an den Wänden. Und... mein Lord...« Trotz der Wärme des ausgehenden Feuers erschauerte Dennis. »All diese Köpfe... sie schienen mich anzusehen.«

»Aber *einen* Kopf hast du nicht gesehen«, sagte Peyna.

»Nein, mein Lord, ich sah sie a...« Dennis verstummte und riß die Augen auf. »Neuner!« stieß er hervor. »Die Löcher...« Er schwieg, seine Augen waren jetzt fast so groß wie Untertassen.

Schweigen senkte sich hernieder. Draußen stöhnte und heulte der Winterwind. Meilen entfernt kauerte Peter, der rechtmäßige König von Delain, hoch unter dem Himmel vor einem winzigen Webstuhl und wob einen Faden, der so dünn war, daß man ihn fast nicht sehen konnte.

Schließlich seufzte Peyna tief. Dennis sah von seinem Platz vor dem Herd flehend zu ihm auf... hoffnungsvoll... ängstlich. Peyna beugte sich langsam nach vorne und berührte ihn an der Schulter.

»Du hast recht getan, hierher zu kommen, Dennis. Brandons Sohn. Du hast gut daran getan, einen Grund für deine Abwesenheit anzugeben — noch dazu einen so plausiblen, wie mir scheint. Du wirst heute nacht bei uns schlafen, auf dem Dachboden, unter dem Giebel. Es wird kalt sein, aber du wirst dennoch besser schlafen als in den vergangenen Nächten. Habe ich recht?«

Dennis nickte langsam, eine Träne quoll aus seinem rechten Auge und floß langsam die Wange hinab.

»Deine Mutter kennt die Gründe nicht, weswegen du wegmußtest?«

»Nein.«

»Dann stehen die Chancen gut, daß ihr nichts geschehen wird. Arlen wird dich nach oben bringen. Dies sind seine Decken, und du mußt sie ihm zurückgeben. Aber oben ist sauberes Stroh.«

»Ich werde auch mit nur einer Decke gut schlafen, mein Lord«, sagte Arlen.

»Pssst! Junges Blut fließt auch im Schlaf heißer, Arlen. Dein Blut ist abgekühlt. Und du wirst deine Decken vielleicht brauchen... falls Zwerge und Trolle dich in deinen Träumen heimsuchen.«

Arlen lächelte ein wenig.

»Morgen werden wir uns ausführlicher unterhalten, Dennis – aber du wirst deine Mutter eine Weile nicht sehen; ich muß dir das sagen, auch wenn ich dir ansehe, daß du bereits weißt, es könnte nicht besonders gut für dich sein, jetzt nach Delain zurückzukehren.«

Dennis versuchte zu lächeln, aber in seinen Augen glitzerte die Angst. »Als ich hierher kam, fürchtete ich mehr, als die Grippe zu bekommen, und das ist die aufrichtige Wahrheit. Aber nun habe ich auch Eure Gesundheit in Gefahr gebracht, nicht wahr?«

Peyna lächelte trocken. »Ich bin alt, und Arlen ist alt. Die Gesundheit der Alten ist niemals stark. Manchmal macht sie das vorsichtiger, als sie sein sollten... aber manchmal läßt es sie auch viel wagen.« *Ganz besonders*, dachte er, *wenn sie viel wiedergutmachen müssen.*

»Wir reden morgen weiter. Vorerst hast du dir Ruhe verdient. Wirst du ihm leuchten, Arlen?«

»Ja, mein Lord.«

269

»Und dann komm wieder zu mir.«

»Ja, mein Lord.«

Arlen führte den erschöpften Dennis aus dem Zimmer und ließ Anders Peyna nachdenklich vor dem erlöschenden Feuer sitzen.

85

Als Arlen zurückkam, sagte Peyna leise: »Wir müssen einen Plan machen, Arlen, aber vielleicht holst du uns einen Schluck Wein. Es ist besser zu warten, bis der Junge eingeschlafen ist.«

»Mein Lord, er schlief bevor sein Kopf das Stroh berührte, das er sich als Kissen aufgeschüttet hat.«

»Ausgezeichnet. Aber bring uns dennoch einen Schluck Wein.«

»Mehr als einen Schluck kann ich auch nicht mehr holen«, sagte Arlen.

»Gut. Dann werden wir uns morgen nicht mit schweren Köpfen an die Arbeit machen müssen, nicht wahr?«

»Mein Lord?«

»Arlen, wir drei brechen morgen früh nach Norden auf. Ich weiß es, und du weißt es. Dennis sagt, in Delain geht die Grippe um – das mag so sein; jedenfalls aber gibt es einen, der umgeht und unserer habhaft werden möchte. Wir gehen um unserer *Gesundheit* willen.«

Arlen nickte bedächtig.

»Es wäre ein Verbrechen, den guten Wein für den Steuereintreiber zurückzulassen. Also trinken wir ihn... und dann gehen wir zu Bett.«

»Wie Ihr befehlt, mein Lord.«

Peynas Augen funkelten. »Aber bevor *du* zu Bett gehst, wirst du noch einmal auf den Dachboden gehen und die Decke holen, die du entgegen meinen ausführlichen Anweisungen bei dem Jungen gelassen hast.«

Arlen sah Peyna mit aufgerissenen Augen an. Peyna ahmte sein Staunen bühnenreif nach. Und zum ersten und letzten Mal in seinen Diensten als Peynas Diener lachte Arlen laut auf.

86

Peyna ging zu Bett, konnte aber nicht schlafen. Nicht das Tosen des Windes hielt ihn wach, sondern das gellende, kalte Lachen in seinem Kopf.

Als er dieses Lachen schließlich nicht mehr ertragen konnte, stand er auf, ging wieder ins Wohnzimmer und nahm vor der erkaltenden Asche Platz; das weiße Haar umgab seinen Kopf wie Wölkchen. Ohne zu wissen, wie komisch er aussah (und wenn er es gewußt hätte, hätte es ihn nicht gekümmert), saß er, in seine Decke gewickelt, vor dem Kamin wie der älteste Indianer des Universums.

Hochmut kommt vor dem Fall, hatte seine Mutter zu ihm gesagt, als er noch ein Kind gewesen war, und Peyna hatte es verstanden. *Stolz ist ein Witz, der den Fremden in dir früher oder später zum Lachen bringt*, das hatte sie ihm auch gesagt, und das hatte er nicht verstanden... jetzt verstand er es. Heute nacht lachte der Fremde in ihm wirklich sehr herzlich. So laut, daß er nicht schlafen konnte, obwohl er wußte, daß der nächste Tag lang und schwierig sein würde.

Peyna sah sehr klar die Ironie seiner Position. Sein ganzes Leben lang hatte er dem Gesetz gedient. Vorstellungen wie ›Gefängnisausbruch‹ und ›bewaffnete Rebellion‹ entsetzten ihn. Das war immer noch so, aber gewissen Wahrheiten mußte er sich stellen. Daß die Maschinerie der Revolte in Delain in Gang gesetzt worden war zum Beispiel. Peyna wußte, die Adligen, die nach Norden geflohen waren, nannten sich ›Verbannte‹, aber er wußte auch, es fehlte nicht mehr viel, und sie würden sich ›Rebellen‹ nennen. Und wenn er diese Revolte verhindern wollte, war es vielleicht notwendig, die Maschinerie der Rebellion dazu zu benützen, einem Gefangenen zu helfen, aus der Nadel auszubrechen. *Das* war der Witz, über den der Fremde in ihm so lauthals lachte, daß an Schlaf nicht im entferntesten zu denken war.

Solche Vorgehensweisen wie die, über die er jetzt nachdachte, liefen seinen Einstellungen völlig zuwider, aber er würde dennoch weitermachen, auch wenn er dabei umkam (was durchaus sein konnte). Peter saß zu Unrecht im Gefängnis. Delains rechtmäßiger König saß nicht auf dem Thron, sondern in einer kalten Zelle in der Spitze der Nadel eingesperrt. Und wenn es einer Horde Gesetzloser bedurfte, Gerechtigkeit walten zu lassen, dann sollte es geschehen. Aber...

»Die Servietten«, murmelte Peyna. Sein Verstand kreiste ständig um die Servietten. »Bevor wir uns bewaffneter Männer bedienen, um den gesetzmäßigen König zu befreien und auf den Thron zu setzen, muß die Sache mit den Servietten untersucht werden. Er muß gefragt werden. Dennis... und der Junge, der Staads, vielleicht... ja...«

»Mein Lord?« fragte Arlen hinter ihm. »Ist Euch nicht wohl?«

Arlen hatte gehört, wie sein Herr aufgestanden war, wie dies ja bei Dienern meistens der Fall ist.

»Mir ist nicht wohl«, stimmte Peyna düster zu. »Aber es ist nichts, was ein Arzt kurieren könnte, Arlen.«

»Das tut mir leid, mein Lord.«

Peyna drehte sich zu Arlen um und richtete den Blick seiner hellen, tiefliegenden Augen auf den Diener.

»Bevor wir zu Gesetzlosen werden, möchte ich wissen, warum er um das Puppenhaus seiner Mutter gebeten hat... und um Servietten zu den Mahlzeiten.«

87

»Zurück ins Schloß?« fragte Dennis am nächsten Morgen mit einer heiseren Stimme, die fast ein Flüstern war. »Dorthin, wo *er* ist?«

»Wenn du es nicht kannst, werde ich dich nicht zwingen«, sagte Peyna. »Aber ich glaube, du kennst das Schloß so gut, daß du ihm nicht über den Weg laufen wirst. Das heißt, wenn du einen Weg findest, es unbemerkt zu betreten. Es wäre schlecht, wenn du bemerkt würdest. Für einen Jungen, der krank zu Hause liegen sollte, siehst du viel zu gesund aus.«

Der Tag war hell und kalt. Der Schnee auf den Hügeln des Inneren Baronats reflektierte das Licht mit einem diamantenen Glanz, der bald die Augen tränen ließ. *Am Nachmittag werde ich wahrscheinlich schneeblind sein, und das geschieht mir recht*, dachte Peyna verdrossen. Der Fremde in ihm schien das zum Totlachen zu finden.

Schloß Delain selbst war in der Ferne zu sehen, blau und verträumt am Horizont, die Türme und Zinnen sahen wie eine Zeichnung in einem Märchenbuch aus. Dennis jedoch sah durchaus nicht wie ein jugendlicher Held auf Abenteuersuche aus. Seine Augen waren voller Furcht, sein Gesicht hatte den Ausdruck eines Mannes, der aus einer Löwengrube entkommen ist und dem man nun gesagt hat, er habe sein Mittagessen darinnen vergessen und er müsse zurück, um es zu holen, obwohl er keinen Hunger mehr hat.

»Es könnte einen Weg hinein geben«, sagte er. »Aber wenn *er* mich riecht, dann wird es einerlei sein, wie ich

273

hineingelangt bin und wo ich mich verstecke. Wenn er mich wittert, wird er mir den Garaus machen.«

Peyna nickte. Er wollte die Angst des Jungen nicht schüren, aber in ihrer Situation konnte ihnen nur die reine Wahrheit etwas nützen. »Was du sagst, stimmt.«

»Dennoch verlangt Ihr von mir zu gehen?«

»Wenn du kannst, verlange ich es noch immer.«

Bei einem kargen Frühstück hatte Peyna Dennis gesagt, was er von ihm wollte, und er hatte verschiedene Möglichkeiten vorgeschlagen, wie Dennis an die gewünschten Informationen herankommen konnte. Nun schüttelte Dennis den Kopf, nicht ablehnend, sondern bestürzt.

»Servietten«, sagte er.

Peyna nickte. »Servietten.«

Dennis' angstgeweitete Augen sahen wieder zu dem fernen Märchenschloß, das am Horizont träumte. »Als er starb, sagte mein Vater, sollte ich je die Möglichkeit bekommen, meinem ersten Herrn einen Dienst zu erweisen, müßte ich es tun. Ich glaubte, das hätte ich getan, indem ich hierher kam. Aber wenn ich zurückkehren muß...«

Arlen, der inzwischen das Haus abreisefertig gemacht hatte, gesellte sich nun zu ihnen.

»Deinen Hausschlüssel, bitte, Arlen«, sagte Peyna.

Arlen gab ihn ihm, und Peyna gab ihn Dennis.

»Arlen und ich gehen nach Norden, um uns den...« Peyna zögerte, dann räusperte er sich, »...den Verbannten anzuschließen«, fuhr er fort. »Ich gebe dir Arlens Hausschlüssel. Wenn wir das Lager erreicht haben, gebe ich meinen einem jungen Mann, den du kennst, wenn er dort ist, was ich annehme.«

»Wer ist das?« fragte Dennis.

»Ben Staad.«

Dennis' düsteres Gesicht hellte sich auf. »Ben? Ben ist bei ihnen?«

»Ich halte es für möglich«, sagte Peyna. In Wahrheit wußte er genau, daß die ganze Familie Staad bei den Verbannten war. Er hielt das Ohr fest am Boden, und seine Ohren waren noch nicht so taub geworden, daß er die Bewegungen im Königreich nicht mehr hörte.

»Und Ihr werdet ihn hierher schicken?«

»Wenn er kommen will, ja, das habe ich vor«, antwortete Peyna.

»Um was zu tun? Mein Lord, das ist mir immer noch nicht klar.«

»Mir auch nicht«, sagte Peyna, der nun selbst etwas verwirrt aussah. Aber er war mehr als verwirrt; er war ratlos. »Ich habe mein ganzes Leben Dinge getan, weil sie logisch waren, und andere nicht, weil sie es nicht waren. Ich habe gesehen, was passieren kann, wenn Menschen intuitiv oder aus unlogischen Gründen handeln. Manchmal sind die Folgen lächerlich und peinlich; häufiger jedoch einfach schrecklich. Dennoch stehe ich heute hier und benehme mich wie ein hirnloser Kristallgaffer.«

»Ich verstehe Euch nicht, mein Lord.«

»Ich auch nicht, Dennis. Ich auch nicht. Weißt du, was für einen Tag wir heute haben?«

Dennis blinzelte bei diesem unerwarteten Themawechsel, aber er antwortete rasch. »Ja – Dienstag.«

»Dienstag. Gut. Jetzt werde ich dir eine Frage stellen, und meine verdammte Intuition sagt mir, daß sie sehr wichtig ist. Wenn du die Antwort nicht weißt – auch wenn du dir nicht sicher bist –, dann sag es, um der Götter willen, sag es! Bist du bereit für die Frage?«

»Ja, mein Lord«, sagte Dennis, war aber nicht überzeugt, ob das zutraf. Peynas stechende blaue Augen unter dem weißen Gestrüpp der Brauen machten ihn sehr nervös. Die Frage schien wirklich von äußerster Wichtigkeit zu sein. »Das heißt, ich glaube: ja.«

Peyna stellte seine Frage, und Dennis entspannte sich. Sie ergab keinerlei Sinn für ihn – es war lediglich weiterer Unsinn wegen der Servietten, wie er fand –, aber immerhin kannte er die Antwort, und sagte sie.

»Bist du sicher?« beharrte Peyna.

»Ja, mein Lord.«

»Gut. Dann sollst du folgendes tun.«

Peyna redete lange auf Dennis ein, während die drei im kalten Sonnenschein vor der ›Ruhestandshütte‹ standen, die der Richter nie mehr betreten würde. Dennis hörte aufmerksam zu, und als Peyna verlangte, daß er die Anweisungen wiederholte, tat er dies fehlerlos.

»Gut«, sagte Peyna. »Sehr gut.«

»Es freut mich, daß ich Euch eine Freude machen konnte, Sir.«

»Nichts an dieser Sache macht mir Freude, Dennis. Überhaupt nichts. Wenn Ben Staad sich bei den unglücklichen Gesetzlosen im Fernen Wald befindet, dann schikke ich ihn aus der relativen Sicherheit in die Gefahr, weil er König Peter hilfreich sein *könnte*. Ich schicke dich ins Schloß zurück, weil mein Herz mir sagt, daß irgend etwas an der Sache mit den Servietten dran ist... und an dem Puppenhaus, das er haben wollte... irgend *etwas*. Manchmal scheint es zum Greifen nahe, aber dann verschwindet es wieder aus meinen Augen. Er hat nicht einfach aus einer Laune heraus, um diese Dinge gebeten, Dennis. Darauf wette ich meinen Kopf. Aber ich *weiß* es nicht.« Plötzlich schlug Peyna in hilfloser Frustration mit der Faust auf den Schenkel. »Ich bringe zwei anständige junge Männer in große Gefahr, und mein Herz sagt mir, daß ich richtig handle, aber ich... weiß... nicht... warum.«

Und im Inneren des Mannes, der einst einen Jungen in seinem Herzen verdammt hatte, weil er weinte, da lachte der Fremde und lachte und lachte.

88

Die beiden alten Männer verabschiedeten sich von Dennis. Sie schüttelten einander reihum die Hände; dann küßte Dennis den Ring des Richters, der das Große Wappen von Delain trug. Peyna hatte das Amt des Obersten Richters abgegeben, aber von dem Ring hatte er sich nicht trennen können, da er für ihn das Gesetz verkörperte. Er wußte, er hatte von Zeit zu Zeit Fehler gemacht, aber er hatte nicht zugelassen, daß sie sein Herz brachen. Auch über seinen letzten und größten Fehler brach sein Herz nicht. Er wußte so gut wie wir in unserer Welt, daß der Weg zur Hölle mit guten Absichten gepflastert ist — aber er wußte auch, daß es für einen Menschen manchmal nicht mehr geben kann als gute Absichten. Engel mögen vor der Verdammnis sicher sein, aber Menschen sind weniger glückliche Geschöpfe, für sie ist die Hölle immer in Reichweite.

Er protestierte dagegen, daß Dennis den Ring küßte, aber Dennis bestand darauf. Dann schüttelte Arlen Dennis die Hand und wünschte ihm die Schnelligkeit der Götter. Dennis wünschte ihnen lächelnd dasselbe (aber Peyna konnte die Angst in Dennis' Augen nicht lesen). Dann wandte sich der junge Diener nach Osten, zum Schloß, und die beiden alten Männer gingen nach Westen, zum Bauernhof eines Charles Reechul. Reechul, der sich seinen Lebensunterhalt mit der Zucht anduanischer Schlittenhunde verdiente, zahlte die erdrückenden Steuern, die der König auferlegt hatte, ohne zu murren, und wurde daher als loyal angesehen... aber Peyna wußte, daß Reechul mit den Verbannten sympathisierte, die im Fernen Wald ihr Lager aufgeschlagen hatten, und daß er anderen half, zu ihnen zu gelangen. Peyna hatte nie gedacht, einmal selbst Reechuls Hilfe in Anspruch nehmen zu müssen, aber nun war der Zeitpunkt gekommen.

Die älteste Tochter des Züchters, Naomi, fuhr Peyna und Arlen mit einem Schlitten nach Norden, welcher von zwölf der kräftigsten Hunde des Züchters gezogen wurde. Mittwochabend erreichten sie den Rand des Fernen Waldes.

»Wie weit ist es noch bis zum Lager der Verbannten?« fragte Peyna Naomi in dieser Nacht.

Naomi warf eine übelriechende Zigarre ins Feuer. »Noch zwei Tage, wenn der Himmel klar bleibt. Vier Tage, wenn es schneit. Wenn ein Schneesturm kommt, vielleicht ewig.«

Peyna drehte sich auf die Seite. Er schlief fast auf der Stelle ein. Logisch oder unlogisch, er schlief besser als seit Jahren.

Am nächsten Tag blieb das Wetter klar und am Freitag auch. In der Abenddämmerung dieses Tages — des vierten, seit Peyna und Arlen sich von Dennis getrennt hatten — erreichten sie die kleine Ansammlung von Zelten und behelfsmäßigen Holzhütten, nach denen Flagg vergebens gesucht hatte.

»Ho! Wer kommt, und kennt ihr die Parole?« rief eine Stimme. Es war eine laute Stimme, kräftig, fröhlich und furchtlos. Peyna erkannte sie.

»Hier ist Naomi Reechul«, rief das Mädchen, »und vor zwei Wochen lautete die Parole ›Tripos‹. Wenn sie inzwischen geändert wurde, Ben Staad, dann durchbohre mich getrost mit einem Pfeil, aber ich werde zurückkehren und bei dir spuken!«

Ben kam lachend hinter einem Felsen hervor. »Als Geist möchte ich dir nicht gern begegnen, Naomi — lebend bist du schon furchterregend genug!«

Sie achtete nicht darauf, sondern wandte sich an Peyna. »Wir sind da«, sagte sie.

»Ja«, sagte Peyna. »Das sehe ich.«

Und es ist gut, daß wir hier sind ... denn etwas sagt mir, daß die Zeit knapp wird ... sehr knapp.

89

Peter hatte dasselbe Gefühl.

Am Sonntag, zwei Tage nachdem Peyna und Arlen im Lager angekommen waren, reichte sein Seil, nach seinen Berechnungen, immer noch nur bis neun Meter über den Boden. Das bedeutete, wenn er mit ausgestreckten Armen an dessen Ende hing, hatte er immer noch einen Sprung von gut sieben Metern in die Tiefe vor sich. Er wußte, es wäre klüger, noch vier Monate an dem Seil zu arbeiten – vielleicht auch nur zwei. Wenn er das Seil losließ, ungeschickt stürzte und sich beide Beine brach, so daß die Wachen des Platzes ihn bei ihrem stündlichen Rundgang stöhnend auf dem Kopfsteinpflaster fanden, dann hatte er die Arbeit von vier Jahren zunichte gemacht, weil er nicht die Geduld gehabt hatte, nur noch vier Monate zu warten.

Das war eine Logik, die Peyna geschätzt hätte, aber Peters Gefühl, daß er sich beeilen mußte, war viel stärker. Einst hätte Peyna verächtlich über die Vorstellung gelacht, Gefühle könnten vertrauenswürdiger als Logik sein... inzwischen war er sich dessen nicht mehr so sicher.

Peter hatte einen Traum gehabt – seit über einer Woche kehrte er immer wieder und wurde zunehmend deutlicher. Darin sah er Flagg über einen hellen, leuchtenden Gegenstand gebeugt – er tauchte das Gesicht des Magiers in ein fahlgrünes Licht. In diesem Traum kam stets der Zeitpunkt, da Flagg zuerst überrascht die Augen aufriß – und sie dann zu tückischen Schlitzen zusammenkniff. Die Brauen sträubten sich; die Stirn runzelte sich; sein Mund zog sich verbittert wie ein Halbmond nach unten. In diesem Ausdruck konnte der träumende Peter eines – und nur eines – deutlich lesen: Tod. Flagg sagte nur ein Wort, als er sich nach vorne beugte und auf das hell strahlende Ding blies, das erlosch wie eine Kerze im Wind. Nur ein Wort, aber das war genug. Das Wort aus Flaggs Mund war Peters Name, den er in einem Tonfall wütenden Begreifens hervorstieß.

In der Nacht zuvor, Samstagnacht, hatte der Mond einen Feenring um sich herum gehabt. Die Unterwachmänner waren der Überzeugung, daß es bald schneien würde. Als Peter an diesem Nachmittag in den Himmel sah, wußte er, sie hatten recht. Sein Vater hatte Peter beigebracht, das Wetter zu lesen, und während er am Fenster stand, verspürte Peter Trauer... und ein erneutes Aufflackern kalter, stiller Wut... den Wunsch, alles wieder ins rechte Lot zu bringen.

Ich werde meinen Versuch im Schutze der Dunkelheit und des Schnees wagen, dachte er. *Vielleicht ist sogar genügend Schnee da, um meinen Sprung zu mildern.* Bei diesem Gedanken mußte er grinsen — drei Zoll frischer Pulverschnee zwischen ihm und dem Kopfsteinpflaster würden so oder so verflixt wenig nützen. Entweder hielt sein gefährlich dünnes Seil... oder es riß. Angenommen, es hielt, dann würde er den Sprung wagen. Und seine Beine würden den Aufprall entweder aushalten... oder nicht.

Und wenn sie es aushalten, wohin wirst du dann gehen? fragte eine leise Stimme. *Jeder, der dir vielleicht helfen könnte... Ben Staad, zum Beispiel, wurde, wie du weißt, schon lange aus dem Umkreis des Schlosses vertrieben, sogar aus dem Königreich.*

Er mußte auf sein Glück vertrauen. Das Glück eines Königs. Das war etwas, worüber sein Vater oft gesprochen hatte. *Es gibt glückliche und unglückliche Könige. Aber du bist dein eigener König und wirst dein eigenes Glück haben. Ich selbst glaube, daß du viel Glück haben wirst.*

In seinem Herzen war er seit fünf Jahren König von Delain, und er war der Meinung, sein Glück war eines, das die Familie Staad, mit ihrem magischen Unglück, verstanden hätte. Aber vielleicht würde ihn die heutige Nacht für alles entschädigen.

Sein Seil, seine Beine, sein Glück. Entweder würde alles halten oder alles zerbrechen, möglicherweise gleichzeitig. Einerlei. So spärlich es bisher gewesen war, er würde seinem Glück vertrauen.

»Heute nacht«, murmelte er und wandte sich vom Fenster ab... aber beim Essen geschah etwas, das ihn seine Meinung ändern ließ.

90

Peyna und Arlen hatten den ganzen Dienstag gebraucht, um zum Hof von Reechul zu gelangen, und sie waren reichlich erschöpft, als sie dort ankamen. Schloß Delain war doppelt so weit entfernt, aber Dennis hätte schon um zwei Uhr ans Westtor klopfen können – wenn er verrückt genug gewesen wäre, so etwas zu tun –, obwohl er auch am Tag zuvor einen langen Fußmarsch zurückgelegt hatte. Das macht natürlich den Unterschied zwischen jungen und alten Männern aus. Was er hätte tun *können* war jedenfalls einerlei, denn Peynas Anweisungen waren sehr deutlich gewesen (besonders für einen Mann, der behauptete, nicht die leiseste Vorstellung zu haben, was er tat), und Dennis wollte sie buchstabengetreu befolgen. Als Folge dessen sollte es noch eine Weile dauern, bevor er das Schloß betrat.

Nachdem er nicht ganz die Hälfte der Strecke zurückgelegt hatte, hielt er nach einem Platz Ausschau, an dem er sich die nächsten paar Tage verkriechen konnte. Bisher war ihm niemand auf der Straße begegnet, aber der Nachmittag neigte sich dem Ende zu und bald würden Händler von dem Markt im Schloß zurückkehren. Dennis wollte vermeiden, daß ihn jemand sah und erkannte.

Schließlich sollte er krank im Bett liegen. Er mußte nicht allzu lange suchen, bis er einen Unterschlupf fand, der ihm genügte. Es war ein verlassenes Bauernhaus, das einstmals gepflegt gewesen, nun aber allmählichem Verfall preisgegeben war. Dank Thomas dem Besteuerer gab es viele solche Gebäude entland des Weges, der zum Schloß führte.

Dennis blieb bis Samstagnachmittag dort – insgesamt vier Tage. Zu diesem Zeitpunkt waren Ben Staad und Naomi bereits auf dem Rückweg vom Fernen Wald zu Peynas Bauernhaus, und Naomi holte aus den Schlittenhunden heraus, was sie geben konnten. Hätte Dennis das gewußt, hätte ihn dieses Wissen ein wenig beruhigt – aber natürlich wußte er es nicht, und daher fühlte er sich sehr einsam.

Es gab nirgendwo etwas zu essen; erst als er im Keller nachsah, fand er ein paar Kartoffeln und eine Handvoll Rüben. Er aß die Kartoffeln (Dennis haßte Rüben, hatte sie immer gehaßt und würde sie immer hassen), aus denen er mit dem Messer die verfaulten Stellen herausschnitt – und das bedeutete, er schnitt von jeder Kartoffel drei Viertel ab. Zurück blieben eine Handvoll Kugeln so groß wie Taubeneier. Er aß ein paar, sah zu den Rüben und seufzte. Ob er sie mochte (nein) oder nicht (ja), er vermutete, daß er sie am Freitag essen mußte.

Wenn ich hungrig genug bin, überlegte Dennis, *schmekken sie vielleicht gut. Vielleicht verschlinge ich diese alten Rüben geradezu und bettle um mehr!*

Schließlich mußte er doch einige von ihnen essen, auch wenn es ihm gelang, sie bis Samstagnachmittag nicht anzurühren. Zu diesem Zeitpunkt *sahen* sie immerhin schon ganz gut aus, aber so hungrig er war, sie *schmeckten* immer noch abscheulich.

Dennis, der vermutete, daß die vor ihm liegenden Tage sehr hart sein würden, aß sie dennoch.

91

Im Keller fand Dennis auch ein Paar alte Schneeschuhe. Die Riemen waren viel zu lang, aber er hatte genügend Zeit, sie zu kürzen. Die Schnürsenkel waren halb vermodert, aber er dachte, sie würden für seine Zwecke genügen. Er würde sie nicht lange brauchen.

Er schlief im Keller, weil er unliebsame Überraschungen fürchtete, aber die hellen Stunden dieser vier langen Tage verbrachte er im Wohnzimmer des verlassenen Bauernhauses und sah dem Verkehr in beiden Richtungen nach – die wenigen Passanten waren normalerweise zwischen drei und fünf Uhr unterwegs, bis die Schatten der frühen Dämmerung das Land überzogen. Das Wohnzimmer war jetzt ein einsamer, trauriger Ort. Einst war es eine Stätte der Fröhlichkeit gewesen, wo eine Familie sich versammelt hatte, um über den gerade vergangenen Tag zu sprechen. Nun gehörte es nur noch den Mäusen... und Dennis natürlich.

Nachdem Peyna sich von Dennis hatte sagen lassen, daß er für einen Diener ziemlich gut lesen und schreiben konnte, und ihn seinen Namen in Großbuchstaben hatte schreiben lassen (das war beim Frühstück am Dienstag gewesen – der letzten richtigen Mahlzeit, die Dennis seit dem Mittagessen am Montag gehabt hatte), eine Mahlzeit, auf die er mit verständlicher Sehnsucht zurückblickte, hatte er ihm mehrere Blätter Papier und einen Bleistift überreicht. Die meiste Zeit, die er in dem verlassenen Haus verbrachte, arbeitete Dennis mit großer Sorgfalt an einer Nachricht. Er schrieb, strich durch, schrieb erneut, runzelte beim Durchlesen schrecklich die Stirn, kratzte sich am Kopf, spitzte den Bleistift mit dem Messer und schrieb erneut. Er schämte sich seiner Rechtschreibung und hatte schreckliche Angst, etwas Entscheidendes zu vergessen, das Peyna ihm gesagt hatte. Mehrmals kam es soweit, daß sein armes gemartertes Hirn nicht mehr weiterwußte, und da wünschte er sich, Peyna wäre in der Nacht, als er zu ihm kam, eine Stunde länger aufgeblieben und hätte seine verdammte Nachricht selbst geschrieben oder sie Arlen diktiert. Im Grunde jedoch freute er sich über die Aufgabe. Er hatte sein ganzes Leben lang hart gearbeitet, und das Nichtstun machte ihn nervös und unbehaglich. Er hätte lieber mit seinem gewandten jungen Körper gearbeitet als mit seinem nicht ganz so gewandten Gehirn, aber Arbeit war Arbeit, und er war froh, daß er welche hatte.

Samstagnachmittag hatte er den Brief fertig, mit dem er jetzt sogar sehr zufrieden war (und das war gut so, denn es blieben nur zwei Blätter übrig). Er betrachtete ihn voller Bewunderung. Das Blatt Papier war auf beiden Seiten beschrieben, und das war bei weitem das längste, das er jemals geschrieben hatte. Er faltete den Brief zu der Größe einer Tablette zusammen und sah wieder zum Wohnzimmerfenster hinaus. Er wartete ungeduldig darauf, daß es dunkel wurde, damit er aufbrechen konnte. Peter sah die aufziehenden Wolken durch das Fenster seines erbärmlichen Wohnzimmers in der Nadel, Dennis vom Wohnzimmerfenster des verlassenen Bauernhauses aus; beide hatten von ihren Vätern – der eine König, der andere Kammerdiener dieses Königs – beigebracht bekommen, den Himmel zu lesen, und Dennis war ebenfalls der Überzeugung, daß es morgen schneien würde.

Um vier Uhr begannen lange blaue Schatten aus den Fundamenten des Hauses hervorzukriechen, und plötzlich brannte Dennis gar nicht mehr so sehr darauf zu gehen. Da draußen lauerten Gefahren... tödliche Gefahren. Er mußte dorthin gehen, wo Flagg war, der vielleicht gerade in diesem Augenblick seine infernalischen Zaubereien aussheckte, vielleicht sogar einem kranken Kammerdiener nachspionierte. Aber eigentlich spielte es gar keine Rolle, was er empfand, und das wußte er – die Zeit war gekommen, seine Pflicht zu tun, und wie es je-

284

der Diener seines Geschlechts seit vielen Jahrhunderten getan hatte, würde auch Dennis versuchen, sein Bestes zu tun.

Er verließ das Haus in der düsteren Stunde des Sonnenuntergangs, legte die Schneeschuhe an und machte sich querfeldein auf den direkten Weg zum Schloß. Der Gedanke an Wölfe schlich sich in seine ängstlichen Vorahnungen, aber er konnte nur hoffen, daß es keine gab, und wenn doch, daß sie ihn in Ruhe lassen würden. Er hatte keine Ahnung, daß Peter beschlossen hatte, seinen gefährlichen Fluchtversuch in der folgenden Nacht zu wagen, aber wie Peyna − und Peter selbst − verspürte auch er den Drang, sich zu sputen; er hatte den Eindruck, als würden Wolken nicht nur den Himmel bedecken, sondern auch sein Herz.

Während er über die einsamen verschneiten Felder stapfte, überlegte sich Dennis, wie er ungesehen und unerkannt das Schloß betreten konnte. Er glaubte, es schaffen zu können . . . das hieß, wenn Flagg ihn nicht witterte.

Er hatte kaum an den Namen des Zauberers gedacht, als ein Wolf über die weiße Einöde hinweg heulte. In einem dunklen Zimmer unter dem Schloß schreckte Flagg im selben Augenblick hoch − er war über einem Buch eingenickt.

»Wer spricht den Namen Flagg aus?« sagte er flüsternd, und der doppelköpfige Papagei kreischte.

Dennis, der auf einem flachen und einsamen, schneebedeckten Feld stand, hörte diese Stimme deutlich, trocken und verstohlen wie das Wuseln einer Spinne, in seinem Kopf. Er blieb stehen und hielt den Atem an. Als er endlich wieder ausatmete, bildete sich eine weiße Wolke vor seinem Mund. Er fror erbärmlich, dennoch stand ihm der Schweiß auf der Stirn.

Zu seinen Füßen hörte er trockene, schnappende Geräusche − *Plack! Plack! Plack!* −, als mehrere der brüchigen Schnürsenkel rissen.

Der Wolf heulte in der Stille. Es war ein hungriger, erbarmungsloser Laut.

»Niemand«, murmelte Flagg in seinem dunklen Gemach. Er war selten krank — er konnte sich nur an drei oder vier Krankheiten in seinem langen Leben erinnern —, aber im Norden hatte er sich, auf dem gefrorenen Boden schlafend, eine böse Erkältung geholt, und wenngleich er sich auf dem Weg der Besserung befand, ging es ihm immer noch nicht gut.

»Niemand. Ein Traum. Das ist alles.«

Er nahm das Buch vom Schoß, klappte es zu und legte es auf den Tisch — dessen Oberfläche fein säuberlich mit Menschenhaut bespannt war —, dann lehnte er sich zurück. Bald war er wieder eingeschlafen.

Auf den schneebedeckten Feldern westlich des Schlosses entspannte sich Dennis langsam wieder. Ein vereinzelter Schweißtropfen lief ihm ins Auge, und er wischte ihn geistesabwesend weg. Er hatte an Flagg gedacht, und irgendwie hatte Flagg ihn *gehört*. Aber nun war der dunkle Schatten der Gedanken des Zauberers über ihn hinweggegangen wie der Schatten eines Falken über ein zusammengekauertes Kaninchen. Dennis stieß einen langen, zitternden Seufzer aus. Seine Beine waren schwach. Er würde versuchen — von ganzem Herzen würde er es versuchen! — nicht noch einmal an den Zauberer zu denken. Aber als die Nacht kam und der Mond mit seinem geisterhaften Feenring schien, war dies leichter gesagt als getan.

92

Um neun Uhr verließ Dennis die Felder und betrat die Reservate des Königs. Hier kannte er sich gut aus. Er hatte seinem Vater oft geholfen, wenn dieser den König auf einen Jagdausflug begleitet hatte, und Roland war auch im hohen Alter noch oft hierhergekommen. Thomas kam weniger oft, aber bei den seltenen Gelegenheiten, wenn der junge König doch ausritt, hatte Dennis ihn selbstverständlich ebenfalls begleiten müssen. Bald schon fand er einen Weg, den er kannte, und kurz vor Mitternacht erreichte er den Rand dieses Spielzeugwaldes.

Er stand hinter einem Baum und sah zur Mauer des Schlosses hinüber. Es war eine halbe Meile entfernt, aber das Gelände war ungeschützt. Der Mond schien immer noch, und Dennis sah die Wachen nur zu deutlich, die auf den Zinnen auf und ab schritten. Er mußte warten, bis Prinz Ailon seinen silbernen Streitwagen über den Rand der Welt gelenkt hatte, bevor er das offene Gelände überqueren konnte. Und selbst dann würde er noch schrecklich ungedeckt sein. Aber er hatte von Anfang an gewußt, daß dies der gefährlichste Abschnitt der Reise sein würde. Als er sich im strahlenden Sonnenschein händeschüttelnd von Peyna und Arlen verabschiedet hatte, schien ihm das Risiko akzeptabel. Nun schien es vollkommen verrückt.

Kehr um, befahl eine feige Stimme in seinem Inneren, aber Dennis wußte, das konnte er nicht. Sein Vater hatte ihm eine Pflicht auferlegt, und wenn die Götter wollten, daß er in Erfüllung derselben starb, dann würde er eben sterben.

Leise und dennoch deutlich, wie die Stimme in einem Traum, war der Ruf des Nachtwächters im Mittelturm des Schlosses zu hören: »*Zwölf Uhr, und alles ist gut...*«

Nichts ist gut, dachte Dennis kläglich. *Überhaupt nichts.* Er zog den dünnen Mantel enger um sich; das lange Warten begann, bis der Mond untergegangen war.

Schließlich ging er unter, und Dennis wußte, er mußte handeln. Die Zeit wurde knapp. Er stand auf, sprach ein kurzes Gebet zu seinen Göttern und begann, so schnell er konnte, über das offene Gelände zu gehen, wobei er jeden Augenblick mit einem *Wer da?* von den Zinnen herunter rechnete. Aber der Ruf blieb aus. Wolken waren am nächtlichen Himmel aufgezogen. Alles unter der Schloßmauer lag im tiefen Schatten. In weniger als zehn Minuten hatte Denis den Rand des Grabens erreicht. Er setzte sich hin und zog die Schneeschuhe aus; der Schnee knirschte unter seinem Allerwertesten. Dann glitt er auf den Graben selbst hinab, der zugefroren und schneebedeckt war.

Dennis' rasender Herzschlag wurde langsamer. Nun war er direkt unter der Schloßmauer und konnte nicht mehr entdeckt werden, es sei denn, ein Wachtposten hätte senkrecht heruntergesehen, aber selbst dann war es unwahrscheinlich.

Dennis achtete genau darauf, nicht ganz über den Graben zu gehen – noch nicht –, denn dicht an der Schloßmauer war das Eis brüchig und dünn. Er wußte auch, warum das so war; er kannte den Grund für das dünne Eis und den unangenehmen Geruch hier und die moosbewachsene, schlüpfrige Beschaffenheit der Mauersteine, und dieser Grund war seine einzige Hoffnung, unbemerkt ins Schloß zu gelangen. Er schlich vorsichtig nach links und horchte nach dem Geräusch fließenden Wassers.

Schließlich hörte er es und sah auf. Hier, in Augenhöhe, war ein rundes schwarzes Loch in der Schloßmauer. Ein dünnes Rinnsal lief heraus. Es war das Abwasserrohr des Schlosses.

»Also los«, murmelte Dennis. Er ging fünf Schritte zurück, nahm Anlauf und sprang. Dabei spürte er, wie das vom ständigen Zufließen warmen Wassers brüchig gewordene Eis unter ihm nachgab. Aber schon hing er an dem moosbewachsenen Rand des Rohrs, der schlüpfrig war, so daß er sich krampfhaft festhalten mußte, um nicht abzurutschen. Er zog sich langsam höher, und schließlich gelang es ihm, sich ganz hineinzuhieven. Er wartete einen Augenblick, um wieder zu Atem zu kommen, dann kroch er weiter in das Rohr hinein, das konstant aufwärts verlief. Er und einige Spielkameraden hatten dieses Rohr als Kinder entdeckt, aber ihre Eltern hatten ihnen sehr rasch verboten, dort zu spielen, weil sie sich verirren konnten, besonders aber wegen der Ratten. Trotzdem glaubte Dennis zu wissen, wo er herauskommen würde.

Eine Stunde später bewegte sich in einem verlassenen Korridor im Ostflügel des Schlosses ein Abflußdeckel — lag still — bewegte sich erneut. Er wurde teilweise beiseite geschoben, und wenige Augenblicke später zog sich ein sehr schmutziger (und sehr übelriechender) Diener namens Dennis aus dem Loch und lag schließlich keuchend auf dem kalten Steinfußboden. Er hätte eine längere Ruhepause vertragen können, aber es konnte jemand vorbeikommen — selbst zu dieser nachtschlafenden Zeit. Daher rückte er den Abflußdeckel wieder an seinen Platz und sah sich um.

Er erkannte den Flur nicht sofort, doch das beunruhigte ihn ganz und gar nicht. Er ging auf die T-Kreuzung am anderen Ende zu. Wenigstens, dachte er, hatte es im Labyrinth der Abflußrohre unter dem Schloß keine Ratten gegeben. Das war eine große Erleichterung gewesen. Er war darauf vorbereitet gewesen, nicht nur wegen der grausamen Geschichten, die sein Vater ihm ab und zu erzählt hatte, sondern weil es *tatsächlich* Ratten dort unten gegeben hatte, als sie im Kindesalter dort spielten — die Ratten waren schließlich Teil des aufregenden Abenteuers gewesen.

Vielleicht waren es nur ein paar Mäuse, und deine Erinnerung hat sie zu Ratten werden lassen, dachte Dennis nun. Das war keineswegs so, aber Dennis sollte es nie erfahren. Seit undenklichen Zeiten hausten riesige, Krankheiten übertragende Ratten in den Abflußrohren. Erst seit etwa fünf Jahren gediehen sie nicht mehr dort. Flagg hatte sie ausgerottet. Der Zauberer hatte ein Stück Stein und seinen Dolch beseitigt, indem er beides in einen ähnlichen Abfluß geworfen hatte wie den, aus dem Dennis an diesem frühen Sonntagmorgen gerade herausgekommen war. Das hatte sie natürlich umgebracht, weil sich an beidem noch einige winzige Körnchen Drachensand befanden. Die Dämpfe dieser wenigen Körnchen hatten die Ratten getötet, viele waren bei lebendigem Leibe verbrannt, während sie durch das Brackwasser in den Rohren paddelten, die anderen waren an den Dämpfen erstickt, bevor sie fliehen konnten. Fünf Jahre später waren die Ratten immer noch nicht zurückgekehrt, obwohl die giftigen Dämpfe sich größtenteils verzogen hatten. Die meisten, aber nicht alle. Wäre Dennis in eines der Abflußrohre eingedrungen, die sich näher bei den Quartieren des Hofzauberers befanden, so hätte auch er sterben können. Vielleicht hatte das Glück ihn gerettet oder das Schicksal oder die Götter, zu denen er betete; ich weiß es nicht. Ich erzähle Geschichten und lese nicht aus dem Kaffeesatz, und was das Thema von Dennis' Überleben anbelangt, so möchte ich dies eurer eigenen Vorstellungskraft überlassen.

93

Er erreichte die Kreuzung, spähte um die Ecke und sah ein Stück weiter oben einen verschlafenen Wachsoldaten vorübergehen. Dennis wich zurück. Sein Herz schlug heftig, aber er war zufrieden – jetzt wußte er, wo er war. Als er wieder hinsah, war der Soldat verschwunden.

Dennis hastete nun den Korridor entlang, dann eine Treppe hinab, über eine Galerie. Er bewegte sich mit großer Sicherheit, denn er hatte sein ganzes bisheriges Leben im Schloß verbracht. Ganz sicher kannte er es gut ge-

nug, um den Weg vom Ostflügel, wo er aus dem Abflußrohr gekommen war, zum Westflügel zu finden, wo die
Servietten aufbewahrt wurden.

Aber weil er nicht gesehen werden wollte – von *niemandem* –, schlich Dennis die abgelegensten Flure entlang, die er kannte, und beim leisesten Geräusch von
Schritten (echt oder eingebildet, und ich glaube, viele bildete er sich nur ein) kauerte er sich in die nächstgelegene
Nische. Schließlich brauchte er länger als eine Stunde.

Er hatte den Eindruck, noch nie in seinem Leben so
hungrig gewesen zu sein.

*Vergiß jetzt deinen knurrenden Magen, Dennis – kümmere
dich erst um deinen Herrn, dann um deinen Bauch.*

Er stand im tiefen Schatten eines Torbogens. Ganz leise hörte er den Nachtwächter vier Uhr rufen. Er wollte
gerade weitergehen, als langsame, hallende Schritte den
Korridor entlang kamen... klappernder Stahl, knirschendes Leder.

Dennis drückte sich schwitzend noch tiefer in den
Schatten.

Ein Wachsoldat blieb direkt vor der im Schatten liegenden Tür stehen, wo Dennis sich versteckte. Der Mann
blieb einen Augenblick stehen und bohrte sich mit dem
kleinen Finger in der Nase, dann beugte er sich nach vorne und blies einen Strahl Rotz zwischen den Fingern heraus. Dennis hätte den Arm ausstrecken und ihn berühren können, und er war sicher, daß der Mann sich jeden
Augenblick umdrehen... die Augen aufreißen... das
Kurzschwert ziehen würde... und das wäre das Ende
von Dennis, Brandons Sohn.

Bitte, flüsterte Dennis' schreckensstarrer Verstand. *Bitte, oh, bitte...*

Er konnte den Soldaten riechen, konnte alten Wein
und angebranntes Fleisch in seinem Atem riechen, den
sauren Schweiß, der aus seiner Haut drang.

Der Soldat begann weiterzugehen... Dennis entspannte sich... dann blieb der Soldat wieder stehen und begann erneut, sich in der Nase zu bohren. Dennis hätte schreien mögen.

»Ich hab'n Mädchen, die heißt Marchy-Marchy-Melda«, begann der Soldat mit tiefer, dröhnender Stimme zu singen, während er ununterbrochen in der Nase bohrte. Er holte ein großes, grünes Etwas heraus, untersuchte es sorgfältig und schnippte es dann an die gegenüberliegende Wand. *Platsch.* »Sie hat 'ne Schwester namens Es-a-merelda... Befahren würd' ich die Meere so weit... könnt ich einmal nur küssen ihr Knie unter'm Kleid! Tootie-sing-da, sing-di... und gib mir einen Humpen Wein!«

Nun wiederfuhr Dennis etwas außerordentlich Schreckliches. Seine Nase begann auf eine Art und Weise zu jucken und zu kitzeln, die überhaupt keinen Zweifel aufkommen ließ. Sehr bald würde er niesen müssen.

Geh! brüllte er in Gedanken. *Warum verschwindest du denn nicht, du Dummkopf?*

Aber der Soldat schien nicht die Absicht zu haben, bald zu verschwinden. Offensichtlich hatte er im linken Nasenloch einen reichhaltigen Vorrat entdeckt, und den wollte er zu Tage fördern.

»Ich hab'n Mädchen, die heißt Darchy-Darchy-Darla... Sie hat 'ne Schwester namens Rotschopf-Carla... ach wären doch tausend Küsse nur mein... von ihren Lippen so rot und fein... Tootie-sing-da, sing-di... und gib mir einen Humpen Wein.«

Ich werde dir eine ganze Flasche Wein über den Schädel schlagen, du Narr! dachte Dennis. *Geh WEITER!* Das Jukken in seiner Nase wurde immer schlimmer, aber er wagte nicht einmal, sie anzufassen, so sehr hatte er Angst, der Soldat könnte die Bewegung aus den Augenwinkeln heraus sehen.

Der Soldat runzelte die Stirn, beugte sich nach vorne, blies nochmals die Nase zwischen den Fingern und ging schließlich weiter, wobei er immer noch sein Lied grölte. Er war kaum verschwunden, da riß Dennis den Arm vors Gesicht und nieste in die Ellbogenbeuge. Er wartete auf den metallischen Laut, mit dem der Soldat sein Kurzschwert ziehen und zurückkehren würde, aber der Bursche war ziemlich dösig und immer noch betrunken von dem Gelage, an dem er teilgenommen hatte, bevor seine Pflicht begann. Einst, dachte Dennis, wäre eine so pflichtvergessene Kreatur rasch entdeckt und in die äußersten Provinzen des Königsreichs geschickt worden, aber die Zeiten hatten sich geändert. Er hörte das Klirren eines Riegels, das Quietschen von Scharnieren, als eine Tür geöffnet wurde, die dann krachend ins Schloß fiel und das Lied des Soldaten abschnitt, als er gerade wieder beim Refrain angekommen war. Dennis ließ sich gegen die Wand der Nische sinken und schloß einen Augenblick lang erleichtert die Augen; Stirn und Wangen schienen zu brennen, seine Füße dagegen waren wie Eisklötze.

Jetzt habe ich ein paar Sekunden lang überhaupt nicht an meinen Bauch gedacht, dachte er, und dann mußte er die Hände vor den Mund pressen, um ein Kichern zu unterdrücken.

Er spähte aus seinem Versteck heraus, sah niemanden und ging auf eine Tür rechter Hand im Flur zu. Er kannte diese Tür ausgezeichnet, wenn auch der Schaukelstuhl und das Nähzeug davor neu für ihn waren. Die Tür führte in die Vorratskammer, wo alle Servietten aus der Zeit von Kyla der Gütigen aufbewahrt wurden. Sie war noch nie verschlossen gewesen und war es auch jetzt nicht. Alte Servietten waren es offenbar nicht wert, weggeschlossen zu werden. Er sah hinein und hoffte, daß die Antwort auf Peynas Frage nach dem Schlüssel immer noch zutreffend war.

Als sie an jenem strahlenden Morgen vor fünf Tagen auf der Straße standen, hatte Peyna ihn folgendes getragt: *Weißt du, wann sie einen neuen Vorrat Servietten in die Nadel bringen?*

Das scheint wirklich eine leichte Frage zu sein, aber euch ist vielleicht schon aufgefallen, daß alle Fragen leicht sind, wenn man die Antworten kennt, und schrecklich schwierig, wenn man sie nicht kennt. Daß Dennis die Antwort darauf wußte, war ein Beweis für seine Aufrichtigkeit und Ehre, wenngleich diese Eigenschaften so tief in seinem Charakter verwurzelt waren, daß es ihn überrascht hätte, wenn es ihm jemand gesagt hätte. Er hatte von Ben Staad Geld genommen – eigentlich war es ja Anders Peynas Geld gewesen –, um zu gewährleisten, daß die Servietten abgegeben wurden. Sicher, nur einen Gulden, aber Geld war Geld und Bezahlung war Bezahlung. Seine Ehre hatte ihn dazu verpflichtet, sich von Zeit zu Zeit zu vergewissern, ob der Auftrag auch ausgeführt wurde.

Er erzählte Peyna von dem großen Vorratsraum (Peyna konnte es kaum glauben, als er es hörte), und daß jeden Samstagabend gegen sieben eine Magd kam, einundzwanzig Servietten abzählte, sie ausschüttelte, bügelte, zusammenlegte und den ganzen Stapel auf ein kleines Rollwägelchen legte. Dieses Wägelchen stand direkt hinter der Tür der Kammer. Am frühen Sonntagmorgen, um sechs Uhr – also in ziemlich genau zwei Stunden – fuhr ein Dienerjunge das Wägelchen zum Platz der Nadel. Er würde an die Tür des häßlichen Steinturms klopfen, und einer der Unterwachmänner würde sie öffnen, das Wägelchen hineinrollen und die Servietten auf einen Tisch legen, von wo zu jeder Mahlzeit eine weggenommen wurde.

Damit war Peyna zufrieden gewesen.

Nun eilte Dennis weiter und suchte in seiner Tasche nach dem Brief, den er in dem Bauernhaus geschrieben hatte. Er bekam einen gewaltigen Schreck, als er ihn zunächst nicht finden konnte, aber dann schlossen sich seine Finger darum, und er seufzte erleichtert auf. Er war ein wenig zur Seite gerutscht gewesen.

Er nahm die Serviette für das Sonntagsfrühstück. Sonntagsmittagessen. Das Sonntagabendessen hätte er fast vergessen, und wenn er es getan hätte, würde meine Geschichte ein ganz anderes Ende haben – besser oder schlechter, das kann ich nicht sagen, aber ganz sicher anders. Letzendlich kam Dennis jedoch zu dem Ergebnis, daß drei Servietten ausreichten. In einer Ritze zwischen zwei Dielen des Bauernhauses hatte Dennis eine Nadel gefunden und sie an einen Träger seines groben Leinenunterhemds gesteckt (und wenn er ein wenig mehr nachgedacht hätte, dann hätte er den Brief mit eben dieser Nadel an seinem Unterhemd festgesteckt, das hätte ihm die bangen Augenblicke erspart, als er ihn nicht gleich fand, aber ich habe euch ja vielleicht schon erzählt, daß Dennis' Verstand manchmal ein wenig langsam war). Nun holte er die Nadel heraus und steckte den Zettel sorgfältig in eine innere Falte der Serviette.

»Möget Ihr ihn finden, Peter«, murmelte er in der geisterhaften Stille der Vorratskammer, in der Servietten aus einem anderen Zeitalter gestapelt waren. »Möget Ihr ihn finden, mein König.«

Dennis wußte, er mußte nun schleunigst von der Bildfläche verschwinden. Bald würde das Schloß erwachen; Stallburschen würden zu den Stallungen gehen, Wäscherinnen zu den Wäschereien, Küchenjungen würden mit aufgequollenen Augen müde zu ihren Herden wanken (als er an die Küche dachte, fing Dennis' Magen wieder an zu knurren – mittlerweile hätten selbst die verhaßten Rüben wie Köstlichkeiten geschmeckt –, aber das Essen, dachte er, mußte warten).

Er ging weiter in die geräumige Kammer hinein. Die Stapel waren so hoch, der Weg so verschlungen, daß er sich wie in einem Irrgarten vorkam. Von den Servietten ging ein angenehmer, trockener Baumwollgeruch aus. Schließlich stand er in einer entfernten Ecke, und er rechnete sich aus, daß er hier sicher sein würde. Er stieß einen Stapel Servietten um, breitete sie aus und nahm eine Handvoll als Kissen.

Es war bei weitem die luxuriöseste Matratze, auf der er je gelegen hatte, und nach seinem langen Marsch und den Schrecken der Nacht war er zwar hungrig, brauchte den Schlaf aber wesentlich dringender als etwas zu essen. Binnen kürzester Zeit war er eingeschlafen, keine Träume suchten seinen Schlaf heim. Wir werden ihn nun dort verlassen, nachdem er den ersten Teil seiner Aufgabe so tapfer und erfolgreich ausgeführt hat. Wir werden ihn dort zurücklassen, auf der Seite liegend, eine Hand unter die rechte Wange geschoben, auf seinem Bett aus königlichen Servietten. Und ich möchte dir eines wünschen, Leser — daß dein Schlaf in dieser Nacht so süß und ruhig sein möge, wie es seiner an diesem Tag war.

94

Samstagnacht, als Dennis entsetzt dem Heulen des Wolfs gelauscht und gespürt hatte, wie Flaggs Gedanken über ihn hinwegglitten, hatten Ben Staad und Naomi Reechul ihr Lager an einem verschneiten Hang dreißig Meilen nördlich von Peynas Bauernhaus aufgeschlagen... Peynas *ehemaligem* Bauernhaus, das sein eigen gewesen war, bevor Dennis mit der Geschichte von einem König zu ihm gekommen war, der im Schlaf wandelte und redete.

Sie machten ein behelfsmäßiges Lager, wie man es eben macht, wenn man lediglich ein paar Stunden bleiben und dann weiterziehen will. Naomi hatte sich um ihre geliebten Schlittenhunde gekümmert, während Ben ein kleines Zelt aufbaute und ein prasselndes Feuer entfachte.

Kurz darauf kam Naomi zu ihm ans Feuer und grillte Hirschfleisch. Sie aßen schweigend, dann sah Naomi nochmals nach den Hunden. Alle schliefen, mit Ausnahme von Frisky, ihrem Liebling. Frisky sah sie mit beinahe menschlichen Augen an und leckte ihr die Hände.

»Gut gezogen heute, mein Guter«, sagte Naomi. »Schlaf jetzt. Fang dir einen Mondhasen.«

Frisky senkte gehorsam den Kopf auf die Pfoten. Naomi lächelte und ging zum Feuer zurück. Ben saß davor, er hatte die Knie zur Brust hochgezogen und die Arme um sie geschlungen. Sein Gesicht war ernst und nachdenklich.

»Es wird schneien.«

»Ich kann die Wolken so gut wie du lesen, Ben Staad. Und die Feen haben einen Ring um Prinz Ailons Kopf gezaubert.«

Ben sah zum Mond und nickte. Dann starrte er wieder ins Feuer. »Ich mache mir Sorgen. Ich hatte Träume von einem... nun, von einem, dessen Namen man besser nicht ausspricht.«

Sie zündete sich eine Zigarre an. Sie hielt ihm das kleine Päckchen hin, das in Musselin eingewickelt war, damit es nicht austrocknete, aber Ben schüttelte den Kopf.

»Ich glaube, ich hatte dieselben Träume«, sagte sie. Sie versuchte, ihre Stimme so beiläufig wie möglich klingen zu lassen, aber ein leichtes Zittern verriet sie.

Er sah sie mit weit aufgerissenen Augen an.

»Jawohl«, sagte sie, als hätte er gefragt. »Er blickt in ein helles, strahlendes Ding und spricht Prinz Peters Namen. Ich war nie eine Zimperliese, die beim Anblick einer Maus oder einer Spinne kreischend davonläuft, aber wenn ich aus diesem Traum erwache, ist mir wirklich nach Schreien zumute.«

Sie sah beschämt und trotzig zugleich aus.

297

»Seit wie vielen Nächten hast du diesen Traum?«

»Seit zweien.«

»Ich habe ihn schon seit vier Tagen. Meiner ist genau wie deiner. Und du mußt mich nicht so ansehen, als würde ich dich auslachen oder dich Gänslein, das am Brunnen weint, nennen. Ich möchte auch schreien, wenn ich erwache.«

»Dieses helle Ding... am Ende meines Traums scheint er es auszublasen. Ist es eine Kerze, was meinst du?«

Sie nickte.

Ben überlegte. »Ich glaube, es ist etwas ungleich Gefährlicheres als eine Kerze... ich nehme doch die Zigarre, die du mir angeboten hast, wenn ich darf.«

Sie gab ihm eine. Er zündete sie am Feuer an. Sie saßen eine Weile schweigend nebeneinander und sahen zu, wie die Funken zum dunklen Wind emporstoben, der Netze aus Pulverschnee am Himmel knüpfte. Die Funken gingen aus, wie das Licht in ihrem gemeinsamen Traum. Die Nacht schien sehr schwarz zu sein. Ben konnte Schnee deutlich riechen. Eine Menge Schnee, dachte er.

Naomi schien seine Gedanken zu lesen. »Ich glaube, es könnte einer von den schrecklichen Stürmen im Anzug sein, von denen die Alten manchmal erzählen. Was meinst du?«

»Dasselbe.«

Mit einem Zögern, das ganz und gar nicht zu ihrer sonstigen Art paßte, fragte Naomi: »Was hat der Traum zu bedeuten, Ben?«

Er schüttelte den Kopf. »Kann ich nicht sagen. Gefahr für Peter, soviel ist klar. Und wenn er sonst noch etwas bedeutet, das ich herauslesen kann, dann die Tatsache, daß wir uns beeilen müssen.« Er sah sie mit so verzweifelter Direktheit an, daß ihr Herzschlag auszusetzen schien. »Können wir Peynas Haus morgen erreichen, was meinst du?«

»Es sollte möglich sein. Außer den Göttern kann niemand sagen, ob sich nicht ein Hund ein Bein bricht oder ein Killerbär, der aus seinem Winterschlaf aufschreckt, aus dem Wald herauskommt und uns alle auffrißt, aber... ja, wir *müßten* es schaffen können. Ich habe während der Fahrt alle Hunde ausgewechselt, ausgenommen Frisky, und Frisky ist fast unermüdlich. Wenn der Schnee früh kommt, wirft uns das zurück, aber ich glaube, er wird warten... und warten... und mit jeder Stunde, die er wartet, wird der Sturm schlimmer werden. Glaube ich jedenfalls. Aber wenn das Unwetter wartet, und wenn wir abwechselnd neben dem Schlitten herlaufen, dann können wir es schaffen. Aber was können wir dort tun − doch nur herumsitzen und warten, bis dein Freund, der Diener, zurückkommt.«

»Ich weiß nicht.« Ben seufzte und strich sich mit einer Hand über das Gesicht. Was konnten sie tun? Was immer der Traum bedeuten sollte, es würde im Schloß stattfinden und nicht im Haus. Peyna hatte Dennis ins Schloß geschickt, aber wie wollte Dennis hinein gelangen? Ben wußte es nicht, weil Dennis es Peyna nicht verraten hatte. Und selbst wenn Dennis unbemerkt hineingelangte, wo wollte er sich verstecken? Es gab tausend mögliche Verstecke. Aber...

»Ben!«

»Was?« Er schreckte aus seinen Gedanken auf und wandte sich zu ihr.

»Woran hast du gerade gedacht?«

»An nichts.«

»Doch. *Etwas*. Deine Augen haben geleuchtet.«

»Wirklich? Dann muß ich an Kuchen gedacht haben. Es wird Zeit, daß wir beide uns hinlegen. Wir wollen in aller Frühe weiter.«

Aber im Zelt lag Ben noch lange wach, nachdem Naomi schon eingeschlafen war. Es gab tausend Plätze im Schloß, wo man sich verstecken konnte, aber er dachte an zwei ganz spezielle. Er war überzeugt, daß er Dennis an einem finden würde... oder dem anderen.

Schließlich schlief er ein...

... und träumte von Flagg.

95

Peter begann den Sonntag wie immer mit seinen Übungen und einem Gebet.

Als er erwachte, hatte er sich frisch und bereit gefühlt. Nachdem er rasch zum Himmel aufgesehen hatte, um festzustellen, wie sich der bevorstehende Sturm entwickelte, aß er sein Frühstück.

Und selbstverständlich benützte er eine Serviette.

96

Am Sonntagnachmittag war jeder Bewohner von Delain mindestens einmal vor das Haus getreten, um besorgt nach Norden zu schauen. Alle waren sich darin einig, daß der bevorstehende Sturm einer sein würde, von dem man sich noch jahrelang würde Geschichten erzählen können. Die heranziehenden Wolken waren dunkel, grau, die Farbe von Wolfspelzen. Die Temperatur stieg an, bis die Eiszapfen, welche unter den Dachvorsprüngen hingen, zum erstenmal seit Wochen zu tropfen begannen, aber die Ältesten erzählen einander (und jedem, der ihnen zuhörte), daß sie sich davon nicht täuschen lassen würden. Die Temperatur würde rasch wieder fallen, und Stunden später – vielleicht zwei, vielleicht vier – würde es zu schneien beginnen. Und das, sagten sie, konnte dann tagelang andauern.

Um drei Uhr an diesem Nachmittag hatten die Bauern der Inneren Baronate, die sich noch so glücklich schätzen konnten, über Vieh zu verfügen, dieses in die Ställe getrieben. Die Kühe verliehen laut muhend ihrer Enttäuschung Ausdruck; der Schnee war genügend geschmolzen, so daß sie zum erstenmal seit Wochen wieder an dem Gras darunter zupfen konnten. Yosef, der älter und grauer geworden, für seine zweiundsiebzig aber immer noch recht rüstig war, vergewisserte sich, daß alle Pferde des Königs in den Stallungen waren. Wahrscheinlich gab es auch jemanden, der sich um die Männer des Königs kümmerte. Frauen machten sich die milde Witterung zunutze und versuchten, Wäsche zu trocknen, die normalerweise einfach auf der Leine gefroren wäre, dann holten sie sie herein, als der Tag in die früh einsetzende, sturmgefärbte Dunkelheit überging. Sie waren enttäuscht; ihre Wäsche war nicht trocken geworden; zuviel Feuchtigkeit war in der Luft.

Die Tiere waren unruhig. Die Menschen waren nervös. Kluge Schankwirte öffneten ihre Pforten nicht. Sie hatten die fallenden Quecksilbersäulen in ihren Barometern gesehen, und lange Erfahrung sagte ihnen, daß die Männer bei geringem Luftdruck streitsüchtig waren.

Delain wappnete sich für den bevorstehenden Sturm, und alle warteten.

97

Ben und Naomi liefen abwechselnd neben dem Schlitten her. Sie erreichten Peynas Bauernhaus am Sonntagnachmittag um zwei Uhr — etwa zur selben Zeit, als Dennis auf seiner Matratze aus königlichen Servietten erwachte und Peter sein karges Mittagessen zu sich nahm.

Naomi sah wirklich bezaubernd aus — die Anstrengung des Laufens hatte ihren braungebrannten Wangen die zartrosa Farbe von Herbstrosen verliehen. Als der Schlitten in Peynas Hof anhielt und die Hunde bellten, wandte sie das lachende Gesicht zu Ben.

»Bei den Göttern, ein Rekord!« rief sie. »Wir haben es drei – nein *vier*! – vier Stunden früher geschafft, als ich erwartet hätte! Und kein einziger Hund hat schlapp gemacht! Aiy, Frisky! Aiy! Guter Hund!«

Frisky, der riesige, weiße, anduanische Schlittenhund mit den graugrünen Augen lief an der Spitze des Rudels. Er sprang in die Höhe und zerrte an seinem Geschirr. Naomi öffnete es und tanzte mit dem Tier im Schnee herum. Es war ein seltsamer Walzer, anmutig und barbarisch zugleich. Hund und Herrin schienen einander voll aufrichtiger Zuneigung zuzulachen. Einige der anderen Hunde lagen keuchend und schnaufend auf den Seiten, offensichtlich erschöpft, aber weder Naomi noch Frisky schienen auch nur im geringsten müde zu sein.

»Aiy, Frisky! Aiy, mein Guter! Guter Hund! Du hast ein vortreffliches Rennen gelaufen!«

»Aber wofür?« fragte Ben düster.

Sie ließ Friskys Pfote los und wandte sich wütend zu ihm... aber sein Gesichtsausdruck ließ ihren Zorn verrauchen. Er sah zum Haus. Sie folgte seinem Blick und begriff. Sie waren hier, ja, aber was war *hier*? Ein verlassenes Bauernhaus, mehr nicht. Warum, um alles in der Welt, waren sie hierher gekommen – und so *schnell*? In einer Stunde... zwei Stunden... vier Stunden wäre das Haus noch ebenso verlassen gewesen. Peyna und Arlen waren im Norden, Dennis irgendwo in den Tiefen des Schlosses. Oder in einer Gefängniszelle oder in einem Sarg, in dem er auf sein Begräbnis wartete, wenn er erwischt worden war.

Sie ging zu Ben und legte ihm zögernd eine Hand auf die Schulter. »Sei nicht so niedergeschlagen«, sagte sie. »Wir haben getan, was wir konnten.«

»Haben wir das?« fragte er. »Ich weiß nicht.« Er schwieg, dann seufzte er tief. Er hatte die Strickmütze abgenommen, und sein goldenes Haar glänzte im Licht der Nachmittagssonne. »Tut mir leid, Naomi. Ich wollte nicht unhöflich zu dir sein. Du und deine Hunde, ihr habt ein Wunder vollbracht. Ich bin nur der Meinung, wir sind noch weit von dort entfernt, wo wir wirklich nützlich sein könnten. Und ich fühle mich so hilflos.«

Sie sah ihn an, seufzte und nickte.

»Komm«, sagte er, »gehen wir hinein. Vielleicht finden wir ein Zeichen, was wir als nächstes tun müssen. Wenigstens aber werden wir ein Dach über dem Kopf haben, wenn das Unwetter losbricht.«

Drinnen fanden sie keinerlei Hinweise. Es war nichts weiter als ein verlassenes, einsames Bauernhaus, das überstürzt verlassen worden war. Ben streifte unruhig von Zimmer zu Zimmer und fand nichts. Nach einer Stunde sank er unglücklich neben Naomi im Wohnzimmer nieder... in denselben Sessel, in dem Anders Peyna gesessen hatte, als er sich die unglaubliche Geschichte von Dennis anhörte.

»Wenn es nur eine Möglichkeit gäbe, ihn aufzuspüren«, sagte Ben.

Er sah auf und stellte fest, daß sie ihn betrachtete, ihre hellen Augen waren rund und voller Aufregung.

»Es könnte eine geben«, sagte sie. »Wenn der Schnee noch eine Weile auf sich warten läßt...«

»Wovon redest du?«

»*Frisky!*« rief sie. »Verstehst du denn nicht? *Frisky* kann seine Fährte aufnehmen! Er hat die feinste Nase, die ich je bei einem Hund gesehen habe!«

»Der Geruch muß Tage alt sein«, sagte er. »Auch der größte jemals lebende Spürhund kann nicht...«

»*Frisky* könnte der größte jemals lebende Spürhund sein«, antwortete Naomi lachend. »Und im Winter ist das Wittern etwas anderes als im Sommer, Ben Staad! Im

Sommer verschwindet eine Fährte schnell... sie verdirbt, sagt mein Vater immer, und es gibt hundert andere Witterungen, welche die zudecken können, die der Hund sucht. Nicht nur von anderen Menschen und Tieren, sondern auch von Gräsern und warmen Winden, selbst die Gerüche, die vom fließenden Wasser transportiert werden. Aber im Winter ist eine Fährte *beständig*. Wenn wir irgend etwas hätten, das Dennis gehört... das seinen Geruch angenommen hat...«

»Was ist mit dem Rest deiner Meute?« fragte Ben.

»Ich öffne den Schuppen dort drüben« — sie deutete in die Richtung — »und lasse meinen Schlafsack dort. Wenn ich ihnen zeige, wo er ist, und sie dann freilasse, können sie sich selbst etwas zu fressen jagen — Kaninchen und dergleichen —, und sie werden auch wissen, wo sie Unterschlupf suchen müssen.«

»Werden sie uns nicht folgen?«

»Wenn man es ihnen untersagt, nicht.«

»Das kannst du?« Er sah sie voller Bewunderung an.

»Nein«, sagte Naomi nüchtern. »Ich spreche die Hundesprache nicht und Frisky nicht die Menschensprache, aber er begreift. Wenn ich es Frisky sage, wird er es den anderen sagen. Sie werden jagen, was sie brauchen, aber sie werden sich nicht so weit entfernen, daß sie die Witterung meines Schlafsacks verlieren, noch dazu, wo der Sturm kommt. Und wenn der anfängt, werden sie Schutz suchen, ganz egal, ob ihre Bäuche voll oder leer sind.«

»Und wenn wir etwas hätten, das Dennis gehört, glaubst du wirklich, daß Frisky ihn aufspüren könnte?«

»Ja.«

Ben sah sie lange und nachdenklich an. Dennis hatte das Haus am Dienstag verlassen. Heute war Sonntag. Er glaubte nicht, daß ein Geruch so lange anhalten konnte. Aber *etwas* war im Haus, das Dennis' Geruch haben mußte, und selbst ein närrisches Unterfangen war besser, als tatenlos herumzusitzen. Das sinnlose *Herumsitzen*

304

machte ihm mehr als alles andere zu schaffen, die vor ihnen liegenden Stunden, wenn anderswo entscheidende
Dinge stattfinden konnten, während sie hier saßen und
Däumchen drehten. Unter anderen Umständen hätte ihn
der Gedanke entzückt, mit einem so schönen Mädchen
wie Naomi allein im Schnee unterwegs zu sein, aber
nicht, wenn zwanzig Meilen östlich ein Königreich gewonnen oder verloren werden konnte... und das Leben
seines Freundes vielleicht einzig und allein von diesem
Diener abhing, der ihm half.

»Nun?« fragte sie aufgeregt. »Was meinst du?«

»Ich finde, es ist verrückt«, sagte er. »Aber einen Versuch wert.«

Sie grinste. »Hast du etwas, an dem sein Geruch stark
haftet?«

»Habe ich«, sagte er und stand auf. »Bring deinen
Hund herein und führe ihn nach oben, Naomi. Auf den
Dachboden.«

98

Auch wenn die meisten Menschen es nicht wissen, für
Hunde sind Gerüche wie Farben. Schwache Gerüche ha-
ben schwache Farben, wie von der Zeit ausgewaschene
Pastelltöne. Deutliche Gerüche haben deutliche Farben.
Manche Hunde haben schwache Nasen, und sie nehmen
Gerüche so wahr wie manche Menschen mit schlechten
Augen Farben sehen; sie denken vielleicht, dieses zarte
Blau könnte Grau sein, und dieses Dunkelbraun eigent-
lich Schwarz. Friskys Spürsinn jedoch war wie der eines
Mannes mit den Augen eines Falken, und der Geruch
auf dem Dachboden, wo Dennis geschlafen hatte, war
sehr deutlich und sehr stark (vielleicht war es gut, daß
Dennis ein paar Tage lang nicht gebadet hatte). Frisky

schnupperte im Heu, dann an der Decke, die DAS MÄD-
CHEN ihm entgegenhielt. Sie roch Arlen daran, achtete
aber nicht auf diesen Geruch; er war schwächer und ganz
anders als der Geruch, den er im Heu wahrgenommen
hatte. Arlens Geruch war säuerlich und müde, und Frisky wußte sofort, daß es der Geruch eines alten Mannes
war. Dennis' Geruch war aufregender und vitaler. Für
Friskys Nase hatte er das elektrische Blau eines sommer-
lichen Blitzschlags.

Er bellte, um zu zeigen, daß er den Geruch aufgenommen und wohlbehalten in seiner Bibliothek der Gerüche
verwahrt hatte.

»Gut, Alte«, sagte DER GROSSE JUNGE. »Kannst du
ihm folgen?«

»Er wird ihm folgen«, sagte DAS MÄDCHEN zuver-
sichtlich. »Gehen wir.«

»In einer Stunde wird es dunkel sein.«

»Wahrhaftig«, sagte DAS MÄDCHEN und grinste.
Wenn DAS MÄDCHEN auf diese Weise grinste, dann
barst Friskys Herz fast vor Liebe zu ihr. »Aber schließlich
sind wir ja nicht auf seine Augen angewiesen, oder?«

Der GROSSE JUNGE lächelte. »Wohl kaum«, sagte er.
»Weißt du, ich muß verrückt sein, aber wir werden das
Blatt nehmen und die Karten ausspielen.«

»Natürlich werden wir das«, sagte sie. »Komm jetzt,
Ben. Nutzen wir das noch verbleibende Tageslicht... es
wird früh genug dunkel werden.«

Frisky, dessen Nase von dem hellblauen Geruch erfüllt
war, bellte unternehmungslustig.

99

Peters Abendessen kam an diesem Sonntagabend wie
immer pünktlich um sechs Uhr. Die Sturmwolken hin-

gen schwer über Delain, und die Temperatur war wieder gefallen, aber der Wind wehte noch nicht, und noch keine einzige Schneeflocke war gefallen. Auf der anderen Seite des Platzes, in die gestohlene weiße Kleidung eines Küchenjungen gekleidet, stand Dennis frierend und ängstlich im tiefsten Schatten, den er finden konnte, und sah zu dem einzigen Lichtschein im winzigen Fenster auf der Spitze der Nadel empor – Peters Kerze.

Peter wußte selbstverständlich nichts von Dennis' Nachtwache – er war von dem verwunderten Gedanken erfüllt, daß dies die letzte Mahlzeit sein würde, die er in der Nadel einnahm, ob er nun lebte oder starb. Es handelte sich wieder um zähes, versalzenes Fleisch, halbverfaulte Kartoffeln und verwässertes Bier, aber er würde alles aufessen. In den zurückliegenden drei Wochen hatte er kaum etwas gegessen, sondern fast ununterbrochen am winzigen Webstuhl gearbeitet, seine Übungen gemacht und seinen Körper auf die bevorstehende Belastung vorbereitet. Heute abend jedoch hatte er alles gegessen, was man ihm gebracht hatte. Heute nacht würde er all seine Kraft brauchen.

Was wird aus mir werden? fragte er sich, während er am Tisch saß und nach der Serviette griff, die über dem Essen lag. *Wohin genau soll ich gehen? Wer wird mich aufnehmen? Jeder? Alle Menschen, sagt man, müssen auf die Götter vertrauen, Peter... aber du vertraust so sehr, daß es schon fast lächerlich ist.*

Hör auf. Was geschehen wird, wird geschehen. Nun iß, und denke nicht mehr an...

Aber hier brachen seine unruhigen Gedanken ab, denn als er die Serviette ausbreitete, verspürte er einen Stich, wie von einer Nadel.

Stirnrunzelnd sah er hinab und bemerkte einen winzigen Blutstropfen an der Kuppe des rechten Zeigefingers. Peter dachte zuerst an Flagg. In Märchen war es stets eine Nadel, die vergiftet war. Vielleicht war er gerade eben von Flagg vergiftet worden. Das war sein erster Gedanke, und der war gar nicht so abwegig, denn immerhin hatte Flagg schon einmal Gift benützt.

Peter drehte die Serviette um und sah, daß ein winziger gefalteter Gegenstand mit dunklen Schmutzspuren daran festgesteckt war... Er legte die Serviette sofort wieder hin. Sein Gesicht blieb ruhig und gelassen und verriet nichts von der heftigen Erregung, die ihn beim Anblick der an die Serviette gehefteten Nachricht ergriffen hatte.

Er sah beiläufig zur Tür und fürchtete, dort einen der Unterwachmänner zu sehen – oder gar Beson selbst –, der ihn mißtrauisch beobachtete. Aber es war niemand zu sehen. Der Prinz war Gegenstand großer Neugier gewesen, als er in die Nadel gebracht worden war, man hatte ihn begafft, wie man einen seltenen Fisch im Aquarium eines Sammlers begafft – manche hatten sogar ihre Liebchen heraufgeschmuggelt, damit sie sich das mordende Monster ansehen konnten (und sie wären selbst eingesperrt worden, hätte man sie dabei erwischt). Aber Peter war ein vorbildlicher Gefangener, und das Interesse an ihm hatte bald nachgelassen. Jetzt bestaunte ihn niemand mehr.

Peter zwang sich dazu, das Essen ganz aufzuessen, obwohl er es gar nicht mehr wollte. Er wollte auf gar keinen Fall Argwohn erwecken – heute ganz besonders nicht. Er hatte keine Ahnung, von wem der Brief kam und was darin stand oder warum er ihn in eine solche Aufregung versetzte. Daß ausgerechnet jetzt eine Nachricht kam, Stunden vor seiner geplanten Flucht, schien ein Omen zu sein. Aber was für eines?

Nachdem er schließlich gegessen hatte, sah er noch einmal zur Tür, vergewisserte sich, daß die Luke geschlossen war, und nahm die Serviette ganz beiläufig zur Hand, fast so, als hätte er vergessen, daß sie überhaupt da war. Dann ging er ins Schlafzimmer. Dort löste er den

Brief (seine Hände zitterten so sehr, daß er sich noch einmal stach) und faltete ihn auseinander. Er war auf beiden Seiten eng mit Buchstaben beschrieben, die sauber und ein wenig kindlich ausgeführt waren, aber man konnte sie lesen. Er studierte zuerst die Unterschrift... und seine Augen wurden groß. Der Brief war unterschrieben mit: *Dennis — Euer Freund und Diener auf ewig.*

»Dennis?« flüsterte Peter so fassungslos, daß er gar nicht merkte, wie laut er gesprochen hatte. »*Dennis?*«

Dann drehte er ihn um, und der Anfang des Briefes reichte aus, seinen Herzschlag zu einem Rasen zu beschleunigen. Die Anrede lautete: *Mein König.*

100

Mein König,
   wie Ihr vielleicht wist, habe ich in den vergangenen 5 Jaren Eurem Bruder Thomas gedint. Erst in der letzten Woche habe ich herausgefunden, das Ihr Euren Vater nicht Ermördert habt. Ich weis, wer es tad, und Thomas weis es auch. Ihr würdet den Namen des Schwarzen Mörters auch kenen, wenn ich waagen würde, ihn niderzuschreipen, aber das tue ich Nicht. Ich ging zu Peyna. Peyna ist mit seinem Diner Orlon zu den Verbanten gegangen. Er hat bevohlen, daß ich zum Schloß zurückkehre und Euch disen Brief schreipe. Peyna sagt, die Verbanten könten bald zu Rebellen werden, und das darf nicht sein. Er denkt, daß Ihr eine Art Plan hapt, aber welchen, das weis er nicht. Er befielt, daß ich Euch zu Dinsten bin, und mein Vater hat das auch befolen, befor er starp. Auch mein Herz sagt mir das, den meine Familie hat Eurer Familie stets gedint, und ich weiß, daß Ihr der rechtmäsige König seit. Falls Ihr einen Plan hapt, werde ich Euch auf jede Weise unterstüzen, die ich kann, auch wen es meinen Tot bedeuted. Wenn Ihr dies lest, stehe ich auf dem Blatz der Nadel im Schatten. Solted Ihr einen Plan ha-

*pen, so bite ich Euch ans Fenster zu kommen. Falls Ihr was
hapt, worauf Ihr schreipen könt, so schreipt eine Nachrichd,
und ich wil versuchen, sie Spät in der Nacht zu hollen. Winkd
zweimal, wenn Ihr das versuchen wolt.*

*Euer Freund Ben ist bei den Verbanten. Peyna hat gesagt, er
wirt ihn her Schicken. Ich weiß, wo Er (Ben) sein wirt. Wen Ihr
sagt, daß ich ihn hollen sol (Ben), so kan ich das in einem Tag.
Oder vielleicht zwey, wen es schneid. Ich weis, es könte gefär-
lich sein, eine Nachrichd herunter zu werven, aber ich habe das
Gefül, die Zeit wird knap. Peyna ist auch diser Meinung. Ich
werde warden und beten.*

Dennis
Euer Freund und Diener auf ewig

101

Es dauerte lange, bis Peter seine Gedanken ordnen konnte. Sein Verstand kreiste immer wieder um eine Frage:
Was hatte Dennis gesehen, daß er seine Meinung so
grundlegend geändert hatte? Was, im Namen aller Götter, konnte es sein?

Allmählich wurde ihm klar, daß es einerlei war — Dennis *hatte* etwas gesehen, und das genügte.

Peyna. Dennis war zu Peyna gegangen, und Peyna
hatte gespürt... nun, der alte Fuchs hatte *etwas* gespürt.
*Er denkt, daß Ihr eine Art Plan hapt, aber welchen, das weis er
nicht.* Alter Fuchs, wahrhaftig. Er hatte Peters Bitte um
die Servietten und das Puppenhaus nicht vergessen. Er
hatte nicht genau gewußt, was das zu bedeuten hatte,
aber er hatte gespürt, daß etwas in der Luft lag. Wie
wahr, wie wahr.

Was sollte Peter tun?

Ein Teil von ihm — ein starker Teil — wollte genauso
weitermachen, wie er es geplant hatte. Er hatte allen Mut

für dieses verzweifelte Abenteuer zusammengenommen; nun fiel es ihm schwer, es sein zu lassen und noch länger zu warten. Und dann waren da die Träume, die ihn ebenfalls zur Eile trieben.

Ihr würdet den Namen des Schwarzen Mörters auch kennen, wenn ich waagen würde, ihn niderzuschreipen. Peter kannte ihn durchaus, und das überzeugte ihn mehr als alles andere davon, daß Dennis tatsächlich etwas herausgefunden hatte. Peter spürte, daß Flagg bald Wind von dieser neuen Entwicklung bekommen würde – und er wollte fort sein, bevor das geschah.

War ein Tag eine zu lange Wartezeit?

Vielleicht. Vielleicht nicht.

Peter wand sich im schmerzenden Griff der Unentschlossenheit. Ben... Thomas... Flagg... Peyna... Dennis... sie wirbelten durch seinen Verstand wie Gestalten in einem Traum. Was sollte er tun?

Schließlich war es das Eintreffen des Briefes selbst – nicht, was darin stand –, das ihn überzeugte. Denn sie war auf diese Weise gekommen, an einer Serviette befestigt, in eben der Nacht, in der er an einem Seil aus Servietten fliehen wollte, das bedeutete, er sollte warten. Aber nur eine Nacht. Ben würde ihm nicht helfen können.

Aber konnte *Dennis* ihm helfen? Was konnte er tun?

Und plötzlich hatte er einen Gedankenblitz.

Peter war, mit gerunzelter Stirn über den Brief gebeugt auf dem Bett gesessen. Nun richtete er sich mit strahlenden Augen auf.

Sein Blick fiel wieder auf den Brief.

Falls Ihr etwas hapt, worauf Ihr schreipen könt, so schreipt eine Nachrichd, und ich wil versuchen, sie Spät in der Nacht zu hollen.

Ja, natürlich besaß er etwas, worauf er schreiben konnte. Nicht die Serviette selbst, denn die könnte vermißt werden. Auch nicht Dennis' Brief, denn der war auf beiden Seiten vollgeschrieben.

Aber Valeras Pergament nicht.

Peter ging wieder ins Wohnzimmer. Er sah zur Tür und stellte fest, daß die Luke geschlossen war. Gedämpft konnte er die Wachen unten beim Kartenspiel hören. Er trat ans Fenster und winkte zweimal, wobei er hoffte, daß Dennis wirklich irgendwo dort unten stand und ihn sehen konnte. Er konnte freilich nur hoffen.

Peter ging wieder ins Schlafzimmer, zog den lockeren Stein heraus und fand nach einigem Tasten das Medaillon und Valeras Pergament. Er drehte das Pergament auf die unbeschriebene Seite... aber was sollte er als Tinte verwenden?

Nach einem Augenblick fiel ihm die Antwort ein. Natürlich dasselbe, was Valera genommen hatte.

Peter bearbeitete seine Strohmatratze, und nach einigem Ziehen gelang es ihm, eine Naht zu öffnen. Er zog ein paar kräftige Strohhalme heraus, die ihm als Federn dienen konnten. Dann öffnete er das Medaillon. Es war herzförmig, und die untere Spitze war scharf. Peter schloß einen Augenblick die Augen und sprach ein kurzes Gebet. Dann öffnete er sie wieder und stach mit der Spitze des Medaillons in seinen Unterarm. Sofort sprudelte Blut heraus – viel mehr als zuvor bei dem Nadelstich. Er tauchte den ersten Strohhalm in sein Blut und begann zu schreiben.

102

Dennis, der in der Kälte jenseits des Platzes der Nadel stand, sah Peters Gestalt an das kleine Fenster an der Spitze der Nadel treten. Er sah, wie Peter den Arm über den Kopf hob und zweimal winkte. Also eine Nachricht. Das verdoppelte – nein, verdreifachte – das Risiko, aber dennoch war er froh.

Er richtete sich auf die Wartezeit ein, wobei er spürte, wie Taubheit allmählich in seine Füße kroch und das Gefühl darin absterben ließ. Er mußte sehr lange warten. Der Nachtwächter verkündete zehn... dann elf... schließlich zwölf Uhr. Wolken verdeckten den Mond, aber die Luft schien dennoch seltsam hell zu sein – ein weiteres Anzeichen für den bevorstehenden Sturm.

Er fing an zu glauben, daß Peter ihn vergessen oder seine Meinung geändert habe, als die Gestalt wieder ans Fenster trat. Dennis richtete sich auf und zuckte angesichts seines schmerzenden Nackens zusammen. Er hatte die ganzen vergangenen Stunden nach oben gesehen. Er glaubte, etwas herausfallen zu sehen... dann verschwand Peters Schatten vom Fenster. Einen Augenblick später wurde oben das Licht gelöscht.

Dennis schaute nach rechts und links, sah niemanden, nahm all seinen Mut zusammen und eilte über den Platz. Er wußte genau, es konnte jemand dasein – zum Beispiel ein aufmerksamer Soldat als es der pflichtvergessene betrunkene Bursche gestern nacht gewesen war –, der ihn sah, aber daran ließ sich jetzt nichts ändern. Außerdem wußte er nur zu gut, wieviel Männer und Frauen nicht weit von hier geköpft worden waren. Was war, wenn ihre Geister immer noch hier im Dunkeln lauerten...?

Aber es war nicht gut, solche Dinge zu denken, und daher versuchte er, sie aus seinem Kopf zu drängen. Wichtiger war, den Gegenstand zu finden, den Peter heruntergeworfen hatte. Der Platz unter Peters Fenster war eine konturlose weiße Schneefläche.

Im schrecklichen Bewußtsein seiner Ungeschütztheit begann Dennis wie ein unsicherer Spürhund im Schnee zu wühlen. Er war nicht sicher, was er nur einen Sekundenbruchteil in der Luft hatte glitzern sehen, aber es hatte wie Metall oder etwas Ähnliches ausgesehen. Das schien logisch; Peter hätte sicher nicht nur ein Stück Pa-

313

pier heruntergeworfen, das vom Wind überall hingetragen werden konnte. Aber was, und wo war es?

Die Sekunden verrannen und wurden zu Minuten. Dennis wurde zunehmend aufgeregter. Er ließ sich auf Hände und Knie sinken und wühlte mit beiden Händen im Schnee, er suchte in Fußabdrücke, die an diesem Tag zur Größe von Drachenspuren geschmolzen waren und nun wieder gefroren, hart und blau glitzernd. Schweiß lief ihm übers Gesicht. Und er wurde von einer ständig wiederkehrenden Angstvorstellung gequält — daß sich eine Hand auf seine Schulter legen würde, und wenn er sich umdrehte, würde er das grinsende Gesicht des Hofzauberers in seiner dunklen Kutte sehen.

Ein wenig spät für Versteckspiele, nicht, Dennis? würde der Zauberer sagen, und wenngleich sein Grinsen breiter werden würde, würden seine Augen teuflisch rot leuchten. *Was hast du denn verloren? Kann ich dir beim Suchen helfen?*

Denk nicht an seinen Namen! Bei den Göttern, denk nicht an seinen Namen!

Aber es fiel schwer, nicht daran zu denken. Wo war es nur? Oh, wo war es?

Dennis kroch hin und her, und seine Hände waren jetzt ebenso taub wie seine Füße. Hin und her, hin und her. Wo war es? Schlimm genug, wenn *er* es nicht fand. Noch schlimmer, wenn der Schnee es bis zum Morgen verbarg und es ein anderer fand. Die Götter mochten wissen, was darin stand.

Undeutlich hörte er, wie der Nachtwächter ein Uhr rief. Er suchte nun Boden ab, den er bereits abgesucht hatte, und seine Panik wuchs.

Aufhören, Dennis. Aufhören, Junge.

Die Stimme seines Vaters sprach so klar in seinem Verstand, daß kein Zweifel möglich war. Dennis war auf Händen und Füßen gekrochen, die Nase beinahe im Schnee. Nun richtete er sich ein wenig auf.

Du SIEHST überhaupt nichts mehr, Junge. Hör auf und schließe einen Moment die Augen. Und wenn du sie wieder öffnest, sieh dich um. Sieh dich wirklich genau um.

Dennis kniff fest die Augen zu und öffnete sie dann wieder weit. Diesmal sah er sich fast beiläufig um und suchte mit seinen Augen gründlich den Schnee ab, der am Fuß der Nadel lag.

Nichts. Überhaupt...

Warte! Dort! Dort drüben!

Dort glänzte etwas.

Dennis sah ein Stück glatten Metalls, das kaum einen halben Zoll aus dem Schnee herausragte. Daneben konnte er die Spur seines Knies sehen. Bei seiner hektischen Suche war er beinahe darüber hinweggekrochen.

Er versuchte es aufzuheben, stieß es aber beim ersten Versuch nur noch tiefer in den Schnee hinein. Seine Hand war so taub, daß er sie fast nicht darum schließen konnte. Als er im Schnee nach dem Metallgegenstand tastete, wurde Dennis klar, wenn er mit dem Knie darauf gerutscht wäre, hätte er es tiefer in den Schnee gedrückt, ohne es überhaupt zu spüren − seine Knie waren so taub wie sein übriger Körper. Und dann hätte er es niemals wieder gesehen. Es wäre begraben geblieben bis zum Tauwetter im Frühling.

Er berührte es, zwang seine Finger, sich darum zu schließen, und zog es heraus. Er sah es verwundert an. Es war ein Medaillon − wahrscheinlich aus Gold −, das wie ein Herz geformt war. Eine feine Kette war daran befestigt. Das Medaillon war geschlossen, aber in die Fuge war Papier eingeklemmt. Gefaltetes, sehr altes Papier.

Dennis zog den Brief heraus, schloß die Hand sanft um das alte Papier und streifte die Kette des Medaillons über den Kopf. Unsicher stand er auf und hastete in den Schatten zurück. Das war für ihn der schlimmste Teil der ganzen Sache. Er hatte sich in seinem ganzen Leben noch niemals so schutzlos und ausgeliefert gefühlt. Mit jedem Schritt, den er lief, schien der Schatten am anderen Ende des Platzes einen Schritt zurückzuweichen.

Schließlich erreichte er die vergleichsweise Sicherheit und blieb keuchend einige Augenblicke stehen. Als er wieder zu Atem gekommen war, ging er ins Schloß zurück, wobei er durch die Vierte Allee schlich und den Eingang für die Köche benützte. Am Tor ins Schloßgelände stand eine Wache, aber der Mann war genauso pflichtvergessen wie sein betrunkener Kollege am Vortag. Dennis wartete, und schließlich stapfte der Mann davon. Dennis eilte hinein.

Zwanzig Minuten später befand er sich wohlbehalten im Vorratsraum der Servietten. Dort entfaltete er den Brief und sah ihn an.

Eine Seite war eng mit einer altertümlichen Handschrift beschrieben. Der Schreiber hatte eine seltsam rostfarbene Tinte benutzt, und Dennis konnte nichts damit anfangen. Dann drehte er das Papier um und riß die Augen auf. Die Tinte, mit der diese Seite beschrieben worden war, kannte er ganz genau.

»Oh, König Peter«, stöhnte er.

Die Nachricht war verschmiert und fast unleserlich, aber es gelang ihm dennoch, sie zu entziffern.

Hatte vor, heute nacht zu fliehen. Warte 1 Nacht. Wage nicht, länger zu zaudern. Geh nicht Ben holen. Keine Zeit. Zu gefährlich. Habe ein Seil. Dünn. Könnte reißen. Zu kurz. Muß in jedem Falle springen. 6 Meter. Morgen Mitternacht. Hilf mir zu entkommen, wenn du kannst. Sicherer Ort. Bin vielleicht verletzt. In den Händen der Götter. Ich liebe dich, guter Dennis. König Peter.

Dennis las den Brief dreimal, dann brach er in Tränen aus — Freudentränen. Das Licht, welches Peyna gespürt hatte, leuchtete nun hell in Dennis' Herzen. Das war gut, und bald würde alles wieder gut sein.

Sein Blick glitt immer wieder zu der Zeile: *Ich liebe Dich, guter Dennis,* die der König mit seinem eigenen Blut geschrieben hatte. Es war nicht notwendig gewesen, das zu der Nachricht hinzuzufügen... und dennoch hatte er es getan.

Peter, ich würde tausend Tode für dich sterben, dachte Dennis. Er steckte den Brief in die Tasche und legte sich hin, ohne das Medaillon von seinem Hals zu entfernen. Diesmal dauerte es sehr lange, bis er einschlafen konnte. Und er schlief noch nicht lange, da wurde er unvermittelt wieder geweckt. Die Tür der Vorratskammer wurde geöffnet — das Quietschen der Türangeln kam Dennis wie ein unmenschliches Kreischen vor. Bevor sein vom Schlaf umnebelter Verstand überhaupt merkte, daß er entdeckt worden war, war ein dunkler Schatten mit brennenden roten Augen über ihm.

103

Gegen drei Uhr an diesem Montagmorgen begann es zu schneien — Ben Staad sah die ersten Flocken vor seinen Augen fallen, als er und Naomi am Rand der Reservate des Königs standen und nach dem Schloß Ausschau hielten. Die Menschen waren müde, und Frisky war auch müde, aber er war ungeduldig, er wollte weiter — der Geruch war immer frischer geworden.

Er hatte sie mühelos von Peynas Haus zu dem Bauernhaus geführt, wo Dennis etwa vier Tage verbracht, Kartoffeln gegessen und mit bitteren Gedanken an die Rüben gedacht hatte, die sich letztendlich als mindestens ebenso bitter wie die Gedanken erwiesen. In diesem verlassenen Bauernhaus des Inneren Baronats war der hellblaue Geruch, dem sie folgen sollte, praktisch überall gewesen — Frisky hatte aufgeregt gebellt und war mit ge-

317

senkter Schnauze von einem Zimmer ins andere gesprungen, wobei er heftig mit dem Schwanz wedelte.

»Sieh«, sagte Naomi. »Hier hat unser Dennis etwas verbrannt.« Sie deutete zum Kamin.

Ben kam nachsehen, aber er konnte nichts Näheres herausfinden – es waren nur Aschenhäufchen zu sehen, die zerfielen, als er sie berührte. Das waren natürlich Dennis' erste Entwürfe seines Briefes.

»Was nun?« fragte Naomi. »Von hier aus ging er zum Schloß, das ist klar. Die Frage ist, sollen wir ihm folgen oder die Nacht hier verbringen?«

Das war um sechs Uhr gewesen. Draußen war es bereits dunkel.

»Ich denke, wir sollten besser weiter«, sagte Ben langsam. »Schließlich hast du selbst gesagt, wir brauchen Friskys Nase, und nicht seine Augen... und ich für meinen Teil würde vor dem Thron eines jeden Königs beeiden, daß Frisky eine ausgezeichnete Spürnase hat.«

Frisky, der unter der Tür saß, bellte plötzlich, als wolle er das bestätigen.

»Gut«, sagte Naomi.

Er sah sie eingehend an. Es war ein langer Weg vom Lager der Verbannten bis hierher gewesen, und keiner von ihnen hatte viel geschlafen. Er wußte, sie hätten bleiben können, aber das Gefühl der Dringlichkeit überwältigte ihn fast.

»*Kannst* du noch weitergehen?« fragte er. »Sag bitte nicht, daß du es kannst, wenn du es nicht kannst, Naomi Reechul.«

Sie stemmte die Hände in die Hüften und sah ihn vorwurfsvoll an. »Ich könnte von der Stelle, wo du tot zusammenbrichst, noch hundert Koner weitergehen, Ben Staad!«

Ben grinste. »Die Chance wirst du vielleicht bekommen«, sagte er. »Aber zuerst müssen wir etwas essen.«

Sie aßen rasch. Als sie gegessen hatten, kniete Naomi

vor Frisky nieder und sagte ihm leise, daß er den Geruch wieder aufnehmen müsse. Das ließ sich Frisky nicht zweimal sagen. Die drei verließen das Bauernhaus, Ben mit einem großen Bündel auf dem Rücken, Naomi mit einem nur wenig kleineren.

Für Frisky war Dennis' Geruch eine blaue Markierung in der Nacht, so grell wie ein elektrisch glühender Draht. Er folgte ihm sofort und war verwirrt, als DAS MÄDCHEN ihn zurückrief. Dann fiel es ihm ein; wäre er ein Mensch gewesen, hätte Frisky sich mit der Hand vor die Stirn geschlagen. In seiner Ungeduld hatte er Dennis' Fährte zurück aufgenommen. Um Mitternacht hätten sie wieder vor Peynas Bauernhaus gestanden.

»Schon gut, Frisky«, sagte Naomi. »Laß dir Zeit.«

»Sicher«, sagte Ben. »Eine Woche oder zwei, Frisky. Einen Monat, wenn es sein muß.«

Naomi warf Ben einen galligen Blick zu. Ben verstummte — und das war vermutlich besser so. Die beiden beobachteten Frisky, wie er hier und dort schnupperte, zuerst am Tor des verlassenen Hauses, dann auf der Straße.

»Hat er die Fährte verloren?« fragte Ben.

»Nein, er wird sie jeden Augenblick finden«, widersprach Naomi. *Hoffe ich*, dachte sie. »Er hat eine ganze Menge Gerüche auf der Straße gefunden und muß zuerst den richtigen herausfinden.«

»Schau!« sagte Ben zweifelnd. »Er läuft über das Feld dort. Das kann doch nicht richtig sein, oder?«

»Ich weiß nicht. Hätte er die Straße zum Schloß genommen?«

Ben Staad *war* ein Mensch, und er schlug sich vor die Stirn. »Nein, natürlich nicht. Was bin ich für ein Narr!«

Naomi lächelte süßlich und sagte nichts.

Frisky war auf dem Feld stehengeblieben. Er drehte sich zu dem MÄDCHEN und dem GROSSEN JUNGEN um und bellte ungeduldig, daß sie ihm folgen sollten.

Anduanische Schlittenhunde waren die Nachfahren der großen weißen Wölfe, welche die Bewohner des nördlichen Baronats in früheren Zeiten gefürchtet hatten, und auch heute noch, gezähmt oder nicht, waren sie in erster Linie Spürhunde und Jäger. Frisky hatte den hellblauen Glühdraht des Geruchs wiedergefunden, und er brannte darauf, ihm zu folgen.

»Komm«, sagte Ben. »Ich hoffe nur, daß er den richtigen Geruch gefunden hat.«

»Selbstverständlich! Sieh doch!«

Sie deutete mit dem Finger, und Ben konnte eine lange, flache Spur im Schnee erkennen. Trotz der Dunkelheit erkannten Ben und Naomi, wovon sie stammte — Schneeschuhe.

Frisky bellte wieder.

»Beeilen wir uns«, sagte Ben.

Um Mitternacht, als sie sich den Reservaten des Königs näherten, begann Naomi ihre Prahlerei zu bedauern, sie könnte noch hundert Koner weitergehen, nachdem Ben tot umgefallen war, denn sie fühlte sich, als könnte ihr in Kürze dieses Schicksal zustoßen.

Dennis hatte diesen Weg wesentlich schneller zurückgelegt, aber Dennis hatte Schneeschuhe gehabt und hatte nicht einem Spürhund folgen müssen, der manchmal die Fährte verlor und umherspringen mußte, um sie wieder zu finden. Naomis Füße fühlten sich heiß und gummiartig an. Ihre Lungen brannten. Sie hatte Seitenstechen. Sie hatte ein paar Handvoll Schnee in den Mund genommen, aber die hatten ihren brennenden Durst nicht stillen können.

Frisky, der kein Bündel zu schleppen hatte und ungehindert durch den Schnee hüpfen konnte, war überhaupt nicht müde. Naomi konnte kurze Strecken über die Schneekruste gehen, aber dann brach sie manchmal bis zu den Knien ein... einige Male sogar bis zu den Hüften. Einmal brach sie bis zur Taille ein und versuchte vergebens, wieder herauszukommen, bis Ben herüberkam und ihr half.

»Wünschte... Schlitten«, keuchte sie nun.

»Wünschte... Träume... Schäume«, sagte er und grinste trotz seiner eigenen Erschöpfung.

»Sehr komisch«, schnappte sie. »Ha-ha. Solltest Hofnarr werden, Ben Staad.«

»Vor uns sind die königlichen Reservate. Weniger Schnee... leichter zu gehen.«

Er stemmte die Hände auf die Knie, beugte sich nach unten und keuchte. Naomi dachte plötzlich, daß sie sehr egoistisch und unfreundlich gewesen war, nur an sich zu denken, obwohl Ben noch viel erschöpfter sein mußte als sie — er war viel schwerer als sie, und außerdem schleppte er das größere Bündel. Er brach fast bei jedem Schritt durch die Schneekruste, und daher schritt er über das Feld wie ein Mann, der in seichtem Wasser watet, und dennoch hatte er sich noch nicht beschwert oder war langsamer geworden.

»Ben, alles in Ordnung?«

»Nein«, keuchte er und grinste. »Aber ich werde es schaffen, schönes Kind.«

»Ich bin kein Kind«, sagte sie wütend.

»Aber schön bist du«, sagte er und preßte den Daumen an die Nasenspitze. Dann winkte er ihr zu.

»Oh, das wirst du mir büßen...«

»Später«, keuchte er. »Wettrennen zum Wald. Komm!«

Und so rannten sie — Frisky vor ihnen her, dem Geruch nach —, und er war schneller als sie, was sie noch wütender machte... aber sie bewunderte ihn auch.

104

Nun standen sie da und blickten über siebzig Koner offenes Land. Sie befanden sich am Rand des Waldes, wo König Roland einst einen Drachen erschlagen hatte, und sahen zu den Mauern des Schlosses, wo er selbst ermordet worden war. Weitere Schneeflocken fielen vom Himmel herab... immer mehr... und plötzlich war die Luft wie durch ein Wunder voller Schneeflocken.

Trotz seiner Erschöpfung verspürte Ben einen Augenblick des Friedens und der Freude. Er sah Naomi an und lächelte. Sie versuchte ein Stirnrunzeln, aber es gelang ihr nicht, und daher lächelte sie auch. Einen Augenblick später streckte sie die Zunge heraus und versuchte, eine Schneeflocke zu erwischen. Ben lachte leise.

»Wie ist er hineingekommen, wenn überhaupt?« fragte Naomi.

»Ich weiß es nicht«, sagte Ben. Er war auf einem Bauernhof aufgewachsen und wußte nichts von der Kanalisation des Schlosses. Vielleicht ganz gut für ihn, werdet ihr nun sagen, und damit habt ihr sicher recht. »Vielleicht kann dein Lieblingshund uns zeigen, wie er es gemacht hat.«

»Du glaubst doch, daß er es geschafft hat, nicht, Ben?« forschte sie.

»Oh, ja«, sagte Ben. »Was meinst du, Frisky?«

Als er seinen Namen hörte, stand Frisky auf, folgte der Fährte ein Stück und drehte sich dann aber wieder zu ihnen um.

Naomi sah Ben an. Ben schüttelte den Kopf.

»Noch nicht«, sagte er.

Naomi rief Frisky leise, und er kam winselnd zurück.

Wenn er sprechen könnte, dann würde er sagen, daß er Angst hat, den Geruch zu verlieren. Der Schnee wird ihn zudecken.«

»Wir werden nicht lange warten. Dennis hatte Schneeschuhe, aber wir werden etwas haben, das er nicht hatte, Naomi.«

»Und das wäre?«

»Deckung.«

105

Trotz Friskys wachsender Ungeduld, die Fährte wieder aufzunehmen, ließ Ben ihn noch fünfzehn Minuten warten. Bis dahin war die Luft zu einer wirbelnden weißen Wolke geworden. Schnee überzuckerte Naomis braunes und sein blondes Haar; Frisky hatte plötzlich eine kalte Hermelinstola an.

»Gut«, sagte Ben. »Gehen wir.«

Sie überquerten hinter Frisky das offene Gelände. Der große Schlittenhund bewegte sich jetzt langsamer und hatte die Schnauze dicht am Boden, um ab und zu kleine Schneewölkchen aufzustäuben. Die hellblaue Spur des Geruchs wurde undeutlicher; der Schnee deckte sie zu, diese weiße, riechende Substanz vom Himmel.

»Wir haben vielleicht zu lange gewartet«, sagte Naomi leise neben ihm.

Ben sagte nichts. Er wußte es, und dieses Wissen nagte an seinem Herzen wie eine Ratte.

Allmählich schälte sich ein dunkler Klotz aus dem Schneetreiben heraus – die Schloßmauer. Naomi ging ein wenig voraus. Ben griff nach ihrem Arm. »Der Graben«, sagte er. »Vergiß den Graben nicht. Er ist hier irgendwo. Du wirst über den Rand treten, auf dem Eis ausrutschen und dir den Ha...«

Er kam gerade so weit, und dann blitzten Naomis Augen ängstlich auf. Sie befreite sich aus seinem Griff. »*Frisky!*« zischte sie. »*Hai!* Frisky! Gefahr! Bleib stehen!«

Sie eilte hinter dem Hund her.

Das Mädchen ist die absolut unglaubliche Wucht, dachte Ben mit aufrichtiger Bewunderung. Dann hastete *er* hinter *ihr* drein.

Naomi hätte sich keine Sorgen machen brauchen. Frisky war am Rand des Grabens stehengeblieben. Nun hatte er die Schnauze im Schnee vergraben und wedelte glücklich mit dem Schwanz. Er biß auf etwas, zog es aus dem Pulverschnee heraus und drehte sich zu Naomi um; seine Augen schienen zu fragen: *Na, bin ich ein guter Hund oder nicht? Was meinst du?*

Naomi lachte und umarmte das Tier.

Ben sah zur Schloßwand. »Pssst!« flüsterte er ihr zu. »Wenn die Wachen dich hören, stecken wir in der Klemme! Was meinst du, wo wir sind? In eurem Garten?«

»Ach! Wenn sie etwas gehört haben, dann werden sie denken, daß es Schneegeister sind und heim zu Mami laufen.« Aber sie flüsterte jetzt auch. Dann vergrub sie das Gesicht in Friskys Fell und sagte ihm noch einmal, was für ein guter Hund er war.

Ben kraulte Friskys Kopf. Aufgrund des Schnees fühlten sie sich nicht so schrecklich auf dem Präsentierteller wie Dennis, als er hier gesessen und die Schneeschuhe ausgezogen hatte, die Frisky nun gefunden hatte.

»So weit, so gut«, sagte Ben. »Aber was geschah, nachdem er die Schneeschuhe ausgezogen hatte? Frisky? Hat er sich Flügel wachsen lassen und ist über die Mauer geflogen? Wohin ist er von hier aus gegangen?«

Wie als Antwort lief Frisky von ihnen weg und ging vorsichtig das gefrorene Ufer zum Graben hinab.

»Frisky!« rief Naomi mit leiser, erschreckter Stimme.

Frisky stand auf dem Eis, die Pfoten im frischen Schnee eingesunken, und sah zu ihnen herauf. Der Schwanz wedelte aufgeregt, und die Augen des Tiers flehten sie an, ihm zu folgen. Er bellte nicht. Irgendwie wußte er, daß er das nicht durfte, obwohl Naomi ihm nicht befohlen hatte, still zu sein. Aber er bellte *in Gedan-*

ken. Der Geruch war immer noch da, und er wollte ihm auf der Stelle folgen, bevor er endgültig verschwunden war, was sicher keine Stunde mehr dauern würde.

Naomi sah Ben fragend an.

»Ja«, sagte er. »Selbstverständlich. Wir müssen gehen. Komm. Aber er soll dicht bei uns bleiben – laß ihn nicht voraus laufen. Hier lauert Gefahr. Ich spüre es.«

Er streckte die Hand aus. Naomi ergriff sie, dann schlitterten sie gemeinsam zum Graben hinunter.

Frisky führte sie langsam über das Eis zur Schloß-wand. Er *grub* nun buchstäblich nach dem Geruch, seine Schnauze hinterließ eine Furche im Schnee. Die Fährte wurde mittlerweile von anderen, unangenehmen Gerü-chen überlagert – schmutziges Brackwasser, Müll Abfäl-le.

Dennis hatte gewußt, daß das Eis gefährlich brüchig werden würde, je näher er dem Ausfluß kam. Selbst wenn er es nicht gewußt hätte, hätte er das offene Was-ser direkt unterhalb des Rohrs erkennen können.

Für Ben, Naomi und Frisky war das nicht so einfach. Sie gingen einfach davon aus, daß das Eis überall gleich dick war, nachdem es sie am äußeren Rand des Grabens getragen hatte. Und in dem dicht fallenden Schnee konn-ten sie sich nicht auf ihre Augen verlassen.

Friskys Augen waren die schwächsten, und er ging voraus. Seine Ohren waren scharf, und er hörte das Eis unter dem Schnee knirschen... aber seine Gedanken wa-ren so sehr auf die Fährte konzentriert, daß er nicht auf das leise Knirschen achtete... bis das Eis unter ihm nach-gab und er platschend in den Graben fiel.

»*Frisky! Fr...*«

Ben preßte seine Hand auf ihren Mund. Naomi be-mühte sich, von ihm freizubekommen, aber mittlerweile hatte er die Gefahr erkannt und hielt sie eisern fest.

Naomi hätte sich keine Sorgen machen müssen. Na-türlich können alle Hunde schwimmen, und mit seinem dichten, fettigen Fell war Frisky im Wasser sicherer, als es jeder Mensch gewesen wäre. Inmitten von Eisstücken und Schneeklumpen, die sich schnell in dunkle Schlieren verwandelten und schmolzen, paddelte er fast bis zur Schloßmauer. Er hob den Kopf und suchte nach dem Geruch, und als er ihn wieder gefunden hatte, machte er kehrt und schwamm zu Ben und Naomi zurück. Er legte die Pfoten auf den Rand des Eises, doch dieser brach ab. Er versuchte es noch einmal. Naomi schrie auf.

»Sei still, Naomi, sonst sitzen wir bei Einbruch der Dämmerung im Kerker«, sagte Ben. »Halt meine Knöchel fest.« Er ließ sie los und legte sich flach auf den Bauch. Naomi kauerte hinter ihm und umklammerte seine Stiefel. So dicht am Eis, konnte Ben es deutlich knirschen und ächzen hören. *Es hätte einer von uns sein können*, dachte er, *und das wäre wirklich schlimm gewesen.*

Er spreizte die Beine, um sein Gewicht besser zu verteilen, dann packte er Frisky an den Vorderpfoten, direkt unterhalb der Leine. »Hier geht's lang, Alter«, knurrte Ben. »Hoffe ich.« Dann zog er.

Einen Augenblick glaubte Ben, das Eis würde einfach weiter unter Friskys Gewicht brechen, als er ihn vorwärtszog – und zuerst er und dann Naomi würden ihm in den Graben folgen. Wenn er früher an einem Sommertag auf dem Weg ins Schloß diesen Graben überquert hatte, um mit seinem Freund Peter zu spielen, wenn der Himmel blau war und weiße Wölkchen sich in der Wasseroberfläche spiegelten, hatte Ben ihn stets so schön wie in einem Gemälde gefunden. Er hätte nie gedacht, daß er in einer schwarzen Nacht während eines Schneesturms darin ertrinken könnte. Zudem stank er fürchterlich.

»Zieh mich zurück!« knurrte er. »Dein verdammter Hund wiegt eine Tonne!«

»Wage es nicht, schlecht über meinen Hund zu sprechen, Ben Staad!«

Bens Augen waren zu angestrengten Schlitzen zusammengepreßt, die verkniffenen Lippen entblößten zusammengebissene Zähne. »Bitte tausendmal um Entschuldigung. Aber wenn du mich jetzt nicht sofort zurückziehst, werde ich, fürchte ich, ein Bad nehmen.«

Irgendwie schaffte sie es, wenngleich Ben und Frisky zusammen mindestens dreimal soviel wogen, wie sie selbst. Bens flach an den Boden gepreßter Körper hinterließ eine Schleifspur, zwischen seinen Beinen bildete sich eine Schneepyramide wie aufgeworfene Erde zwischen den Scharen eines Pflugs.

Endlich — Ben und Naomi kam es wie ›unendlich‹ vor, wenngleich die ganze Sache natürlich nur wenige Sekunden gedauert hatte — brach Frisky nicht mehr in das Eis ein, sondern glitt darauf. Einen Augenblick später fanden seine Hinterpfoten Halt. Dann stand er auf und schüttelte sich heftig. Schmutziges Wasser spritzte Ben ins Gesicht.

»Pfui!« sagte er und wischte sich ab. »Vielen Dank, Frisky!«

Aber Frisky achtete nicht auf ihn. Er sah wieder zu der Schloßmauer. Wenngleich das Wasser an seinem Fell bereits zu schmutzigem Eis gefror, ihn interessierte nur der Geruch. Er hatte ihn deutlich wahrgenommen, über sich — aber nicht *weit* über sich. Dort war es dunkel. Dort gab es keinen kalten, weißen, geruchlosen Stoff.

Ben stand auf und strich den Schnee von seiner Kleidung.

»Tut mir leid, daß ich so geschrien habe«, entschuldigte sich Naomi. »Wenn es ein anderer Hund gewesen wäre und nicht Frisky... glaubst du, daß man uns gehört hat?«

»Wenn man dich gehört hätte, dann wären die Wachen jetzt schon hier«, flüsterte Ben. »Ihr Götter, das war knapp.« Nun konnten sie das offene Wasser direkt unterhalb der Mauer von Schloß Delain sehen, weil sie nun darauf achteten.

327

»Was machen wir jetzt?«

»Wir können nicht weiter, das steht fest«, flüsterte Ben. »Aber was hat *er* gemacht, Naomi? Wohin ist er von hier aus gegangen? Vielleicht *ist* er geflogen.«

»Wenn wir...«

Naomi konnte ihren Gedanken nicht zu Ende sprechen, denn nun beschloß Frisky, die Sache selbst in die Pfoten zu nehmen. Alle seine Vorfahren waren Jäger gewesen, und auch ihm lag es im Blut. Er war auf diesen aufregenden, deutlichen blauen Geruch angesetzt worden, und nun konnte er nicht davon ablassen. Also duckte er sich auf dem Eis, spannte die vom Schlittenziehen gestählten Muskeln und sprang in das Dunkel. Wie ich schon sagte, ihre Augen waren das schwächste ihrer Sinnesorgane, und daher war der Sprung wirklich *blind*; er konnte die dunkle Öffnung des Abflußrohres vom Rand des Eises aus nicht sehen.

Aber er hatte sie vom Wasser aus gesehen, und selbst wenn nicht, er hatte immer noch seine Nase, und er *wußte*, daß sie dort war.

106

Das ist Flagg, dachte Dennis' schlafumnebelter Verstand, als der schwarze Schatten mit den brennenden Augen über ihm war. *Es ist Flagg, er hat mich gefunden, und jetzt wird er mir mit den Zähnen die Kehle aufreißen...*

Er versuchte zu schreien, aber kein Laut kam ihm über die Lippen.

Aber der Mund des Eindringlings öffnete sich; Dennis sah riesige weiße Zähne... und dann leckte eine warme Zunge über sein Gesicht.

»Hggh!« sagte Dennis und versuchte, das Ding wegzustoßen. Pfoten legten sich ihm auf beide Schultern, und

Dennis wurde auf das Serviettenlager zurückgedrückt wie ein besiegter Ringer. Schleck, schleck, schlabber, schlabber. »Hggh!« sagte Dennis noch einmal, und der dunkle Schatten gab ein leises, mitfühlendes Heulen von sich, als wollte er sagen: *Ich weiß, und ich bin auch froh, dich zu sehen.*

»Frisky!« rief eine gedämpfte Stimme aus der Dunkelheit. »Sitz, Frisky! Keinen Laut!«

Der dunkle Schatten war ganz und gar nicht Flagg; es war ein außerordentlich großer Hund – ein Hund, der viel zu sehr einem Wolf ähnelte, um eine beruhigende Wirkung zu haben, dachte Dennis. Aber als das Mädchen gesprochen hatte, wich er zurück und setzte sich hin. Er sah Dennis glücklich an, und der Schwanz klopfte gedämpft auf Dennis' Bett aus Servietten.

Zwei weitere Gestalten tauchten im Dunkel auf, die eine größer als die andere. Nicht Flagg, soviel stand fest. Also Schloßwachen. Dennis umklammerte seinen Dolch. Wenn die Götter gerecht waren, konnte er sie sich vielleicht beide vom Hals schaffen. Wenn nicht, würde er versuchen, tapfer im Dienst seines Königs zu sterben.

Die beiden Gestalten waren dicht vor ihm stehengeblieben.

»Kommt schon«, sagte Dennis und hob den Dolch (eigentlich war es mehr ein Taschenmesser, und rostig und stumpf obendrein) mit einer tapferen Geste. »Zuerst ihr beiden, und dann euer Teufelshund!«

»Dennis?« Die Stimme klang auf unheimliche Weise vertraut. Dennis ließ den Dolch sinken, dann hob er ihn wieder in die Höhe. Es mußte ein Trick sein; es *mußte*. Aber die Stimme klang ganz wie die von...

»Ben?« flüsterte er. »Ist das Ben Staad?«

»Es ist Ben«, bestätigte der größere Schatten, und Freude erfüllte Dennis' Herz. Der Schatten kam auf ihn zu. Dennis hob erschrocken wieder den Dolch.

»Warte! Hast du ein Licht?«

329

»Feuerstein und Stahl, ja!«

»Anzünden?«

»Jawohl.«

Einen Augenblick später erfüllte der gelbe Schein einer Flamme die Dunkelheit, was in diesem Raum voller trockener Baumwollservietten sicher gefährlich war.

»Komm näher, Ben«, sagte Dennis und steckte den erbärmlichen Abklatsch eines Dolches weg. Er stand auf und zitterte vor Glück und Erleichterung. Ben war hier. Durch welchen Zauber, das wußte Dennis nicht – nur, daß er es irgendwie fertiggebracht hatte. Sein Fuß verfing sich in den Servietten, und er stolperte nach vorne, aber es bestand keine Gefahr, daß er fiel, denn Bens kräftige Arme schlangen sich um ihn. Ben war hier, und alles wird gut werden, dachte Dennis, und es erforderte seine ganze Anstrengung, daß er nicht in äußerst unmännliche Tränen ausbrach.

107

Es wurden viele Geschichten ausgetauscht – ich glaube, ihr habt die meisten davon schon gehört, und diejenigen, die ihr noch nicht kennt, sind schnell erzählt.

Friskys Sprung ging genau ins Schwarze. Er landete direkt in dem Rohr und drehte sich dann um, ob Naomi und Ben ihm folgten.

Hätten sie es nicht getan, wäre Frisky schließlich wieder auf das Eis gesprungen – er wäre zwar sehr enttäuscht gewesen, aber seine Herrin hätte er nicht für den aufregendsten Geruch der Welt im Stich gelassen. *Frisky* wußte das; Naomi war sich da nicht ganz so sicher. Sie wagte auch nicht, Frisky zurückzurufen, aus Angst, die Wachen könnten sie hören. Daher beschloß sie, dem Hund zu folgen. Sie hatte nicht die Absicht, Frisky allein zu lassen, und wenn Ben es von ihr verlangt hätte, hätte sie es ihm mit einem rechten Haken gegeben.

Sie hätte sich keine Sorgen machen brauchen. In dem Augenblick, als Ben das Abflußrohr sah, wußte er, wohin Dennis gegangen war.

»Guter Hund, Frisky«, sagte er noch einmal. Er drehte sich zu Naomi um. »Schaffst du es?«

»Wenn ich einen Anlauf nehme, schaffe ich es.«

»Verschätze den Punkt nicht, wo das Eis brüchig wird, sonst landest du im Wasser. Und deine schweren Kleider werden dich schnell nach unten ziehen.«

»Ich werde aufpassen.«

»Ich zuerst«, sagte Ben. »Wenn nötig, kann ich dich hochziehen.«

Er ging ein paar Schritte zurück und sprang so heftig ab, daß er sich beinahe den Kopf am oberen Ende des Rohrs stieß. Frisky bellte einmal aufgeregt. »Sei still, Hund!« sagte Ben.

Naomi ging zum Rand des Grabens zurück und blieb dort einen Augenblick stehen (der Schnee fiel mittlerweile so dicht, daß Ben sie nicht sehen konnte), dann rannte sie los. Ben hielt den Atem an und hoffte, daß sie nicht auf das brüchige Eis geriet. Wenn sie zu weit rannte, ehe sie sprang, würden die längsten Arme der Welt sie nicht hochziehen können.

Aber ihr Sprung war perfekt. Ben mußte sie nicht ziehen, er mußte ihr nur aus dem Weg gehen, als sie im Rohr landete. Sie lief nicht einmal Gefahr, sich zu stoßen wie Ben.

»Das Schlimmste war der Gestank«, sagte sie, als sie dem verwunderten Dennis ihre Geschichte erzählten. »Wie konntest du das nur aushalten?«

»Nun, ich habe mir nur immer wieder vorgestellt, was geschehen würde, wenn ich geschnappt würde«, sagte Dennis. »Jedesmal, wenn ich das tat, schien es ein wenig besser zu riechen.«

331

Ben lachte und nickte, und Dennis betrachtete ihn einen Augenblick mit glänzenden Augen. Dann sah er wieder zu Naomi.

»Aber es roch wirklich schrecklich«, stimmte er zu. »Ich erinnerte mich, daß es schrecklich gerochen hat, als ich ein Kind war, aber ich wußte nicht mehr, daß es *so* schrecklich war. Vielleicht weiß ein Kind einfach nicht, was schlechter Geruch ist. Oder so etwas.«

»Das könnte sein«, sagte Naomi.

Frisky lag auf einem Stapel königlicher Servietten und hatte den Kopf auf die Pfoten gelegt. Seine Augen sahen von einem zum anderen, je nachdem, wer gerade sprach. Er verstand wenig von dem, was gesprochen wurde, aber wenn er es verstanden hätte, dann hätte er Dennis gesagt, daß seine Geruchswahrnehmung sich seit seiner Kindheit keineswegs verschlechtert hatte. Natürlich hatte der letzte Rest des Drachensands gestunken. Für Frisky war der Geruch viel schlimmer gewesen als für DAS MÄDCHEN und den GROSSEN JUNGEN. Dennis' Geruch war immer noch dagewesen, nun vornehmlich als Spritzer und Flecken an den Wänden (wo Dennis sich mit den Händen abgestützt hatte; der Boden der Röhre war mit stinkender Brühe bedeckt, die jeden Geruch weggewaschen hatte). Es war dasselbe elektrische Hellblau. Der andere Geruch war ein dumpfes, ledernes Grün. Frisky hatte Angst davor. Er wußte, daß manche Gerüche töten konnten, und vor nicht langer Zeit war da so ein Geruch gewesen. Aber er verlor allmählich seine Wirksamkeit, und Dennis' Fährte hatte jedenfalls von der größeren Konzentration weggeführt. Kurz vor dem Gullydeckel, aus dem Dennis herausgeklettert war, verlor sich allmählich der dunkelgrüne Geruch – und Frisky war in seinem ganzen Leben noch nie so glücklich darüber gewesen, einen Geruch zu verlieren.

»Und ihr seid niemandem begegnet? Gar niemandem?« fragte Dennis ängstlich.

»Niemandem«, sagte Ben. »Ich ging ein wenig voraus und hielt die Augen offen. Ich habe einige Male Wachen gesehen, aber wir hatten immer genügend Zeit, um in Deckung zu gehen, bevor sie uns sehen konnten. In Wahrheit hätten wir wahrscheinlich direkt hierhergehen können, an zwanzig Wachen vorbei, und wären höchstens ein- oder zweimal angesprochen worden. Die meisten waren völlig betrunken.«

Naomi nickte. »Wachen«, sagte sie. »Betrunken. Und nicht betrunken auf einem Wachturm in einer nördlichen Provinz, von der kein Mensch je etwas gehört hat, sondern betrunken im Schloß! *Direkt hier im Schloß!*«

Dennis, der sich an den betrunkenen, nasebohrenden Sänger erinnerte, nickte düster. »Ich denke, wir sollten froh sein. Wäre der Wachdienst heute noch das, was er zu Rolands Zeit war, dann säßen wir alle längst bei Peter in der Nadel. Aber irgendwie kann ich nicht froh sein.«

»Ich will euch eines sagen«, meinte Ben mit leiser Stimme. »Wenn ich Thomas wäre, würde ich jedesmal vor Angst fast sterben, wenn ich nach Norden sehe, falls er tatsächlich keine besseren Wachen hat als die, die wir heute nacht gesehen haben.«

Diese Vorstellung schien Naomi äußerst zu beunruhigen. »Beten wir, daß es niemals dazu kommt«, sagte sie.

Ben nickte.

Dennis streichelte Friskys Kopf. »Und du bist mir von Peynas Haus bis hierher gefolgt, ja? Was für ein kluger Hund du bist.«

Frisky wedelte glücklich mit dem Schwanz.

Naomi sagte: »Ich würde gerne die Geschichte vom schlafwandelnden König hören, wenn du sie noch einmal erzählen möchtest.«

Und so erzählte Dennis die Geschichte, genau so, wie er sie Peyna und wie ich sie euch erzählt habe, und sie hörten so gebannt zu wie Kinder der Geschichte vom Rotkäppchen und dem bösen Wolf.

108

Als er damit fertig war, war es sieben Uhr. Draußen war ein düsterer grauer Tag angebrochen – dieses fahle Sturmlicht war um sieben bereits so hell, wie es den ganzen Tag sein würde, denn der schlimmste Sturm dieses Winters – vielleicht der ganzen Geschichte überhaupt – war über Delain hereingebrochen. Der Wind heulte wie ein Rudel Banshees um die Zinnen des Schlosses. Sogar hier unten konnte man ihn hören. Frisky hob den Kopf und winselte unbehaglich.

»Was machen wir jetzt?« fragte Dennis.

Ben, der Peters kurze Nachricht mehrmals durchgelesen hatte, sagte: »Vor heute nacht nichts. Das Schloß ist inzwischen wach, und wir können unmöglich hier heraus, ohne gesehen zu werden. Wir schlafen. Sammeln Kräfte. Und heute nacht, vor Mitternacht...«

Ben erklärte kurz. Naomi grinste; Dennis' Augen wurden ganz groß vor Aufregung. »Ja!« sagte Dennis. »Bei den Göttern! Du bist ein Genie, Ben!«

»Bitte, nur nicht übertreiben«, sagte sie, aber dann grinste sie so breit, daß das Grinsen ihr Gesicht in zwei Hälften zu teilen schien. Sie legte die Arme um Ben und gab ihm einen herzhaften Kuß.

Bens Kopf nahm sofort eine beunruhigend rote Farbe an (es sah so aus, als stünde er kurz davor, daß »sein Gehirn platzte«, wie man in Delain in jenen Tagen sagte) – aber ich muß hinzufügen, daß er gleichzeitig sehr erfreut wirkte.

»Wird Frisky uns helfen?« fragte Ben, als er wieder zu Atem gekommen war.

Als er seinen Namen hörte, sah Frisky wieder auf.

»Selbstverständlich wird er das. Aber wir brauchen...«

Sie unterhielten sich noch eine Weile über den Plan, dann schien Bens untere Gesichtshälfte in einem riesigen

Gähnen zu verschwinden. Auch Naomi sah müde aus. Sie waren inzwischen seit mehr als vierundzwanzig Stunden wach, wie ihr euch erinnern werdet, und hatten eine weite Strecke zurückgelegt.

»Schluß jetzt«, sagte Ben. »Zeit zum Schlafen.«

»Hurrah!« sagte Naomi und begann, Servietten für sich und Frisky auszubreiten. »Meine Füße fühlen sich an, als...«

Dennis räusperte sich höflich.

»Was ist denn?« fragte Ben.

Dennis betrachtete ihre Rucksäcke – Bens großen, Naomis etwas kleineren. »Ihr habt nicht zufällig... ähem, etwas zu essen dabei?«

Naomi sagte ungeduldig: »Selbstverständlich haben wir etwas! Was meinst du denn...« Dann fiel ihr ein, daß Dennis Peynas Haus vor sechs Tagen verlassen und sich seither immer versteckt gehalten hatte. Er sah mager und ausgehungert aus, und sein Gesicht wirkte schmal und knochig. »Oh, Dennis, es tut mir leid. Was sind wir doch für Narren! Wann hast du zum letztenmal etwas gegessen?«

Dennis dachte lange nach. »Ich kann mich nicht genau erinnern«, sagte er dann. »Die letzte richtige Mahlzeit jedenfalls war mein Mittagessen vor einer Woche.«

»Warum hast du das nicht gleich gesagt, du Dummkopf?« fragte Ben.

»Wahrscheinlich war ich so aufgeregt, euch zu sehen«, sagte Dennis grinsend. Als er zusah, wie die beiden ihre Bündel öffneten und in ihren restlichen Vorräten herumkramten, fing sein Magen lautstark an zu knurren. Das Wasser lief ihm im Mund zusammen. Dann fiel ihm etwas ein.

»Ihr habt doch keine Rüben mitgebracht, oder?«

Naomi drehte sich um und sah ihn verwirrt an. »Rüben? *Ich* habe keine. Du, Ben?«

»Nein.«

335

Ein sanftes und überaus glückliches Lächeln erhellte Dennis' Gesicht. »Gut«, sagte er.

109

Es war wahrhaftig ein schlimmer Sturm, und noch heute erzählt man sich in Delain davon. Als sich die frühe, heulende Dämmerung über das Schloß und seine Umgebung senkte, waren ein Meter fünfzig Schnee gefallen. Ein Meter fünfzig Schnee an einem Tag ist wahrhaft viel, aber der Wind bildete stellenweise Verwehungen, die noch viel höher waren. Als die Dunkelheit hereinbrach, wehte der Wind nicht mehr heftig, er wehte orkanartig. Entlang der Schloßmauer war der Schnee fast acht Meter hoch aufgetürmt und deckte nicht nur die Fenster im ersten und zweiten, sondern teilweise auch noch die im dritten Stock zu.

Ihr denkt vielleicht, für Peters Fluchtpläne wäre das gut gewesen, und das wäre es auch, wäre die Nadel nicht ganz allein auf dem Platz gestanden. So blies der Wind dort am heftigsten. Ein kräftiger Mann hätte in diesem Wind nicht stehenbleiben können; er wäre umgeweht worden und kopfüber fortgeweht, bis er gegen die erste Mauer am Ende des Platzes geprallt wäre. Und der Wind hatte noch eine andere Nebenwirkung – er wirkte wie ein riesiger Besen. Der Wind wehte den Schnee, kaum daß er fiel, wieder vom Platz. Als es dunkelte, waren die Schloßmauern und alle Straßen zugeweht, der Platz selbst aber war sauber wie geleckt. Nur das gefrorene Kopfsteinpflaster wartete darauf, Peters Knochen zu brechen, falls sein Seil riß.

Und ich muß euch jetzt sagen, daß Peters Seil *tatsächlich* reißen mußte. Als er es erprobte, da hatte es sein Gewicht ausgehalten ... aber eines wußte Peter nicht hinsichtlich der sogenannten Bruchbelastung. Yosef hatte es auch nicht gewußt. Aber die Ochsenlenker wußten es, und wenn Peter sie gefragt hätte, so hätten sie ihm eine alte Faustregel von Matrosen, Holzarbeitern und anderen sagen können, die mit Seilen arbeiteten: *Je länger das Seil, desto eher reißt es.*

Peters Testseil war einen Meter zwanzig lang gewesen und hatte ihn gehalten.

Das Seil, dem er nun sein Leben anvertrauen wollte – das *sehr* dünne Seil – war etwa achtundachtzig Meter lang.

Ich sage euch, das Seil mußte reißen – und unten wartete das Kopfsteinpflaster, um ihn zu zerschmettern, seine Knochen zu brechen und sein Blut fließen zu lassen.

110

Es gab viele Katastrophen und Beinahekatastrophen an diesem langen, stürmischen Tag, aber ebenso große Heldentaten, einige erfolgreich und einige zum Scheitern verurteilt. Einige Bauernhäuser im Inneren Baronat wurden umgeweht, so wie die Häuser der unfolgsamen kleinen Schweinchen in dem alten Märchen umgeweht wurden, als der Atem des Wolfs darüber strich. Einige von denjenigen, die auf diese Weise obdachlos geworden waren, schafften den langen Weg durch schneebedeckte Felder zum Schloß, andere gerieten von der Großen Landstraße ab und in die Wildnis, wo sie elendiglich erfroren, und ihre kalten, von Wölfen angefressenen Leiber wurden erst nach dem Tauwetter im Frühling gefunden.

Aber um sieben Uhr an diesem Abend ließen Schneefall und Wind erst einmal ein wenig nach. Die Aufregung schien vorüber, und im Schloß begab man sich früh zu

Bett. Man konnte auch wenig anderes tun. Man ließ die Feuer niederbrennen, die Kinder wurden zu Bett gebracht, man trank eine letzte Tasse Tee und sprach Gebete.

Eines nach dem anderen wurden die Lichter gelöscht. Der Nachtwächter rief, so laut er konnte, dennoch riß ihm der Wind um acht und um neun die Worte förmlich vom Mund weg, und erst um zehn konnte man ihn wieder hören, aber da schliefen die meisten bereits.

Auch Thomas schlief – aber sein Schlaf war nicht ruhig. In dieser Nacht war kein Dennis da, der bei ihm bleiben und ihn trösten konnte; Dennis war immer noch krank. Thomas hatte mehrmals daran gedacht, einen Pagen zu ihm zu schicken, der sich nach seinem Befinden erkundigen sollte, oder selbst zu ihm zu gehen (denn er mochte Dennis gut leiden), aber irgendwie war stets etwas dazwischengekommen – Dokumente waren zu unterschreiben... Petitionen anzuhören... und natürlich Wein zu trinken. Thomas hoffte, Flagg würde kommen und ihm das Pulver geben, das ihm beim Einschlafen half... aber seit seiner vergeblichen Reise in den Norden war der Zauberer seltsam abwesend und distanziert. Es war, als wüßte Flagg genau, daß etwas nicht stimmte, aber er konnte nicht sagen, was es war. Thomas hatte gehofft, der Zauberer würde kommen, aber er hatte nicht gewagt, ihn zu rufen.

Wie immer erinnerte der heulende Wind Thomas an die Nacht, in der sein Vater gestorben war, und er fürchtete, daß ihm das Einschlafen schwerfallen würde... und daß ihn, war er erst einmal eingeschlafen, schreckliche Alpträume heimsuchen würden, Träume, in denen sein Vater brüllend und tobend umherlief und schließlich in Flammen aufging. Daher tat Thomas das, woran er sich mittlerweile gewöhnt hatte; er verbrachte den ganzen Tag mit einem Glas Wein in der Hand, und wenn ich euch sagen würde, wie viele Flaschen der Junge trank, bevor er endlich zu Bett ging, würdet ihr mir das vielleicht nicht glauben, daher lasse ich es lieber sein. Aber es waren eine Menge.

Als er elend auf dem Sofa lag und sich wünschte, Dennis würde an seinem üblichen Platz auf dem Herd sitzen, dachte Thomas: *Ich habe Kopfschmerzen und mir ist übel... Ist König zu sein das wirklich wert? Das frage ich mich.* Ihr fragt euch das vielleicht auch... aber bevor Thomas weiter darüber nachdenken konnte, war er eingeschlafen.

Er schlief fast eine Stunde... und dann stand er auf und schlafwandelte. Er ging zur Tür hinaus und die Flure entlang, und in seinem langen Nachtgewand sah er geisterhaft aus. In dieser Nacht sah ihn eine noch spät tätige Magd mit einem Stapel Wäsche auf dem Arm, und er ähnelte dem toten König Roland so sehr, daß die Magd ihre Wäsche fallen ließ und schreiend davonlief.

Thomas dunkel träumender Verstand hörte ihre Schreie und dachte, es wären die seines Vaters.

Er ging weiter in den wenig begangenen Gang. Auf halbem Wege blieb er stehen und drückte auf den geheimen Stein. Er ging in den Geheimgang, schloß die Tür hinter sich und ging zum Ende des Ganges. Er schob die Paneele zurück, die sich hinter Neuners Glasaugen befanden, und wenngleich er immer noch schlief, preßte er den Kopf gegen die Wand, als wollte er durch die zwei Löcher ins Wohnzimmer seines Vaters sehen. Und dort wollen wir den unglücklichen Jungen eine Weile zurücklassen, wo ihn der schale Geschmack von Wein umgab und Tränen der Reue aus seinen schlafenden Augen quollen und seine Wangen hinabbrannen.

Er war manchmal ein grausamer Junge, häufig ein trauriger Junge, dieser falsche König, und er war fast immer ein schwacher Junge gewesen... aber auch jetzt muß ich euch noch einmal sagen, ich glaube nicht, daß er jemals ein böser Junge war. Wenn ihr ihn wegen dem haßt, was er tat – und was er *geschehen* ließ –, so habe ich dafür Verständnis; aber wenn ihr ihn nicht auch ein wenig bedauert, dann würde mich das sehr überraschen.

111

Viertel nach elf in dieser entscheidenden Nacht hauchte der Sturm seinen letzten Atemzug. Ein unglaublich kalter Windstoß fegte über das Schloß hinweg. Er wehte mit einer Geschwindigkeit von hundert Meilen pro Stunde. Er riß die Wolkendecke am Himmel auf wie eine Riesenhand. Kaltes, wässriges Mondlicht schien hindurch.

In der Third East' ard Alley befand sich ein rechteckiger Mauerturm, welcher ›Kirche der Großen Götter‹ hieß; er stand schon seit Menschengedenken dort. Viele Menschen kamen zum Gebet dorthin, aber jetzt war er verlassen. Und das war gut so. Der Turm war nicht sehr hoch — längst nicht so hoch wie die Nadel —, aber er überragte die umliegenden Gebäude der Third East' ard Alley dennoch um einiges, und er war den ganzen langen Tag von der unablässigen Kraft des Windes geplagt worden. Dieser letzte Windstoß war zuviel für ihn. Die obersten zehn Meter wurden einfach fortgeweht wie der Hut vom Kopf einer Vogelscheuche. Ein Teil landete auf der Straße, ein Teil prallte gegen umliegende Gebäude. Es gab einen Heidenlärm.

Der größte Teil der Schloßbewohner war erschöpft von den Anstrengungen des Tages und schlief bereits fest, und keinen interessierte der Einsturz der Kirche der Großen Götter (wenngleich sie die schneebedeckten Trümmer anderntags mit offenen Mündern bestaunten). Die meisten murmelten etwas, drehten sich um und schliefen weiter.

Ein paar der Wachen — diejenigen, die nicht allzu betrunken waren — hörten es und liefen um nachzusehen, was geschehen war. Abgesehen von diesen wenigen blieb der Fall des Turms fast unbemerkt... aber einige andere hörten ihn auch, und inzwischen kennt ihr sie alle.

Ben, Dennis und Naomi, die sich auf den Versuch vorbereiteten, den rechtmäßigen König zu retten, hörten es in der Vorratskammer der Servietten und sahen einander mit schreckgeweiteten Augen an. »Achten wir nicht weiter darauf«, sagte Ben nach einem Augenblick. »Ich weiß nicht, was es war, aber das spielt keine Rolle. Machen wir weiter.«

Beson und die Unterwachmänner, die allesamt betrunken waren, merkten nichts von dem Einsturz der Kirche der Großen Götter, Peter aber sehr wohl. Er saß auf dem Fußboden seines Schlafzimmers und ließ sorgfältig die geflochtene Schnur auf der Suche nach schwachen Stellen durch die Finger gleiten. Er hob den Kopf, als er das schneegedämpfte Poltern der Mauern hörte, und er ging rasch ans Fenster. Er konnte nichts sehen; was immer eingestürzt war, es befand sich auf der anderen Seite der Nadel. Nachdem er einige Augenblicke überlegt hatte, kehrte er zu seinem Seil zurück. Mitternacht war nicht mehr fern, und er kam zu derselben Schlußfolgerung wie sein Freund Ben. Es spielte keine Rolle. Die Würfel waren gefallen. Nun mußte er weitermachen.

Tief in der Dunkelheit des Geheimgangs hörte Thomas das Poltern des einstürzenden Turms und erwachte. Er vernahm das gedämpfte Bellen der Hunde unter sich und erkannte voller Grauen, wo er sich befand.

Und noch einer, der unruhig geschlafen und beunruhigende Träume hatte, erwachte, als der Turm einstürzte. Er erwachte, obwohl er sich tief in den Eingeweiden des Schlosses befand.

»*Katastrophe!*« kreischte einer der Köpfe des Papageis.

»*Feuer, Flut und Flucht!*« kreischte der andere.

Flagg war erwacht. Ich habe euch gesagt, daß das Böse

manchmal seltsam blind ist, und das stimmt. Manchmal läßt sich das Böse ohne ersichtlichen Grund einlullen und schläft.

Aber jetzt war Flagg wach.

112

Flagg war mit Fieber, einer leichten Erkältung und einem sorgenschweren Verstand von seinem Ausflug in den Norden zurückgekehrt.

Etwas stimmt nicht, etwas stimmt nicht, schienen selbst die Steine des Schlosses zu flüstern... aber Flagg konnte sich einfach nicht vorstellen, was es war. Er wußte nur, daß dieses unbekannte ›Etwas stimmt nicht‹ scharfe Zähne hatte. Es fühlte sich an, als würde ein Frettchen durch seinen Verstand laufen und hier und da einmal zubeißen. Er wußte genau, wann das Tier begonnen hatte, in ihm zu nagen. Als er von der vergeblichen Suche nach den Rebellen zurückgekehrt war. Weil... weil...

Weil die Rebellen dort sein sollten!

Aber sie waren es nicht, und Flagg haßte es, zum Narren gehalten zu werden. Schlimmer noch, er hatte das Gefühl, einen Fehler gemacht zu haben. Wenn er einen Fehler gemacht hatte, was das Versteck der Rebellen anbelangte, dann konnte er auch andere Fehler gemacht haben. Welche anderen Fehler? Er wußte es nicht. Aber seine Träume waren schlimm. Das kleine, boshafte Tier trippelte in seinem Verstand herum, beunruhigte ihn, redete ihm ein, daß er wichtige Dinge vergessen hatte und daß hinter seinem Rücken andere Dinge geschahen. Es lief und biß und raubte ihm den Schlaf. Flagg hatte Medizinen, die die Erkältung heilten, aber keine, die das nagende Tier in seinem Verstand vertreiben konnten.

Was war schiefgegangen?

Diese Frage stellte er sich immer wieder, und es schien so – zumindest an der Oberfläche –, daß nichts hatte schiefgehen können. Seit vielen Jahrhunderten haßte das alte, dunkle Chaos in ihm die ruhige und lichte Ordnung in Delain, und er hatte hart gearbeitet, sie zu vernichten – sie umzustürzen, wie die letzte Windbö die Kirche der Großen Götter umgestürzt hatte. Immer hatte etwas seine Pläne durchkreuzt – eine Kyla die Gütige, eine Sasha, etwas, jemand. Aber jetzt sah er keine mögliche Störung, wohin er auch schaute. Thomas war vollkommen sein Geschöpf; hätte Flagg ihm befohlen, vom höchsten Turm seines Schlosses zu springen, so hätte der arme Narr lediglich gefragt, um wieviel Uhr er es tun sollte. Die Bauern stöhnten unter der Last der unerträglichen Steuern, die Thomas ihnen auf Flaggs Anraten hin auferlegt hatte.

Yosef hatte Peter gesagt, daß Menschen und Tiere ebenso wie Seile und Ketten eine Bruchbelastung haben, was zutreffend ist – und die Bauern und Kaufleute in Delain hatten ihre fast erreicht. Das Seil, mit dem die großen Klötze der Steuern an jedem Bürger festgebunden werden, ist nichts weiter als Loyalität – Loyalität gegenüber dem König, dem Land, der Regierung. Flagg wußte, wenn er die Steuerquader groß genug machte, würden alle Seile reißen, und die dummen Ochsen – denn als solche betrachtete er das Volk von Delain in Wirklichkeit – würden ausbrechen und alles in ihrem Weg niedertrampeln. Die ersten Ochsen hatten sich bereits befreit und im Norden versammelt. Sie nannten sich noch Verbannte, aber Flagg wußte, sie würden sich früher oder später Rebellen nennen. Peyna war vertrieben worden, und Peter war in der Nadel eingesperrt.

Was also konnte schiefgehen?

Nichts? Verdammt, *nichts!*

Aber das Frettchen lief und nagte und biß und kratzte. Viele Male war er im Verlauf der vergangenen drei Wochen in kalten Schweiß gebadet erwacht, nicht wegen

343

des Fiebers, sondern weil er einen schrecklichen Traum gehabt hatte. Was war der Inhalt dieses Traums? Er konnte sich nicht erinnern. Er wußte nur, daß er, wenn er daraus erwachte, die linke Hand auf das linke Auge preßte, als wäre er dort verwundet worden – und das Auge schmerzte, aber er konnte nicht feststellen, was damit nicht stimmte.

113

Als Flagg in dieser Nacht erwachte, war der Traum noch frisch in seiner Erinnerung, denn er war vorzeitig daraus geweckt worden. Natürlich hatte der Fall der Kirche der Großen Götter ihn geweckt.

»*Huh!*« schrie Flagg und saß kerzengerade in seinem Sessel. Seine Augen waren weit aufgerissen, die bleichen Wangen klamm und feucht vor Schweiß.

»*Katastrophe!*« kreischte einer der Köpfe des Papageis.

»*Feuer, Flut und Flucht!*« kreischte der andere.

Flucht, dachte Flagg. *Ja – das ging mir die ganze Zeit im Kopf herum, und das hat in mir genagt.*

Er betrachtete seine Hände und stellte fest, daß sie zitterten. Das erboste ihn, und er sprang aus dem Sessel.

»Er möchte fliehen«, murmelte er und strich sich mit den Fingern durchs Haar. »Jedenfalls möchte er es *versuchen*. Aber wie? *Wie?* Wie ist sein Plan? Wer hat ihm geholfen? Ihre Köpfe werden rollen, das schwöre ich... und sie werden nicht mit einem Hieb abgeschlagen, sondern langsam, erst einen Zentimeter, dann zwei, dann drei... schön langsam. Der Schmerz wird sie schon lange, bevor sie sterben, wahnsinnig machen...«

»»*Wahnsinn!*« kreischte einer der Papageiköpfe.

»*Schmerz!*« kreischte der andere.

»*Seid still und laßt mich nachdenken!*« heulte Flagg auf. Er ergriff ein Glas mit einer braunen Flüssigkeit von einem Tisch in der Nähe und schleuderte es auf den Papageienkäfig. Dort zerschellte es; grelles, kaltes Licht flammte auf. Die beiden Köpfe des Papageis kreischten entsetzt auf. Er fiel von seiner Stange und lag bis zum Morgen erschrocken auf dem Boden des Käfigs.

Flagg begann hastig auf und ab zu gehen. Er hatte die Zäne entblößt. Seine Hände vollführten unruhige Bewegungen, bei denen die Finger einer Hand mit denen der anderen Hand im Wettstreit zu liegen schienen. Seine Stiefel schlugen grünliche Funken auf dem Fliesenboden des Laboratoriums; die Funken rochen wie die Blitze eines Sommergewitters.

Wie? Wann? Wer hat ihm geholfen?

Er konnte sich nicht erinnern. Der Traum verblaßte bereits. Aber...

»Ich *muß* es wissen!« flüsterte er. »Ich *muß* es wissen!«

Weil es bald geschehen würde, das immerhin spürte er. Es würde sehr, sehr bald geschehen.

Er fand den Schlüsselring und öffnete die unterste Schublade seines Schreibtischs. Er holte ein Kästchen aus geschnitztem Eisenholz heraus und öffnete es. Daraus holte er einen Lederbeutel hervor. Er löste die Kordel des Beutels und zog behutsam einen Stein heraus, der von innen her zu glühen schien. Dieser Stein war so milchig wie das blinde Auge eines alten Mannes. Er sah aus wie ein Stück Speckstein, aber tatsächlich handelte es sich um einen Kristall – Flaggs magischen Kristall.

Er ging durch das Zimmer, löschte die Lampen und blies die Kerzen aus. Wenig später war sein Gemach in völlige Finsternis getaucht. Ungeachtet der Dunkelheit eilte Flagg mit behender Sicherheit umher und wich Gegenständen aus, an denen wir uns die Schienbeine angestoßen hätten. Dunkelheit war kein Problem für den Hofzauberer des Königs; er liebte die Dunkelheit und konnte darin sehen wie eine Katze.

Er setzte sich und berührte den Stein. Er glitt mit den Handflächen an den Seiten entlang und ertastete die zerklüftete Oberfläche.

»Zeig es mir«, sagte er. »Zeig mir, was ich wissen muß. Das ist mein Befehl!«

Zuerst nichts. Dann begann der Kristall allmählich von innen her zu leuchten. Anfangs war es nur ein winziges Licht, schwach und bleich. Flagg berührte den Kristall noch einmal, diesmal mit den Fingerspitzen. Er war warm geworden.

»Zeig mir Peter. Das ist mein Befehl. Zeig mir den Flegel, der es wagt, sich mir in den Weg zu stellen, und zeige mir, was er vorhat.«

Das Licht wurde heller... heller... heller. Mit glitzernden Augen und zu einem grausamen Lächeln geteilten Lippen beugte sich Flagg über den Kristall. Nun hätten Peter, Ben, Dennis und Naomi ihren Traum wiedererkannt — und sie hätten den Lichtschein erkannt, welcher das Gesicht des Zauberers beleuchtete, ein Schein, der nicht von einer Kerze stammte.

Plötzlich loderte der Stein hell auf. Nun konnte Flagg bis in seinen Kern sehen. Er riß die Augen auf... dann kniff er sie bestürzt zusammen.

Es war die hochschwangere Sasha, die am Bett eines kleinen Jungen saß. Der kleine Junge hielt eine Schiefertafel in Händen. Darauf standen die Worte DOG oder GOD.

Ungeduldig strich Flagg mit den Händen über den Kristall, von dem jetzt Hitzewogen ausgingen.

»Zeige mir, was ich wissen muß! Das ist mein Befehl!«

Es war Peter, der mit dem Puppenhaus seiner toten Mutter spielte und so tat, als würden die Bewohner von Indianern belagert... oder Drachen... oder sonst einer Narrheit. Der alte König stand in einer Ecke, sah seinem Sohn zu und wartete darauf, mitspielen zu dürfen...

»Pah!« schrie Flagg und fuhr erneut mit der Hand über den Kristall. »Warum zeigst du mir diese alten und un-

346

wichtigen Geschichten? Ich muß wissen, wie er fliehen möchte... und wann! Zeige es mir. *Das ist mein Befehl!*«

Der Kristall war immer heißer geworden. Wenn er ihn nicht bald in Ruhe ließ, würde er bersten, das war Flagg klar, und magische Kristalle waren nicht leicht zu beschaffen – er hatte dreißig Jahre gebraucht, um diesen hier zu finden. Aber lieber würde er ihn in eine Million Stücke zersplittern lassen, anstatt aufzugeben.

»Das ist mein Befehl!« wiederholte er, und zum drittenmal löste sich der milchige Glanz des Kristalls auf. Flagg beugte sich darüber, bis die Hitze seine Augen tränen ließ.

Er kniff sie zusammen, und dann riß er sie trotz der Hitze überrascht und fassungslos auf.

Es war Peter. Peter, der sich langsam an der Seite der Nadel abseilte. Sicher war dies ein trügerischer Zauber, denn er machte zwar greifende Bewegungen mit den Händen, aber es war kein Seil zu sehen...

Oder... *doch?*

Flagg wedelte mit einer Hand vor dem Gesicht und vertrieb die Hitze einen Augenblick. Ein Seil? Nicht unbedingt ein Seil. Aber da war etwas... etwas so Feines wie eine Spinnwebe... und es trug sein Gewicht.

»*Peter*«, stieß Flagg hervor, und als er es sagte, sah die winzige Gestalt sich um.

Flagg blies über den Kristall, und das helle, flackernde Licht erlosch. Er sah seinen Nachhall vor den Augen, während er in der Dunkelheit saß.

Peter. Auf der Flucht. Wann? Im Kristall war es Nacht gewesen, und der Zauberer hatte gesehen, wie Schneeflocken an der winzigen Gestalt vorbeigeweht wurden, die sich an der Mauer der Nadel hinabließ. Sollte es später in dieser Nacht sein? Morgen nacht? Nächste Woche? Oder...

Flagg stieß sich heftig von seinem Schreibtisch ab und stand auf. Seine Augen füllten sich mit Feuer, während er sich in seinem dunklen, stinkenden Zimmer umsah.

347

...war es bereits geschehen?

»Genug!« keuchte er. »Bei allen Göttern, die jemals waren und sein werden, es ist *genug!*«

Er ging durch das dunkle Zimmer und ergriff eine riesige Waffe, die an der Wand hing. Sie war klobig, dennoch hielt er sie mühelos und fast mit Anmut. Ob er damit vertraut war? Aber natürlich war er das! Er hatte sie oftmals geschwungen, als er hiergewesen war und als Bill Hinch seinen Dienst versehen hatte, der gefürchtetste Scharfrichter, den Delain jemals gekannt hatte. Diese schreckliche Schneide, die aus zweifach gehärtetem anduanischem Stahl bestand, hatte Flagg noch etwas Zusätzliches angebracht — eine Eisenkugel mit Dornen, und jeder Dorn war mit Gift getränkt.

»*Genug!*« schrie Flagg noch einmal voll Wut und Frustration und Angst. Der zweiköpfige Papagei krächzte selbst in seiner Bewußtlosigkeit ängstlich.

Flagg nahm den Mantel von dem Haken neben der Tür, warf ihn sich über die Schultern und schloß die Schnalle — einen gehämmerten silbernen Skarabäus — vor der Kehle.

Es war genug. Seine Pläne würden nicht vereitelt werden, ganz gewiß nicht von einem einzigen verhaßten Jungen. Roland war tot. Peyna entmachtet, die Adligen ins Exil getrieben. Niemand würde Aufhebens um einen toten Prinzen machen... schon gar nicht um einen, der seinen Vater ermordet hatte.

Wenn du noch nicht entkommen bist, mein allerliebster Prinz, dann wird es dir auch niemals gelingen — und etwas sagt mir, daß du immer noch im Nest hockst. Aber ein Teil von dir WIRD heute nacht entfliehen, das schwöre ich dir — der Teil, den ich an den Haaren heraustragen werde.

Als er den Flur entlang zur Kerkertür ging, begann Flagg zu lachen — ein Laut, der einer Marmorstatue Alpträume beschert hätte.

114

Flaggs Intuition war richtig. Peter hatte sein Seil aus geflochtenen Strängen untersucht, aber er war immer noch in seiner Zelle und wartete darauf, daß der Nachtwächter Mitternacht verkünden würde, als Flagg aus der Kerkertür herausstürmte und begann, den Platz der Nadel zu überqueren. Die Kirche der Großen Götter war eingestürzt, als es Viertel vor elf war, es war Viertel vor zwölf, als der Kristall Flagg zeigte, was er wissen wollte (und ihr werdet mir sicher zustimmen, wenn ich sage, daß er vorher versuchte, ihm die Wahrheit auf zwei andere Weisen begreiflich zu machen), und als Flagg über den Platz stürmte, fehlten immer noch einige Minuten bis Mitternacht.

Die Kerkertür befand sich an der nordöstlichen Seite der Nadel. An der Südwestseite befand sich eine kleine Schloßtür, die als Bettlerpforte bekannt war. Zwischen der Kerkertür und der Bettlerpforte hätte man eine gerade diagonale Linie ziehen können. Genau in der Mitte dieser Linie befand sich die Nadel selbst.

Fast zur selben Zeit, als Flagg aus der Kerkertür kam, kamen Ben, Naomi, Dennis und Frisky aus der Bettlerpforte. Sie gingen, ohne es zu wissen, aufeinander zu. Die Nadel war zwischen ihnen, aber der Wind hatte sich gelegt, und Bens Gruppe hätte das Hallen von Flaggs Absätzen auf dem Kopfsteinpflaster hören müssen; Flagg seinerseits hätte das Quietschen eines ungeölten Rades hören müssen. Aber alle, einschließlich Frisky (der wieder seiner Hauptbeschäftigung, dem Ziehen nämlich, nachging), waren ganz in Gedanken.

Ben und seine Gruppe erreichten die Nadel zuerst.

»Jetzt...« begann Ben, und genau in diesem Augenblick begann Flagg auf der anderen Seite, keine vierzig Schritte um die gekrümmte Mauer herum entfernt, mit der Faust gegen die Tür zu pochen, die mit drei schweren Eisenriegeln verschlossen war.

»*Aufmachen!*« kreischte Flagg. »*Aufmachen, im Namen des Königs!*«

»Was...« begann Dennis, doch dann legte ihm Naomi eine Hand wie Stahl über den Mund und sah Ben mit schreckgeweiteten Augen an.

115

Die Stimme drang in der kalten Luft nach dem Sturm zu Peter hinauf. Sie war leise, diese Stimme, aber dennoch ganz deutlich zu hören.

»*Aufmachen, im Namen des Königs!*«

Aufmachen, im Namen der Hölle, meinst du, dachte Peter.

Aus dem tapferen guten Jungen war ein tapferer guter Mann geworden, aber als er diese heisere Stimme hörte, sich an das schmale weiße Gesicht und die roten Augen erinnerte, die stets von der Kapuze beschattet waren, wurden Peters Knochen zu Eis und sein Magen zu Feuer. Sein Mund wurde so trocken wie ein Holzscheit. Die Zunge klebte ihm am Gaumen. Seine Haare stellten sich auf. Wenn euch jemals jemand erzählt hat, gut und tapfer zu sein heißt, keine Angst zu haben, dann hat sich derjenige geirrt. In diesem Augenblick hatte Peter Angst wie noch nie in seinem ganzen Leben.

Es ist Flagg, und er ist meinetwegen gekommen.

Peter stand auf, und einen Augenblick glaubte er, er würde fallen, weil seine Beine unter ihm nachgaben. Dort unten wartete der Tod, und er hämmerte an die Tür der Wachen.

»*Aufmachen! Auf die Beine, ihr elenden, betrunkenen Halunken! Beson, du Sohn eines Trunkenbolds!*«

Nichts überstürzen, ermahnte sich Peter. *Wenn du etwas überstürzt, wirst du einen Fehler machen und ihm die Arbeit abnehmen. Bisher ist noch niemand gekommen, um ihn einzu-*

lassen. *Beson ist betrunken — er war beim Abendessen schon angetrunken und wahrscheinlich besinnungslos, als er ins Bett fiel. Flagg hat keinen Schlüssel, sonst würde er sich nicht die Mühe machen zu klopfen. Also... eins nach dem anderen. Wie geplant. Er muß erst herein. Und dann die Stufen empor... alle dreihundert. Noch kannst du ihn schlagen.*

Er ging in sein Schlafzimmer und zog die Eisenklammern heraus, die sein grob gezimmertes Bett zusammengehalten hatten. Das Bett brach zusammen. Peter ergriff eine der Eisenstangen und trug sie zum Fenster. Er hatte die Stange genau abgemessen und wußte, daß sie breiter war als das Fenster; zwar waren die Enden rostig, aber in der Mitte schien sie immer noch stabil zu sein. *Hoffentlich ist sie das auch wirklich,* dachte er. *Es wäre wirklich ein bitterer Scherz, wenn mein Seil halten, aber mein Anker brechen würde.*

Er sah kurz hinaus. Er konnte niemanden sehen, aber er hatte gesehen, wie drei Gestalten kurz vor Flaggs wütendem Hämmern den Platz der Nadel überquert hatten. Also hatte Dennis Freunde herbeigeholt. War einer von ihnen Ben? Peter hoffte es, aber er wagte nicht, daran zu glauben. Wer war der dritte? Und warum der Wagen? Das waren Fragen, für die er jetzt keine Zeit hatte.

»Oh, ihr Hunde! Macht die Tür auf! Öffnet, im Namen des Königs! Öffnet, im Namen von Flagg! Öffnet die Tür! Öffnet...«

In der mitternächtlichen Stille konnte Peter hören, wie unten die schweren Eisenriegel zurückgeschoben wurden. Er vermutete, daß die Tür geöffnet wurde, aber das hörte er nicht. Stille...

...und dann ein gurgelnder, erstickter Schrei.

116

Der unglückliche Unterwachmann, der schließlich die Tür für Flagg öffnete, lebte keine vier Sekunden mehr, nachdem er den letzten Riegel zurückgeschoben hatte. Er sah ein alptraumhaftes Gesicht mit roten Augen und einen schwarzen Mantel, der im allmählich nachlassenden Wind wehte wie die Schwingen eines Raben. Er schrie. Dann war ein lautes Heulen zu vernehmen. Der immer noch halb betrunkene Unterwachmann sah genau in dem Augenblick auf, als Flaggs Axt seinen Schädel in zwei Hälften spaltete.

»Wenn das nächste Mal jemand im Namen des Königs befiehlt zu öffnen, dann sputet euch, und ihr werdet am anderen Morgen keine Schweinerei aufwischen müssen!« bellte Flagg. Dann lachte er unbeherrscht, stieß die Leiche mit dem Fuß zur Seite und eilte auf die Treppe zu. Immer noch war alles in Ordnung. Er hatte rechtzeitig Wind von der Gefahr bekommen. Er wußte es.

Er *spürte* es.

Er öffnete eine Tür rechter Hand und trat in den Hauptflur, der von dem Saal wegführte, wo Anders Peyna einst Gerechtigkeit hatte walten lassen. Am Ende dieses Flurs begannen die Stufen. Er sah hinauf und grinste sein gräßliches Haifischgrinsen.

»*Ich komme, Peter!*« schrie er glücklich, und seine Stimme wurde von den Wänden zurückgeworfen und hallte hinauf zu Peter der gerade dabei war, das Seil an der Stange festzubinden, die er vom Bett losgebrochen hatte. »*Ich komme, Peter, und werde das tun, was ich schon vor langer, langer Zeit hätte tun sollen!*«

Flaggs Grinsen wurde noch breiter, und nun sah er wirklich schrecklich aus — er erinnerte an einen Dämon, der eben erst aus einem klaffenden Loch in der Erde emporgestiegen ist. Er hob das Henkersbeil, Blut des Wachmanns troff von der Schneide auf sein Gesicht und rann an seinen Wangen hinab wie Tränen.

»*Ich komme, Peter, um dir den Kopf abzuhacken!*« schrie Flagg, und dann begann er, die Stufen hinaufzueilen. Eine. Drei. Sechs. Zehn.

117

Peters zitternde Hände machten etwas falsch. Ein Knoten, den er schon tausendmal geübt hatte, fiel jetzt auseinander, und er mußte noch einmal von vorne anfangen.

Laß dir von ihm keine Angst machen.

Das war idiotisch. Er hatte bereits Angst, höllische Angst. Thomas wäre verblüfft gewesen zu erfahren, daß Peter *immer* Angst vor Flagg gehabt hatte; Peter hatte sie lediglich besser verbergen können.

Wenn er dich töten möchte, dann soll ER es selbst tun! Nimm ihm nicht die Arbeit ab!

Der Gedanke kam aus seinem eigenen Kopf, aber er klang wie die Stimme seiner Mutter. Peters Hand wurde ein wenig ruhiger, und er knotete das Ende des Seils um die Stange.

118

»*Tausend Jahre lang werde ich deinen Kopf an meinem Sattelhorn tragen!*« kreischte Flagg. Weiter, weiter, höher, höher. »*Oh, was für eine herrliche Trophäe du sein wirst!*«

Zwanzig. Dreißig. Vierzig.

Seine Absätze schlugen grüne Funken auf den Stufen. Seine Augen leuchteten. Das Grinsen war reinstes Gift.

»*ICH KOMME, PETER!*«

Siebzig – noch zweihundertdreißig Stufen.

119

Wenn ihr jemals mitten in der Nacht an einem fremden Ort aufgewacht seid, dann wißt ihr, daß schon die Tatsache furchterregend sein kann, in der Dunkelheit allein zu sein. Jetzt stellt euch vor, wie es ist, in einem dunklen Geheimgang zu erwachen und in ein Zimmer zu sehen, in dem der eigene Vater ermordet worden ist!

Thomas schrie. Niemand hörte ihn (abgesehen von den Hunden unter ihm, und wahrscheinlich nicht einmal die — sie waren alt und taub und machten selbst zuviel Lärm).

Nun existierte eine Vorstellung vom Schlafwandeln in Delain — die übrigens auch in unserer Welt erzählt wird. Sie besagt, daß ein Schlafwandler den Verstand verliert, wenn er erwacht, bevor er wieder in seinem Bett ist.

Vielleicht hatte Thomas diese Legende gehört. Wenn ja, dann konnte er jetzt mit Fug und Recht sagen, daß sie nicht zutraf. Er war ziemlich erschrocken, und er hatte geschrien, aber verrückt wurde er keineswegs.

Seine anfängliche Angst verging sogar ziemlich schnell — schneller als einige von euch denken werden —, und er sah wieder durch die Löcher. Das mag euch seltsam erscheinen, aber ihr müßt daran denken, daß Thomas einige angenehme Stunden in diesem Gang verbracht hatte, vor der letzten Nacht, in der Flagg dem König den vergifteten Wein gebracht hatte, nachdem Peter gegangen war. Die Freude hatte den bitteren Beigeschmack der Schuld gehabt, aber hier hatte er sich seinem Vater nahe gefühlt. Nun, da er sich wieder hier befand, befiel ihn eine seltsame Art von Sehnsucht.

Er sah, daß sich das Zimmer kaum verändert hatte. Die ausgestopften Tiere waren immer noch da — Bonsey, der Elch, Craker, der Luchs, Snapper, der große weiße Bär aus dem Norden. Und natürlich Neuner, der Drache, durch dessen Augen er jetzt sah und über dessen Kopf

Rolands Bogen und der Pfeil Feind-Hammer befestigt waren.

Bonsey... Craker... Snapper... Neuner.

Ich kann mich an alle Namen erinnern, dachte Thomas verwundert. *Und ich erinnere mich an dich, Vater. Ich wünschte mir, du wärst noch am Leben und Peter frei, auch wenn das bedeuten würde, daß an mich überhaupt niemand denkt. Wenigstens könnte ich nachts schlafen.*

Einige der Möbelstücke waren mit weißen Tüchern verhüllt, aber die meisten nicht. Der Kamin war kalt und dunkel, aber es war Holz aufgeschichtet. Thomas sah mit wachsender Verwunderung, daß sogar der Mantel seines Vaters an seinem angestammten Platz neben der Badezimmertür am Haken hing. Der Kamin war dunkel, aber man mußte nur ein Streichholz hineinhalten, um ihn hell und warm werden zu lassen; das Zimmer wollte nur, daß sein Vater für *es* dasselbe tat.

Plötzlich verspürte Thomas eine seltsame, fast unheimliche Sehnsucht in sich; er wollte in dieses Zimmer gehen. Er wollte das Feuer entfachen. Er wollte den Mantel seines Vaters anziehen. Er wollte ein Glas von seines Vaters Met trinken. Er würde ihn auch dann trinken, wenn er schlecht und bitter geworden war. Er dachte... er dachte, daß er dort unten würde schlafen können.

Ein erschöpftes, schüchternes Lächeln dämmerte auf dem Gesicht des Jungen, und er beschloß, es zu tun. Er fürchtete sich nicht einmal vor dem Geist seines Vaters. Er hoffte fast, daß er erscheinen würde. Wenn er kam, konnte er seinem Vater etwas sagen.

Er konnte seinem Vater sagen, daß es ihm leid tat.

120

»*ICH KOMME? PETER!*« kreischte Flagg grinsend. Er roch nach Blut und Untergang; seine Augen waren tödliche Feuer. Die Henkersaxt sauste und pfiff durch die Luft, einige letzte Blutstropfen wurden an die Wand geschleudert. »*ICH KOMME JETZT! ICH KOMME, UM MIR DEINEN KOPF ZU HOLEN!*«

Höher und höher, immer im Kreis herum. Er war ein Teufel, dem der Sinn nach Mord stand.

Hundert. Hundertfünfundzwanzig.

121

»Schneller!« rief Ben Staad Dennis und Naomi zu. Die Temperatur war wieder gefallen, aber alle drei schwitzten. Teilweise aufgrund der Anstrengung − sie arbeiteten hart. Aber größtenteils schwitzten sie aus Angst. Sie konnten Flagg kreischen hören. Sogar Frisky, mit seinem tapferen Herzen, fürchtete sich. Er hatte sich ein wenig zurückgezogen und kauerte winselnd auf den Hinterbeinen.

122

»ICH KOMME, DU KLEINER NICHTSNUTZ!«

Er war jetzt näher − seine Stimme deutlicher, der Widerhall nicht mehr so stark.

»ICH KOMME, UM DAS ZU TUN, WAS ICH SCHON VOR LANGER ZEIT HÄTTE TUN SOLLEN!«

Die Doppelaxt sauste und heulte.

123

Diesesmal hielt der Knoten.

Ihr Götter, helft mir, dachte Peter und sah noch einmal dorthin, wo Flaggs kreischende Stimme immer lauter wurde. *Ihr Götter, helft mir jetzt.*

Peter schwang ein Bein aus dem Fenster. Er saß jetzt auf dem Sims, als wäre dieser ein Ponysattel; einen Fuß hatte er auf dem Boden der Zelle, der andere baumelte draußen. Er hatte das Seil und die Eisenstange vom Bett auf dem Schoß. Er warf das Seil aus dem Fenster und sah zu, wie es fiel. Auf halbem Weg verfing es sich, und er mußte daran ziehen wie ein Fischer an der Angel, bevor er es freibekam und es weiter fiel.

Dann sprach er ein letztes Gebet, nahm die Eisenstange und legte sie quer gegen das Fenster. Sein Seil hing von der Mitte hinab. Peter schwang das Bein, das noch im Zimmer war, über den Sims, drehte die Hüfte und hing nun an der Stange. Er machte eine halbe Drehung, so daß sich der kalte Sims gegen seinen Bauch preßte. Seine Beine hingen nach unten. Die Stange war fest hinter dem Fenster verkeilt.

Peter ließ die linke Hand los und umklammerte dann damit das Serviettenseil. Einen Augenblick lang verweilte er so und bekämpfte seine Angst.

Dann schloß er die Augen, ließ auch mit der rechten Hand die Stange los. Jetzt hing sein ganzes Gewicht an dem Seil. Es war vollbracht. Im Guten wie im Bösen hing sein Leben nun von den Servietten ab. Peter ließ sich langsam hinunter.

124

»*ICH KOMME* ...«
    Zweihundert.
    »*ICH WILL DEINEN KOPF* ...«
    Zweihundertundfünfzig.
    »*MEIN LIEBREIZENDER PRINZ!*«

125

Ben, Dennis und Naomi konnten Peter sehen, eine
dunkle Gestalt an der gekrümmten Mauer der Nadel,
hoch über ihren Köpfen – höher droben, als sich der mu-
tigste Akrobat hinaufwagte.
    »Schneller.« Ben keuchte – wimmerte fast. »Für euer
Leben ... für *sein* Leben!«
    Sie machten sich daran, den Wagen noch schneller zu
leeren ... aber in Wahrheit hatten sie fast alles getan, was
sie tun konnten.

126

Flagg rannte die Stufen hinauf, seine Kapuze fiel zurück,
sein dünnes schwarzes Haar wurde aus der Stirn ge-
weht.
    Er war fast da ... fast da.

127

Der Wind war schwach, aber sehr, sehr kalt. Er blies gegen Peters bloßen Nacken und die bloßen Hände und machte sie taub. Langsam, langsam ließ er sich hinab, mit behutsamer Bedächtigkeit. Er wußte, wenn er sein Abseilen zu schnell bewerkstelligen wollte, würde er abstürzen. Vor ihm glitten ununterbrochen die großen Steinquader vorbei – sehr bald hatte er den Eindruck, als wäre er ganz still und die Nadel würde sich bewegen. Er atmete flach und gleichmäßig. Kalter trockener Schnee rieselte ihm ins Gesicht. Das Seil war dünn – wenn seine Finger noch tauber wurden, würde er es überhaupt nicht mehr spüren können.

Wie weit war er?

Er wagte nicht, nach unten zu sehen.

Über ihm begannen einzelne, sorgfältig verwobene Fäden sich zu lösen. Das wußte Peter nicht, und vielleicht war es besser so. Die Bruchbelastung war fast erreicht.

128

»Schneller, König Peter«, flüsterte Dennis. Die drei hatten ihren Wagen ausgeladen, jetzt konnten sie nur noch zusehen. Peter hatte vielleicht die Hälfte der Strecke zurückgelegt.

»Er ist so hoch oben«, seufzte Naomi. »Wenn er stürzt...«

»Wenn er fällt, wird er sterben«, sagte Ben mit einer tonlosen Endgültigkeit, die sie alle verstummen ließ.

129

Flagg hatte die oberste Stufe erreicht und rannte den Flur entlang, seine Brust hob und senkte sich, während er nach Atem rang. Sein Gesicht war schweißgebadet, das Grinsen grauenerregend.

Er stellte die gewaltige Axt beiseite und schob den ersten Riegel der Tür von Peters Zelle zurück. Er öffnete den zweiten... und hielt inne. Es wäre nicht klug, einfach hineinzustürmen, o nein, überhaupt nicht klug. Das Vögelchen versuchte vielleicht in diesem Augenblick, aus dem Käfig zu entfliehen, aber es konnte auch sein, daß er direkt hinter der Tür stand und darauf wartete, Flagg in dem Augenblick, wenn er hineinstürmte, den Schädel einzuschlagen.

Als er das Guckloch öffnete und die Stange von Peters Bett vor dem Fenster sah, da begriff er alles und tobte vor Wut.

»Ganz so einfach ist es nicht, mein kleines Vögelchen!« heulte Flagg. *»Mal sehen, wie du fliegen kannst, wenn dein Seil durchschnitten wird, ha?«*

Flagg schob den dritten Riegel zurück und stürmte mit hoch über dem Kopf erhobener Axt in Peters Zelle. Nachdem er einen raschen Blick aus dem Fenster geworfen hatte, grinste er wieder. Er hatte beschlossen, das Seil doch nicht durchzuschneiden.

130

Peter ließ sich immer weiter hinunter. Seine Armmuskeln schmerzten von der Anstrengung. Sein Mund war trocken; er konnte sich nicht daran erinnern, daß er sich je so sehnlich einen Schluck Wasser gewünscht hatte. Ihm schien, als hinge er schon eine sehr, sehr lange Zeit an diesem Seil, und eine erschreckende Gewißheit beherrschte seine Gedanken. Er würde niemals den Trunk bekommen, den er sich so sehr wünschte. Er würde doch noch sterben, und das war nicht einmal das schlimmste. Er würde durstig sterben. Und momentan *schien* das das schlimmste zu sein.

Er wagte immer noch nicht, nach *unten* zu sehen, aber es überkam ihn ein seltsamer Zwang — so stark wie der Zwang seines Bruders, ins Wohnzimmer ihres Vaters zu gehen —, nach *oben* zu sehen. Er gehorchte dem Zwang — und etwa sechzig Meter über sich sah er Flaggs weißes, mordlüsternes Gesicht herabgrinsen.

»Hallo, mein kleines Vögelchen!« rief Flagg höhnisch zu ihm hinunter. »Ich habe eine Axt, aber ich glaube nicht, daß ich sie noch brauche! Ich habe sie weggelegt, siehst du?« Der Zauberer streckte beide Hände aus.

Alle Kraft schien aus Peters Armen und Händen zu weichen — der Anblick von Flaggs haßerfülltem Gesicht hatte ausgereicht, das zu bewirken. Er konzentrierte sich darauf, sich festzuhalten. Er konnte das dünne Seil nicht mehr spüren — er wußte, er hielt es noch fest, denn er sah es in seinen Händen, aber das war alles. Sein Atem kam rasselnd aus der Kehle.

Jetzt sah er nach unten... und sah die weißen, auf ihn gerichteten Flecken dreier Gesichter. Die Flecken waren sehr, sehr klein — er war nicht sechs Meter über dem gefrorenen Kopfsteinpflaster, nicht einmal zwölf Meter; es waren immer noch *dreißig* Meter, was ungefähr dem vierten Stock bei einem unserer Häuser entspricht.

Er versuchte sich zu bewegen und stellte fest, daß er es nicht konnte — wenn er sich bewegte, würde er abstürzen. Daher hing er reglos an der Fassade des Gebäudes. Kalter, körniger Schnee wehte ihm ins Gesicht, und im Gefängnis über ihm fing Flagg an zu lachen.

131

»Warum *bewegt* er sich denn nicht?« rief Naomi und vergrub die Nägel in Bens Schulter. Sie ließ keinen Blick von Peters Gestalt. Wie er so dahing und sich langsam drehte, erinnerte er auf schreckliche Weise an den Leichnam eines Gehängten. »Was ist nur mit ihm?«

»Ich weiß nicht...«

Über ihnen verstummte Flaggs eisiges Gelächter plötzlich.

»Wer da?« rief er. Seine Stimme war wie Donner, wie Verdammnis. »Antwortet mir, wenn ihr eure Köpfe behalten wollt! Wer da?«

Frisky winselte und preßte sich an Naomi.

»Ihr Götter, jetzt hast du es geschafft«, stöhnte Dennis. »Was machen wir jetzt, Ben?«

»Warten«, sagte Ben grimmig. »Und wenn der Zauberer herunterkommt, werden wir kämpfen. Wir warten ab, was als nächstes passiert. Wir...«

Aber viel länger mußten sie nicht warten, denn in den nächsten paar Sekunden wurde vieles − nicht alles, aber ein großer Teil − entschieden.

132

Flagg hatte gesehen, wie dünn und weiß Peters Seil war, und binnen eines Augenblicks hatte er alles begriffen, vom Anfang bis zum Ende − auch die Servietten und das Puppenhaus. Peters Fluchtmittel war die ganze Zeit direkt vor seiner Nase gewesen, und es wäre ihm um ein Haar entgangen. Aber... er sah auch noch etwas anderes. Kleine Fädchen, die ausfransten, wo die Schnur nachgab, etwa drei Meter tiefer.

Flagg hätte die Stange drehen können, auf der er die

Hand liegen hatte, so daß Peter abstürzte und sein Anker hinterher, der ihm vielleicht unten auf dem Pflaster noch zusätzlich den Schädel eingeschlagen hätte. Er hätte die Axt schwingen und das dünne Seil durchtrennen können.

Aber er zog es vor, dem Schicksal seinen Lauf zu lassen, und einen Augenblick, nachdem er die Gruppe unten bedroht hatte, *nahm* das Schicksal seinen Lauf.

Die Bruchbelastung des Seils war erreicht. Es riß mit einem Laut ähnlich einer Lautensaite, die zu stark gespannt worden ist.

»Lebwohl, Vögelchen!« rief Flagg glücklich und beugte sich weit hinaus, um Peters Sturz zu verfolgen. Er lachte. »Leb...«

Dann verstummte er und riß die Augen auf wie in dem Augenblick, als er in den Kristall gesehen und die winzige Gestalt erblickt hatte, die sich an der Seite der Nadel abseilte. Er öffnete den Mund und stieß einen Wutschrei aus... Dieser gräßliche Schrei weckte mehr Menschen in Delain als der Einsturz des Turms.

133

Peter hörte das reißende Geräusch und spürte das Seil nachgeben. Kalter Wind wehte ihm ins Gesicht. Er versuchte, sich für den Aufprall zu wappnen, der in wenigen Sekunden erfolgen mußte. Wenn er nicht auf der Stelle starb, würden die Schmerzen das Schlimmste sein.

Und dann schlug Peter auf der dicken Schicht königlicher Servietten auf, die Frisky mit einem gestohlenen Wagen aus dem Schloß heraus und über den Platz gezogen hatte – die königlichen Servietten, welche Ben, Dennis und Naomi so emsig aufgeschichtet hatten. Die Größe des Stapels – der wie gebleichtes, aufgeschichtetes

Heu aussah –, wurde niemals genau bekannt, weil Ben, Dennis und Naomi später ganz unterschiedliche Angaben machten. Vielleicht ist Peters Eindruck der beste, denn er war derjenige, der genau auf die Mitte des Stapels fiel – er glaubte, dieser chaotische, weiche, lebensrettende Stapel Servietten müsse mindestens sechs Meter hoch gewesen sein, und nach allem, was ich weiß, könnte er sogar recht gehabt haben.

134

Er fiel, wie gesagt, genau in die Mitte und erzeugte eine Art Krater. Dann lag er ganz still auf dem Rücken. Weit oben konnte Ben Flagg wütend aufheulen hören, und er dachte: *Du mußt das nicht tun, für dich wird alles gut, Hofzauberer. Er ist trotzdem gestorben, trotz unserer Bemühungen.*

Dann richtete Peter sich auf. Er sah zwar benommen aus, aber sehr lebendig. Trotz Flagg, trotz der Tatsache, daß jeden Augenblick Gardisten der Wache auf sie zugestürmt kommen konnten, stieß Ben Staad einen Freudenschrei aus. Es war ein Laut reinsten Triumphes. Er packte Naomi und küßte sie.

»*Hurrah!*« rief Dennis und grinste fassungslos. »*Ein Hoch dem König!*«

Dann kreischte Flagg hoch über ihnen wieder, das Kreischen eines um seine Beute betrogenen Teufelsvogels. Das Jubeln, Küssen und Hurrahrufen hörte sofort auf.

»*Das werdet ihr mit euren Köpfen bezahlen!*« schrie Flagg. Er war rasend vor Wut. »*Ihr werdet mit den Köpfen bezahlen! Alle miteinander! Wachen! Zur Nadel! Zur Nadel! Der Königsmörder ist entflohen! Zur Nadel! Tötet den Mörderprinzen! Tötet seine Bande! Tötet sie alle!*«

Und in den Gebäuden, die den Platz der Nadel von allen Seiten umgaben, wurden Lichter entzündet... von zwei Seiten ertönte das Laufen von Füßen und das Klirren von Metall, als Schwerter gezückt wurden.

»*Tötet den Prinzen!*« kreischte Flagg teuflisch von der Spitze der Nadel. »*Tötet seine Bande! TÖTET SIE ALLE!*«

Peter versuchte aufzustehen, glitt aus und kippte wieder um. Ein Teil seines Verstandes brüllte drängend, daß er aufstehen *mußte*, daß sie fliehen *mußten*, sonst würden sie getötet werden... aber ein anderer Teil beharrte darauf, daß er bereits tot oder ernsthaft verwundet war und dies alles nur ein Traum seines verlöschenden Verstandes. Er schien in einem Bett aus eben den Servietten gelandet zu sein, um die in den vergangenen fünf Jahren sein ganzes Denken gekreist war... und was konnte das anderes sein als ein Traum?

Bens kräftige Arme packten seine Oberarme, und er wußte, daß es kein Traum war, alles war Wirklichkeit.

»Peter? Alles in Ordnung? Wirklich alles in Ordnung?«

»Kein bißchen verletzt«, sagte Peter. »Aber wir müssen weg von hier.«

»*Mein König!*« rief Dennis und fiel vor dem benommenen Peter auf die Knie, wobei er immerfort sein verzücktes Grinsen grinste. »*Mein Treueeid, auf ewig! Ich schwöre...*«

»Schwöre später!« rief Peter und mußte lachen, er konnte nicht anders. Wie Ben ihn auf die Beine gezogen hatte, so zog er jetzt Dennis hoch. »Verschwinden wir von hier!«

»Welches Tor?« fragte Ben schnell. Er wußte — wie Peter auch —, daß Flagg bereits wieder auf dem Weg nach unten war. »Dem Lärm nach zu urteilen, kommen sie von allen Seiten.«

In Wirklichkeit glaubte Ben, jede Richtung wäre für den bevorstehenden Kampf recht, der damit enden würde, daß sie letztlich doch niedergemetzelt wurden. Aber

Peter, benommen oder nicht, wußte genau, wohin er gehen wollte.

»Zum Westtor«, sagte er. »Und zwar schnell! *Lauft!*«

Die vier rannten los, und Frisky folgte ihnen auf den Fersen.

135

Fünfzig Meter vom Westtor entfernt traf Peters Gruppe auf ein Kontingent von sieben verschlafenen Gardisten. Die meisten hatten in einer warmen Küche vor dem Schnee Schutz gesucht, Met getrunken und sich gegenseitig versichert, jetzt hätten sie etwas, das sie noch ihren Enkelkindern erzählen konnten. Ihr Anführer war ein Junge von zwanzig Jahren und erst Goshawk — was wir Gefreiten nennen würden, denke ich. Aber er hatte kaum etwas getrunken und war einigermaßen wachsam. Und er war entschlossen, seine Pflicht zu tun.

»Halt, im Namen des Königs!« rief er, als Peters Gruppe sich seiner etwas größeren näherte. Er versuchte, diesen Befehl mit donnernder Stimme zu geben, aber ein Geschichtenerzähler sollte stets so nahe wie möglich bei der Wahrheit bleiben, und daher muß ich euch erzählen, daß die Stimme des Goshawk mehr ein Piepsen als ein Donnern war.

Peter war natürlich unbewaffnet, aber Ben und Naomi hatten Kurzschwerter dabei und Dennis seinen rostigen Dolch. Alle drei stellten sich sofort vor Peter. Ben und Naomi griffen zu den Waffen. Dennis hatte seinen Dolch bereits gezückt.

»*Halt!*« brüllte Peter, und *seine* Stimme *war* donnernd. »Ihr dürft nicht ziehen!«

Ben warf Peter einen überraschten, sogar schockierten Blick zu.

Peter trat nach vorne. Er stand da, seine Augen leuchteten im Mondschein, und der Wind kräuselte seinen Bart. Er trug die zerlumpte Kleidung eines Gefangenen, aber sein Gesicht war befehlsgewohnt und majestätisch.

»Halt, im Namen des Königs, sagst du«, sagte Peter. Er ging ruhig auf den entsetzten Goshawk zu, bis beide beinahe Brust an Brust standen — weniger als fünfzehn Zentimeter trennten sie. Ungeachtet der Waffe in seiner Hand und ungeachtet der Tatsache, daß Peters Hände leer waren, wich der Gardist zurück. »Ich möchte dir etwas sagen Goshawk: *Ich bin der König!*«

Der Gardist leckte sich die Lippen. Er drehte sich zu seinen Männern um.

»Aber...« begann er. »Ihr...«

»Wie ist dein Name?« fragte Peter leise.

Der Goshawk klappte den Mund auf. Er hätte Peter in einem Sekundenbruchteil durchbohren können, aber er stand nur da und starrte ihn mit offenem Mund an, wie ein Fisch auf dem Trockenen.

»Wie lautet dein Name, Goshawk?«

»Mein Lord... ich meine... Gefangener... Ihr... ich...« Der junge Soldat verstummte noch einmal unsicher, dann sagte er hilflos: »Mein Name ist Galen.«

»Und weißt du, wer ich bin?«

»Ja«, knurrte einer der anderen. »Wir kennen dich, *Mörder!*«

»Ich habe meinen Vater nicht ermordet«, sagte Peter leise. »Der Hofzauberer hat es getan. Er ist hinter uns her, und ich gebe dir den Rat — den gutgemeinten Rat —, dich vor ihm zu hüten. Bald wird er keinen Unfrieden in Delain mehr stiften, das verspreche ich im Namen meines Vaters. Aber nun mußt du mich passieren lassen.«

Es folgte ein langes Schweigen. Galen hob wieder das Schwert, als wolle er Peter durchbohren. Peter verzog keine Miene. Er schuldete den Göttern einen Tod; diesen schuldete er ihnen, seit er als winziges, schreiendes Baby

367

aus dem Schoß seiner Mutter gekommen war. Es war eine Schuld, die jeder Mann und jede Frau hat. Wenn er diese Schuld jetzt begleichen mußte, so sollte es geschehen... aber er war der rechtmäßige König, kein Rebell und kein Thronräuber, und er wollte nicht weglaufen oder weichen oder zulassen, daß seine Freunde diesem Mann etwas antaten.

Das Schwert schwankte. Dann ließ Galen es sinken bis die Spitze das gefrorene Kopfsteinpflaster berührte.

»Laß sie passieren«, sagte er. »Vielleicht hat er gemordet, vielleicht nicht — ich weiß nur, daß es sich um königliches Blut handelt, und das will ich nicht an den Händen kleben haben, und noch weniger will ich im Gefolge von Königen und Prinzen untergehen.«

»Du hattest eine kluge Mutter, Goshawk«, sagte Ben Staad grimmig.

»Ja, laßt ihn passieren«, sagte eine zweite Stimme unerwartet. »Bei den Göttern, ich werde meine Klinge nicht gegen jemanden erheben, der so aussieht — ich bin sicher, die Hand würde mir verbrennen.«

»Ich werde mich eurer erinnern«, sagte Peter. Er drehte sich zu seinen Freunden um. »Folgt mir jetzt«, sagte er. »Und zwar rasch. Ich weiß, was ich brauche, und ich weiß, wo ich es bekomme.«

In diesem Augenblick stürmte Flagg aus dem Tor der Nadel heraus, und ein so wütendes Geheul schwoll in der Nacht an, daß die jungen Männer der Wache jeglicher Mut verließ. Sie drehten sich um, liefen davon und zerstreuten sich in alle vier Himmelsrichtungen.

»Kommt«, sagte Peter. »Folgt mir. Zum Westtor!«

136

Flagg lief wie noch niemals zuvor in seinem Leben. Jetzt spürte er die bevorstehende Vereitelung all seiner Pläne, und zwar praktisch im letzten Augenblick. Das durfte nicht geschehen. Und er wußte so gut wie Peter, wo alles enden mußte.

Er eilte an den zusammengekauerten Wachen vorbei, ohne sich umzusehen. Sie seufzten erleichtert auf und dachten, er habe sie nicht gesehen... aber er hatte sie gesehen. Er sah sie alle und prägte sich ihre Gesichter ein; wenn Peter tot war, würden ihre Köpfe ein Jahr und einen Tag die Mauern zieren, dachte er. Und was den Balg anbetraf, der die Gruppe angeführt hatte, er würde zuvor im Kerker tausend Tode sterben.

Er lief unter dem Westtor hindurch, die Main Western Gallery entlang und ins Schloß hinein. Schläfriges Volk, das sich in den Nachtgewändern herausgewagt hatte, um nachzusehen, was der Lärm zu bedeuten hatte, erstarrte vor seinem weißen Gesicht und wich beiseite, wobei sie den ersten und letzten Finger einer Hand hochhielten, um Böses abzuwenden... denn nun sah Flagg endlich wie das aus, was er wirklich war: ein Dämon. Er sprang über das Geländer der ersten Treppe, die er erreichte, landete auf den Füßen (das Eisen seiner Absätze schlug grüne Funken, gleich den Augen von Luchsen) und rannte weiter.

Zu Rolands Gemächern.

137

»Das Medaillon«, sagte Peter keuchend zu Dennis. »Hast du noch das Medaillon, das ich dir heruntergeworfen habe?«

Dennis griff sich an die Kehle und spürte das goldene Herz — an dessen Spitze Peters Blut getrocknet war. Er nickte.

»Gib es mir.«

Dennis gab es ihm, während sie liefen. Peter schlang die Kette nicht um den Hals, sondern wickelte sie sich um die Faust, so daß das Herz hüpfte, während er lief, und golden im Licht der Wandfackel funkelte.

»Gleich, meine Freunde«, keuchte Peter.

Sie bogen um eine Ecke. Und Peter sah die Tür zu Rolands Gemächern. Dort hatte er seinen Vater zum letztenmal gesehen. Er war König gewesen, verantwortlich für das Leben und Schicksal Tausender. Und er war auch ein alter Mann gewesen, dankbar für ein wärmendes Glas Wein und ein paar Minuten des Gesprächs mit seinem Sohn. Hier war er gestorben.

Einst hatte sein Vater einen Drachen mit einem Pfeil erlegt, der Feind-Hammer hieß.

Jetzt, dachte Peter, in dessen Schläfen das Blut pulsierte und in dessen Brust das Herz heftig schlug, *muß ich versuchen, einen anderen Drachen zu töten, einen viel schlimmeren, und zwar mit demselben Pfeil.*

138

Thomas entzündete das Feuer im Kamin, zog den Mantel seines Vaters an und rückte den Sessel dicht an den Kamin. Er spürte, daß er bald fest einschlafen würde, und das war sehr gut. Aber während er im Sessel saß und wie eine Eule nickte, wobei er die an den Wänden angebrachten Trophäen mit ihren Glasaugen betrachtete, die im flackernden Schein des Feuers unheimlich glitzerten, fiel ihm ein, daß er sich noch zwei Dinge wünschte — fast heilige Dinge, die er sicher nicht anzufassen gewagt hätte, als sein Vater noch lebte. Aber Roland war tot, und daher hatte Thomas einen Stuhl genommen und den großen Bogen sowie den Pfeil Feind-Hammer von der Wand über Neuners Kopf genommen. Einen Augenblick hatte er direkt in die grün-gelben Augen des Drachen gesehen, aber als er in sie hineinsah, erblickte er lediglich sein blasses Gesicht, gleich dem Gesicht eines Gefangenen, der aus seiner Zelle heraussieht.

Wenngleich alles in dem Zimmer sehr kalt war (das Feuer würde alles erwärmen, zumindest um den Kamin herum, aber das würde noch eine Weile dauern), erschien ihm der Pfeil seltsam warm. Er erinnerte sich undeutlich an eine Geschichte, die er als kleiner Junge gehört hatte – dieser Geschichte zufolge verlor eine Waffe, mit der ein Drachen getötet worden war, niemals die Wärme dieses Drachens. *Die Geschichte scheint wahr zu sein*, dachte Thomas schläfrig. Aber die Wärme des Pfeils hatte nichts Beunruhigendes an sich; sie war sogar behaglich. Thomas setzte sich nieder und hielt den Bogen locker in einer, und Feind-Hammer mit seiner beruhigenden Wärme in der anderen Hand, ohne zu ahnen, daß sein Bruder auf der Suche nach eben dieser Waffe hierher kam und daß Flagg – der seine Geburt manipuliert hatte und die beherrschende Kraft seines Lebens geworden war – ihm dicht auf den Fersen folgte.

139

Thomas hatte nicht darüber nachgedacht, was er tun sollte, wenn die Tür zum Gemach seines Vaters verschlossen war, und Peter machte sich diese Mühe auch nicht. Früher war es nie so gewesen und, wie sich herausstellte, heute auch nicht.

Peter mußte nicht mehr tun, als die Klinke herunterdrücken. Er stürmte hinein, dicht gefolgt von den anderen. Frisky bellte heftig, sein Fell war gesträubt. Frisky begriff die wahre Natur der Dinge besser, würde ich sagen. Etwas kam, etwas mit einem schwarzen Geruch wie die giftigen Dämpfe in den Kohleminen des Östlichen Baronats, wenn die Bergarbeiter ihre Schächte zu tief trieben. Frisky würde den Inhaber dieses Geruches bekämpfen, wenn er mußte, bekämpfen und vielleicht sterben. Aber hätte er sprechen können, dann hätte Frisky ihnen gesagt, daß der schwarze Geruch, der sich ihnen von hinten näherte, keinem Menschen gehörte; es war ein Monster, das sie verfolgte, ein grauenhaftes Es.

»Peter, was...« begann Ben, aber Peter achtete nicht auf ihn. Er wußte, was er haben mußte. Er hastete auf erschöpften, zitternden Beinen durch das Zimmer, sah empor zum Kopf von Neuner und griff nach dem Bogen und dem Pfeil, die immer über diesem Kopf hingen. Dann verharrte seine Hand.

Beide waren fort.

Dennis, der letzte, hatte die Tür hinter ihnen geschlossen und verriegelt. Nun erhielt die Tür einen einzigen gewaltigen Schlag. Die dicken, mit Eisenbeschlägen verstärkten Hartholzbretter erzitterten.

Peter sah mit aufgerissenen Augen über die Schulter. Dennis und Naomi wichen zurück. Frisky stand knurrend vor seiner Herrin. In seinen graugrünen Augen war das Weiße zu sehen.

»Laßt mich ein!« brüllte Flagg. »Laßt mich durch diese Tür!«

»Peter!« rief Ben und zog sein Schwert.

»Geht weg!« rief Peter zurück. »Wenn euch euer Leben lieb ist, bleibt zurück! Ihr alle!«

Sie wichen in dem Augenblick zurück, als Flaggs Faust, von der nun blaues Feuer sprühte, erneut gegen die Tür schlug. Scharniere, Riegel und Eisenbänder barsten alle zur gleichen Zeit mit dem Geräusch einer explodierenden Kanonenkugel. Blaues Licht schoß in dünnen Strahlen zwischen den gesplitterten Brettern hervor. Dann barsten auch die dicken Bretter. Splitter flogen überall hin. Die zerschmetterten Überreste der Tür standen noch einen Augenblick im Rahmen, dann stürzten sie mit einem Geräusch wie Händeklatschen nach innen.

Flagg stand auf dem Flur, seine Kapuze war zurückgefallen. Sein Gesicht war wächsern weiß. Die Lippen waren schmale Striche, zurückgezogen, um die Zähne zu entblößen. In seinen Augen brannte Feuer.

In einer Hand hielt er die schwere Henkersaxt.

Er blieb noch einen Augenblick stehen, dann trat er ein. Er sah nach links und erblickte Dennis. Er sah nach rechts und erblickte Ben und Naomi, zu deren Füßen der knurrende Frisky kauerte. Seine Augen nahmen sie in sich auf, er prägte sie sich für später ein... dann tat er sie ab. Er kam durch die Überreste der Tür und sah nur Peter an.

»Du bist gestürzt, aber du bist nicht gestorben«, sagte er. »Du denkst vielleicht, dein Gott war gütig. Aber ich sage dir, meine eigenen Götter haben dich für mich aufgespart. Bete nun zu deinem Gott, daß dir das Herz im Leib zerspringen möge. Sinke auf die Knie und bete darum, denn ich kann dir verraten, daß *meine* Todesart schlimmer sein wird als alle, die du dir vorstellen kannst.«

Peter stand zwischen Flagg und dem Sessel seines Vaters, in dem sich − was keiner wußte − Thomas gesetzt hatte. Peter hielt Flaggs infernalischem Blick furchtlos stand. Einen Augenblick schien Flagg sich unter diesem Blick zu winden, doch dann zuckte wieder sein unmenschliches Grinsen über sein Gesicht.

»Du und deine Freunde, ihr habt mir große Schwierigkeiten gemacht, mein Prinzchen«, flüsterte Flagg. »*Große* Schwierigkeiten. Ich hätte deinem elenden Leben schon vor langer Zeit ein Ende bereiten sollen. Aber jetzt werden sich alle Probleme in nichts auflösen.«

»Ich kenne dich«, antwortete Peter. Obwohl er unbewaffnet war, klang seine Stimme fest und unerschrokken. »Ich glaube, mein Vater kannte dich auch, aber er war schwach. Ich bin nun der rechtmäßige König, *und ich befehle dir, Dämon!*«

Peter richtete sich zu voller Größe auf. Die Flammen im Kamin spiegelten sich in seinen Augen und ließen sie glitzern. In diesem Augenblick war Peter jeder Zoll König von Delain.

»Hebe dich hinfort von hier. Verlasse Delain jetzt und für immer! Du wirst ausgestoßen. Hast du mich verstanden? VERSCHWINDE VON HIER!«

Die letzten Worte donnerte Peter mit einer Stimme, die mächtiger war als seine eigene; er sagte sie mit der Stimme *aller* Könige und Königinnen, die jemals in Delain geherrscht hatten, seit jener Zeit, als das Schloß nichts weiter gewesen war als eine Ansammlung von Lehmhütten, wo die Menschen sich in der Dunkelheit entsetzt ums Feuer drängten, wenn in der Ferne Wölfe heulten und Trolle in den Großen Wäldern von Gesternzeit kreischten und stapften.

Flagg schien zusammenzuzucken... er wich beinahe zurück. Dann ging er vorwärts – langsam, ganz langsam. Er schwang die riesige Axt mit der linken Hand.

»Du kannst in der nächsten Welt befehlen«, sagte er. »Durch deine Flucht hast du mir in die Hände gespielt. Ich habe selbst daran gedacht – und zu gegebener Zeit hätte ich persönlich einen Fluchtversuch arrangiert! Oh, Peter, dein Kopf wird ins Feuer rollen, und du wirst dein brennendes Haar riechen, noch bevor dein Gehirn weiß, daß du tot bist. Du wirst brennen, wie dein Vater brannte... und sie werden mir dafür auf dem Platz der Nadel einen *Orden* verleihen! Denn hast du nicht deinen eigenen Vater ermordet, um die Krone zu erhalten?«

»*Du* hast ihn ermordet«, sagte Peter.

Flagg lachte. »Ich? *Ich?* Du bist in der Nadel verrückt

374

geworden, mein Junge.« Flagg wurde ernst. »Aber einmal angenommen – nur einmal angenommen –, ich hätte es getan? Wer würde es glauben?«

Peter hielt immer noch die Kette des Medaillons um die rechte Hand geschlungen. Nun streckte er diese Hand aus, so daß das Medaillon herabhing. Er schwang es hypnotisierend, und gelbes Licht tanzte an den Wänden.

Als Flagg es sah, wurden seine Augen groß, und Peter dachte: *Er erkennt es! Bei allen Göttern, er erkennt es!*

»Du hast meinen Vater getötet, und es war nicht das erste Mal, daß du etwas derartiges getan hast. Du hattest es vergessen, nicht wahr? Ich sehe es an deinen Augen. Als Leven Valera sich dir in den bösen Tagen König Alans II. in den Weg stellte, wurde seine Frau vergiftet aufgefunden. Die Umstände sprachen ohne jeden Zweifel für Valeras Schuld... wie sie auch ohne jeden Zweifel für *meine* Schuld sprachen.«

»Wie hast du das herausgefunden, du kleiner Mistkerl?« flüsterte Flagg, und Naomi keuchte.

»Ja, du hattest es vergessen«, wiederholte Peter. »Ich glaube, früher oder später fangen Wesen wie du immer an, sich zu wiederholen, weil Kreaturen wie du nur sehr einfache Tricks beherrschen. Nach einer Weile durchschaut sie immer jemand. Ich glaube, das ist das einzige, das uns immer wieder rettet.«

Das Medaillon hing und pendelte im Feuerschein.

»Wen würde es heute interessieren?« fragte Peter. »Wer würde es glauben? Viele. Wenn sie sonst nichts glauben, sie würden spüren, daß du so alt bist, wie ihre Herzen ihnen verraten, Monster!«

»Gib es mir!«

»Du hast Eleanor Valera getötet, und du hast meinen Vater getötet.«

»Ja, ich habe ihm den Wein gebracht«, sagte Flagg mit blitzenden Augen. »Und ich lachte, als seine Eingeweide brannten, und ich lachte noch lauter, als du die Stufen der Nadel hinaufgeführt wurdest. Aber alle, die mich hier diese Worte sprechen hören, werden bald tot sein, und niemand hat gesehen, wie ich den Wein in sein Zimmer gebracht habe! Sie haben nur dich gesehen!«

Und dann sprach hinter Peter eine andere Stimme. Sie war nicht kräftig, diese Stimme, sie war so leise, daß man sie kaum hören konnte, und sie zitterte. Aber sie erfüllte alle − Flagg eingeschlossen − mit Staunen.

»Es gibt einen, der dich gesehen hat«, sagte Peters Bruder Thomas aus dem Schatten des Sessels seines Vaters. »*Ich* habe dich gesehen, Zauberer!«

140

Peter trat beiseite und machte eine halbe Drehung, die Hand mit dem Medaillon war immer noch ausgestreckt.

Thomas! wollte er sagen, aber er konnte nicht sprechen, so entsetzt und bestürzt war er über die Veränderung seines Bruders. Er war fett und irgendwie alt geworden. Er hatte Roland immer ähnlicher gesehen als Peter selbst, aber nun war die Ähnlichkeit gespenstisch.

Thomas! wollte er noch einmal sagen, und nun sah er, warum Bogen und Pfeil nicht an Ort und Stelle waren. Der Bogen lag in Thomas' Schoß, der Pfeil war eingelegt.

In diesem Augenblick schrie Flagg auf, warf sich nach vorne und hob die gewaltige Henkersaxt über dem Kopf.

141

Es war kein Schrei der Wut, sondern des Entsetzens. Flaggs weißes Gesicht war verzerrt, seine Haarspitzen hatten sich aufgerichtet. Sein Mund zitterte. Peter war

376

von der Ähnlichkeit überrascht gewesen, hatte seinen Bruder aber erkannt. Flagg hingegen ließ sich vom flakkernden Feuer und dem tiefen Schatten der Sessellehne vollkommen täuschen.

Er vergaß Peter. Es war die Gestalt im Sessel, die er mit der Axt erschlagen wollte. Er hatte den alten Mann einmal mit Gift getötet, und dennoch saß er wieder hier, saß in seinem übelriechenden, metverkleckerten Mantel da, hatte Pfeil und Bogen in Händen und sah Flagg mit eingesunkenen, anklagenden Augen an.

»Geist!« schrie Flagg. »Geist oder Dämon der Hölle, mir ist es einerlei! Ich habe dich einmal getötet! Ich werde dich noch einmal töten! Aiiiyyyyyyyyyeeeeee...!«

Thomas war immer ein ausgezeichneter Bogenschütze gewesen. Wenngleich er selten jagte, war er in den Jahren von Peters Gefangenschaft oft zum Bogenschießplatz gegangen, und, betrunken oder nüchtern, er hatte die Augen seines Vaters. Er selbst hatte einen guten Bogen, aber einen wie diesen hatte er noch nie gespannt. Er war leicht und handlich, und doch spürte er eine große Kraft in dem feinen Holz. Es war eine große, aber anmutige Waffe, von einem Ende zum anderen zweieinhalb Meter, und er hatte im Sitzen nicht den Platz, voll zu spannen; dennoch zog er die Schnur ohne Mühe.

Feind-Hammer war möglicherweise der größte Pfeil, der jemals gemacht worden war; der Schaft bestand aus Garholz, die Federn waren die einer anduanischen Peregrine, die Spitze aus gehärtetem Stahl. Er wurde beim Spannen heiß; Thomas spürte die Hitze an der Wange wie die eines Ofens.

»Du hast mir nur Lügen erzählt, Zauberer«, sagte Thomas leise und ließ los.

Der Pfeil löste sich vom Bogen. Als er das Zimmer durchquerte, schoß er direkt durch Leven Valeras Medaillon, das immer noch an der ausgestreckten Hand des fassungslosen Peter baumelte. Die Goldkette riß mit einem leisen *Klick!*

Wie ich euch schon sagte, seit jener Nacht in den nördlichen Wäldern, nach dem Lager im Anschluß an die vergebliche Suche nach den Rebellen, war Flagg von einem Traum heimgesucht worden, an den er sich nicht erinnern konnte. Wenn er erwachte, hatte er stets eine Hand auf das linke Auge gepreßt, als wäre er dort verletzt worden. Das Auge brannte noch Minuten, nachdem er erwacht war, aber er konnte keine Wunde entdecken.

Nun flog der Pfeil Rolands mitsamt dem Medaillon Valeras durch das Zimmer und bohrte sich in dieses Auge.

Flagg schrie auf. Die zweischneidige Axt fiel aus seiner Hand, und die Schneide dieser blutgetränkten Waffe barst ein für allemal. Er taumelte zurück, und ein Auge sah Thomas an. An der Stelle des anderen befand sich jetzt ein goldenes Herz, an dem Peters getrocknetes Blut klebte. Unter den Rändern des Medaillons quoll eine stinkende schwarze Flüssigkeit — ganz sicher kein Blut — hervor.

Flagg schrie noch einmal und sank auf die Knie...

...und plötzlich war er verschwunden.

Peter riß die Augen auf. Ben Staad stieß einen Schrei aus. Einen Augenblick hatte Flaggs Mantel noch die Umrisse seines Körpers; einen Augenblick hing der Pfeil mit dem durchbohrten goldenen Herzen in der Luft. Dann fiel der Mantel in sich zusammen, und Feind-Hammer fiel polternd zu Boden. Die Stahlspitze rauchte. So hatte sie vor langer Zeit geraucht, als Roland sie aus der Kehle des Drachen gezogen hatte. Das Herz glomm einen Augenblick in einem düsteren Rot, und sein Umriß wurde für immer in den Stein eingebrannt, wo es hinfiel, als der Zauberer verschwand.

Peter drehte sich zu seinem Bruder um.

Thomas' überirdische Ruhe verschwand. Er sah nicht mehr wie Roland aus; er sah aus wie ein ängstlicher Junge, der schrecklich müde ist.

»Peter, es tut mir leid«, sagte er und fing an zu weinen. »Es tut mir mehr leid, als du jemals erfahren wirst. Ich nehme an, du wirst mich jetzt töten − und ich verdiene es, getötet zu werden −, ja, ich weiß es −, aber bevor du es tust, möchte ich dir etwas sagen: Ich habe bezahlt. Ja, das habe ich. Bezahlt, bezahlt, bezahlt. Und nun töte mich, wenn du möchtest.«

Thomas entblößte die Kehle und schloß die Augen. Peter ging auf ihn zu. Die anderen hielten den Atem an, ihre Augen waren groß und rund.

Peter zog seinen Bruder sanft aus dem Sessel ihres Vaters und umarmte ihn.

Peter hielt seinen Bruder fest, bis der Strom der Tränen versiegt war, dann sagte er ihm, daß er ihn liebe und immer lieben werde; dann weinten sie beide unter dem Kopf des Drachen, und der Bogen ihres Vaters lag zu ihren Füßen; und irgendwann stahlen sich die anderen aus dem Zimmer und ließen die beiden Brüder allein.

142

Und lebten sie von nun an glücklich bis ans Ende ihrer Tage?

Nein. Niemand tut das jemals, einerlei, was in den Märchen steht. Sie hatten schöne Zeiten, wie ihr auch, und sie hatten schlechte Zeiten, wie ihr sie auch kennt. Sie hatten ihre Siege, wie ihr, und sie hatten ihre Niederlagen, und auch die sind euch nicht unbekannt. Es gab Zeiten, da schämten sie sich, weil sie wußten, daß sie nicht ihr Bestes gegeben hatten, und es gab Zeiten, da standen sie dort, wo ihre Götter sie haben wollten. Ich will damit nur sagen, sie lebten so gut sie konnten, jeder einzelne von ihnen; manche lebten länger als die anderen, aber alle lebten tapfer und gut, und ich liebe sie alle, und dieser Liebe schäme ich mich nicht.

Thomas und Peter gingen zu Delains neuem Obersten Richter, und Peter wurde wieder in Gewahrsam genommen. Sein zweiter Aufenthalt als Gefangener des Reichs war ungleich kürzer als der erste – er dauerte nur zwei Stunden. Thomas brauchte fünfzehn Minuten, um seine Geschichte zu erzählen, und der neue Oberste Richter – der mit Flaggs Zustimmung ernannt worden war und ein schüchterner kleiner Kerl war – brauchte eine ganze und drei Viertelstunden um sich zu vergewissern, daß der schreckliche Zauberer tatsächlich verschwunden war.

Dann wurden alle Anklagen fallengelassen.

An diesem Abend trafen sich alle – Peter, Thomas, Ben und Naomi, Dennis und Frisky – in Peters alten Zimmern Peter schenkte jedem Wein ein, sogar Frisky bekam welchen in einer kleinen Schale. Nur Thomas lehnte ab.

Peter wollte, daß Thomas blieb, aber Thomas meinte – zu Recht, wie ich meine –, wenn er bliebe, würden die Bürger ihn für das, was er hatte geschehen lassen, in Stücke reißen.

»Du warst nur ein Kind«, sagte Peter. »Beherrscht von einem schrecklichen Geschöpf, vor dem du Angst hattest.«

Thomas antwortete mit einem traurigen Lächeln: »Das ist teilweise richtig, aber daran werden die Leute sich nicht erinnern, Peter. Sie werden sich an Tommy den Besteuerer erinnern und meinen Kopf fordern. Sie würden Mauern einreißen, um mich zu bekommen. Flagg ist fort, aber ich bin hier. Mein Kopf ist ein dummes Ding, aber ich habe beschlossen, daß ich ihn gerne auf den Schultern behalten würde.« Er verstummte, schien zu überlegen, dann fuhr er fort: »Es ist besser, wenn ich gehe. Mein Haß und Neid waren wie ein Fieber. Jetzt ist es fort, aber nach ein paar Jahren in deinem Schatten, wenn du regierst, könnte es wiederkommen. Ich kenne mich ein wenig, weißt du... ja, ein wenig. Nein, ich muß gehen, Peter, und zwar heute nacht noch. Je früher, desto besser.«

»Aber... wohin willst du gehen?«

»Auf eine Suche«, sagte Thomas schlicht. »In den Süden, denke ich. Vielleicht siehst du mich wieder, vielleicht nicht. Ich gehe in den Süden, auf eine Suche... ich habe viel Schuld auf mich geladen und muß vieles wiedergutmachen.«

»Was für eine Suche?« fragte Ben.

»Flagg zu finden«, antwortete Thomas. »Er ist irgendwo dort draußen. In dieser Welt oder in einer anderen. Ich weiß es; ich spüre sein Gift im Wind. Er ist uns in letzter Sekunde entkommen. Ihr alle wißt es, und ich weiß es auch. Ich möchte ihn finden und vernichten. Ich möchte unseren Vater rächen und meine eigene Sünde wiedergutmachen. Und ich möchte zuerst in den Süden, denn ich spüre, daß er dort ist.«

Peter sagte: »Aber wer wird dich begleiten? Ich kann es nicht – hier ist zuviel zu tun. Aber ich werde nicht zulassen, daß du alleine gehst!« Er sah sehr besorgt aus, und wenn ihr eine Karte aus jener Zeit gesehen hättet, dann hättet ihr das verstanden, denn der Süden war nichts weiter als ein großer weißer Fleck auf der Landkarte.

Dennis überraschte sie alle, indem er sagte: »Ich würde mitgehen, mein Lord König.«

Die beiden Brüder sahen ihn überrascht an. Ben und Naomi drehten sich ebenfalls um, und Frisky sah von seinem Wein auf, den er sehr fröhlich aufleckte (er mochte den Geruch, ein sehr kühles, samtenes Purpur, nicht ganz so gut wie der Geschmack, aber fast).

Dennis errötete zutiefst, aber er setzte sich nicht wieder.

»Ihr wart stets ein guter Herr, Thomas, und – ich bitte

um Vergebung, König Peter – etwas in mir sagt mir, daß Ihr immer noch mein Herr seid. Und da ich derjenige war, der die Maus gefunden und Euch in die Nadel gebracht hat, mein König...«

»Pssst!« sagte Peter. »Das ist alles vergessen.«

»Aber von mir nicht«, beharrte Dennis störrisch. »Ihr könntet sagen, daß auch ich jung war und es nicht besser wußte, aber vielleicht habe auch ich einen Fehler gemacht, für den ich sühnen muß.«

Er sah Thomas schüchtern an.

»Ich würde mit Euch kommen, mein Lord Thomas, wenn Ihr mich mitnehmen wollt; ich würde Euch bei Eurer Suche zur Seite stehen.«

Den Tränen nahe sagte Thomas: »Ich werde dich gerne mitnehmen, willkommen, alter Dennis. Ich hoffe nur, daß du besser kochen kannst als ich.«

Sie brachen noch in derselben Nacht auf, im Schutze der Dunkelheit – zwei Wanderer zu Fuß, deren Rucksäcke mit Vorräten gefüllt waren. Und so gingen sie in die Nacht. Einmal sahen sie zurück und winkten.

Die drei anderen winkten zurück. Peter weinte, als würde sein Herz brechen, und er glaubte fast, das würde es tun.

Ich werde ihn nie wiedersehen, dachte Peter.

Nun ja – vielleicht hat er ihn wiedergesehen, vielleicht auch nicht; aber ich glaube, sie sahen sich wieder, wißt ihr. Ich kann euch nur sagen, daß Ben und Naomi schließlich heirateten, daß Peter lange und weise regierte und daß Thomas und Dennis zusammen viele Abenteuer erlebten. Und sie haben Flagg wiedergesehen und ihn gestellt.

Aber nun ist es recht spät geworden, und das alles ist eine andere Geschichte, für einen anderen Tag.

Stephen King

Die monumentale Saga vom
  »Dunklen Turm«
Eine unvergleichliche Mischung
  aus Horror und Fantasy.
Hochspannung pur!

01/13951

Schwarz
01/13951

Drei
01/13952

tot.
01/13953

Glas
01/13954

Stephen King – der Meister des Schreckens

01/7627

Friedhof der Kuscheltiere
01/7627

Christine
01/8325

Frühling, Sommer, Herbst und Tod
01/8403

In einer kleinen Stadt
01/8653

Dolores
01/9047

Die Verurteilten
01/9628

Nachts
01/9697

es
01/9903

Brennen muß Salem
01/10356

Desperation
01/10446

Sara
01/13013

Sie
01/13108

Sturm des Jahrhunderts
01/13150

Atlantis
01/13208

Das Leben und das Schreiben
01/13496

Stephen King
Peter Straub
Talisman
01/13967